朗读者

—— 青少版 ——

主编

董卿

人民文学出版社

图书在版编目（CIP）数据

朗读者：青少版 / 董卿主编. —北京：人民文学出版社，2017（2024.6重印）
ISBN 978-7-02-013073-3

Ⅰ. ①朗… Ⅱ. ①董… Ⅲ. ①中国文学—当代文学—作品综合集 Ⅳ. ①I217.1

中国版本图书馆CIP数据核字（2017）第152046号

责任编辑　廉　萍　付如初　欧阳韬
　　　　　张欣宜　曾少美
装帧设计　陶　雷
责任印制　王重艺

出版发行　人民文学出版社
社　　址　北京市朝内大街166号
邮政编码　100705

印　　刷　三河市宏盛印务有限公司
经　　销　全国新华书店等

字　　数　356千字
开　　本　710毫米×1000毫米　1/16
印　　张　21.75　插页2
印　　数　551001—554000
版　　次　2017年8月北京第1版
印　　次　2024年6月第24次印刷

书　　号　978-7-02-013073-3
定　　价　39.00元

如有印装质量问题，请与本社图书销售中心调换。电话：010-65233595

遇　见

陪　伴

选　择

礼　物

第一次

青 春

序言一

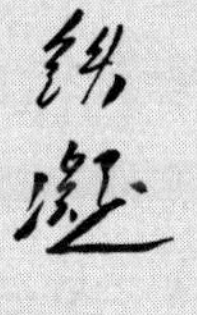

这段时间，身边许多朋友都在谈论《朗读者》。他们中有些是文学界的同行，但大多数从事的工作与文学并无直接关联。他们有着各自不同，甚至罕有交集的身份，然而当谈论《朗读者》、谈论节目里那些经典篇章的时候，他们的眼睛里流露着相同的情感，那就是温柔与感动。我愿意相信，在这一刻，我与他们共享着同一个幸福的身份，那就是文学的阅读者、人类心灵的倾听者。

我同时注意到，由《朗读者》而起的诵读文学经典的热潮，并没有仅仅停留在媒体传播和好友热议的层面，它已经渗入了广大的人群，成为生活场景：许多城市都设置了“朗读亭”，每一个经过的人都可以走入其中，朗读自己喜爱的篇章并进行录制，他们的声音和形象将有可能出现在《朗读者》节目的正片之中。听说许多城市的“朗读亭”外都排起了长队，也有读者为了录制三分钟的视频，在亭外耐心等待了足足九个小时。

《朗读者》已经成为了一道醒目的文化风景、一种引人深思的文化现象。它向我们证明，诚挚、深沉、优美、健康的内容，在今天依然能够获得普遍的关注，好的文学永远拥有直指人心的伟大力量。常有人说，我们生活在一个匆忙浮躁的时代，当代人的精神世界平庸而匮乏。对于这样的观点，我只能部分地认同。当下的生活固然匆忙，很多时候，我们也的确面临着浮躁的问题；但即使出于种种原因，我们同自己内心相处的时间相对有限，人们依然会本能地渴望着纯粹、辽阔、有质量的精神生活。近年来，以《朗读者》为代表的一批文学文化类节目广受欢迎，正是因为它们引导人们放慢生命节奏，倾听内心的声音，顺应和满足了人们对精神生活的渴望。

《朗读者》中出现的文本，很多是经过漫长时间检验的名篇佳作；即使是出于今人之手的篇章，此前也多已在读者间广为流传。它们中有相当一部分，都当得起“经典”二字。何为经典？答案可能有很多，但我想最直接的一条，就是它们拥有温暖而强劲的力量，能够长久不衰地体贴灵魂、拨动心弦，触碰到我们情感深处最柔软最深刻的部位。这种力量，并不会因时间流逝和年代更迭而减弱。《朗读者》里的许多篇章，都是我早年间的挚爱；那些熟悉的文字，关乎爱与恨、喜与悲、生与死、豪情与希望，曾经深刻地启示了、影响了我们这一代人。很多年过去了，我发现，今天的年轻读者依然会为之鼓舞、感动；其中有许多句子，我至今能够脱口背诵，它们在新一代读者心中同样激起了深沉的回响。好的文学就是这样，它能够跨越年龄和代际的鸿沟，陪伴一代又一代人成长，在情感体验和文化记忆的代代传承之中，把种种高贵和美好的品质传递给无尽的后来人。

朗读，就是朗声诵读，是倾听自己的声音，也是倾听他人的声音。通过口的诵读与耳的倾听，汉语和它内在的气质、精神，以焕然一新的方式进入了我们的心灵。古老而常新的汉语，具有抑扬顿挫的独特韵律，这韵律不仅是美的，而且包含着我们共同的文化记忆和我们共同的情感。正是在这个意义上，《朗读者》使阅读成为了认同的过程，一个人在朗读中寻求更为广大的联系——通过这美好的母语，我们不仅彼此看见，我们还得以彼此听见，我们得以完成彼此身份的响亮确证，由此结成血脉相连、情感相通的共同体。

现在，《朗读者》里的诵读篇目已被整理成书，由人民文学出版社出版，将有更多的读者阅读和朗读这些作品，从中感受真善美的力量，感受文学的力量。同时，这一切也是对包括我在内的写作者的提醒：一个人内心的声音在广大的人群中持久回响，这是世上最美好的事，这更是一份严肃庄重的责任。我们会更深刻地记住这份提醒，认真地写下去，把心交给读者，把更多的好作品献给我们的人民。

序言二

许渊冲

今年年初，我受邀参与录制了中央电视台《朗读者》节目。这个节目的创意与国家文化大格局相契合，激发人们对读书的热情，是一件功在当代、利在千秋的好事。

《朗读者》的同名图书由人民文学出版社出版，是再合适不过的事情。有国家级文学专业出版社为《朗读者》图书把关，是可以让读者放心的，也可以更好地推动全民阅读，提升读者的阅读品位。

我和人民文学出版社是老朋友了，五十九年前，他们就曾出版过我的译著《哥拉·布勒尼翁》。我对编辑认真负责的工作态度印象深刻。几十年来，人民文学出版社出版了众多中外文学经典，影响了中国几代人。

《朗读者》选择的文本大多是经典之作。作者既有莎士比亚、塞万提斯、约翰·多恩、雨果、梭罗、裴多菲、罗曼·罗兰、泰戈尔、吉卜林、海明威等外国名家，也有李白、杜甫、刘禹锡、苏轼、老舍、冰心、巴金等中国文学大家。《朗读者》的出版，以一种新的形式把人民文学出版社高质量的经典作品又传递给新的青年一代，让我国的文化传承生生不息。

听说青年人喜欢《朗读者》，我非常高兴。因为青年人能把宝贵的时间留给那些伟大的作品，我觉得是很好的事。我本人就深受经典作品的恩惠。小学时背诵的中国古典诗文让我爱上了中文的意美、音美和形美（鲁迅语）。中学时代，老师让我背诵的莎剧、欧文作品等的选段激发了我学英文的兴趣。在西南联大求学时，当时的课程可谓空前精彩，我阅读了很多中外名著，从中感受到美的乐趣，这也是我翻译工作的起点。我认为人生最大的乐趣是发现美、创造美，这个乐趣是用之不尽、取之不竭的，而美的乐趣来自阅读，阅读这些名篇佳作。

七十九年前，我进入大学校园。那时候，国家贫穷落后，凶残的日本帝国主义者侵略中国，人民在受苦受难。在那艰苦的环境下，西南联大师生排除万难，一心向学；有的投笔从戎，为民族复兴而流血牺牲。今天，中国的国势蒸蒸日上，希望青少年朋友们珍惜宝贵的时间，多多阅读中外名著，以人类文明的精华滋养我们的精神。也希望在你们之中能够涌现出更多传播优秀文化的使者和创造者，让中国文化走向世界，做出比我们这一代人更优异的成绩。

我衷心希望更多的人会爱上《朗读者》，爱上朗读，爱上阅读。

2017 年 7 月 7 日

于北大畅春园

遇 见

Encounter

古往今来，有太多太多的文字，在描写着各种各样的遇见。

“蒹葭苍苍，白露为霜。所谓伊人，在水一方。”这是撩动心弦的遇见；

“这位妹妹，我曾见过的。”这是宝玉和黛玉之间，初次见面时欢喜的遇见；

“幸会，今晚你好吗？”这是《罗马假日》里，安妮公主糊里糊涂的遇见；

“遇到你之前，我没有想过结婚；遇到你之后，我结婚没有想过和别的人。”这是钱锺书和杨绛之间，决定一生的遇见。

遇见仿佛是一种神奇的安排，它是一切的开始。

世间一切，都是遇见。就像冷遇见暖，就有了雨；春遇到冬，有了岁月；天遇见地，有了永恒；人遇见了人，有了生命。

《朗读者》“遇见”大家，就会遇见无声的文字，遇见有声的倾诉，遇见一花一叶，遇见大千世界。

濮存昕：

生于人艺剧院，长于人艺剧院，血液里就带着演员梦。公益大使。

宗月大师

老舍

在我小的时候，我因家贫而身体很弱。我九岁才入学。因家贫体弱，母亲有时候想教我去上学，又怕我受人家的欺侮，更怕交不上学费，所以一直到九岁我还不识一个字。说不定，我会一辈子也得不到读书的机会。因为母亲虽然知道读书的重要，可是每月间三四吊钱的学费，实在让她为难。母亲是最喜脸面的人。她迟疑不决，光阴又不等待着任何人，荒来荒去，我也许就长到十多岁了。一个十多岁的贫而不识字的孩子，很自然的是去作个小买卖——弄个小筐，卖些花生，煮豌豆，或樱桃什么的。要不然就是去学徒。母亲很爱我，但是假若我能去作学徒，或提篮沿街卖樱桃而每天赚几百钱，她或者就不会坚决的反对。穷困比爱心更有力量。

有一天刘大叔偶然的来了。我说“偶然的”，因为他不常来看我们。他是个极富的人，尽管他心中并无贫富之别，可是他的财富使他终日不得闲，几乎没有工夫来看穷朋友。一进门，他看见了我。“孩子几岁了？上学没有？”他问我的母亲。他的声音是那么洪亮（在酒后，他常以学喊俞振庭的《金钱豹》自傲），他的衣服是那么华丽，他的眼是那么亮，他的脸和手是那么白嫩肥胖，使我感到我大概是犯了什么罪。我们的小屋，破桌凳，土炕，几乎禁不住他的声音的震动。等我母亲回答完，刘大叔马上决定：“明天早上我来，带他上学，学钱、书籍，大姐你都不必管！”我的心跳起多高，谁知道上学是怎么一回事呢！

第二天，我像一条不体面的小狗似的，随着这位阔人去入学。学校是一家改良私塾，在离我的家有半里多地的一座道士庙里。庙不甚大，而充满了各种气味：一进山门先有一股大烟味，紧跟着便是糖精味（有一家熬制糖球糖块的作坊），再往里，是厕所味，与别的臭味。学校是在大殿里。大殿两旁的小屋住着道士，和道士的家眷。大殿里很黑，很冷。神像都用黄布挡着，供桌上摆着孔圣人的牌位。学生都面朝西坐着，一共有三十来人。西墙上有一块黑板——这是“改良”私塾。老师姓李，一位极死板而极有爱心的中年人。刘大叔和李老师“嚷”了一顿，而后教我拜圣人及老师。老师给了我一本《地球韵言》和一本《三字经》。我于是，就变成了学生。

自从作了学生以后，我时常到刘大叔的家中去。他的宅子有两个大院子，院中几十间房屋都是出廊的。院后，还有一座相当大的花园。宅子的左右前后全是他的房屋，若是把那些房子齐齐的排起来，可以占半条大街。此外，他还有几处铺店。每逢我去，他必招呼我吃饭，或给我一些我没有看见过的点心。他绝不以我为一个苦孩子而冷淡我，他是阔大爷，但是他不以富傲人。

在我由私塾转入公立学校去的时候，刘大叔又来帮忙。这时候，他的财产已大半出了手。他是阔大爷，他只懂得花钱，而不知道计算。人们吃他，他甘心教他们吃；人们骗他，他付之一笑。他的财产有一部分是卖掉的，也有一部分是被人骗了去的。他不管；他的笑声照旧是洪亮的。

到我在中学毕业的时候，他已一贫如洗，什么财产也没有了，只剩下那个后花园。不过，在这个时候，假若他肯用用心思，去调整他的产业，他还能有办法教自己丰衣足食，因为他的好多财产是被人家骗了去的。可是，他不肯去请律师。贫与富在他心中是完全一样的。假若在这时候，他要是不再随便花钱，他至少可以保住那座花园，和城外的地产。可是，他好善。尽管他自己的儿女受着饥寒，尽管他自己受尽折磨，他还是去办贫儿学校、粥厂等等慈善事业。他忘了自己。就是在这个时候，我和他过往的最密。他办贫儿学校，我去作义务教师。他施舍粮米，我去帮忙调查及散放。在我的心里，我很明白：放粮放钱不过只是延长贫民的受苦难的日期，而不足以阻拦住死亡。但是，看刘大叔那么热心，那么真诚，我就顾不得和他辩论，而只好也出点力了。即使我和他辩论，我也不会得胜，人情是往往能战败理智的。

在我出国以前，刘大叔的儿子死了。而后，他的花园也出了手。他入庙为僧，夫人与小姐入庵为尼。由他的性格来说，他似乎势必走入避世学禅的一途。但是由他的生活习惯上来说，大家总以为他不过能念念经，布施布施僧道而已，而绝对不会受戒出家。他居然出了家。在以前，他吃的是山珍海味，穿的是绫罗绸缎。他也嫖也赌。现在，他每日一餐，入秋还穿着件夏布道袍。这样苦修，他的脸上还是红红的，笑声还是洪亮的。对佛学，他有多么深的认识，我不敢说，我却真知道他是个好和尚。他知道一点便去作一点，能作一点便作一点。他的学问也许不高，但是他所知道的都能见诸实行。

出家以后，他不久就作了一座大寺的方丈。可是没有好久就被驱逐出来。他是要作真和尚，所以他不惜变卖庙产去救济苦人。庙里不要这种方丈。一般地说，方丈的责任是要扩充庙产，而不是救苦救难的。离开大寺，他到一座没有任何产业的庙里作方丈。他自己既没有钱，他还须天天为僧众们找到斋吃。同时，他还举办粥厂等等慈善事业。他穷，他忙，他每日只进一顿简单的素餐，可是他的笑声还是那么洪亮。他的庙里不应佛事，赶到有人来请，他便领着僧众给人家去唪真经，不要报酬。他整天不在庙里，但是他并没忘了修持；他持戒越来越严，对经义也深有所获。他白天在各处筹钱办事，晚间在小室里作工夫。谁见到这位破和尚也不曾想到他会是个在金子里长起来的阔大爷。

去年，有一天他正给一位圆寂了的和尚念经，他忽然闭上了眼，就坐化了。火葬后，人们在他的身上发现许多舍利。

没有他，我也许一辈子也不会入学读书。没有他，我也许永远想不起帮助别人有什么乐趣与意义。他是不是真的成了佛？我不知道。但是，我的确相信他的居心与苦行是与佛极相近似的。我在精神上物质上都受过他的好处，现在我的确愿意他真的成了佛，并且盼望他以佛心引领我向善，正像在三十五年前，他拉着我去入私塾那样！

他是宗月大师。

选自人民文学出版社《老舍全集》第十一卷

宗月大师俗名应该是叫刘寿绵，所以老舍叫他“刘大叔”。当年，刘寿绵是内务府人，西直门大街半条街都是他们家的。年轻的时候他乐善好施，到四十多岁，家产被骗光了，出家做了和尚。他一生助人

无数，悲悯众生，抗战期间更是坚守气节，万民景仰。可以说，刘寿绵先生是那个最早的、点燃了老舍心中那盏善的灯火的人。得知宗月大师圆寂的消息后，身在重庆的老舍先生用饱含感激之情的笔写下了这篇文字。

中国作家协会副主席、著名评论家　李敬泽

老舍（1899—1966），本名舒庆春，字舍予，生于北京，满族正红旗人。现代著名小说家、剧作家。1949 年后任中国作家协会副主席、北京市文联主席等职。1966 年 8 月 24 日，含冤自沉于北京太平湖。著有《老张的哲学》《二马》《骆驼祥子》《四世同堂》《茶馆》《正红旗下》等。

蒋励：

曾服务于“无国界医生”组织，在阿富汗进行医疗救援工作。

在风中飘荡

[美] 鲍勃·迪伦

一个人要走过多少路
你才会称他是人？
是啊，一只白鸽要飞过多少海洋
它才能安眠于沙滩？
是啊，加农炮弹要飞多少回
才会永远被禁止？
答案啊，朋友，在风中飘荡
答案在风中飘荡

一座山能存在多少年
在被冲刷入海之前？
是啊，一些人能存活多少年
在获准自由之前？
是啊，一个人能掉头多少回
假装什么都没看见？
答案啊，朋友，在风中飘荡
答案在风中飘荡

一个人要抬头多少回
才看得到天际？

是啊，一个人要有几只耳朵
才听得到人们哭泣？
是啊，要多少人丧命，他才知道
已有太多人死去？
答案啊，朋友，在风中飘荡
答案在风中飘荡

（陈黎　张芬龄 译）

选自广西师范大学出版社《鲍勃·迪伦诗歌集》

鲍勃·迪伦除了是目前唯一得到诺贝尔文学奖的音乐人以外，最重要的是他塑造了一个民谣创作的典型。他的作品有一种最强烈的特质就是，他的歌词是最接近诗歌的。诗歌的阅读，就是让阅读者有很多的联想，用来对照自己的生活经验。这是诗歌在所有文学里面最有力量的一个原因。而鲍勃·迪伦就准确地掌握了这一点。他“在美式歌谣的传统下，创造了全新的诗意的表达”（诺贝尔文学奖颁奖词）。

著名词作者　姚谦

鲍勃·迪伦（Bob Dylan，1941—　），原名罗伯特·艾伦·齐默曼（Robert Allen Zimmerman），生于美国明尼苏达州，美国摇滚、民谣艺术家、作家。2016 年获诺贝尔文学奖，成为第一位获得该奖项的音乐家。

没有人是一座孤岛

[英] 约翰 · 多恩

没有人是一座孤岛
可以自全。
每个人都是大陆的一片，
整体的一部分。
如果海水冲掉一块，
欧洲就减小，
如同一个海岬失掉一角，
如同你的朋友或者你自己的领地失掉一块：
任何人的死亡都是我的损失，
因为我是人类的一员，
因此
不要问丧钟为谁而鸣，
它就为你而鸣。

（张建伟 译）

选自中国法制出版社《法律皇帝的新衣》

这是十七世纪英国玄学派诗人约翰 · 多恩的诗，因被海明威引用作为书名而声名远播。而鲁迅先生也曾说：“无穷的远方，无数人们，都和我有关。”或许，这是写作者的格局。当站在一个更高的角度看待万事万物的时候，唯有获得一种普遍的、全人类意义上的责任感，才能让文学表达获得亘古的穿透力。

约翰·多恩（John Donne，1572—1631），英国诗人。英国詹姆斯一世时期的玄学派诗人，其作品包括十四行诗、爱情诗、宗教诗等，代表作有《日出》《歌谣与十四行诗》《神圣十四行诗》《给圣父的赞美诗》等。

未选择的路

[美] 罗伯特·弗洛斯特

黄色的树林里分出两条路，
可惜我不能同时去涉足，
我在那路口久久伫立，
我向着一条路极目望去，
直到它消失在丛林深处。

但我却选了另外一条路，
它荒草萋萋，十分幽寂，
显得更诱人、更美丽；
虽然在这两条小路上，
都很少留下旅人的足迹；

虽然那天清晨落叶满地，
两条路都未经脚印污染。
呵，留下一条路等改日再见！
但我知道路径延绵无尽头，
恐怕我难以再回返。

也许多少年后在某个地方，
我将轻声叹息把往事回顾：

一片树林里分出两条路，
而我选了人迹更少的一条，
从此决定了我一生的道路。

（顾子欣 译）

选自外国文学出版社《外国诗2》

罗伯特·弗洛斯特被称为“美国文学的桂冠诗人”，他曾四次获得普利策奖，出版了十几本诗集。他的诗常写自然风光和乡村风尚，蕴含着深刻的、具有象征意义的哲理。《未选择的路》即是如此，明白如话，又意味无穷，它既是人生之路的象征，又包含着选择与承担的勇气。

罗伯特·弗洛斯特（Robert Frost，1874—1963），美国诗人。曾获得四次普利策诗歌奖，被称之为“美国文学中的桂冠诗人”。弗洛斯特的著名诗集有《山间》《又一片牧场》《林间空地》和诗剧《理智的假面具》等。

偷走的孩子

[爱尔兰] 威廉·巴特勒·叶芝

乱石嶙峋中，史留斯树林高地的，
一块地方，向着湖心倾斜低低，
那里有一座小岛，岛上枝叶葱茏，
一只只振翅的苍鹭惊醒
睡意沉沉的水耗子，
那里，我们藏起了自己，

幻想的大缸，里面装满浆果，
还有偷来的樱桃，红红地闪烁。
走吧，人间的孩子！
与一个精灵手拉着手，
走向荒野和河流，
这个世界哭声太多了，你不懂。

那里，月色的银波轻漾，
为灰暗的沙砾抹上了光芒。
在那最遥远的罗赛斯，
我们整夜踩着步子，
交织着古老的舞影，
交换着双手、交换着眼神；
最后连月亮也都已消失，
我们前前后后地跳去，
追赶着一个个气泡；
而这个世界充满了烦恼，
甚至在睡眠中也是如此焦虑。
走吧，噢人间的孩子！
与一个精灵手拉着手，
走向荒野和河流，
这个世界哭声太多了，你不懂。

那里，蜿蜒的水流从
葛兰卡的山岭上往下疾冲，
流入芦苇间的小水坑，
连一颗星星也不能在这里游泳，
我们寻找熟睡的鳟鱼，

在它们的耳朵中低语，
给它们带来一场场不安静的梦。
在那些朝着年轻的溪流中
滴下眼泪的一片片蕨上，
轻轻把身子倾向前方，
走吧，人间的孩子！
与一个精灵手拉着手，
走向荒野和河流，
这个世界哭声太多了，你不懂。

那个眼睛严肃的孩子
正和我们一起走去：
他再也听不到小牛犊
在温暖的山坡上呜呜，
或火炉架上的水壶声声
向他的胸中歌唱着和平，
或望着棕色的耗子
围着燕麦片箱子跳个不已。
因为他走来了，人间的孩子，
与一个精灵手拉着手，
走向荒野和河流，
这个世界哭声太多了，他不懂。

（裘小龙 译）

选自四川文艺出版社《抒情诗人叶芝诗选》

叶芝是爱尔兰伟大的诗人。他的名篇《当你老了》享誉世界，他的墓志铭："冷眼一瞥，生与死。骑者，且前行。"也体现了生命无尽的积极与旷达。在叶芝的早期作品中，《被偷走的孩子》是名篇，源于一个古老的关于仙女诱拐小孩的传说。叶芝把现实和幻想交织在一起，表达了一种矛盾的思想：不朽的仙景固然美好，但人间的欢乐和感情也就消失了。这种矛盾在叶芝以后的作品中得到了发展，也充满了象征意味。

威廉·巴特勒·叶芝（William Butler Yeats，1865—1939），爱尔兰诗人、剧作家。"爱尔兰文艺复兴运动"领袖，艾比剧院的创建者。1923年诺贝尔文学奖获得者。名作有《当你老了》等。

（以上文本由蒋励和她的同伴朗读。柴溪，来自北京，在使馆和联合国机构工作过多年，2013年在南苏丹的多罗难民营担任"无国界医生"志愿者；李雪峰，来自新疆乌鲁木齐，2015年前往巴基斯坦参与救援工作；魏宝珠，进入"无国界医生"组织十年，曾经在尼日利亚、南苏丹、黎巴嫩、约旦、南非、马拉维、阿富汗参与多项救援项目。）

柳传志·

改革开放的第一代弄潮儿，被认为是中国最具影响力的商业领袖之一。

写给儿子的信

柳传志

柳林结婚对我们全家来说毫无疑义是头等大事。我的主要任务是把今天的话讲好，要把方方面面的意思都表达了，还要有点深刻的内容，以便于将来载入家庭史册，所以准备这个讲话还真是费神思的事。

我荣幸地有机会给柳林当父亲有四十几年的历史了。近十余年来，他虽也常有欢笑的时候，我总觉得他的大多数快乐是短暂的，是停留在皮肤层面的。多数的时候他表情平淡，略有忧郁。而自从和康乐交了朋友以后，他明显发生了变化。随着时间的推进，他的快乐从皮肤进入到了骨髓、筋脉，进入到了五脏六腑。看来康乐的笑容融化在了柳林的心田里面。柳林开始脑门发亮，眉眼中总带着愉悦和笑意。

柳林是个比较成熟稳重的男人，遇事前思后想，不易冲动。柳林的变化我和他妈自然看在眼里。

我和柳林交流广泛且深刻，其中关于择偶标准，我和他讨论过无数次。所以只要柳林由衷地高兴、幸福，康乐大致属于什么类型，不用我再做了解，只看柳林的态度，心中已有分晓。

在我家的“相亲相爱一家人”的微信群中，康乐以前是见习秘书长。今天，公元 2016 年 12 月 24 日起，康乐将正式担任秘书长一职。康乐的阳光将不仅照向柳林，而且洒向全家，为全家的和睦、幸福、昌盛贡献力量。

这时候应该表达感谢了。首先，我们全家、我们整个大家庭对康健民先生、陈秋霞女士能培养出康乐这样善良、贤淑、聪明、能干、形象内涵俱佳的女儿感到由衷地钦佩，更重要的是能把女儿无私地输送到老柳家当儿媳妇，且掌管钥匙，表示万分感谢。对这样无比珍贵的礼物，我们实在无以回报，只能把儿子送到您那儿当女婿，以表达感激之情。柳林还行，以后如果有冬天存储大白菜、搬蜂窝煤这样的重活儿尽管叫他干，他绝无二话，因为他从小就这么跟着我跟他妈干过很多年。

在我们公司，考察干部有句行话，叫“既要看前门脸也要看后脑勺”。“前门脸”指的是这个人的业绩、能力，他要给人看的地方；“后脑勺”是人的品行，一般考核不到的地方。

柳林不在我们公司上班，我的注意力不放在他的前门脸上，而是在后脑勺上。如实讲，柳林的后脑勺长得还是很漂亮的。柳林善良、忠厚、孝顺，对朋友讲情义、重承诺，说话幽默，有味儿，而且从不高调，他的朋友都认可他。

在我们大家庭中有一个至高无上的尊者，那就是我的父亲。由于柳林在家族中独苗单传的特殊位置，也由于柳林孝顺善良的性格，爷爷奶奶对他的成长高度关注。在他结婚的重要时刻，我要对他讲的一句深刻的话，就是我父亲送给我的一句话，转送给柳林。

我十七岁高中毕业的时刻，由于家庭成分的原因，发生过一个突然的变故，我曾受到重重的一击，我被完全打蒙了。在这时候，父亲和母亲一起和我谈了话。

父亲说：“只要你是一个正直的人，不管你做什么行业，你都是我的好孩子。”父亲的话让我无比温暖。我的一生经历坎坷，天上地下、水中火中，但我父亲的这句话，让我直面任何环境，坦荡应对。

今天，当我要把这句话转送给儿子的时候，我想加一点补充。“正直”两个字本身包含了忠诚坦荡、光明磊落等多种真善美的内涵，我想加的半句话是“懂得融通”，也就是说“有理想而不理想化”。

在我懂事成人的二十世纪五十年代，何曾想过今天世界会是这样，而对你们——你和康乐，将面临一个更大不确定性的未来，真正理解“有理想而不理想化”也会让你们以强大的心脏面对未来。我想会受益无穷的。

每当看到柳林和康乐相视，会心一笑的时候，这种幸福的光环不但笼罩着你们，而且传递到了我们心中。做父母的有什么比儿女生活幸福还觉得幸福的事呢！尤其是此刻，我从“沙场”退下来，希望要充分享受天伦之乐的时候。

希望柳林、康乐永远相亲相爱。这是柳家的传统，爷爷奶奶、爸爸妈妈、叔叔婶婶，都是这样。我们——我、你妈妈、叔叔、婶婶、姑姑都在热烈地、殷切地盼望看你们结下幸福的果实，越多越好！三十多年前有一个日本电视剧叫《阿信》，电视剧的开头就是在高速列车上，一个满头银发的老奶奶带她的孙子看她创造的产业帝国。我正殷切地盼望着这一天！

再一次感谢各位亲朋好友的到来！

柳传志（1944— ），出生于江苏镇江，曾任联想控股有限公司总裁、董事局主席。

周小林、殷洁：
中国最大的私家花园“鲜花山谷”的主人，被称为“神仙眷侣”。

朱生豪情书（节选）

朱生豪

宋：

心里说不出的恼，难过，真不想你竟这样不了解我。我不知道什么叫作配不配，人间贫富有阶级，地位身份有阶级，才智贤愚有阶级，难道心灵也有阶级吗？我不是漫然把好感给人的人，在校里同学的一年，虽然是那样喜欢你，也从不曾想到要爱你像自己生命一般，于今是这样觉得了。我并不要你也爱我，一切都出于自愿，用不到你不安，你当作我是在爱一个幻象也好。就是说爱，你也不用害怕，我是不会把爱情和友谊分得明白的。我说爱，也不过是纯粹的深切的友情，丝毫没有其他的意思。别离对于我是痛苦，但也不乏相当的安慰，然而我并不希望永久厮守在一起。我是个平凡的人，不像你那么“狂野”，但我厌弃的是平凡的梦。我只愿意凭着这一点灵感的相通，时时带给彼此以慰藉，“像流星的光辉，照耀我疲惫的梦寐，永远存一个安慰，纵然在别离的时候”。当然能够时时见见面叙叙契阔，是最快活的，但即此也并非十分的必要。如果我有梦，那便是这样的梦；如果我有恋爱观，那便是我的恋爱观；如果问我对于友谊的见解，也只是如此。如果我是真心地真爱你（不懂得配与不配，你配不配被我爱或我配不配爱你），我没有不该待你太好的理由，更懂不得为什么该忘记你。我的快乐即是爱你，我的安慰即是思念你，你愿不愿待我好则非我所愿计及。

愿你好。

朱　廿四

昨夜我看见郑天然向我苦笑。你被谁吹大了，皮肤像酱油一样，样子很不美。我说，你现在身体很好了。说这句话，心里甚为感动，想把你抱起来高高地丢到天上去。醒来觉得甚是爱你。

这两天我很快活，而且骄傲。

你这人，有点太不可怕。尤其是，一点也不莫名其妙。

朱

昨天上午安乐园冰淇淋上市，可是下午便变成秋天，风吹得怪凉快的。今天上午，简直又变成冬天了。太容易生毛病，愿你保重。

昨夜梦见你、郑天然、郑瑞芬等，像是从前同学时的光景，情形记不清楚，但今天对人生很满意。

我希望你永远待我好，因此我愿意自己努力学好，但如果终于学不好，你会不会原谅我？对自己我是太失望了。

不要愁老之将至，你老了一定很可爱。而且，假如你老了十岁，我当然也同样老了十岁，世界也老了十岁，上帝也老了十岁，一切都是一样。

我愿意舍弃一切，以想念你终此一生。

所有的恋慕。

蚯蚓　九日

□（编者注：此处原信中挖去一块）

天如愿地冷了，不是吗？

我一定不笑你，因为我没有资格笑你。我们都是世上多余的人，但至少我们对于彼此都是世上最重要的人。

我一天一天明白你的平凡，同时却一天一天愈更深切地爱你。你如照镜子，你不会看得见你特别好的所在，但你如走进我的心里来时，你一定能知道自己是怎样好法。（这是一个很古怪的说法，不是？）

一切不要惶恐，都有魔鬼作主。

我真的非常想要看看你，怎么办？你一定要非常爱你自己，不要让她消瘦，否则我不依。我相信你是个乖。

Lucifer（编者注：魔鬼、撒旦）

挚爱的朋友：

我已写坏了好几张纸了，越是想写，越是不知写什么话好。让我们不要胡思乱想，好好地活着吧。在我的心目中，你永远是那样可爱的，这已然是一个牢不可拔的成见了。无论怎样远隔着，我的心永远跟你在一起，如果没有你，生命对于我将是不可堪的。

我知道寂寞是深植在我们的根性里，然而如果我的生命已因你而蒙到了祝福的话，我希望你也不要想象你是寂寞的，因为我热望在你的心中占到一个最宝贵的位置。我不愿意有一天我们彼此都只化成了一个记忆，因为记忆无论如何美妙，总是已经过去已经疏远了的。你也许会不相信，我常常想象你是多么美好多么可爱，但实际见了你面的时候，你更比我的想象美好得多可爱得多。你不能说我这是说谎，因为如果不然的话，我满可以仅仅想忆你自足，而不必那样渴望着要看见你了。

我很欢喜，“不记得凝望些什么，一天继续着一天”两句话，说得太寂寞了。但我知道我所凝望着的只是你。

祝好。

朱　十日夜

心爱：

昨夜梦你又来了，而且你哭。你为什么哭呢？是不是因为我们的交好使你感觉不幸？是不是因为我太不好？还是不为什么？

你是太好了，没有人该受到我更深的感激。开始我觉得你有些不够我的理想，你太瘦小了，我的理想是应该颀长的；你太温柔婉约了，我的理想是应该豪放浪漫的。但不久你便把我的理想击为粉碎。现实的你是比我的空虚的理想美得多可爱得多。在你深沉而谦卑的目光下，我更乐意成为你的臣仆，较之在一切骄傲而浮华的俗艳之前。我明白我们在这世上应该找寻的是自己，不是自己以外的人，因为只有自己才能明白自己，谅解自己。我找到了你，便像是找到了我真的自己。如果没有你，即使我爱了一百个人，或有一百个人爱我，我的灵魂也仍将永远彷徨着，因为只有你才是属于我的 type（编者注：类型），你是 unique（编者注：独一无二、唯一）的。我将永远永远多么地多么地欢喜你。

梦中得过四句诗，两句再也记不起来，那两句是“剧怜星月凄凄色，又照纤纤行步声”，很像我早期所作的鬼诗。

《孟加拉枪骑兵传》已在大光明卖了一星期满座，尚在继续演映中；《罪与罚》则如一般只供高级鉴赏者观看的影片一样，昨天已经悄悄地映完了，只有报纸的批评上瞎称赞了一阵，为着原作者和导演人冯史登堡的两尊偶像的缘故。在我看来，它还不能达到理想的地步，虽仍不失为本季中最值得注意的一个作品。除了演员的表演而外，你有没有注意到本片构图和摄影的匠心？

再谈，祝你好。伤风有没有好？做不做夜工？珍摄千万！

朱　九日

朱生豪是非常著名的翻译家，也是中国有名的莎士比亚的译者。他才华横溢，但为人沉默寡言。大学期间，他认识了宋清如，于是用了十年的时间给宋清如写了大量的情诗，不停变换自己的称呼。真率的语言，直白的表达，体现的都是一颗赤子之心。正是因为这样，这些情书，一直到现在，还为人们所津津乐道。一个才子内心深处的深情与幽默，通过三百多封炙热的情书保留了下来。朱生豪只活了三十二岁，去世的时候抗战的烽烟未散，他热爱的莎士比亚翻译工作也未完，他和宋清如的孩子只有一岁。爱是永恒的，爱的时代底色和生活底色也是永恒的。

北京师范大学文学院教授　康震

朱生豪（1912—1944），浙江嘉兴人。翻译家、诗人。二十四岁起，着手翻译《莎士比亚戏剧全集》，先后翻译莎剧三十一种，是中国较早翻译莎士比亚作品的人之一，其译文质量和风格卓具中国特色；其按喜剧、悲剧、史剧、杂剧分类编排的方式自成体系，为国内外莎士比亚研究者所认同。

张梓琳：

首位华人“世界小姐”，参与募集的善款总额超过三千二百万美元。

愿你慢慢长大

刘瑜

亲爱的小布谷：

今年“六一”儿童节，正好是你满百天的日子。

当我写下“百天”这个字眼的时候，着实被它吓了一跳——一个人竟然可以这样小，小到以天计。在过去一百天里，你像个小魔术师一样，每天变出一堆糖果给爸爸妈妈吃。如果没有你，这一百天，就会像它之前的一百天，以及它之后的一百天一样，陷入混沌的时间之流，绵绵不绝而不知所终。

就在几天前，妈妈和一个阿姨聊天，她问我：为什么你决定要孩子？我用了一个很常见也很偷懒的回答：为了让人生更完整。她反问：这岂不是很自私？用别人的生命来使你的生命更“完整”？是啊，我想她是对的。但我想不出一个不自私的生孩子的理由。古人说“不孝有三，无后为大”，不自私吗？现代人说“我喜欢小孩”，不自私吗？生物学家说“为了人类的繁衍”，哎呀，听上去多么神圣，但也不过是将一个人的自私替换成了一个物种甚至一群基因的自私而已。对了，有个叫道金斯的英国老头儿写过一本书叫《自私的基因》，你长大了一定要找来这本书读读，你还可以找来他的其他书读读，妈妈希望你以后是个爱科学的孩子。当然妈妈也希望你在爱科学的同时，能够找到自己的方式挣脱虚无。

因为生孩子是件很“自私”的事情，所以母亲节那天，看到铺天盖地“感谢母亲”“伟大的母爱”之类的口号时，我只觉得不安甚至难堪。我一直有个不太正确的看法：母亲对孩子的爱，不过是她为生孩子这个选择承担后果而已，谈不上什么“伟大”。以前我不是母亲的时候不敢说这话，现在终于可以坦然说出来了。甚至，我想，应该被感谢的是孩子，是他们让父母的生命更“完整”，让他们的虚空有所寄托，让他们体验到生命层层开放的神秘与欣喜，最重要的是，让他们体验到尽情地爱——那是一种自由，不是吗？能够放下所有戒备去信马由缰地爱，那简直是最大的自由。作为母亲，我感谢你给我这种自由。

也因为生孩子是件自私的事情，我不敢对你的未来有什么“寄望”。没有几个汉语词汇比“望子成龙”更令我不安，事实上这四个字简直令我感到愤怒：有本事你自己“成龙”好了，为什么要望子成龙？如果汉语里有个成语叫“望爸成龙”或者“望妈成龙”，当父母的会不会觉得很无礼？所以，小布谷，等你长大，如果你想当一个华尔街的银行家，那就去努力吧。但如果你仅仅想当一个面包师，那也不错。如果你想从政，只要出于恰当的理由，妈妈一定支持，但如果你只想做个动物园饲养员，那也挺好。我所希望的只是，在成长的过程中，你能幸运地找到自己的梦想——不是每个人都能找到人生的方向感，又恰好拥有与这个梦想相匹配的能力——也不是每个人都有与其梦想成比例的能力。是的，我祈祷你能“成功”，但我所理解的成功，是一个人对自己所做的事情有敬畏与热情——在妈妈看来，一个每天早上起床都觉得上班是个负担的律师，并不比一个骄傲地对顾客说“看，这个发型剪得漂亮吧”的理发师更加成功。

但是，对你的“成就”无所寄望并不等于对你的品格无所寄望。妈妈希望你来到这个世界不是白来一趟，能有愿望和能力领略它波光潋滟的好，并以自己的好来成全它的更好。妈妈相信人的本质是无穷绽放，人的尊严体现在向着真善美无尽奔跑，所以，我希望你是个有求知欲的人，大到“宇宙之外是什么”，小到“我每天拉的屎冲下马桶后去了哪里”，都可以引起你的好奇心；我希望你是个有同情心的人，对他人的痛苦——哪怕是动物的痛苦——抱有最大程度的想象力因而对任何形式的伤害抱有最大程度的戒备心；我希望你是个有责任感的人，意识到我们所拥有的自由、和平、公正就像我们拥有的房子车子一样，它们既非从天而降，也非一劳永逸，需要我们每个人去努力追求与奋力呵护；我希望你有勇气，能够在强权、暴力、诱惑、舆论甚至小圈子的温暖面前坚持说出“那个皇帝其实并没有穿什么新衣”；我希望你敏感，能够捕捉到美与不美之间势不两立的差异，能够在博物馆和音乐厅之外、生活层峦叠嶂的细节里发现艺术；作为一个女孩，我还希望你有梦想，你的青春与人生不仅仅为爱情和婚姻所定义。这个清单已经太长了是吗？对品格的寄望也是一种苛刻是吗？好吧，与其说妈妈希望你成为那样的人，不如说妈妈希望你能和妈妈相互勉励，帮助对方成为那样的人。

有一次妈妈和朋友们聊天，我说希望以后“能和自己的孩子成为好朋友”，结果受到了朋友们的集体嘲笑。他们说，这事可没什么盼头，因为你不能预测你的孩子将长成什么样。一个喜欢读托尔斯泰的妈妈可能生出一个喜欢读《兵器知识》的小孩，一个茶党妈妈可能生出一个信仰共产主义的小孩，一个热爱古典音乐的妈妈可能生出一个热爱摇滚的小孩，甚至，一个什么都喜欢的妈妈可能生出一个什么都不喜欢的小孩……而就算他价值观念、兴趣爱好都和你相近，他也宁愿和他的同龄人交流而不是你。所以，朋友们告诫我，还是别做梦有一天和你的孩子成为朋友啦。好吧，妈妈不做这个梦了，我不指望你十五岁那年和爸爸妈妈成立一个读书小组，或者二十五岁那年去非洲旅行时叫上妈妈。如果有一天你发展出一个与妈妈截然不同的自我，我希望能为你的独立而高兴。如果你宁愿跟你那个满脸青春痘的胖姑娘同桌而不是妈妈交流人生，那么我会为你的人缘儿而高兴。如果——那简直是一定的——我们为“中国往何处去”以及“今晚该吃什么”吵得不可开交，如果——那也是极有可能的——你也像妈妈一样脾气火爆，我也希望你愤然离家出走的时候记得带上手机、钥匙和钱包。

小布谷，你看，我已经把太多注意力放在“以后”上面了，事实上对“以后”的执着常常伤害人对当下的珍视。怀孕的时候，妈妈天天盼着你能健康出生；你健康出生以后，妈妈又盼着你能尽快满月；满月之后盼百天，百天之后盼周岁……也许妈妈应该把目光从未来拉回到现在，对，现在。现在的你，有一百个烦人的理由，你有时候因为吃不够哭，有时候又因为厌奶哭；你半夜总醒，醒了又不肯睡；你常常肠绞痛，肠绞痛刚有好转又开始发低烧，发烧刚好又开始得湿疹……但就在筋疲力尽的妈妈开始考虑是把你卖给马戏团还是把你扔进垃圾桶时，你却靠在妈妈怀里突然憨憨地一笑，小眼睛眯眯着，小肉堆堆着，就这一笑，又足以让妈妈升起“累死算了”的豪情。岂止你的笑，你睡着时嘴巴像小鱼一样嘬嘬嘬的样子，你咿咿呀呀时耸耸着的鼻子，你消失在层层下巴之后的脖子，你边吃奶边哭时“哎呀哎呀”的声音，你可以数得出根数却被妈妈称为浓密的睫毛，都给妈妈带来那么多惊喜。妈妈以前不知道人会抬头这事也会让人喜悦，手有五个手指头这事也会让人振奋，一个人嘴里吐出一个“哦”字也值得奔走相告——但是你牵着妈妈的手，引领妈妈穿过存在的虚空，重新发现生命的奇迹。现在，妈妈在这个奇迹的万丈光芒中呆若木鸡，妈妈唯愿你能对她始终保持耐心，无论阴晴圆缺，无论世事变迁，都不松开那只牵引她的手。

小布谷，愿你慢慢长大。

愿你有好运气，如果没有，愿你在不幸中学会慈悲。

愿你被很多人爱，如果没有，愿你在寂寞中学会宽容。

愿你一生一世每天都可以睡到自然醒。

布妈

选自人民文学出版社《成长，请带上这封信》

刘瑜的文字，天然地具有一种情理兼备的气质。在这封饱含深情的女儿寄语，或者母亲明志式的文字中，体现得更为充分。初为人母内心深处涌动的温柔情愫，与了解教育的益处和弊端的知识女性的理智冷静，在这篇文字中悠然“遇见”。一份笃定的爱和一丝学着做家长的诚惶诚恐打动着所有母亲的心。傅雷说，孩子，你要做一个赤子；汪曾祺说，我们是多年父子成兄弟；丰子恺说，我在世间，永没有逢到像你们这样出肺肝相示的人……人世间这一次相遇，终究是孩子慢慢长大，父母慢慢变老。

刘瑜（1975— ），学者、作家、诗人。先后就读于中国人民大学和美国哥伦比亚大学。现任教于清华大学人文社会科学学院政治学系。代表作有《民主的细节》《送你一颗子弹》等。

许渊冲：

和傅雷、钱锺书同时代的资深翻译家，获国际翻译界最高奖“北极光”杰出文学翻译奖，是首位获此殊荣的亚洲翻译家。

诗经·小雅·采薇（节选）

昔我往矣，杨柳依依。
今我来思，雨雪霏霏。
行道迟迟，载渴载饥。
我心伤悲，莫知我哀。

Livre de la Poésie Odes
Un Soldat nostalgique

À mon départ,
Le saule en pleurs.
Au retour tard,
La neige en fleurs.
Lents, lents mes pas.
Lourd, lourd mon cœur;
J’ai faim; j’ai soif,
Quelle douleur!

(Traduit par Xu Yuanchong)

选自中国市场出版社《大中华文库·诗经》（汉法对照本）

如愿·人生七阶

[英] 威廉·莎士比亚

世界就是一个舞台，男男女女都扮演着不同的角色。他们都有上场和下场的时候。一个人一生可以分为七幕：第一幕演的是婴儿，在奶妈怀里咿咿呀呀，吃吃吐吐。第二幕是学童，去上学时愁眉苦脸，走起路来慢得像蜗牛在爬行，放学时却满脸笑容，拿起书包就跑。第三幕是情人，唉声叹气像火炉上的开水壶，写一首自作多情的恋歌，赞美恋人的眉毛如一弯新月。第四幕是当兵，满口赌咒发誓，满脸胡子犹如豹皮。争功夺赏，吵嘴打架，在炮火中寻找水上的浮名。第五幕是做官。圆圆的肚皮里面塞满了肥鸡瘦肉，肚子胀得像个鸡蛋，眼睛尖得像针，胡子硬得像刺，说起话来引经据典，举起例来博古通今，就这样演出了一个当官的红人。第六幕变成了一个瘦老头。穿着拖鞋和邋遢的长裤，鼻子上架着眼镜，腰间挂着钱包，燕尾服紧束的裤腿在瘦削的大腿上却显得宽松，洪亮的声音又恢复了儿童时代的尖嗓子，听起来像哨音或笛声。最后一幕，结束了这丰富多彩的人生经历，再现了第二个儿童时代，出现了遗忘的岁月：有眼无珠，有口无牙，有舌无味，一个一塌糊涂的晚年。

（许渊冲 译）

As You Like It

William Shakespeare

All the world's a stage,
And all the men and women merely players:
They have their exits and their entrances,
And one man in his time plays many parts,
His acts being seven ages. At first, the infant,

Mewling and puking in the nurse's arms.
Then the whining school-boy, with his satchel
And shining morning-face, creeping like snail
Unwillingly to school. And then the lover,
Sighing like furnace, with a woeful ballad
Made to his mistress' eyebrow. Then a soldier,
Full of strange oaths, and bearded like the pard,
Jealous in honour, sudden, and quick in quarrel,
Seeking the bubble reputation
Even in the cannon's mouth. And then the justice,
In fair round belly with good capon lin'd,
With eyes severe and beard of formal cut,
Full of wise saws and modern instances;
And so he plays his part. The sixth age shifts
Into the lean and slipper'd pantaloon,
With spectacles on nose and pouch on side;
His youthful hose, well sav'd, a world too wide
For his shrunk shank; and his big manly voice,
Turning again toward childish treble, pipes
And whistles in his sound. Last scene of all,
That ends this strange eventful history,
Is second childishness, and mere oblivion,
Sans teeth, sans eyes, sans taste, sans everything.

哈梦莱（节选）

［英］威廉·莎士比亚

无论过去还是现在，演戏的目的都是要给自然或现实照照镜子，要给德行看看自己的面目，傲慢看看自己的嘴脸，时代和社会看到自己整体的形象和受到的压力。表演过火或者拖泥带水虽然可以博得无知观众的一笑，却会使有识之士感到痛心。你们应该把后者的批评看得重于前者的满堂掌声。

（许渊冲 译）

选自海豚出版社《哈梦莱》

四百年以前，他是一位杰出的戏剧家、诗人、演员、剧团掌门人；四百年间，他是戏剧舞台上的一个灵魂，是文学文本中的一种精神，是一代又一代文学家、批评家、翻译家、导演和演员们心中追逐的一道光芒，一种思想，一个境界；而今天，他不仅出现在剧院、图书馆、课堂、研究所，他还是银幕和荧屏背后的一个存在；他甚至是一件衬衣上的形象，一个商标上的符号。他的一句台词可能是一部小说的书名，一句诗可能出现在电影或电视中，甚至他剧作中人物的一句台词会成为人们的口头禅。很难想象，在未来的岁月中，他还能是什么，还能怎样出现在后人的眼中和心中，还能如何影响一代又一代人的生活和灵魂。但可以肯定的是，在变化万千的身影中，在闪耀千秋的光晕后，他永不消亡。他就是威廉·莎士比亚。

中国著名诗人、翻译家　屠岸

威廉·莎士比亚（William Shakespeare，1564—1616），英国杰出的戏剧家、诗人、语言艺术大师，欧洲文艺复兴时期人文主义文学的集大成者。出生在英国中部的小镇斯特拉特福，曾在伦敦环球剧场等地从事戏剧活动，集编、导、演于一身。一生留下了三十余部不朽剧作（包括历史剧、喜剧、悲剧和传奇剧）、一百五十四首十四行诗和两首叙事长诗等，塑造了一系列在世界文学史上具有典型意义的不朽人物形象。

沁园春·雪

毛泽东

北国风光，千里冰封，万里雪飘。望长城内外，惟余莽莽；大河上下，顿失滔滔。山舞银蛇，原驰蜡象，欲与天公试比高。须晴日，看红装素裹，分外妖娆。　江山如此多娇，引无数英雄竞折腰。惜秦皇汉武，略输文采；唐宗宋祖，稍逊风骚。一代天骄，成吉思汗，只识弯弓射大雕。俱往矣，数风流人物，还看今朝。

Tune: Spring in a Pleasure Garden
Snow

Mao Zedong

See what the northern countries show:
Hundreds of leagues ice-bound go;
Thousands of leagues flies snow.
Behold! Within and without the Great Wall
The boundless land is clad in white,
And up and down the Yellow River,
All the endless waves are lost to sight.

Mountains like silver serpents dancing,
Highlands like waxy elephants advancing,
All try to match the sky in height.
Wait till the day is fine
And see the fair bask in sparkling sunshine,
What an enchanting sight!

Our motherland so rich in beauty
Has made countless heroes vie to pay her their duty.
But alas! Qin Huang and Han Wu
In culture not well bred,
And Tang Zong and Song Zu
In letters not wide read.
And Genghis Khan, proud son of Heaven for a day,
Knew only shooting eagles by bending his bows.
They have all passed away;
Brilliant heroes are those
Whom we will see today!

(Translated by Xu Yuanchong)

选自中译出版社《许渊冲译毛泽东诗词》

毛泽东（1893—1976），字润之，湖南湘潭人。中国人民的领袖、马克思主义者，伟大的无产阶级革命家、战略家和理论家，中国共产党、中国人民解放军和中华人民共和国的主要缔造者和领导人，诗人、书法家。

约翰·克里斯托夫（节选）

[法] 罗曼·罗兰

可爱的艺术，在阴暗的时刻……

生命消逝了。肉体和灵魂像波浪滚滚而去。岁月在老树的肉体上刻下了年轮。整个有形的世界都在除旧迎新。只有你，不朽的音乐啊，不会随波而去。你是内心的海洋。你是深刻的灵魂。在你明亮的眼睛里，生命不会照出阴暗的面孔。时热时冷、焦急不安、犹豫不定的日子，像飞渡的乱云远远离开了你。只有你不会成为过去。你在世界之外。你本身就是个世界。你有你的太阳，引导你的行星，你有你的引力、数量、规律。你和群星一样平静，在夜空中划出了光明的航线——像无形的金牛拉着银犁耕田。

音乐啊，平静的朋友，你的光辉如同月色，对被太阳的强光照累的眼睛是多么柔和啊！公共饮水池给人用脚搅浑了，要喝净水的灵魂赶快到你怀里来吸梦寐以求的奶汁甘泉。音乐啊，你是一个白璧无瑕的母亲，你纯洁的体内热情奔放，你湖光般的眼色像山川一样淡绿，你芦苇色的眼睛里包藏着形形色色的善和恶——你是超乎善恶之上的；无论善恶，只要藏在你体内，就超出了时间的范围；无论多少日子，对你说来，都只等于一天；死亡可以吞下一切，但没有咬你的利牙。

音乐，你安慰了我痛苦的灵魂；音乐，你使我平静、坚强、快乐——你给了我爱情、财富——我吻你纯洁的嘴唇，在你蜜一般的软发里藏着我的脸，把我发烧的眼皮贴着你温柔的手掌。我们都不说话，闭着眼睛。但我看见你眼里永不消失的光辉，我痛饮你嘴上醉人的笑容，我蹲在你心里听永恒生命的跳动。

（许渊冲 译）

选自中央编译出版社《约翰·克里斯托夫》

罗曼·罗兰是享誉世界的作家，也是著名的社会活动家，他用戏剧写法国大革命，用名人传记写英雄主义，用小说张扬理想主义。他反对战争和暴力，倡导个人精神独立。“五四”运动以后，中国曾经出现过崇拜罗曼·罗兰的狂热期，鲁迅、茅盾、郑振铎都曾向中国读者介绍过他；而他去世之后，宋庆龄、郭沫若、萧军、艾青、焦菊隐等都曾写过悼念文章。他的《约翰·克利斯托夫》《贝多芬传》因傅雷充满激情的译笔影响了几代中国人。那“扼住命运咽喉”的诗意表达，至今都是强人意志和理想主义的代名词。1915 年，诺贝尔文学奖的颁奖词这么评价罗曼·罗兰：“我们颂扬他文学作品中高尚的理想主义，以及他在描述不同类型的人们中表达出的怜悯心和真理之爱。”

罗曼·罗兰（Romain Rolland，1866—1944），法国小说家、思想家、音乐评论家、社会活动家、二十世纪上半叶法国著名的人道主义作家。1915 年凭《约翰·克里斯托夫》获诺贝尔文学奖，将奖金全部赠予国际红十字会和法国难民组织。代表作还有《母与子》《哥拉·布勒尼翁》及《名人传》等。

（以上文本均由许渊冲的好友、学生朗读。他们是：李亚舒，原中科院国际交流中心翻译部主任，中国译协副会长；黄必康，北大外国语学院教授；杨俊峰，大连外国语大学副校长；党争胜，西安外国语大学副校长；贾洪伟，许渊冲翻译与比较文化研究院执行院长；陈寒，苏州大学外国语学院讲师；边海玲，海豚出版社文学馆总监；洪健城、田小花、璐易分别是来自泰国、英国、匈牙利的留学生。）

陪　伴

Accompany

为什么我们需要陪伴？因为陪伴很温暖，它意味着这个世界上，有人愿意把最美好的东西给你，那就是时间。当然陪伴也是一个很平常的词，日复一日，年复一年，到最后陪伴就成了一种习惯。

“草，在结它的种子；风，在摇它的叶子。我们俩站着不说话。”在顾城的诗里，陪伴就是这么简单而美好。而在我们每一个人的生命里，会遇到各种各样的陪伴。比如学生时代，同学之间几年的陪伴；比如夫妻之间，相濡以沫几十年的陪伴；比如父母与孩子，生命与血脉注定一生的陪伴。

在这个主题中，最让我们感动的是杨乃斌，一个在八个月的时候失去了听力的孩子，为了能够让他像健全人一样地成长，他的母亲从他上小学的那一天开始，就成了他的同班同学，一直陪了他十六年，所以说，陪伴也是一种力量。

在这个世界上，没有一个人是孤岛，失去了陪伴，也就失去了生存的意义。

杨乃斌：

一个在普通全日制学校接受教育的失聪少年。妈妈陶艳波以同桌的身份陪他上完了小学、中学和大学。

通讯十

冰心

亲爱的小朋友：

我常喜欢挨坐在母亲的旁边，挽住她的衣袖，央求她述说我幼年的事。

母亲凝想地，含笑地，低低地说：

“不过有三个月罢了，偏已是这般多病。听见端药杯的人的脚步声，已知道惊怕啼哭。许多人围在床前，乞怜的眼光，不望着别人，只向着我，似乎已经从人群里认识了你的母亲！”

这时眼泪已湿了我们两个人的眼角！

“你的弥月到了，穿着舅母送的水红绸子的衣服，戴着青缎沿边的大红帽子，抱出到厅堂前。因看你丰满红润的面庞，使我在姊妹妯娌群中，起了骄傲。

“只有七个月，我们都在海舟上，我抱你站在阑旁。海波声中，你已会呼唤‘妈妈’和‘姊姊’。”

对于这件事，父亲和母亲还不时地起争论。父亲说世上没有七个月会说话的孩子。母亲坚执说是的。在我们家庭历史中，这事至今是件疑案。

“浓睡之中猛然听得丐妇求乞的声音，以为母亲已被她们带去了。冷汗被面地惊坐起来，脸和唇都青了，呜咽不能成声。我从后屋连忙进来，珍重的揽住，经过了无数的解释和安慰。自此后，便是睡着，我也不敢轻易地离开你的床前。”

这一节，我仿佛记得，我听时写时都重新起了呜咽！

“有一次你病得重极了。地上铺着席子，我抱着你在上面膝行。正是暑月，你父亲又不在家。你断断续续说的几句话，都不是三岁的孩子所能够说的。因着你奇异的智慧，增加了我无名的恐怖。我打电报给你父亲，说我身体和灵魂上都已不能再支持。忽然一阵大风雨，深忧的我，重病的你，和你疲乏的乳母，都沉沉地睡了一大觉。这一番风雨，把你又从死神的怀抱里，接了过来。”

我不信我智慧，我又信我智慧！母亲以智慧的眼光，看万物都是智慧的，何况她的唯一挚爱的女儿？

“头发又短，又没有一刻肯安静。早晨这左右两个小辫子，总是梳不起来。没有法子，父亲就来帮忙：‘站好了，站好了，要照相了！’父亲拿着照相匣子，假作照着。又短又粗的两个小辫子，好容易天天这样地将就地编好了。”

我奇怪我竟不懂得向父亲索要我每天照的相片！

“陈妈的女儿宝姐，是你的好朋友。她来了，我就关你们两个人在屋里，我自己睡午觉。等我醒来，一切的玩具，小人小马，都当做船，飘浮在脸盆的水里，地上已是水汪汪的。”

宝姐是我一个神秘的朋友，我自始至终不记得，不认识她。然而从母亲口里，我深深地爱了她。

“已经三岁了，或者快四岁了。父亲带你到他的兵舰上去，大家匆匆地替你换上衣服。你自己不知什么时候，把一只小木鹿，放在小靴子里。到船上只要父亲抱着，自己一步也不肯走。放到地上走时，只有一跛一跛的。大家奇怪了，脱下靴子,发现了小木鹿。父亲和他的许多朋友都笑了。——傻孩子！你怎么不会说？”

母亲笑了，我也伏在她的膝上羞愧地笑了。——回想起来，她的质问，和我的羞愧，都是一点理由没有的。十几年前事，提起当面前事说，真是无谓。然而那时我们中间弥漫了痴和爱！

“你最怕我凝神，我至今不知是什么缘故。每逢我凝望窗外，或是稍微地呆了一呆，你就过来呼唤我，摇撼我，说：‘妈妈，你的眼睛怎么不动了？’我有时喜欢你来抱住我，便故意地凝神不动。”

我自己也不知道是什么缘故。也许母亲凝神，多是忧愁的时候，我要搅乱她的思路，也未可知。——无论如何，这是个隐谜！

“然而你自己却也喜凝神。天天吃着饭，呆呆地望着壁上的字画，桌上的钟和花瓶，一碗饭数米粒似的，吃了好几点钟。我急了，便把一切都挪移开。”

这件事我记得，而且很清楚，因为独坐沉思的脾气至今不改。

当她说这些事的时候，我总是脸上堆着笑，眼里满了泪，听完了用她的衣袖来印我的眼角，静静地伏在她的膝上。这时宇宙已经没有了，只母亲和我，最后我也没有了，只有母亲；因为我本是她的一部分！

这是如何可惊喜的事，从母亲口中，逐渐地发现了，完成了我自己！她从最初已知道我，认识我，喜爱我，在我不知道不承认世界上有个我的时候，她已爱了我了。我从三岁上，才慢慢地在宇宙中寻到了自己，爱了自己，认识了自己；然而我所知道的自己，不过是母亲意念中的百分之一，千万分之一。

小朋友！当你寻见了世界上有一个人，认识你，知道你，爱你，都千百倍地胜过你自己的时候，你怎能不感激，不流泪，不死心塌地的爱她，而且死心塌地地容她爱你？

有一次，幼小的我，忽然走到母亲面前，仰着脸问说："妈妈，你到底为什么爱我？"母亲放下针线，用她的面颊，抵住我的前额，温柔地，不迟疑地说："不为什么，——只因你是我的女儿！"

小朋友！我不信世界上还有人能说这句话！"不为什么"这四个字，从她口里说出来，何等刚决，何等无回旋！她爱我，不是因为我是"冰心"，或是其他人世间的一切虚伪的称呼和名字！她的爱是不附带任何条件的，唯一的理由，就是我是她的女儿。总之，她的爱，是摒除一切，拂拭一切，层层的挥开我前后左右所蒙罩的，使我成为"今我"的原素，而直接地来爱我的自身！

假使我走至幕后，将我二十年的历史和一切都更变了，再走出到她面前，世界上纵没有一个人认识我，只要我仍是她的女儿，她就仍用她坚强无尽的爱来包围我。她爱我的肉体，她爱我的灵魂，她爱我前后左右，过去，将来，现在的一切！

天上的星辰，骤雨般落在大海上，嗤嗤繁响。海波如山一般地汹涌，一切楼屋都在地上旋转，天如同一张蓝纸卷了起来。树叶子满空飞舞，鸟儿归巢，走兽躲到它的洞穴。万象纷乱中，只要我能寻到她，投到她的怀里……天地一切都信她！她对于我的爱，不因着万物毁灭而更变！

她的爱不但包围我，而且普遍地包围着一切爱我的人；而且因着爱我，她也爱了天下的儿女，她更爱了天下的母亲。小朋友！告诉你一句小孩子以为是极浅显，而大人们以为是极高深的话，"世界便是这样地建造起来的！"

世界上没有两件事物，是完全相同的，同在你头上的两根丝发，也不能一般长短。然而——请小朋友们和我同声赞美！只有普天下的母亲的爱，或隐或显，或出或没，不论你用斗量，用尺量，或是用心灵的度量衡来推测；我的母亲对于我，你的母亲对于你，她的和他的母亲对于她和他；她们的爱是一般的长阔高深，分毫都不差减。小朋友！我敢说，也敢信古往今来，没有一个敢来驳我这句话。当我发觉了这神圣的秘密的时候，我竟欢喜感动得伏案痛哭！

我的心潮，沸涌到最高度，我知道于我的病体是不相宜的，而且我更知道我所写的都不出乎你们的智慧范围之外。——窗外正是下着紧一阵慢一阵的秋雨，玫瑰花的香气，也正无声地赞美她们的“自然母亲”的爱！

我现在不在母亲的身畔，——但我知道她的爱没有一刻离开我，她自己也如此说！——暂时无从再打听关于我的幼年的消息；然而我会写信给我的母亲。我说：“亲爱的母亲，请你将我所不知道的关于我的事，随时记下寄来给我。我现在正是考古家一般地，要从深知我的你口中，研究我神秘的自己。”

被上帝祝福的小朋友！你们正在母亲的怀里。——小朋友！我教给你，你看完了这一封信，放下报纸，就快快跑去找你的母亲——若是她出去了，就去坐在门槛上，静静地等她回来——不论在屋里或是院中，把她寻见了，你便上去攀住她，左右亲她的脸，你说：“母亲！若是你有工夫，请你将我小时候的事情，说给我听！”等她坐下了，你便坐在她的膝上，倚在她的胸前，你听得见她心脉和缓地跳动，你仰着脸，会有无数关于你的，你所不知道的美妙的故事，从她口里天乐一般地唱将出来！

然后，——小朋友！我愿你告诉我，她对你所说的都是什么事。

我现在正病着，没有母亲坐在旁边，小朋友一定怜念我，然而我有说不尽的感谢！造物者将我交付给我母亲的时候，竟赋予了我以记忆的心才；现在又从忙碌的课程中替我匀出七日夜来，回想母亲的爱。我病中光阴，因着这回想，寸寸都是甜蜜的。

小朋友，再谈罢，致我的爱与你们的母亲！

你的朋友　冰心

一九二三年十二月五日晨，

圣卜生疗养院，威尔斯利。

选自人民文学出版社《寄小读者》

冰心女士散文的清丽，文字的典雅，思想的纯洁，在中国好算是独一无二的作家了。记得雪莱的咏云雀的诗里，仿佛曾说过云雀是初生的欢喜的化身，是光天化日之下的星辰，是同月光一样来把歌声散溢于宇宙之中的使者，是霓虹的彩滴要自愧不如的妙音的雨师。以诗人赞美云雀的清词妙句，一字不易地用在冰心女士的散文批评之上，我想是最恰当也没有的事情。

著名作家　巴金

冰心（1900—1999），作家、翻译家。原名谢婉莹，生于福建长乐一个海军军官家庭，“五四”运动前后开始文学创作。主要作品有诗集《繁星》《春水》，散文、小说集《寄小读者》《南归》《往事》《小橘灯》及翻译作品《印度童话集》《吉檀迦利》《泰戈尔剧作集》等。

蒋雯丽：

著名演员、公益大使。做艾滋病防治宣传员已有十五年。

心田上的百合花开

林清玄

在一个偏僻遥远的山谷里，有一个高达数千尺的断崖，不知道什么时候，断崖边上长出了一株小小的百合。

百合刚刚诞生的时候，长得和杂草一模一样。但是，它心里知道自己并不是一株野草。

它的内心深处，有一个内在的纯洁的念头："我是一株百合，不是一株野草。唯一能证明我是百合的方法，就是开出美丽的花朵。"有了这个念头，百合努力地吸收水分和阳光，深深地扎根，直直地挺着胸膛。

终于，在一个春天的早晨，百合的顶部结出了第一个花苞。

百合的心里很高兴，附近的杂草却都不屑，它们在私底下嘲笑着百合："这家伙明明是一株草，偏偏说自己是一株花，还真以为自己是一株花，我看见顶上结的不是花苞，而是头上长瘤了。"

公开的场合，它们讥笑百合："你不要做梦了，即使你真的会开花，在这荒郊野外，你的价值还不是跟我们一样？"

偶尔也有飞过的蜂蝶鸟雀，它们也会劝百合不用那么努力开花："在这断崖边上，纵然开出世界上最美的花，也不会有人来欣赏啊！"

百合说："我要开花，是因为我知道自己有美丽的花；我要开花，是为了完成作为一株花的庄严使命；我要开花，是由于自己喜欢以花来证明自己的存在。不管有没有人欣赏，不管你们怎么看我，我都要开花！"

在野草和蜂蝶的鄙夷下，野百合努力地释放着内心的能量。有一天，它终于开花了，它那灵性的洁白和秀挺的风姿，成为断崖上最美丽的颜色。

这时候，野草与蜂蝶，再也不敢嘲笑它了。

百合花一朵朵地盛开着，花上每天都有晶莹的水珠，野草们以为那是昨夜的露水，只有百合自己知道，那是极深沉的欢喜所结的泪滴。

年年春天，野百合努力地开花、结籽。它的种子随着风，落在山谷、草原和悬崖边上，到处都开满洁白的野百合。

几十年后，远在千百里外的人，从城市、乡村，千里迢迢赶来欣赏百合花。许多孩童跪下来，闻嗅百合花的芬芳；许多情侣互相拥抱，许下了“百年好合”的誓言；无数的人看到这从未有过的美，感动得落泪，触动内心那纯洁温柔的一角。

那里，被人们称为“百合谷地”。

不管别人怎么欣赏，满山的百合都谨记着第一株百合的教导：

“我们要全心全意默默地开花，以花来证明自己的存在。”

林清玄是台湾最著名的散文家之一，三十岁之前，就已得遍台湾所有的文学奖。此后，他出家修行，散文也愈发增添理趣与空灵。因早年学画，后来习佛法，他的文字总是画面感强，又充满哲思。《心田上的百合花开》借花喻人，借百合与野草的区别来比喻人坚持自己的孤独和倔强，比喻人的高洁和净美。“我要以花做证”像一句誓言，一句在逆境中坚持自我的誓言；同时也更像一种修为的境界，唯有耐得住误解与寂寞，方能获得人生的大自在。不争、不辩、不闻、不看，温月光下酒，听心上百合盛开，都是林清玄用散文构建的禅意空间。

林清玄（1953— ），台湾高雄人，曾任台湾《中国时报》海外版记者、《工商时报》经济记者、《时报杂志》主编等职。散文集有《鸳鸯香炉》《迷路的云》等。

林兆铭：

广州野生动物救护中心工作人员。从十八岁开始，他一个人巡山，一个人喂养，一个人看护。

瓦尔登湖（节选）

［美］亨利·戴维·梭罗

最后樫鸟来了，它们的不协和的声音早就听见过，当时它们在八分之一英里以外谨慎地飞近，偷偷摸摸地从一棵树飞到另一棵树，越来越近，沿途拣起了些松鼠掉下来的玉米粒。然后，它们坐在一棵苍松的枝头，想很快吞下那粒玉米，可是玉米太大，哽在喉头，呼吸都给塞住了；费尽力气又把它吐了出来，用它们的嘴喙啄个不休，企图啄破它，显然这是一群窃贼，我不很尊敬它们；倒是那些松鼠，开头虽有点羞答答，过后就像拿自己的东西一样老实不客气地干起来了。

同时飞来了成群的山雀，拣起了松鼠掉下来的屑粒，飞到最近的椏枝上，用爪子按住屑粒，就用小嘴喙啄，好像这些是树皮中的一只只小虫子，一直啄到屑粒小得可以让它们的细喉咙咽下去。一小群这种山雀每天都到我的一堆木料中来大吃一顿，或者吃我门前那些屑粒，发出微弱迅疾的咬舌儿的叫声，就像草丛间冰柱的声音，要不然，生气勃勃地“代，代，代”地呼号了，尤其难得的是在春天似的日子里，它们从林侧发出了颇有夏意的“菲—比”的琴弦似的声音。它们跟我混得熟了，最后有一只山雀飞到我臂下挟着进屋去的木柴上，毫不恐惧地啄着细枝。有一次，我在村中园子里锄地，一只麻雀飞来停落到我肩上，待了一忽儿，当时我觉得，佩戴任何的肩章，都比不上我这一次光荣。后来松鼠也跟我很熟了，偶然抄近路时，也从我的脚背上踩过去。

在大地还没有全部给雪花覆盖的时候，以及在冬天快要过去，朝南的山坡和我的柴堆上的积雪开始融化的时候，无论早晨或黄昏，鹧鸪都要从林中飞来觅食。无论你在林中走哪一边，总有鹧鸪急拍翅膀飞去，震落了枯叶和椏枝上的雪花；雪花在阳光下飘落的时候，像金光闪闪的灰尘；原来这一种勇敢的鸟不怕冬天。

它们常常给积雪遮蔽了起来，据说，“有时它们振翅飞入柔软的雪中，能躲藏到一两天之久。”当它们在黄昏中飞出了林子，到野苹果树上来吃蓓蕾的时候，我常常在旷野里惊动它们。每天黄昏，它们总是飞到它们经常停落的树上，而狡猾的猎者正在那儿守候它们，那时远处紧靠林子的那些果园里就要有不小的骚动了。无论如何，我很高兴的是鹧鸪总能找到食物。它们依赖着蓓蕾和饮水为生，它们是大自然自己的鸟。

在黑暗的冬天早晨，或短促的冬天的下午，有时候我听到一大群猎狗的吠声，整个森林全是它们的嚎叫，它们抑制不住要追猎的本能，同时我听到间歇的猎角，知道它们后面还有人。森林又响彻了它们的叫声，可是没有狐狸奔到湖边开阔的平地上来，也没有一群追逐者在追他们的阿克梯翁①。也许在黄昏时分，我看到猎者，只有一根毛茸茸的狐狸尾巴拖在雪车后面作为战利品而回来，找他们的旅馆过夜。他们指点我说，如果狐狸躲在冰冻的地下，它一定可以安然无恙，或者，如果它逃跑时是一直线的，没有一只猎犬追得上它；可是，一旦把追逐者远远抛在后面，它便停下来休息，并且倾听着，直到它们又追了上来，等它再奔跑的时候，它兜了一个圈子，回到原来的老窝，猎者却正在那里等着它。有时，它在墙顶上奔驰了几杆之遥，然后跳到墙的另一面，它似乎知道水不沾染它的臊气。一个猎者曾告诉我，一次他看见一只狐狸给猎犬追赶得逃到了瓦尔登湖上，那时冰上浮了一泓泓浅水，它跑了一段又回到原来的岸上。不久，猎犬来到了，可是到了这里，它们的嗅觉嗅不到狐臭了。有时，一大群猎犬自己追逐自己，来到我屋前，经过了门，绕着屋子兜圈子，一点不理睬我，只顾嗥叫，好像害着某一种疯狂症，什么也不能制止它们的追逐。它们就这样绕着圈子追逐着直到它们发觉了一股新近的狐臭，聪明的猎犬总是不顾一切的，只管追逐狐狸。有一天，有人从列克星敦到了我的木屋，打听他的猎犬，它自己追逐了很长一段路，已经有一个星期了。可是，把我所知道的告诉了他以后，恐怕他未必会得到好处，因为每一次我刚想回答他的问题，他都打断了我的话，另外问我：“你在这里干什么呢？”他丢掉了一只狗，却找到了一个人。

① 希腊神话中的一个猎人，他撞见狩猎女神狄安娜在洗澡，她把他变成一头牡鹿后，他被自己的那群猎狗咬得粉碎。

……

在有月亮的午夜，有时候我路上碰到了许多的猎犬，它们奔窜在树林中，从我面前的路上躲开，好像很怕我而静静地站在灌木丛中，直到我走过了再出来。

松鼠和野鼠为了我储藏的坚果而争吵开了。在我的屋子四周有二三十棵苍松，直径一英寸到四英寸，前一个冬天给老鼠啃过，——对它们来说，那是一个挪威式的冬天，雪长久地积着，积得太深了，它们不得不动用松树皮来补救它们的粮食短绌。这些树还是活了下来，在夏天里显然还很茂郁，虽然它们的树皮全都给环切了一匝，却有许多树长高了一英尺；可是又过了一个冬天，它们无例外地全都死去了。奇怪得很，小小的老鼠竟然被允许吃下整个一株树，它们不是上上下下，而是环绕着它来吃的；可是，要使这森林稀疏起来，这也许还是必要的，它们常常长得太浓密了。

野兔子（学名 Lepus Americanus）是很常见的，整个冬天，它的身体常活动在我的屋子下面，只有地板隔开了我们，每天早晨，当我开始动弹的时候，它便急促地逃开，惊醒我——砰，砰，砰，它在匆忙之中，脑袋撞在地板上了。黄昏中，它们常常绕到我的门口来，吃我扔掉的土豆皮，它们和土地的颜色是这样的相似，当静着不动的时候，你几乎辨别不出来。有时在黄昏中，我一忽儿看不见了，一忽儿又看见了那一动不动呆坐在我窗下的野兔子。黄昏时要是我推开了门，它们吱吱地叫，一跃而去。靠近了看它们，只有叫我可怜。有一个晚上，有一只坐在我门口，离我只有两步；起先怕得发抖，可是还不肯跑开，可怜的小东西，瘦得骨头都突出来了，破耳朵，尖鼻子，光尾巴，细脚爪。看起来，仿佛大自然已经没有比它更高贵的品种，只存这样的小东西了。它的大眼睛显得很年轻，可是不健康，几乎像生了水肿病似的。我跨上一步，瞧，它弹力很足地一跃而起，奔过了雪地，温文尔雅地伸直了它的身子和四肢，立刻把森林搬到我和它的中间来了——这野性的自由的肌肉却又说明了大自然的精力和尊严。它的消瘦并不是没有理由的。这便是它的天性。（它的学名 Lepus，来自 Levipes，足力矫健，有人这样想。）

要没有兔子和鹧鸪，一个田野还成什么田野呢？它们是最简单的土生土长的动物；古时候，跟现在一样，就有了这类古老而可敬的动物；与大自然同色彩，同性质，和树叶，和土地是最亲密的联盟——彼此之间也是联盟；既不是靠翅膀的飞禽，又不是靠脚的走兽。看到兔子和鹧鸪跑掉的时候，你不觉得它们是禽兽，它们是大自然的一部分，仿佛飒飒的木叶一样。不管发生怎么样的革命，兔子和鹧鸪一定可以永存，像土生土长的人一样。如果森林被砍伐了，矮枝和嫩叶还可以藏起它们，它们还会更加繁殖呢。不能维持一只兔子的生活的田野一定是贫瘠无比的。我们的森林对于它们两者都很适宜，在每一个沼泽的周围可以看到兔子和鹧鸪在步行，而牧童们在它们周围布置了细枝的篱笆和马鬃的陷阱。

（徐迟 译）

梭罗是十九世纪美国一位著名的诗人、作家，同时也是一位非常著名的自然主义者。他在美丽的瓦尔登湖生活了两年，写出了享誉世界的《瓦尔登湖》。读梭罗的《瓦尔登湖》，就会强烈地感觉到那种透明的、阳光的、自然的、绚烂的风光和里面所渗透出来的对于大自然的充分热爱。正如美国作家、思想家拉夫尔·沃尔多·爱默生所说：“没有哪个美国人比梭罗活得更真实。”如今，瓦尔登湖似乎成了一种理想生活的代名词，它象征着远离都市喧嚣，回到天地自然之间，找回人心中最本真、最悠然的状态。

北京师范大学文学院教授　康震

亨利·戴维·梭罗（Henry David Thoreau，1817—1862），美国作家、哲学家、自然主义者，超验主义运动的重要代表人物。其著作大多根据他在大自然中的体验写成。在他笔下，自然、人以及超验主义理想交融汇合，浑然一体。梭罗被誉为美国生态运动的思想先驱，他的思想已成为美国精神的重要组成部分，影响了一代又一代人。他的绝大部分作品都在死后才出版，生前只出版过两本书，其一便是代表作《瓦尔登湖》。

乔榛：

著名配音演员，被称为“声音的艺术家”，曾经为一千多部译制片配音，用声音塑造过无数经典形象。

我愿意是急流

[匈牙利] 裴多菲

我愿意是急流，
山里的小河，
在崎岖的路上，
岩石上经过……
只要我的爱人
是一条小鱼，
在我的浪花中
快乐地游来游去。

我愿意是荒林，
在河流的两岸，
对一阵阵的狂风，
勇敢地作战……
只要我的爱人
是一只小鸟，
在我的稠密的
树枝间做巢，鸣叫。

我愿意是废墟，
在峻峭的山岩上，

这静默的毁灭
并不使我懊丧……
只要我的爱人
是青青的常春藤，
沿着我荒凉的额，
亲密地攀援上升。

我愿意是草屋，
在深深的山谷底，
草屋的顶上
饱受风雨的打击……
只要我的爱人
是可爱的火焰，
在我的炉子里，
愉快地缓缓闪现。

我愿意是云朵，
是灰色的破旗，
在广漠的空中，
懒懒地飘来荡去……
只要我的爱人，
是珊瑚似的夕阳，
傍着我苍白的脸，
显出鲜艳的辉煌。

（孙用 译）

选自人民文学出版社《我愿意是急流》

二十三岁的裴多菲在一次舞会上对清纯的女孩尤丽娅一见倾心，从此，他开始冲破门第等重重阻力追求她。《我愿意是急流》便是热恋中的裴多菲1847年6月写给尤丽娅的，三个月后，他们就携手走入了婚姻的殿堂。一百七十年来，这首诗在全世界广为流传。很多中国读者是在谌容的中篇小说《人到中年》或同名电影中接触到这首诗的。现在,这首诗已被收入中学语文教材。而裴多菲这个“为爱而歌，为国而死”的大诗人，在中国的名气可远不止于此。鲁迅先生曾不遗余力地推崇他的诗歌艺术和精神境界，在《为了忘却的纪念》中，他引用了“生命诚可贵，爱情价更高，若为自由故，二者皆可抛”；在《野草》中，他又引用了“绝望之为虚妄，正与希望相同”。他说，裴多菲的诗歌“纵言自由，诞放激烈”，“善体物色，妙绝人世”。

裴多菲·山陀尔（Petöfi Sándor，1823—1849），匈牙利伟大的爱国诗人和英雄，匈牙利民族文学的奠基人。组诗《爱德尔卡坟上的柏叶》《爱情的珍珠》及散文《旅行札记》，奠定了他在匈牙利文学中的地位，并受到德国诗人海涅的高度评价。他的许多诗歌创作涉及政事，如《以人民的名义》等诗篇，抒发了时代的声音。他的革命誓言《自由与爱情》也已成为不朽的诗篇。

选　择

Choice

选择无处不在，小到今天我们吃点什么，大到在一些关键时刻的决策。我们的人生，就是一次又一次选择的结果。

“生存还是毁灭”，这是一个永恒的选择题。到最后我们将成为什么样的人，可能不在于我们的能力，而在于我们的选择。

“面朝大海，春暖花开”，是海子的选择；“人不是生来被打败的”，是海明威的选择；“人固有一死，或重于泰山，或轻于鸿毛”，是司马迁的选择。

在这个主题，你会看到徐静蕾选择了挑战和变化；耶鲁村官秦玥飞选择了希望的田野；“红丝带”校长郭小平选择了呵护和守望。最让人感动的是麦家，曾经叛逆的他如今面对叛逆的儿子，选择了理解和宽容。

有人说我们这个时代不缺机会，所以也势必会让每个人面临很多的选择。那么是遵从自己的内心，还是随波逐流；是直面挑战，还是落荒而逃；是选择喧嚣一时的功利，还是选择持久平静的善良，都是我们要拷问自己的问题。如果说，人生是一次不断选择的旅程，那么当千帆过尽，最终留下的就是一片属于自己的独一无二的风景。

王千源：

著名演员，曾凭《钢的琴》获东京国际电影节最佳男主角。

老人与海（节选）

[美] 欧内斯特·海明威

他第一次看到那鱼，是在它兜到第三圈的时候。

他最先看到的是一个黑色的影子，那影子过了好长时间才从船底下钻过，他简直不敢相信这鱼竟然有这么长。

“不可能。”他说，“它不可能有那么大。”

可是那鱼当真有那么大，这一圈兜完之后，它浮出水面，和老人仅仅相隔三十码，老人眼看着它的尾巴出了水，比一把大镰刀的刀刃还要长，在深蓝色的海水上呈现出非常浅淡的紫色。那尾巴向后倾斜，鱼在海面下游的时候，老人能看见它那巨大的躯体和周身的紫色条纹。它背鳍朝下，巨大的胸鳍张得大大的。

鱼这回兜圈子，老人看到了它的眼睛，还有两条灰色的鲫鱼在它周围游来游去，时而吸附在它身上，时而倏地逃窜开去，时而在它的阴影里悠闲地游弋。那两条鲫鱼都不止三英尺长，游得快起来全身急速甩动，像鳗鱼一样。

老人这会儿冒起汗来，不光是因为太阳的缘故，还有别的原因。每当那鱼镇静自若地转回来，老人都能收回一段钓线，他深信不疑，等鱼再兜上两个圈子，他就有机会把鱼叉插进鱼身了。

可我得把它拉过来，拉近，再拉近，他想。千万不能把鱼叉插进它的脑袋，一定要插进它的心脏。

“老家伙，你可要镇静，使足劲儿。”他说。

鱼又兜了一圈，露出了脊背，不过离小船还是远了点儿。再兜一圈，离得还是太远，但这回它出水更高了些，老人心里有数，等再收回一些钓线，就能把它拉到船边。

他早就准备好了鱼叉，系在鱼叉上的那卷很轻的绳子放在一个圆形的篮子里，另一端紧紧地系在船头的缆桩上。

大鱼正兜了一圈回来，看上去沉静而美丽，只有尾巴在动。老人使出全身力气想把它拉到近前。有那么一会儿，鱼朝他这边倾斜了一点儿，然后又挺直身子，接着兜起圈子来。

“我拉动它了，”老人说，“我刚才拉动它了。”

他又感到一阵头晕，不过还是用尽全力拉住大鱼。我拉动它了，他想。也许这回我就能把它拉过来了。手啊，你拉呀，他想。腿啊，你可得站稳了。头啊，你得给我坚持住，给我坚持住，你可从来没有掉过链子。这回我就要把它拉过来了。

可是，还没等大鱼靠近小船，他就使出浑身力气拼命拉，那鱼被拉得倾斜过来一点儿，但随即就竖直身子游开去。

“鱼啊，”老人说，“鱼啊，反正你是死定了。难道你非得把我也害死不可？”

这样的话我可就一无所获了，他想。他嘴里干得说不出话来，可这时候也够不着水喝。我这回一定得把它拉到船边来，他想。它再多兜几个圈子，我可就撑不住了。你能行，他对自己说，你永远都能行。

下一轮较量的时候，他差一点儿就制服那条鱼了。可鱼还是直起身子慢慢游走了。

鱼啊，你害死我了，老人想。不过你有这个权利。兄弟啊，我还从来没有见过比你更大、更漂亮、更沉静，或者更高贵的东西。来吧，把我杀死吧，我不在乎谁死在谁手里。

你的脑子有点儿迷糊了，他想。你必须保持头脑清醒，要懂得怎样承受痛苦，像个男子汉一样，或者像条鱼那样，他想。

“头啊，清醒清醒吧。”他说话的声音连自己都听不见，“清醒起来吧。”

鱼又兜了两个圈子，还是老样子。

真不知道这是怎么回事儿，老人想。每次他都感觉自己要垮掉了。真是不明白。可我还要再试一次。

他又试了一次，当他把鱼拉转过来的时候，感觉自己都要垮了。那鱼挺直身子，又慢慢游走了，大大的尾巴在海面上摇摇摆摆。

我还要再试一次，他对自己许诺，尽管他的双手这时候已经力不从心，眼睛一忽看得见，一忽看不见。

他又试了一下，还是老样子。就这么着吧，他想，感觉自己还没开始发力就已经败下阵了；可我还要再尝试一次。

他承受着所有的痛楚，使出余下的全部气力，还有早已丧失的自尊，用来对抗鱼的痛苦挣扎。鱼朝他身边游了过来，在一旁优雅而缓慢地游着，嘴几乎碰到了小船的船壳外板。它开始从船边游过，身子那么长，那么高，又那么宽，银光闪闪，布满紫色条纹，在水里似乎是一眼望不到头。

老人丢下钓线，一脚踩住，把鱼叉举得尽可能高，用足力气，再加上刚刚鼓起的劲儿，拼命向鱼的一侧刺去，鱼叉正落在大胸鳍后面，它的胸鳍高高耸起，和老人的胸膛一般高。老人感到铁叉已经扎了进去，就把身子倚在上面，好扎得更深，然后把全身的重量都压了上去。

那鱼开始折腾起来，尽管已经死到临头，它还是从海水里高高地跃起，它那惊人的长度和宽度，它的力量和美，全都展露无遗。它仿佛悬在空中，就在小船和老人的正上方。接着，它又哗啦一声跌落下来，溅起的浪花泼洒在老人的全身和整条小船上。

老人感到头晕恶心，双眼也模糊不清。但他还是放开了鱼叉上的绳子，让它慢慢地从擦破了皮的双手中送出去，等他可以看清东西的时候，他看见那鱼仰面朝天，翻起了银色的肚皮。鱼叉的柄从鱼的肩部斜伸出来，从它心脏里流出的鲜血让海水都变了颜色，起先是暗黑色，像是一英里多深的蓝色海水里的鱼群，然后又像云朵一样飘散开来。那鱼呈银白色，一动不动，只是随波漂荡。

老人趁自己眼睛好使的那一瞬间仔细瞧了瞧。然后他把鱼叉上的绳子在船头的缆桩上绕了两圈，把头搁在双手上。

"让我的头脑保持清醒吧，"他靠在船头的木板上说，"我这个老头儿真是累坏了，可我杀死了这条鱼，它是我的兄弟，现在我有苦差事要干啦。"

我得准备好绳套和绳索，好把它绑在船边，他想。即使我们有两个人，往船里灌满水把鱼拉上船，再把船里的水舀出去，这条小船也绝对装不下它。我得把一切都准备妥当，然后再把它拖过来，捆得结结实实，再竖起桅杆，扬帆起航回家去。

他开始动手把鱼拖到船边，好把一根绳子穿进鱼鳃，从鱼嘴里拉出来，然后把它的脑袋牢牢地捆在船头的一边。我要瞧瞧它，他想，碰碰它，摸摸它。它是我的财富，他想。可我想摸摸它倒不是因为这个。我感觉刚才触到了它的心脏，他想，就在我第二次把鱼叉捅进去的时候。现在我得把它拖过来，绑得牢牢的，用一个绳套拴住它的尾巴，再用一个绳套捆在中间，把它绑在小船的一侧。

“动手干吧，老头儿，”他说着，喝了一丁点儿水，“搏斗结束了，现在得做苦工了。”

他抬头看看天，又瞧瞧船外的鱼。他仔细瞅了瞅太阳。这会儿刚刚过了晌午，他想。信风刮起来了。钓线都用不着了。等回到家，我和那男孩把它们捻接起来。

“鱼啊，来吧。”他说。可鱼并不靠拢过来，而是躺在海水里翻腾，于是老人将小船靠了上去。

等他和鱼并排在一起，把鱼头靠在船头边上，他简直无法相信那鱼竟然如此之大。他把鱼叉上的绳子从缆桩上解下来，穿进鱼鳃，又从鱼嘴里扯出来，在它那长剑一般的嘴上绕了一圈，又穿过另一个鱼鳃，也在鱼嘴上绕了一圈，随后将这两股绳子打了个结，紧紧地系在船头的缆桩上。接着，他割下一段绳子，走到船尾去缚住鱼尾巴。鱼已经从原先的紫色和银色相间完全变成了银色，身上的条纹则呈现出和尾巴一样的淡紫。那些条纹比一个人张开五指的手还要宽，鱼的眼睛十分冷漠，看上去像是潜望镜里的镜片，又像是游行队伍里的圣徒。

“要杀死它只有用这个法子。”老人说。他喝过水之后感觉好些了，他知道自己能挺得住，头脑也清楚起来。看样子它不止有一千五百磅重，他想。也许还要重得多呢。开膛破肚之后净重也有原来的三分之二，按三角钱一磅来计算的话能有多少钱？

“得用支铅笔来算才行，”他说，“我的脑子还不够清楚。不过，我觉得了不起的迪马吉奥今天会为我感到骄傲的。我没长骨刺，可双手和后背实在疼得厉害。”真不知道骨刺是什么玩意儿，他想。也许我们长了骨刺自己还不知道呢。

他把鱼牢牢地系在船头、船尾和中间的坐板上。这鱼可真大，小船旁边像是绑上了一条比自己还要大得多的船。他割下一段钓线，把鱼的下巴和长嘴捆在一起，免得嘴巴张开，这样船就能尽可能利落地向前行进。然后他竖起桅杆，撑起那根用做手钩的木棒和下桁，张起带补丁的船帆，自己半躺在船尾，向西南方向驶去。

他不需要靠指南针来辨别西南方向，仅凭信风吹在身上的感觉和船帆的动向就能知道。我还是放下一根细钓线的好，系上匀形假饵，钓点儿什么东西吃吃，润润喉咙。可他找不到匀形假饵，而且沙丁鱼也都已经烂掉了。所以，他趁小船经过那片黄色马尾藻的时候，用鱼钩钩上一簇，抖了抖，里面的小虾纷纷掉落在船板上。小虾有十几只，像盲潜蚤一样活蹦乱跳。老人用大拇指和食指掐去虾头，连壳带尾一起嚼着吃了下去。虾很小，可他知道这很有营养，而且味道也不错。

老人的瓶子里还剩下两口水，吃完虾他喝了半口。在重重障碍之下，小船还算行驶得不错，他把舵柄夹在胳膊下面掌着舵。他能看得到那条鱼，只要看看自己的手，感觉后背抵在船尾，就能知道这是真真切切发生的事儿，不是一场梦。他曾经感觉大祸临头，以为是在梦中。等看到鱼跃出水面，在半空中静止片刻才落下来，他才确信这极不寻常，简直令他难以置信。后来，他就看得不大清楚了，不过现在他的眼睛又和往常一样好使了。

此时此刻，知道鱼已经到手，他的双手和后背所感觉到的并不是梦。我的手很快就能恢复，他想。我让手里的血都流光了，盐水能治愈它们。真正的海湾里深色的海水是世上最好不过的良药。我所要做的就是保持头脑清醒。这两只手已经尽了自己的本分，而且我们行驶的状态也很好。鱼的嘴巴紧闭着，尾巴直上直下地颠簸，我们就像兄弟一样并肩航行。接着他的头脑有点儿不大清楚了，他想，现在是这鱼在带我回家，还是我带着鱼回家呢？要是我把它拖在船后面，那就毫无疑问了。或者，如果这鱼失去了全部尊严，让我放在小船里，也不会有什么问题。可现在它是和小船并排绑在一起前进的，老人想，只要它乐意，就算是它在带我回家吧。我只不过是靠耍花招才胜过了它，而且它也不想伤害我。

他们航行得很顺利，老人把双手浸在海水里，尽量保持头脑清醒。天空中的积云堆叠得很高，上方还有相当多的卷云，由此老人知道这风会刮上整整一夜。老人不时地看看那条鱼，以确信这是真的。一个小时后，第一条鲨鱼发动了袭击。

这条鲨鱼的出现并不是一个偶然。当那一大片暗沉沉的血渐渐下沉，扩散到一英里深的海水里的时候，它就从深处游了上来。鲨鱼莽莽撞撞地一下子冲过来，划破了蓝色的水面，豁然出现在太阳底下。它随即又落入海水，捕捉到血腥味，然后就顺着小船和鱼的踪迹一路追踪而来。

鲨鱼有时候嗅不到这股气味，但它总能再次找到，也许只是一丝痕迹，它就会游得飞快，紧追上去。那是一条很大的灰鲭鲨，生就的游泳高手，能和海里速度最快的鱼游得一样快，除了嘴以外，它的一切都显得无比美丽。背部和剑鱼一样蓝，肚子是银白色的，鱼皮光滑漂亮。它的外形和剑鱼十分相像，除了那张大嘴。

眼下它正紧闭着大嘴，在水面之下迅速地游着，高耸的背鳍像刀子一般划破水面，没有丝毫摇摆。在它那紧紧闭合的双唇里，八排牙齿全都朝里倾斜，这和大多数鲨鱼的牙齿不同，不是那种常见的金字塔形，而是像爪子一样蜷曲起来的人的手指。那些牙齿几乎和老人的手指一般长，两侧都有刀片一样锋利的切口。这种鱼天生就把海里所有的鱼作为捕食对象，它们游得那么快，体格那么强健，而且还全副武装，这样一来就所向无敌了。此时，它闻到了新鲜的血腥味，于是加快速度，蓝色的背鳍破水前进。

老人一看见它游过来，就知道这是一条毫无畏惧、肆意妄为的鲨鱼。他一面注视着鲨鱼游到近前，一面准备好鱼叉，系紧绳子。绳子短了点儿，因为他割下了一段用来绑鱼。

老人此时头脑清醒好使，下定决心搏击一番，但却不抱什么希望。真是好景不长啊，他想。他盯着那条紧逼而来的鲨鱼，顺便朝那条大鱼望了一眼。这简直像是做梦一样，他想。我没法阻止它攻击我，但我也许能制服它。尖齿鲨①，他想，让你妈见鬼去吧。

鲨鱼飞速靠近船尾，向大鱼发起袭击，老人看着它张开了嘴，看着它那怪异的眼睛，看着它牙齿发出咔嚓一声，朝着鱼尾巴上方的肉扑咬过去。鲨鱼的头从水里钻了出来，后背也正露出海面，老人听见大鱼的皮肉被撕裂的声响，把鱼叉猛地向下扎进鲨鱼的脑袋，正刺在两眼之间那条线和从鼻子直通脑后那条线的交点上。这两条线其实并不存在。真实存在的只有沉重而尖锐的蓝色鲨鱼脑袋，大大的眼睛，还有那嘎吱作响、伸向前去吞噬一切的大嘴。可那是鱼脑所在的位置，老人直刺上去。他使出全身力气，用鲜血模糊的双手把鱼叉结结实实地刺了进去。他这一刺并没有抱多大希望，却带着十足的决心和恶狠狠的劲头儿。

鲨鱼翻了个身，老人看出它的眼睛已经没有生气了，接着鲨鱼又翻了个身，缠上了两圈绳子。老人知道它死定了，可它还不肯听天由命。它肚皮朝上，扑打着尾巴，嘴巴嘎吱作响，像一艘快艇似的破浪前进，尾巴在海上溅起白色的浪花。它身体的四分之三都露在水面上，绳子绷得紧紧的，颤抖个不停，最后啪的一声断了。鲨鱼静静地躺在海面上，老人瞧着它，不一会它就慢慢沉了下去。

① 原文为Dentuso，西班牙语，意思是“牙齿锋利的”。这是当地对灰鲭鲨的俗称。

“它咬掉了约摸四十磅肉。”老人大声说。它把我的鱼叉和所有的绳子也带走了，他想，况且我这条鱼又在淌血，别的鲨鱼也会来袭击的。

大鱼被咬得残缺不全，他都不忍心再看上一眼。鱼被袭击的时候，他感觉就像是自己受到袭击一般。

好景不长啊，他想。我现在真希望这是一场梦，希望根本没有钓上这条鱼，而是独个儿躺在床上铺的旧报纸上。

不过，攻击我这条鱼的鲨鱼被我干掉了，他想。它是我见过的最大的尖齿鲨。天知道，我可见识过不少大鱼。

“但人不是为失败而生的，”他说，“一个人可以被毁灭，但不能被打败。”我很痛心，把这鱼给杀了，他想。现在倒霉的时候就要来了，可我连鱼叉都没有。尖齿鲨很残忍，而且也很能干，很强壮，很聪明。不过我比它更聪明。也许并不是这样，他想。也许只不过是我的武器比它的强。

“别想啦，老家伙，”他大声说，“顺着这条航线走吧，事到临头再对付吧。”

（李育超 译）

选自人民文学出版社《老人与海》

遇到逆境，我们就会想到《老人与海》，就会想到海明威。其实这个老人象征着我们在生活当中遇到的一切无名的人物。所以我想这是海明威非常伟大的地方，他关注到了一个卑微的、弱小的老人，在面对困难的时候，迸发出的巨大的、强大的力量。

北京师范大学文学院教授 康震

欧内斯特·海明威（Ernest Hemingway，1899—1961），美国记者和作家，二十世纪最著名的小说家之一，因其笔锋冷峻犀利而以“文坛硬汉”著称。《老人与海》获 1953 年普利策小说奖，海明威也凭借这部作品获得 1954 年诺贝尔文学奖。

秦玥飞：

大学生村官，毕业于耶鲁大学，主持发起“黑土麦田”公益项目，对全国级贫困县展开精准扶贫。

泥泞

迟子建

北方的初春是肮脏的，这肮脏当然缘自于我们曾经热烈赞美过的纯洁无瑕的雪。在北方漫长的冬季里，寒冷催生了一场又一场的雪，它们自天庭伸开美丽的触角，纤柔地飘落到大地上，使整个北方沉沦于一个冰清玉洁的世界中。如果你在飞雪中行进在街头，看着枝条濡着雪绒的树，看着教堂屋顶的白雪，看着银色的无限延伸着的道路，你的内心便会洋溢着一股激情：为着那无与伦比的壮丽或者是苍凉。

然而春风来了。春风使积雪融化，它们在消融的过程中容颜苍老、憔悴，仿佛一个即将撒手人寰的老妇人。雪在这时候将它的两重性毫无保留地暴露出来：它的美丽依附于寒冷，因而它是一种静止的美、脆弱的美；当寒冷已经成为西天的落霞，和风丽日映照它们时，它的丑陋才无奈地呈现。

纯美之极的事物是没有的，因而我还是热爱雪。爱它的美丽、单纯，也爱它的脆弱和被迫的消失。当然，更热爱它们消融时给这大地制造的空前的泥泞。

小巷里泥水遍布；排水沟因为融雪后污水的加入而增大流量，哗哗地响；燕子在潮湿的空气里衔着湿泥在檐下筑巢；鸡、鸭、鹅、狗将它们游荡小巷的爪印带回主人家的小院，使院子里印满无数爪形的泥印章，宛如月下松树庞大的投影；老人在走路时不小心失了手杖，那手杖被拾起时就成了泥手杖；孩子在小巷奔跑嬉闹时不慎将嘴里含着的糖掉到泥水中了，他便失神地望着那泥水呜呜地哭，而窥视到这一幕的孩子的母亲却快意地笑起来……

这是我童年时常常经历的情景，它的背景是北方的一个小山村，时间当然是泥泞不堪的早春时光了。

我热爱这种浑然天成的泥泞。泥泞常常使我联想到俄罗斯这个伟大的民族，罗蒙诺索夫、柴可夫斯基、陀思妥耶夫斯基、托尔斯泰、蒲宁、普希金就是踏着泥泞一步步朝我们走来的。俄罗斯的艺术洋溢着一股高贵、博大、阴郁、不屈不挠的精神气息，不能不说与这种春日的泥泞有关。泥泞诞生了跋涉者，它给忍辱负重者以光明和力量，给苦难者以和平和勇气。一个伟大的民族需要泥泞的磨砺和锻炼，它会使人的脊梁永远不弯，使人在艰难的跋涉中懂得土地的可爱、博大和不可丧失，懂得祖国之于人的真正含义：当我们爱脚下的泥泞时，说明我们已经拥抱了一种精神。

如今在北方的城市所感受到的泥泞已经不像童年时那么深重了：但是在融雪的时节，我走在农贸市场的土路上，仍然能遭遇那种久违的泥泞。泥泞中的废纸、草屑、烂菜叶、鱼的内脏等等杂物若隐若现着，一股腐烂的气味扑入鼻息。这感觉当然比不得在永远有绿地环绕的西子湖畔撑一把伞在烟雨醇醇中耽于幻想来得惬意，但它仍然能使我陷入另一种怀想，想起木轮车沉重地辗过它时所溅起的泥珠，想起北方的人民跋涉其中的艰难的背影，想起我们曾有过的苦难和屈辱，我为双脚仍然能触摸到它而感到欣慰。

我们不会永远回头重温历史，我们也不会刻意制造一种泥泞让它出现在未来的道路上，但是，当我们在被细雨洗刷过的青石板路上走倦了，当我们面对着无边的落叶茫然不知所措时，当我们的笔面对白纸不再有激情而苍白无力时，我们是否渴望着在泥泞中跋涉一回呢？为此，我们真应该感谢雪，它诞生了寂静、单纯、一览无余的美，也诞生了肮脏、使人警醒给人力量的泥泞。因此它是举世无双的。

迟子建常被称为来自中国北极村的“精灵”，她文笔灵动，格局大气，写小说细腻温暖，写散文质朴浑厚。《泥泞》看似一篇非常普通的散文，但细心的作家从雪和泥巴中写出了大地的广袤，写出了精神的宽度和人生的哲理。雪、泥土、故乡、精神追求，就这样巧妙地融为一体，成就了一篇虽然篇幅短小，但意蕴悠长的散文。

迟子建（1964— ），作家，生于漠河。主要作品有长篇小说《伪满洲国》《额

尔古纳河右岸》，小说集《北极村童话》，散文随笔集《我的世界下雪了》等。

（本文由秦玥飞和“黑土麦田”的一部分小伙伴共同朗读。他们是：谭腾蛟，毕业于中国人民大学，现在跟玥飞在白云村一起做麦田合作社；周璇，毕业于中国社会科学院研究生院，现在在江西省宜春市飞剑潭乡柘源村服务；陈昱璇，毕业于清华大学，现在在湖南湘西花垣县扪岱村服务；陈旖雪，毕业于复旦大学，现在在湖南省花垣县补抽乡水桶村服务；杨琪，来自美国加州大学洛杉矶分校，目前和旖雪一起，也在湘西花垣县补抽乡水桶村进行服务工作。）

麦家：

当代优秀小说作家。《解密》英文版由英国企鹅出版社出版。

致儿子

麦家

儿子，当你看到这封信时，你已在万里之外，我则在地球的另一端。地球很大，我们太小了，但我们不甘于小，我们要超过地球，所以你出发了。这是一次蓄谋已久的远行，为了这一天，我们都用了十八年的时间做准备；这也是你命中注定的一次远行，有了这一天，你的人生才可能走得更远。

我没有到过费城，但可以想象，那边的月亮不会比杭州的大，或者小；那边的楼房一定也是钢筋水泥的；那边的街弄照样是人来车往的；那边的人虽然肤色貌相跟我们有别，但心照样是要疼痛的，情照样是要圆缺的，生活照样是有苦有乐、喜忧参半的。世界很大，却是大同小异。也许最不同的是你，你从此没有了免费的厨师、采购员、保洁员、闹钟、司机、心理医生，你的父母变成了一封信、一部手机、一份思念。今后一切你都要自己操心操劳，饿了要自己下厨，乏累了要自己放松，流泪了要自己擦干，生病了要自己去寻医问药。这一下，你是那么地不一样，你成了自己的父亲、母亲、长辈。这一天，是那么地神奇，仿佛你一下就长大了。

但这，只是仿佛，不是真实。真实的你只是在长大的路上。如果不是吉星高照，这条路必定是漫漫长长的，坎坎坷坷的，风风雨雨的。我爱你，真想变作一颗吉星，高悬在你头顶，帮你化掉风雨，让和风丽日一直伴你前行。但这是不可能的，即便可能，对不起，儿子，我也不会这么做。为什么？因为我爱你，因为那样的话，你的人生必定是空洞的、苍白的、弱小的，至多不过是一条缸里的鱼，一棵盆里的花，一个挂着铃铛叮当响的宠物。这样的话我会感到羞愧的，因为你真正失败了。你可以失败，但决不能这样失败，竟然是被太阳晒死的，是被海水咸死的，是被寒风冻死的。作为男人，这也许是莫大的耻和辱！

好了，就让风雨与你同舟吧，就让荆棘陪你前行吧。既然有风雨，有荆棘，风雨中不免夹着雷电，荆棘中不免埋着陷阱。作为父亲，我爱你的方式就是提醒你，你要小心哦，你要守护好自己哦。说到守护，你首先要守护好你的生命，要爱惜身体，要冷暖自知，劳逸结合，更要远离一切形式的冲突，言语的，肢体的，个别的，群体的。青春是尖锐的，莽撞的，任何冲突都可能发生裂变，而生命是娇嫩的……这一点我只想一言蔽之，生命是最大的，生命面前你可以理直气壮地放下任何一切，别无选择。

其次，你要尽量守护好你的心。这心不是心脏的心，而是心灵的心。它应该是善良的，宽敞的，亮堂的，干净的，充实的，博爱的，审美的。善是良之本，宽是容之器，亮了，才能堂堂正正，不鬼祟，不魍魉。心若黑了，脏了，人间就是地狱，天堂也是地狱；心若空了，陷阱无处不在，黄金也是陷阱。关于爱，你必须做它的主人，你要爱自己，更要爱他人，爱你不喜欢的人，爱你的对手。爱亲人朋友是人之常情，是天理，也是本能，是平凡的；爱你不喜欢的人，甚至仇人敌人，才是道德，才是修养，才是不凡的。儿子，请一定记住，爱是翻越任何关隘的通行证，爱他人是最大的爱自己。

然后我们来说说美吧，如果说爱是阳光，那么美是月光。月光似乎是虚的，没用的，没有月光，万物照样漫生漫长，开花结果。但你想象一下，倘若没有月光，我们人类会丢失多少情意，多少相思，多少诗歌，多少音乐。美是虚的，又是实的，它实在你心田，它让你的生命变得有滋有味，有情有义，色香俱全的，饱满生动的。

呵呵，儿子，你的父亲真饶舌是不？好吧，到此为止。我不想你，也希望你别想家。如果实在想了，那就读本书吧。你知道的，爸爸有句格言：读书就是回家，书这一张纸比钞票更值钱！请容我最后饶舌一句，刚才我说的似乎都是战略性的东西，让书带你回家，让书安你的心，让书练你的翅膀，这也许就是战术吧。

爱你的父亲

2016年8月21日

提到麦家，读者会一下子想起《暗算》中的天才数学家黄依依，天赋异禀的瞎子阿炳。想起“神秘”“幽暗”“悬而未决”这样的词。作为中国的“特情”小说作家，秘密部队的经历给了他无限的创作滋养。但朗读者中的麦家，家书中的麦家，褪去了让人捉摸不透的气质，还原成了一个父亲。他曾在父亲去世一周年的时候写下散文《致父亲》，回忆自己与父亲的误解，痛切忏悔自己的年少无知，也向读者泣血哀呼：尽孝要趁早。在这一篇里，他克制着涌动的情感，将对儿子的惦念、期许化成一句句肺腑之言。

麦家（1964— ），作家、编剧。生于浙江富阳。主要作品有长篇小说《解密》《暗算》《风声》，随笔集《捕风者说》等。《暗算》获第七届茅盾文学奖，《风声》获《人民文学》2007年度最佳长篇小说奖。

徐静蕾：

著名演员、导演。“方正静蕾简体”是中国首款个人书法计算机字库产品。此外还有杂志主编、手工达人、“中国博客第一人”等身份。

奶奶的星星（节选）

史铁生

世界给我的第一个记忆是：我躺在奶奶怀里，拼命地哭，打着挺儿，也不知道是为了什么，哭得好伤心。窗外的山墙上剥落了一块灰皮，形状像个难看的老头儿。奶奶搂着我，拍着我，“噢——噢——”地哼着。我倒更觉得委屈起来。“你听！”奶奶忽然说，“你快听，听见了么……”我愣愣地听，不哭了，听见了一种美妙的声音，飘飘的、缓缓的……是鸽哨儿？是秋风？是落叶划过屋檐？或者，只是奶奶在轻轻地哼唱？直到现在我还是说不清。“噢噢——睡觉吧，麻猴来了我打它……”那是奶奶的催眠曲。屋顶上有一片晃动的光影，是水盆里的水反射的阳光。光影也那么飘飘的、缓缓的，变幻成和平的梦境，我在奶奶怀里安稳地睡熟……

我是奶奶带大的。不知有多少人当着我的面对奶奶说过：“奶奶带起来的，长大了也忘不了奶奶。”那时候我懂些事了，趴在奶奶膝头，用小眼睛瞪那些说话的人，心想：瞧你那讨厌样儿吧！翻译成孩子还不能掌握的语言就是：这话用你说么？

奶奶愈紧地把我搂在怀里，笑笑：“等不到那会儿哟！”仿佛已经满足了的样子。

“等不到哪会儿呀？”我问。

“等不到你孝敬奶奶一把铁蚕豆。”

我笑个没完。我知道她不是真那么想。不过我总想不好，等我挣了钱给她买什么。爸爸、大伯、叔叔给她买什么，她都是说：“用不着花那么多钱买这个。”奶奶最喜欢的是我给她踩腰、踩背。一到晚上，她常常腰疼、背疼，就叫我站到她身上去，来来回回地踩。她趴在床上“哎哟哎哟”的，还一个劲儿夸我：“小脚丫踩上去，软软乎乎的，真好受。”我可是最不耐烦干这个，她的腰和背可真是够漫长的。“行了吧？”我问。“再踩两趟。”我大跨步地打了个来回：“行了吧？”“唉，行了。”我赶快下地，穿鞋，逃跑……

于是我说：“长大了我还给您踩腰。”

“哟，那还不把我踩死？”

过了一会儿我又问：“您干吗等不到那会儿呀？”

“老了，还不死？”

“死了就怎么了？”

“那你就再也找不着奶奶了。”

我不嚷了，也不问了，老老实实依偎在奶奶怀里。那又是世界给我的第一个可怕的印象。

一个冬天的下午，一觉醒来，不见了奶奶，我趴着窗台喊她，窗外是风和雪。“奶奶出门儿了，去看姨奶奶。”我不信，奶奶去姨奶奶家总是带着我的；我整整哭喊了一个下午，妈妈、爸爸、邻居们谁也哄不住，直到晚上奶奶出我意料地回来。这事大概没人记得住了，也没人知道我那时想到了什么。小时候，奶奶吓唬我的最好办法，就是说：“再不听话，奶奶就死了！”

夏夜，满天星斗。奶奶讲的故事与众不同，她不是说地上死一个人，天上就熄灭了一颗星星，而是说，地上死一个人，天上就又多了一个星星。

“怎么呢？”

“人死了，就变成一个星星。”

“干吗变成星星呀？”

“给走夜道儿的人照个亮儿……”

我们坐在庭院里，草茉莉都开了，各种颜色的小喇叭，掐一朵放在嘴上吹，有时候能吹响。奶奶用大芭蕉扇给我轰蚊子。凉凉的风，蓝蓝的天，闪闪的星星，永远留在我的记忆里。

那时候我还不懂得问，是不是每个人死了都可以变成星星，都能给活着的人把路照亮。

奶奶已经死了好多年。她带大的孙子忘不了她。尽管我现在想起她讲的故事，知道那是神话，但到夏天的晚上，我却时常还像孩子那样，仰着脸，揣摩哪一颗星星是奶奶的……我慢慢去想奶奶讲的那个神话，我慢慢相信，每一个活过的人，都能给后人的路途上添些光亮，也许是一颗巨星，也许是一把火炬，也许只是一支含泪的烛光……

选自人民文学出版社《我与地坛》

史铁生在他生命中相当长的一段时间，都承受着死亡的压迫。在他开始写作的时候，由于他个人的特殊的经历、境遇，我觉得他就是一个深刻的思考生命的作家。所以这个《奶奶的星星》，它所写的是如此具体，又如此饱含情感的往事。

中国作家协会副主席、著名评论家　李敬泽

史铁生是当代中国最令人敬佩的作家之一。他的写作与他的生命完全连在了一起，在自己的“写作之夜”，史铁生用残缺的身体，说出了最为健全而丰满的思想。他体验到的是生命的苦难，表达出的却是存在的明朗和欢乐；他睿智的言辞，照亮的反而是我们日益幽暗的内心。……当多数作家在消费主义时代里放弃面对人的基本状况时，史铁生却居住在自己的内心，仍旧苦苦追索人之为人的价值和光辉，仍旧坚定地向存在的荒凉地带进发，坚定地与未明事物做斗争。这种勇气和执着，深深地唤起了我们对自身所处境遇的警醒和关怀。

华语文学传媒大奖杰出成就奖授奖词

史铁生（1951—2010），作家，生于北京。1967年初中毕业后到陕西省延川县插队，1971年因病回京，后双腿瘫痪。主要作品有短篇小说《我的遥远的清平湾》《命若琴弦》《老屋小记》，散文《我与地坛》，长篇小说《务虚笔记》《我的丁一之旅》等。

理查德·西尔斯（Richard Sears）：
美国人，被称为“汉字叔叔”。自费创建“Chinese Etymology”（汉字字源）网站，对汉字进行搜集、编列和分析。

陋室铭

〔唐〕刘禹锡

山不在高，有仙则名；水不在深，有龙则灵。斯是陋室，惟吾德馨。苔痕上阶绿，草色入帘青。谈笑有鸿儒，往来无白丁。可以调素琴，阅金经。无丝竹之乱耳，无案牍之劳形。南阳诸葛庐，西蜀子云亭。孔子云：“何陋之有！”

刘禹锡写这篇《陋室铭》的时候，正是很倒霉的时候。他受到了排挤，被贬到了安徽和州。他写的《陋室铭》，实际上是为了表白自己的心迹——一个人最重要的不是拥有多少财富和拥有多大的房子，而是要拥有深厚的学识和崇高的思想道德。一个人最重要的不是高朋满座，而是有精神上能够契合的知己。当然同时，刘禹锡也在借圣贤之言、之行自我安慰，表达的还是古人“穷则独善其身，达则兼济天下”的情怀。

北京师范大学文学院教授　康震

刘禹锡（772—842），字梦得，河南洛阳人。唐代诗人，有“诗豪”之称。与柳宗元并称“刘柳”，与韦应物、白居易并称“三杰”，并与白居易并称“刘白”。有《刘宾客集》存世。

郭小平：

国内唯一一所艾滋病患儿学校——红丝带学校的创建者、校长，2016年“感动中国”年度人物。

如　果

[英] 约瑟夫·拉迪亚德·吉卜林

如果周围的人毫无理性地向你发难，
你仍能镇定自若保持冷静；
如果众人对你心存猜忌，
你仍能自信如常并认为他们的猜忌情有可原；
如果你肯耐心等待不急不躁，
或遭人诽谤却不以牙还牙，
或遭人憎恨却不以恶报恶；
既不装腔作势，
亦不气盛趾高；
如果你有梦想，
而又不为梦主宰；

如果你有神思，
而又不走火入魔；
如果你坦然面对胜利和灾难，
对虚渺的胜负荣辱胸怀旷荡；
如果你能忍受有这样的无赖，
歪曲你的口吐真言蒙骗笨汉，
或看着心血铸就的事业崩溃，
仍能忍辱负重脚踏实地重新攀登；

如果你敢把取得的一切胜利，
为了更崇高的目标孤注一掷，
面临失去，
决心从头再来而绝口不提自己的损失；
如果人们早已离你而去，
你仍能坚守阵地奋力前驱，
身上已一无所有，
唯存意志在高喊“顶住”；
如果你跟平民交谈而不变谦虚之态，
抑或与王侯散步而不露谄媚之颜；
如果敌友都无法对你造成伤害；
如果众人对你信赖有加却不过分依赖；
如果你能惜时如金利用每一分钟不可追回的光阴；
那么，你的修为就会如天地般博大，
并拥有了属于自己的世界，
更重要的是：孩子，你成为了一名真正的男子汉！

（李雪 译）

选自金城出版社《成功的魔法种子》

约瑟夫·拉迪亚德·吉卜林出生在印度，在英国受教育并定居，曾在美国、南非生活过很长时间。他四十二岁获诺贝尔文学奖，是迄今为止最年轻的得主。《如果》写于1895年，1910年初次发表。这是吉卜林写给十二岁的儿子约翰的励志诗，曾被译成多国语言并选入教材。许多人，特别是青少年常以此勉励自己。他的儿子约翰一战期间战死，有传记作者称吉卜林从容居丧，异常淡定。这首诗也是美国摇滚歌星迈克尔·杰克逊的墓志铭。

约瑟夫·拉迪亚德·吉卜林（Joseph Rudyard Kipling，1865—1936），英国作家，英国首位诺贝尔文学奖获得者。生于印度孟买，幼时生活犹如田园诗，五岁时被送回英国上学，十七岁时重返印度，到一家报馆工作并开始写作。他以印度的大自然和社会生活为背景创作了大量的小说、诗歌、随笔等。代表作《丛林故事》和《原来如此的故事》等深受全世界孩子喜爱。

（本诗由郭小平和红丝带学校的孩子一起朗读。）

礼　物

Gift

礼物，多美好的一个词。仰望星空，地球是宇宙给人类的礼物；低头凝望，一花一叶是大自然给世界的礼物；孩子是给父母的礼物；朋友是陪伴的礼物；回忆是时间的礼物。

在这个世界上，有多少种爱的表达，就有多少种礼物。父母无私的爱的养育，经历苦难之后的成长，不断地学习所积累下来的智慧，这都是最好的礼物。就像诺贝尔文学奖获得者切·米沃什在诗歌《礼物》当中所写到的："这是幸福的一天，我漫步在花园，对于这个世界，我已一无所求。"这是诗人馈赠给自己心灵的一份礼物。

在这个主题中，最让我们感动的是清华大学经济管理学院的赵家和教授。虽然他已经在五年前离开了这个世界，但是他所播种下的那颗善的种子，是留给这个世界所有孩子的最好的礼物。用纯净之心，去创造、去发现、去感悟，你便拥有了属于自己的礼物。

李亚鹏：

著名演员，现在经商。因女儿李嫣患有唇腭裂，

发起成立“嫣然天使基金”。

背　影

朱自清

我与父亲不相见已二年余了，我最不能忘记的是他的背影。那年冬天，祖母死了，父亲的差使也交卸了，正是祸不单行的日子，我从北京到徐州，打算跟着父亲奔丧回家。到徐州见着父亲，看见满院狼藉的东西，又想起祖母，不禁簌簌地流下眼泪。父亲说，“事已如此，不必难过，好在天无绝人之路！”

回家变卖典质，父亲还了亏空；又借钱办了丧事。这些日子，家中光景很是惨淡，一半为了丧事，一半为了父亲赋闲。丧事完毕，父亲要到南京谋事，我也要回北京念书，我们便同行。

到南京时，有朋友约去游逛，勾留了一日；第二日上午便须渡江到浦口，下午上车北去。父亲因为事忙，本已说定不送我，叫旅馆里一个熟识的茶房陪我同去。他再三嘱咐茶房，甚是仔细。但他终于不放心，怕茶房不妥帖；颇踌躇了一会儿。其实我那年已二十岁，北京已来往过两三次，是没有甚么要紧的了。他踌躇了一会儿，终于决定还是自己送我去。我两三回劝他不必去；他只说，“不要紧，他们去不好！”

我们过了江，进了车站。我买票，他忙着照看行李。行李太多了，得向脚夫行些小费，才可过去。他便又忙着和他们讲价钱。我那时真是聪明过分，总觉他说话不大漂亮，非自己插嘴不可。但他终于讲定了价钱；就送我上车。他给我拣定了靠车门的一张椅子；我将他给我做的紫毛大衣铺好坐位。他嘱我路上小心，夜里警醒些，不要受凉。又嘱托茶房好好照应我。我心里暗笑他的迂，他们只认得钱，托他们真是白托！而且我这样大年纪的人，难道还不能料理自己么？唉，我现在想想，那时真是太聪明了！

我说道，“爸爸，你走吧。”他望车外看了看，说，“我买几个橘子去。你就在此地，不要走动。”我看那边月台的栅栏外有几个卖东西的等着顾客。走到那边月台，须穿过铁道，须跳下去又爬上去。父亲是一个胖子，走过去自然要费事些。我本来要去的，他不肯，只好让他去。我看见他戴着黑布小帽，穿着黑布大马褂，深青布棉袍，蹒跚地走到铁道边，慢慢探身下去，尚不大难。可是他穿过铁道，要爬上那边月台，就不容易了。他用两手攀着上面，两脚再向上缩；他肥胖的身子向左微倾，显出努力的样子。这时我看见他的背影，我的泪很快地流下来了。我赶紧拭干了泪，怕他看见，也怕别人看见。我再向外看时，他已抱了朱红的橘子望回走了。过铁道时，他先将橘子散放在地上，自己慢慢爬下，再抱起橘子走。到这边时，我赶紧去搀他。他和我走到车上，将橘子一股脑儿放在我的皮大衣上。于是扑扑衣上的泥土，心里很轻松似的，过一会儿说，“我走了；到那边来信！”我望着他走出去。他走了几步，回过头看见我，说，“进去吧，里边没人。”等他的背影混入来来往往的人里，再找不着了，我便进来坐下，我的眼泪又来了。

近几年来，父亲和我都是东奔西走，家中光景是一日不如一日。他少年出外谋生，独力支持，做了许多大事。那知老境却如此颓唐！他触目伤怀，自然情不能自已。情郁于中，自然要发之于外；家庭琐屑便往往触他之怒。他待我渐渐不同往日。但最近两年的不见，他终于忘却我的不好，只是惦记着我，惦记着我的儿子。我北来后，他写了一信给我，信中说道，“我身体平安，惟膀子疼痛利害，举箸提笔，诸多不便，大约大去之期不远矣。”我读到此处，在晶莹的泪光中，又看见那肥胖的，青布棉袍，黑布马褂的背影。唉！我不知何时再能与他相见！

选自人民文学出版社《朱自清散文》

朱自清的父亲在晚年的时候是比较落魄的。作为儿子的朱自清看着父亲的状态，想到他一生的苍凉，有一种无奈的感叹。通过一次分别、一个背影，朱自清找到了中国人特有的表达父子之情的角度和方式。朱自清谈到自己写作《背影》的原因时说，就是因为读到文中引述的父亲来信，让他泪如泉涌，想起许多往事，想起父亲作为一个中

国旧文人的种种经历，想起父子间因观念新旧而起的冲突，更想起隐藏的天性之爱。《背影》是朱自清的经典名篇，也体现了朱自清一贯的在幽微之中见远大的写作风格。

中国人民大学文学院院长　孙郁

朱自清（1898—1948），现代散文家、诗人、学者。原名自华、号秋实，改名自清、字佩弦。代表作有《背影》《绿》《春》《桨声灯影里的秦淮河》《荷塘月色》等。

胡玮炜：

“八〇后”，摩拜单车创始人。

自行车之歌

苏童

一条宽阔的缺乏风景的街道，除了偶尔经过的公共汽车、东风牌或解放牌卡车，小汽车非常罕见，繁忙的交通主要体现在自行车的两个轮子上。许多自行车轮子上的镀光已经剥落，露出锈迹，许多穿着灰色、蓝色和军绿色服装的人骑着自行车在街道两侧川流不息，这是一部西方电影对七十年代北京的描述——多么笨拙却又准确的描述。所有人都知道，看到自行车的海洋就看到了中国。

电影镜头遗漏的细节描写现在由我来补充。那些自行车大多是黑色的，车型为二十八吋或者二十六吋，后者通常被称为女车，但女车其实也很男性化，造型与男车同样地显得憨厚而坚固。偶尔地会出现几辆红色和蓝色的跑车，它们的刹车线不是裸露垂直的钢丝，而是一种被化纤材料修饰过的交叉线，在自行车龙头前形成时髦的标志——就像如今中央电视台的台标。彩色自行车的主人往往是一些不同寻常的年轻人，家中或许有钱，或许有权。这样的自行车经过某些年轻人的面前时，有时会遇到刻意的阻拦。拦车人用意不一，有的只是出于嫉妒，故意给你制造一点麻烦；有的年轻人则很离谱，他们胁迫主人下车，然后争先恐后地跨上去，借别人的车在街道上风光了一回。

我们现在要说的是普通的黑色的随处可见的自行车，它们主要由三个品牌组成：永久、凤凰和飞鸽。飞鸽是天津自行车厂的产品，在南方一带比较少见。我们那里的普通家庭所梦想的是一辆上海产的永久或者凤凰牌自行车，已经有一辆永久的人家毫不掩饰地告诉别人，他还想搞一辆凤凰；已经有一辆男车的人家很贪心地找到在商场工作的亲戚，问能不能再弄到一辆二十六吋的女车。然而在一个物质匮乏的时代，这样的要求就像你现在去向人家借钱炒股票，只能引起对方的反感。

有些刚刚得到自行车的愣头青在街上“飙”车，为的是炫耀他的车和车技。看到这些家伙风驰电掣般地掠过狭窄的街道，泼辣的妇女们会在后面骂：“去充军啊！”骑车的听不见，他们就像如今的赛车手在环形赛道上那样享受着高速的快乐。也有骑车骑得太慢的人，同样惹人侧目。我一直忘不了一个穿旧军装骑车的中年男人，也许是因为过于爱惜他的新车，也许是车技不好，他骑车的姿势看上去很怪，歪着身子，头部几乎要趴在自行车龙头上，他大概想不到有好多人在看他骑车。不巧的是，这个人总是在黄昏经过我们街道，孩子们都在街上无事生非。不知为什么，那个人骑车的姿势引起了孩子们一致的反感，孩子们认为他骑车姿势像一只乌龟。有一天，我们突然冲着他大叫起来：“乌龟！乌龟！”我记得他回过头向我们看了一眼，没有理睬我们。但是这样的态度并不能改变我们对这个骑车人莫名的厌恶。第二天，我们等在街头，当他准时从我们的地盘经过时，昨天的声音更响亮、更整齐地追逐着他：“乌龟！乌龟！”那个无辜的人终于愤怒了，我记得他跳下了车，双目怒睁向我们跑来，大家纷纷向自己家逃散。我当然也是逃，但我跑进自家大门时向他望了一眼，正好看见他突然站住，回头张望。很明显，他对倚在墙边的自行车放心不下。我忘不了他站在街中央时的犹豫，最后他转过身跑向他的自行车。这个可怜的男人，为了保卫自行车，承受了一群孩子无端的侮辱。

我父亲的那辆自行车是六十年代出产的永久牌。从我记事到八十年代离家求学，我父亲一直骑着它早出晚归。星期天的早晨，我总是能看见父亲在院子里用纱线擦拭他的自行车。现在，我以感恩的心情想起了那辆自行车，因为它曾经维系着我的生命。童年多病，许多早晨和黄昏我坐在父亲的自行车上来往于家和医院的路上。曾有一次，我父亲用自行车带着我骑了二十里路，去乡村寻找一个握有家传秘方的赤脚医生。我难以忘记这二十里路，大约有十里路是苏州城内的那种石子路、青石板路（那时候的水泥沥青路段只是在交通要道装扮市容），另外十里路就是乡村地带海浪般起伏的泥路了。我像一只小舢板一样在父亲身后颠簸，而我父亲就像一个熟悉水情的水手，尽量让自行车的航行保持着通畅。就像对自己的车技非常自信一样，他对我坐车的能力也表示了充分的信任，他说：“没事，没事，你坐稳些，我们马上就到啦！”

多少中国人对父亲的自行车怀有异样的亲情，多少孩子在星期天骑上父亲的自行车偷偷地出了门。去干什么？不干什么，就是去骑车！我记得我第一次骑车在苏州城漫游的经历。我去了市中心的小广场，小广场四周有三家电影院，一家商场。我在三家电影院的橱窗前看海报，同一部样板戏，画的都是女英雄柯湘，但有的柯湘是圆脸，有的柯湘却画成了个马脸，这让我很快对电影海报的制作水平做出了判断。然后我进商场去转了一圈，空荡荡的货架没有引起我的任何兴趣。等我从商场出来，突然感到十分恐慌，巨大的恐慌感恰好就是自行车给我带来的：我发现广场空地上早已成为一片自行车的海洋，起码有几千辆自行车摆放在一起，黑压压的一片，每辆自行车看上去都像我们家的那一辆。我记住了它摆放的位置，但车辆管理员总是在擅自搬动车子，我拿着钥匙在自行车堆里走过来走过去，头脑中一片晕眩，我在惊慌中感受了当时中国自行车业的切肤之痛：设计雷同，不仅车的色泽和款式相同，甚至连车锁都是一模一样的！我找不到我的自行车了，我的钥匙能够捅进好多自行车的车锁眼里，但最后却不能把锁打开。车辆管理员在一边制止我盲目的行为，她一直在向我嚷嚷："是哪一辆？你看好了再开！"可我恰恰失去了分辨能力，这不怪我，令人不可思议的事情总是发生在自行车身上。我觉得许多半新不旧的永久牌自行车的坐垫和书包架上，都散发出我父亲和我自己身上的气息，这怎能不让我感到迷惑？

自行车的故事总与找不到自行车有关，不怪车辆管理员们，只怪自行车太多了。相信许多与我遭遇相仿的孩子都在问他们的父母："自行车那么难买，为什么外面还有那么多的自行车？"这个问题大概是容易解答的，只是答案与自行车无关。答案是：中国，人太多了。

到了七十年代末期，一种常州产的金狮牌自行车涌入了市场。人们评价说金狮自行车质量不如上海的永久和凤凰，但不管怎么说，新的自行车终于出现了。购买金狮需要购车券，打上"金狮一辆"记号的购车券同样也很难觅。我有个邻居，女儿的对象是自行车商场的，那份职业使所有的街坊邻居感兴趣，他们普遍羡慕那个姑娘的婚姻前景，并试探着打听未来女婿给未来岳父母带了什么礼物。那个将做岳父的也很坦率，当场从口袋里掏出一张盖着蓝印的纸券，说："没带什么，就是金狮一辆！"

自行车高贵的岁月仍然在延续，不过应了一句革命格言："排除万难，去争取胜利。"我们街上的许多人家后来品尝了自行车的胜利，至少拥有了一辆金狮，而我父亲在多年的公务员生涯中利用了一切能利用的关系，给我们家的院子推进了第三辆自行车——他不要金狮，主要是缘于对新产品天生的怀疑，他迷信永久和凤凰，情愿为此付出多倍的努力。

第三辆车是我父亲替我买的，那是1980年我中学毕业的前夕，他们说假如我考不上大学，这车就给我上班用。但我考上了。我父母又说，车放在家里，等我大学毕业了，回家工作后再用。后来我大学毕业了，却没有回家乡工作。于是我父母脸上流露出一种失望的表情，说，那就只好把车托运到南京去了，反正还是给我用。

一个闷热的初秋下午，我从南京西站的货仓里找到了从苏州托运来的那辆自行车。车子的三角杠都用布条细致地包缠着，是为了避免装卸工的野蛮装卸弄坏了车子。我摸了一下轮胎，轮胎鼓鼓的，托运之前一定刚刚打了气，这么周到而细致的事情一定是我父母合作的结晶。我骑上我的第一辆自行车离开了车站的货仓，初秋的阳光洒在南京的马路上，仍然热辣辣的，我的心也是热的，因为我知道从这一天起，生活将有所改变，我有了自行车，就像听到了奔向新生活的发令枪，我必须出发了。

那辆自行车我用了五年，是一辆黑色的二十六吋的凤凰牌自行车，与我父亲的那辆永久何其相似。自行车国度的父母，总是为他们的孩子挑选一辆结实耐用的自行车，他们以为它会陪伴孩子们的大半个人生。但现实既令人感伤又使人欣喜，五年以后我的自行车被一个偷车人骑走了。我几乎是怀着一种卸却负担的轻松心情，跑到自行车商店里，挑选了一辆当时流行的十速跑车，是蓝色的，是我孩提时代无法想象的一辆漂亮的威风凛凛的自行车。

这世界变化快——包括我们的自行车，我们的人生。许多年以后我仍然喜欢骑着自行车出门，我仍然喜欢打量年轻人的如同时装般新颖美丽的自行车，有时我能从车流中发现一辆老永久或者老凤凰，它们就像老人的写满沧桑的脸，让我想起一些行将失传的自行车的故事。我曾经跟在这么一辆老凤凰后面骑了很长时间，车的主人是一个五十来岁的男人，他的身边是一个同样骑车的背书包的女孩，女孩骑的是一辆目前非常流行的捷安特，是橘红色的山地车，很明显那是父女俩。我也赶路，没有留心那父女俩一路上说了些什么，但我要告诉大家的是，两辆自行车在并驾齐驱的时候一定也在交谈，两辆自行车会说些什么呢？其实大家都能猜到，是一种非常简单的交流——

黑色的老凤凰说："你走慢一点，想想过去！"

橘红色的捷安特却说："你走快一点，想想未来！"

选自人民文学出版社《我们小时候：自行车之歌》

张艺谋的电影《大红灯笼高高挂》改编自苏童的小说《妻妾成群》，作为当年先锋小说创作潮流中的青年才俊，苏童创作了一系列历史小说和成长小说。成长小说大多与他的故乡有关。苏童写故乡的文字，总是自然流淌着江南的气韵，既写实又清新。这篇《自行车之歌》有点不一样，江南的味道褪去了一些，"中国"的味道浓厚了很多。借着自行车和一家人、几代人的关系，写出了中国人的"自行车情结"，也从一个侧面记录了中华人民共和国成立几十年来的历史。普通人总是历史的见证人，普通事物身上也总保留着时代的痕迹，而每当一个新的契机出现，这些痕迹背后的历史和情感就会被重新点燃，勾起一代人共同的记忆。

苏童（1963— ），作家，江苏苏州人。代表作有《红粉》《妻妾成群》等。中篇小说《妻妾成群》被张艺谋改编成电影《大红灯笼高高挂》。

倪萍：

曾连续主持中央电视台春节联欢晚会十三年。

姥姥语录（节选）

倪萍

我生孩子的喜悦姥姥是第一个知道的。

孩子有病的消息姥姥是最后一个知道的。

不想让九十岁的姥姥再替我分担这份苦难了，尽管我自己无论如何是支撑不了的。

夜里躺在床上睡了，眼睛闭着，脑子醒着，灵魂站着，想着姥姥说的话："天黑了快睡，天亮了快起。"

姥姥把人类不可避免的灾难称之为"天黑了"。

"孩子，你再大的本事也挡不住天黑。毛主席的本事大吧？儿子在朝鲜战场上死了，老头儿不也是没法儿？一根烟接着一根烟地抽，等着天亮。"

姥姥从前就说过："天黑了就是遇上挡不住的大难了，你就得认命。认命不是撂下（放弃），是咬着牙挺着，挺到天亮。天亮就是给你希望了，你就赶紧起来去往前走，有多大的劲儿往前走多远，老天会帮你。别在黑夜里耗着，把神儿都耗尽了，天亮就没劲儿了。孩子，你记着，好事来了它预先还打个招呼，不好的事'咣当'一下就砸你头上了，从来不会提前通知你！能人越砸越结实，不能的人一下子就被砸倒了。"

我也是从孩子病的那个月开始抽烟的，人家说抽烟能帮助你消除一些恐惧。初次点上烟的时候，姥姥相当震惊。她知道孩子问题大了，否则我不会是这番景象——旁若无人地拿着烟坐在客厅的沙发上，烟灭了再点上，点上再灭了，不大的工夫，家里就像着了火一样，烟雾弥漫。姥姥咳嗽着，孩子被呛着，我全然不知。我只知道烟灭了，恐惧就来了。

这样的时刻一般都是后半夜。一家人都睡了，我一定是起来。我不想让他们来安慰我，家人的痛苦是一样的。道理我也都懂，只是无法说服自己，无法安静下来。我知道这样的时刻，房子里还有一个人睡不着，那就是姥姥。

坐在客厅里的我，灯是不开的，黑暗的屋里总是能看到有月亮的天空。那时正值冬天，天空格外的蓝。那个冬天的雪也比往年下得多，常常在半夜下。有了雪做伴儿，我痛苦无助的心好像有了些安慰。

姥姥不是说吗？“神是什么？你信它就有，你不信它就没有。”我当然信了，对着天我虔诚地祈祷着：“保佑孩子吧！什么我都可以付出，甚至生命。从此让我什么都看不见，只要保住儿子的眼睛。如果可以交换的话，我一分钟也不犹豫！”

那些日子，我的眼睛真的快看不见了。我奶奶是青光眼，去世的时候双目失明；我父亲、母亲晚年时也都是比较严重的青光眼，日后的我恐怕也在劫难逃。着急、上火、哭，我眼前时不时地一阵模糊、一阵黑，这一切一切我全都顾不上了，白天跑医院找专家，晚上坐在客厅抽烟，这样的日子持续了一个多月。

姥姥不知道发生了什么，因为孩子看上去一切正常，又吃奶又尿床，白天咯咯地笑，晚上呼呼地睡。一个白白胖胖的小重外甥（山东等地称外孙、外孙女为外甥）摆在她眼前，怎么会有病？怎么是灾难啊？

姥姥不问也不说，这就是姥姥。她觉得我不告诉她就一定有不告诉的理儿，“凡事先替对方想”。

姥姥曾试探着劝我别抽烟，我说工作上有愁事，抽一段儿吧，等工作的愁事解决了，我就不抽了。

放烟的桌子上多了一包花生米，是姥姥放的。

想抽烟了，拿个花生放在嘴里；花生放进嘴里，烟又点上了。

一夜一夜，我在客厅里坐多久，姥姥就在她屋里陪多久。我们看到的是同一个月亮，祈祷的是同一个神，我为儿子，姥姥为我。

我们心心相印，可姥姥却苦于帮不了我，主动提出回老家，不在这儿给我添乱。这是这么多年来姥姥第一次主动提出走，她是多么不愿意走啊！

走吧，姥姥，我是真顾不上你了。本想让你在这儿过上一段真正意义上的天伦之乐的好日子，实现我五六岁就说过的愿望：“姥姥，等我有了孩子，你给我看着啊！”那真是五六岁啊，我怎么会说出这么“不要鼻子的话”？

记得姥姥用布头给我缝了一个布娃娃，娃娃很大，抱在怀里像个真孩子。这是我童年的第一个玩具。娃娃的眼睛和鼻子都是姥姥画上去的，两条辫子是用黑毛线编的，衣服裤子也是姥姥做的。娃娃冬天还有毛背心，姥姥织的。

那时还不到六十岁的姥姥笑着说："嗯，等你有了孩子，姥姥早成一把灰上西天了。"

如今姥姥一直活到替我看孩子啦。

姥姥走前也不知道事情的真相，只是感觉一定是有大事。

她叮嘱我："孩子，记着，自己不倒，啥都能过去；自己倒了，谁也扶不起你。"

我努力地瞪着一双兔子红眼，想和姥姥笑一笑，也是嘴角往上翘，眼泪往下流，喉咙里热得一个音也发不出来。

姥姥拍着我："你要是救不了孩子，谁也救不了。姥知道，就你行！"

姥姥没说假话，在她眼里，我是无所不能的那个人。我记着姥姥的话了。我知道，我要是倒下了，儿子就没救了。我开始不哭了，如果哭能救儿子我愿意把全部的泪水都哭出去，可是没有用。我坚强地抱着儿子踏上了去美国的求医之路，这一走就是十年。

每年我带儿子去复查都像上刑场一般，等待着判决。直至去年，当大夫对儿子说："王，等你结婚的时候再来复查吧，一切很好，祝你好运！"我的泪水啊，直接喷在了报告喜讯的大夫脸上。人间会有这样横着飞出去的泪水吗？有，这是母亲的泪水，是一个憋了十年的母亲的泪水。"儿子，咱六十岁再结婚吧！妈妈再也不想来复查了。"

这大好的消息姥姥已经无法知道了，她走了。她不知道从前也就不必知道现在了。可这巨大的喜悦我怎么那么想让姥姥第一个知道啊！

其实姥姥原本不知道这件灾难的事儿，但是我确信她一定知道在我三十九岁那年冬天遇上的"工作上的愁事儿"是我人生最大的一次劫难啊！

至今姥姥也不知道我儿子到底遭遇了什么，她只是劝慰我："享多大的福就得遭多大的罪，罪遭够数儿了，福又回来了。"

选自长江文艺出版社《姥姥语录》（增订本）

中国散文中历来有赋闲情、记浮生的传统，普通人、家常事皆可入文，小情绪、小悲欢即是意趣。此类散文最为动人之处，在于敞开心胸的诚恳，在于源于日常的智慧，在于众人皆可感同的深情。倪萍的姥姥之所以以民间之言而成“语录”，能获得冰心散文奖，正是因为具备了这样的特征。它说的是老百姓自己的语言，讲的是老百姓自己的故事，最后必然就会成为老百姓喜爱的读物。

倪萍（1959— ），山东人。电视节目主持人，曾主持过《综艺大观》、《聊天》、中央电视台春节联欢晚会等，出版过《姥姥语录》等作品。

单霁翔：

2012年起任故宫博物院院长。曾获文物保护专业最高学术荣誉“福布斯奖”。

至大无外

张越佳　刘凯

紫，是古人心目中的王者之星；紫微，来自天上。禁，是权力，来自于人，也施之于人。城，是这一片连绵殿宇，在大地上的辉煌建设。

太和门广场和它身后的太和殿广场，构成了紫禁城的重心。广场，在中国的传统里，叫作庭院。庭院源于古人聚居的居住形式，在共同的空间里，一家人围拢的不单是安全感，更是中国文化里相互关怀、照应和守望的伦理价值和亲情。一般来讲，家庭越大，院子也就越大，就像一棵大树那样，分枝抽条、开枝散叶、秩序分明。

皇帝以天下为自己的责任，以国为家，他所住的皇宫庭院也层层相依、紧紧相连，成为现在我们所见到的伟大宫殿。帝皇所在便是宫廷，在家为庭、在宫则廷。传统民居中轴对称，院落重门的格局没有改变，放大的空间营造出超越民居的大格局。它不仅可以应付这个庞大家庭现实生活的需要，还处处殚精竭虑，把王朝的秩序和信仰纳入其中，让帝王的生活成为权力的展示和伦理的示范。

这里曾经是皇帝一个人的庭院，体现着天下一人的权威。古代帝王以无限权力在他的家国里俯仰天下，就体现在这一个又一个巨大的空间里。

大不可测，多即无穷。在中国传统文化中，最高的状态是意会的境界。大，意味着多。多，意味着无穷无尽，无穷无尽就是空。既无穷莫测，故实则虚之。实则虚之，是中国人的文化密码，投射到每个人的心中。

选自纪录片《故宫100》解说词

纪录片《故宫100》的副标题韵味十足。看得见的紫禁城和内中成百座宫殿是中国古建筑的集大成者，是梁思成眼中“绝无仅有的建筑杰作”，值得世世代代中国人对它“宝贵万分”；而看不见的紫禁城则是它承载的文化、伦理、美学、历史的价值，它在中国传统文化中的地位。作为“凝固的音乐”，故宫代表着中正和谐的中国气派，代表着天人合一的中国风格。

张越佳（1978— ），吉林人。纪录片导演，曾执导纪录片《故宫100》《梅兰芳》《颐和园》等。

刘凯，中央电视台记者。著有图书《感动的力量》等。

赵蕊蕊：

前中国女排主力队员、作家。巅峰状态的赵蕊蕊曾被誉为“世界第一副攻”。出版作品《末日唤醒》等。

握紧你的右手

毕淑敏

常常见女孩郑重地平伸着自己的双手，仿佛托举着一条透明的哈达。看手相的人便说：男左女右。女孩把左手背在身后，把右手手掌对准湛蓝的天。

常常想世上是否真有命运这种东西？它是物质还是精神？难道说我们的一生都早早地被一种符咒规定，谁都无力更改？我们的手难道真是激光唱盘，所有的祸福都像音符微缩其中？

当我沮丧的时候，当我彷徨的时候，当我孤独寂寞悲凉的时候，我曾格外地相信命运，相信命运的不公平。

当我快乐的时候，当我幸福的时候，当我成功优越欣喜的时候，我格外地相信自己，相信只有耕耘才有收成。

渐渐地，我终于发现命运是我怯懦时的盾牌，当我叫嚷命运不公最响的时候，正是我预备逃遁的前奏。命运像一只筐，我把对自己的姑息、原谅以及所有的延宕都一股脑地塞进去。然后蒙一块宿命的轻纱。我背着它慢慢地向前走，心中有一份心安理得的坦然。

有时候也诧异自己的手。手心叶脉般的纹路还是那样琐细，但这只手做过的事情，却已有了几番变迁。

在喜马拉雅山、冈底斯山、喀喇昆仑山三山交汇的高原上，我当过卫生员，在机器轰鸣铜水飞溅的重工业厂区里我做过主治医师。今天，当我用我的笔杆写我对这个世界的想法时，我觉得是用我的手把我的心制成薄薄的切片，置于真和善的天平之上……

高原呼啸的风雪，卷走了我一生中最好的年华，并以浓重的阴影，倾泻于行程中的每一处驿站。

岁月送给我苦难，也随赠我清醒与冷静。我如今对命运的看法，恰恰与少年时相反。

当我快乐当我幸福当我成功当我优越当我欣喜的时候，当一切美好辉煌的时刻，我要提醒我自己——这是命运的光环笼罩了我。在这个环里，居住着机遇，居住着偶然性，居住着所有帮助过我的人。

而当我挫折和悲哀的时候，我便镇静地走出那个怨天尤人的我，像孙悟空的分身术一样，跳起来，站在云头上，注视着那个不幸的人，于是我清楚地看到了她的软弱、她的怯懦、她的虚荣以及她的愚昧……

年近不惑，我对命运已心平气和。

小时候是个女孩，长大了成为女人，总觉得做个女人要比男人难，大约以后成了老婆婆，也要比老爷爷累。

生活中就像没有无缘无故的爱一样，也没有无缘无故的幸运。对于女人，无端的幸运往往更像一场阴谋一个陷阱的开始。我不相信命运，我只相信我的手。

因为它不属于冥冥之中任何未知的力量，而只属于我的心。我可以支配它，去干我想干的任何一件事情。我不相信手掌的纹路，但我相信手掌加上手指的力量。

蓝天下的女孩，在你纤细的右手里，有一粒金苹果的种子。所有的人都看不见它，唯有你清楚地知道它将你的手心炙得发痛。

那是你的梦想、你的期望！

女孩，握紧你的右手，千万别让它飞走！相信自己的手，相信它会在你的手里，长成一棵会唱歌的金苹果树。

选自人民文学出版社《心灵四书·心灵与阳光同行》

我这篇文章来自于我自己的一段刻骨铭心的经历。年轻的时候我在西藏阿里当兵，精疲力尽还要攀越雪山，甚至可以说你的生命的安

危，就决定在你的手指和手掌的力量上。但是我的手确实救了我。我特别想在这个文章里传达的是，我们的右手是有力量的。命运就掌握在我们的手里。

作家、心理医生　毕淑敏

毕淑敏的文字，无论是小说还是散文，都有触及心灵的力量，因而常能引起读者，尤其是女性读者的共鸣。她的散文大多取材于生活，但总能生发出不一样的生命感悟，体现不一样的审美境界。或许因为职业的原因，她的文学有“心灵治愈”的功能，因而被王蒙称为“文学的白衣天使”。

毕淑敏（1952—　），作家、心理医生。生于新疆。在西藏阿里高原当兵十一年，从事医学工作二十年后，开始文学创作。代表作品有《红处方》《拯救乳房》等。

赵家和：

清华大学教授。去世前，个人捐款一千五百万元发起成立“青少年助学基金”，资助贫困学生。

让我怎样感谢你

汪国真

让我怎样感谢你
当我走向你的时候
我原想收获一缕春风
你却给了我整个春天

让我怎样感谢你
当我走向你的时候
我原想捧起一簇浪花
你却给了我整个海洋

让我怎样感谢你
当我走向你的时候
我原想撷取一枚红叶
你却给了我整个枫林

让我怎样感谢你
当我走向你的时候
我原想亲吻一朵雪花
你却给了我银色的世界

汪国真（1956—2015），生于北京，祖籍福建厦门。二十世纪九十年代，担任《辽宁青年》《中国青年》《女友》专栏撰稿人，出版多本诗集，掀起“汪国真热”。

（本诗由赵家和成立的“青少年助学基金”受助学生代表在节目中共同朗读。）

第一次

The First Time

人这辈子要遇到很多很多个第一次。刘震云第一次给《安徽文学》投稿，拿到了七十多块钱的稿费，立马就请女朋友去吃饭；许镜清老人第一次在人民大会堂，拥有了属于他自己的一场音乐会，他为这一天等了三十年；王学圻二十年前就第一次当导演了，可是这部电影拍到最后就剩下了三个人，让他欲哭无泪。

这都是非常宝贵而难忘的第一次，因为它们意味着我们的成长。就像作家汪曾祺所说的："人的第一次，往往需要勇气。"但是第一次也往往会有意想不到的收获，因为它是探索、是挑战、是机遇。所以说，如果你的人生能够拥有更多的第一次，也就意味着你的人生更丰富、更多彩！

其实细想来，每一个人都是在第一次过自己的人生，不是吗？在这条不能回头的人生道路上，正是许多不可复制的第一次，让我们从昨天走到今天，走向未来。

王学圻：

著名演员、导演。导演处女作《太阳鸟》曾获加拿大蒙特利尔电影节评委会大奖。

平凡的世界（节选）

路遥

在我们这个星球上，每天都要发生许多变化。有人倒霉了，有人走运了；有人在创造历史，历史也在成全或抛弃某些人。每一分钟都有新的生命欣喜地降生到这个世界，同时也把另一些人送进坟墓。这边万里无云，阳光灿烂；那边就可能风云骤起，地裂山崩。世界没有一天是平静的。

可是对大多数人来说，生活的变化是缓慢的。今天和昨天似乎没有什么不同；明天也可能和今天一样。也许人一生仅仅有那么一两个辉煌的瞬间——甚至一生都可能在平淡无奇中度过……

不过，细想起来，每个人的生活同样也是一个世界。即使最平凡的人，也得要为他那个世界的存在而战斗。从这个意义上说，在这些平凡的世界里，也没有一天是平静的。因此，大多数普通人不会像飘飘欲仙的老庄，时常把自己看作是一粒尘埃——尽管地球在浩渺的宇宙中也只不过是一粒尘埃罢了。幸亏人们没有都去信奉"庄子主义"，否则这世界就会到处充斥着这些看破红尘而又自命不凡的家伙。

普通人时刻都在为具体的生活而伤神费力——尽管在某些超凡脱俗的雅士看来，这些芸芸众生的努力是那么不值一提……

不必隐瞒，孙少平每天竭尽全力，首先是为了赚回那两块五毛钱。他要用这钱来维持一个漂泊者的起码生活。更重要的是，他要用这钱帮助年迈的老人和供养妹妹上学。

他在工地上拼命干活，以此证明他是个好小工。他完全做到了这一点——现在拿的是小工行里的最高工钱。

去年和“萝卜花”一块上那个工时，他曾装得一个字也不识。现在他又装成了个文盲。一般说来，包工头不喜欢要上过学的农村青年。念书人的吃苦精神总是让人怀疑的。

孙少平已经适应了这个底层社会的生活。尽管他有香皂和牙具，也不往出拿；不洗脸，不洗脚，更不要说刷牙了。吃饭和别人一样，端着老碗往地上一蹲，有声有响地往嘴里扒拉。说话是粗鲁的。走路弓着腰，手背抄起或筒在袖口里；两条腿故意弄成罗圈形。吐痰像子弹出膛一般；大便完和其他工匠一样拿土圪㙗当手纸。没有人看出他是个识字人，并且还当过“先生”呢。

虽然少平看起来成了一个地道的、外出谋生的庄稼人，但有一点他却没能做到，就是在晚上睡觉时常常失眠——这是文化人典型的毛病。好在别人一躺下就打起了呼噜，谁知道他在黑暗中大睁着眼睛呢？如果大伙知道有一个人晚上睡不着觉，就像对一个不吃肥肉的人一样会感到不可思议。

是的，劳筋损骨熬苦一天以后，孙少平也常常难以入眠，而且在静静的夜晚，一躺进黑暗中，他的思绪反而更活跃了。有时候他也想一些具体的事。但大多数情况下思想是漫无边际的，像没有河床的洪水在泛滥；又像五光十色的光环交叉重叠在一起——这些散乱的思绪一直要带进他的梦中。

当然，不踏实的睡眠并不影响他第二天的劳动；他终究年轻，体力像拉圆的弓弦那般饱满……

转眼间一个月过去了。

清明之前，天气转暖，大地差不多完全解冻。黄原河岸边的柳枝，已经萌生起招惹人的绿意。周围山野里向阳的坡坬上，青草的嫩芽顶破潮润的地皮，准备出头露面了。

在工艺厂的工地上，干活的人已经穿不住棉衣，一上工便脱下撂在了一边。现在，宿舍楼起了第一层；楼板安好后，开始砌第二层的屋墙。少平的工作是把浇过水的湿砖用手一块块往二层上扔——这需要多么大的臂力和耐力啊！这无疑是小工行里最苦的活；可是他应该干这活，因为他拿的是这一行的“高工资”。

这工地站场监工的是包工头胡永州的一个侄子，他年龄不大，倒跟上他叔叔学得有模有样，嘴里叼根黑棒卷烟，四处转悠着，从早到晚不离工地，指手画脚，吆吆喝喝。胡永州本人一般每天只来转一转，就不见了踪影——他同时包好几个工程，要四下里跑着指挥。晚上他是回这里来住的。胡永州和他侄子分别住在工地旁厂方腾出来的闲窑里。紧挨着的是灶房。做饭的除过那个雇来的小女孩，还有一位六十多岁的老汉，也是胡永州的亲戚；这老汉和胡永州的侄子住在一孔窑里，那个小女孩晚上就单独在灶房里睡觉。其他工匠在这里吃完晚饭，就回到坡下那个垃圾堆旁的窑洞里去了。

工程大忙以后，需要的人也多了。胡永州陆续从东关大桥头又招回一些工匠；同时也打发了几个干活不行的人。

人手一多，一老一小两个做饭的就应付不过来。他们光做饭还可以，但那个老汉还兼管采买，大筐的土豆和白菜，五十斤一袋的面粉，老汉一个人拿不动。胡永州突然决定由少平帮助老汉出去采买东西。对于工匠们来说，这是个轻松活，人人巴不得去干。但胡永州念少平是一个县的老乡，把这好差事交给了他。

少平就像被“提拔”了一样高兴。他现在每天只在工地上干半天活，另外半天就和做饭的老汉一块到街上去采买东西；一天下来，感觉当然比过去轻松多了。

活路稍微一轻松，他突然渴望能看点什么书——算一算，他又很长时间没见书的面了。正月里返回黄原到现在，他也没有去找田晓霞借书，因为他一直装个文盲，借回来书也没办法看。再说，他口袋里空空如也，想专心干活积攒一点钱，好给家里和县城的妹妹寄，根本没心思想其他的事。

就是现在，他也不能暴露他的“文盲”身份。正因为他是个只会卖力气的“文盲”，包工头才信任他，让他去干采购工作。要是胡永州知道他是个学生出身的人，又在他这里清闲得看起了书，说不定马上就会把他打发走。他舍不得离开这工程啊！一天赚两块半工钱不说，现在还不要像其他工匠一天顶到头地出死力。

但读书的愿望一下子变得如此强烈，使他简直无法克制。他思谋：能不能找个办法既能读书又不让人发现呢？

只有一个途径较为可靠，那就是他晚上能单独睡在一个地方。

主意终于有了。他准备和胡永州说一说，让包工头同意自己住在刚盖起的那一层楼房里。虽然那楼房还正在施工，新起的一层既没安门窗，更不可能生火，但现在天气已经转暖，可以凑合；就是冷一些也不要紧，只要一个人住着能看书就行了。

胡永州并不反对他挪地方住——只要你小子不怕冷，就是愿意住在野场地里也和我胡永州球不相干!

孙少平搬到没门窗的楼房后，才想起这里晚上没灯。他就在外出采购东西的时候，捎带着给自己买了一些蜡烛。

条件一具备，他就打算到晓霞那里去借几本书回来。

过罢清明节，少平在一个星期六的傍晚，破例拿出牙具和香皂，偷偷到小南河里洗刷了一番，又换上自己的那身“礼服”，就蛮有精神地去地委找田晓霞。

在地委田福军的办公室和晓霞相会后，晓霞又高兴又抱怨地问他为什么这么长时间不来找她。

少平吞吞吐吐解释了半天。

一段时间没见晓霞，少平吃惊地发现她的个码似乎蹿高了一大截——他一时粗心，没有留意她换了一双高跟鞋。

两个人像往常那样，一块儿吃了晓霞从大灶上买回来的饭菜，接着热烈地谈论了许多话题。

临走时，晓霞给他借了一本艾特玛托夫的《白轮船》。她告诉他，这是她很喜欢的一本书，是前几年内部发行的；父亲买回来后，她看完就偷偷地占为己有了。

少平打开书，见书前有“任犊”写的一篇批判性序言。晓霞说，那“畜生”全是胡说八道，不值得理睬。

少平很快和晓霞告辞了——既然这本书他的“导师”如此推崇，他就迫不及待地想读它。

回到“新居”以后，他点亮蜡烛，就躺在墙角麦秸草上的那一堆破被褥里，马上开始读这本小说。周围一片寂静，人们都已经沉沉地入睡了。带着凉意的晚风从洞开的窗户中吹进来，摇曳着豆粒般的烛光。

孙少平一开始就被这本书吸引住了。那个被父母抛弃的小男孩的忧伤的童年；那个善良而屡遭厄运的莫蒙爷爷；那个凶残丑恶而又冥顽不化的阿洛斯古尔；以及美丽的长角鹿母和古老而富有传奇色彩的吉尔吉斯人的生活……这一切都使少平的心剧烈地颤动着。当最后那孩子一颗晶莹的心被现实中的丑恶所摧毁，像鱼一样永远地消失在冰冷的河水中之后，泪水已经模糊了他的眼睛；他用哽咽的音调喃喃地念完了作者在最后所说的那些沉痛而感人肺腑的话……

这时，天已经微微地亮出了白色。他吹灭蜡烛，出了这个没安门窗的房子。

他站在院子里一堆乱七八糟的建筑材料上，肿胀的眼睛张望着依然在熟睡中的城市。各种建筑物模糊的轮廓隐匿在一片广漠的寂寥之中。他突然感到了一种荒凉和孤独；他希望天能快些大亮，太阳快快从古塔山后面露出少女般的笑脸；大街上重又挤满了人……他很想立刻能找到田晓霞，和她说些什么。总之，他澎湃的心潮一时难以平静下来……

选自北京十月文艺出版社《平凡的世界》

路遥为《平凡的世界》呕心沥血，为记录时代的巨大变革呕心沥血。在《平凡的世界》里，路遥首先是把他的目光注视于平凡人的命运。一个人，不管他多么平凡，只要他是为自己的生活意义而奋斗，那么他与国家民族的命运、与时代的巨大变革就都是息息相关的。唯其如此，这本书才具有如此广泛的读者群，拥有如此巨大的影响力。

中国作家协会副主席、著名评论家　李敬泽

路遥（1949—1992），陕西省清涧县人。代表作《平凡的世界》获第三届茅盾文学奖，《人生》被改编成电影，引起巨大轰动。

柯洁：

被誉为“天才棋手”，职业围棋九段。生于1997年，已拿下四个世界冠军，是目前为止在世界第一位置上停留时间最长的中国棋手。

哈利·波特与死亡圣器（存目）

[英] J.K. 罗琳

霍格沃茨魔法学校是全世界哈迷的向往之地。惊险、刺激的课堂，有个性的老师，亲密无间的友谊……一所理想学校应该有的，这里都有。而且，每一堂课的魔法，都像让人脑洞大开的“第一次”一样，让人惊喜。“哈利·波特”系列和全世界少年心里的英雄梦有关，所以它才会赢得那么多哈迷的心，创造那么多的出版奇迹。

J. K. 罗琳（J. K. Rowling，1965— ），“哈利·波特”系列畅销书作者。罗琳女士还为该系列撰写了三部姊妹篇以资助慈善事业，即《神奇的魁地奇球》《神奇动物在哪里》和《诗翁彼豆故事集》。

许镜清：

著名作曲家，代表作有《敢问路在何方》等。独自完成了1986年版电视剧《西游记》的十三首歌曲、上百段配乐和十几首脸谱歌的创作。

灯

巴金

我半夜从噩梦中惊醒，感觉到窒闷，便起来到廊上去呼吸寒夜的空气。

夜是漆黑的一片，在我的脚下仿佛横着沉睡的大海，但是渐渐地像浪花似的浮起来灰白色的马路。然后夜的黑色逐渐减淡。哪里是山，哪里是房屋，哪里是菜园，我终于分辨出来了。

在右边，傍山建筑的几处平房里射出来几点灯光，它们给我扫淡了黑暗的颜色。

我望着这些灯，灯光带着昏黄色，似乎还在寒气的袭击中微微颤抖。有一两次我以为灯会灭了。但是一转眼昏黄色的光又在前面亮起来。这些深夜还燃着的灯，它们（似乎只有它们）默默地在散布一点点的光和热，不仅给我，而且还给那些寒夜里不能睡眠的人，和那些这时候还在黑暗中摸索的行路人。是的，那边不是起了一阵急促的脚步声吗？谁从城里走回乡下来了？过了一会儿，一个黑影在我眼前晃一下。影子走得极快，好像在跑，又像在溜，我了解这个人急忙赶回家去的心情。那么，我想，在这个人的眼里、心上，前面那些灯光会显得是更明亮、更温暖罢。

我自己也有过这样的经验。只有一点微弱的灯光，就是那一点仿佛随时都会被黑暗扑灭的灯光也可以鼓舞我多走一段长长的路。大片的飞雪飘打在我的脸上，我的皮鞋不时陷在泥泞的土路中，风几次要把我摔倒在污泥里。我似乎走进了一个迷阵，永远找不到出口，看不见路的尽头。但是我始终挺起身子向前迈步，因为我看见了一点豆大的灯光。灯光，不管是哪个人家的灯光，都可以给行人——甚至像我这样的一个异乡人——指路。

这已经是许多年前的事了。我的生活中有过了好些大的变化。现在我站在廊上望山脚的灯光，那灯光跟好些年前的灯光不是同样的么？我看不出一点分别！为什么？我现在不是安安静静地站在自己楼房前面的廊上么？我并没有在雨中摸夜路。但是看见灯光，我却忽然感到安慰，得到鼓舞。难道是我的心在黑夜里徘徊，它被噩梦引入了迷阵，到这时才找到归路？

我对自己的这个疑问不能够给一个确定的回答。但是我知道我的心渐渐地安定了，呼吸也畅快了许多。我应该感谢这些我不知道姓名的人家的灯光。

他们点灯不是为我，在他们的梦寐中也不会出现我的影子。但是我的心仍然得到了益处。我爱这样的灯光。几盏灯甚或一盏灯的微光固然不能照彻黑暗，可是它也会给寒夜里一些不眠的人带来一点勇气，一点温暖。

孤寂的海上的灯塔挽救了许多船只的沉没，任何航行的船只都可以得到那灯光的指引。哈里希岛上的姐姐为着弟弟点在窗前的长夜孤灯，虽然不曾唤回那个航海远去的弟弟，可是不少捕鱼归来的邻人都得到了它的帮助。

再回溯到远古的年代去。古希腊女教士希洛点燃的火炬照亮了每夜泅过海峡来的利安得尔的眼睛。有一个夜晚暴风雨把火炬弄灭了，让那个勇敢的情人溺死在海里。但是熊熊的火光至今还隐约地亮在我们的眼前，似乎那火炬并没有跟着殉情的古美人永沉海底。

这些光都不是为我燃着的，可是连我也分到了它们的一点点恩泽——一点光，一点热。光驱散了我心灵里的黑暗，热促成它的发育。一个朋友说：“我们不是单靠吃米活着。”我自然也是如此。我的心常常在黑暗的海上飘浮，要不是得着灯光的指引，它有一天也会永沉海底。

我想起了另一位友人的故事：他怀着满心难治的伤痛和必死之心，投到江南的一条河里。到了水中，他听见一声叫喊（“救人啊！”），看见一点灯光，模糊中他还听见一阵喧闹，以后便失去知觉。醒过来时他发觉自己躺在一个陌生人的家中，桌上一盏油灯，眼前几张诚恳、亲切的脸。“这人间毕竟还有温暖。”他感激地想着，从此他改变了生活态度。“绝望”没有了，“悲观”消失了，他成了一个热爱生命的积极的人。这已经是二三十年前的事了。我最近还见到这位朋友。那一点灯光居然鼓舞一个出门求死的人多活了这许多年，而且使他到现在还活得健壮。我没有跟他重谈起灯光的话。但是我想，那一点微光一定还在他的心灵中摇晃。

在这人间，灯光是不会灭的——我想着，想着，不觉对着山那边微笑了。

选自人民文学出版社《巴金散文》

这篇《灯》写于 1942 年 2 月，抗战最艰难的时刻，是在凄风苦雨、非常黑暗的时刻。巴金说："我要写一篇文章，这个文章的题目就应该叫作《灯》。"不管是什么灯，实际上当它亮起来的时候，都是那个让我们觉得不管怎么样都能够坚持下去的、都能感觉到生命美好的理由。

中国作家协会副主席、著名评论家　李敬泽

巴金（1904—2005），四川成都人，原名李尧棠，字芾甘。作家、翻译家、社会活动家。代表作有"激流三部曲"、"爱情三部曲"、"抗战三部曲"、《随想录》等。

刘震云：

他是一位出色的作家，也是一位优秀的编剧，他用犀利而又不失幽默的文笔书写着当今中国。

一句顶一万句（节选）

刘震云

杨百顺十岁到十五岁，在镇上老汪的私塾读过五年《论语》。老汪大号汪梦溪，字子美。老汪他爹是县城一个箍盆箍桶的箍桶匠，外加焊洋铁壶。汪家箍桶铺子西边，挨着一个当铺叫“天和号”。“天和号”的掌柜姓熊。老熊他爷是山西人。五十年前，一路要饭来到延津。一开始在县城卖菜，后来在街头钉鞋；顾住家小之后，仍改不了要饭的习惯，过年时，家里包饺子，仍打发几个孩子出去要饭。节俭自有节俭的好处，到了老熊他爹，开了一家当铺。这时就不要饭了。一开始当个衣衫帽子、灯台瓦罐，但山西人会做生意，到老熊手上，大多是当房子、当地的主顾，每天能有几十两银子的流水。老熊想扩大门面，老汪他爹的箍桶铺子，正好在老熊家前后院的东北角，使老熊家的院落成了刀把形，前窄后阔；老熊便去与老汪他爹商量，如老汪他爹把箍桶的铺面让出来，他情愿另买一处地方，给老汪他爹新盖个铺面。原来的门面有三间，他情愿盖五间。门面大了，可以接着箍桶，也可以做别的生意。这事对于老汪家也合算，但老汪他爹却打死不愿意，宁肯在现有的三间屋里箍桶，不愿去新盖的五间屋里做别的生意。不让铺面不是跟老熊家有啥过节，而是老汪他爹处事与人不同，同样一件事情，对自己有利没利他不管，看到对别人有利，他就觉得吃了亏。老熊见老汪他爹一句话封了口，没个商量处，也就作罢。

老汪的箍桶铺面的东边，是一家粮栈“隆昌号”，“隆昌号”的掌柜叫老廉。这年秋天，汪家修屋顶，房檐出得长些，下雨时，雨顺着房檐，滴洒在廉家的西墙上；廉家的房檐也不短，已滴洒了汪家东墙十几年。但世上西北风多，东南风少，廉家就觉得吃了亏。为房檐滴雨，两家吵了一架。“隆昌号”的掌柜老廉，不同于“天和号”的掌柜老熊。老熊性子温和，遇事可商可量；老廉性子躁，遇事吃不得亏。两家吵架的当天晚上，他指使自己的伙计，爬到汪家房顶，不但拆了汪家的房檐，还揭了汪家半间瓦。两家从此打起了官司。老汪他爹不知打官司的深浅，也是与老廉赌着一口气；官司一打两年，老汪他爹也顾不上箍桶。老廉上下使钱，老汪他爹也跟着上下使钱。但汪家的家底，哪里随得上廉家？廉家的粮栈“隆昌号”，每天有几十石粮食的进出。延津的县官老胡又是个糊涂人，两年官司打下来，也没打出个所以然，老汪他爹已经把三间铺子折了进去。“天和号”的掌柜老熊，又花钱从别人手上把三间铺子买了过来。老汪他爹在县城东关另租一间小屋，重新箍桶。这时他不恨跟自己打官司的“隆昌号”的掌柜老廉，单恨买自己铺子的“天和号”的掌柜老熊。他认为表面上是与廉家打官司，廉家背后，肯定有熊家的指使。但这时再与老熊家理论，也无理论处，老汪他爹另做主张，那年老汪十二岁，便把老汪送到开封读书，希冀老汪十年寒窗能做官，一放官放到延津，那时再与熊家和廉家理论。也是“君子报仇，十年不晚”的意思。但种一绺麦子，从撒种到收割，也得经秋、冬、春、夏四个季节，待老汪长大成人，又成才做官，更得耐得住性子。性子老汪他爹倒耐得住，但一个箍桶匠，每天箍几个盆桶，哪里供得起一个学生在学府的花销？硬撑了七年，终于把老汪他爹累吐了血，桶也箍不成了。在病床上躺了三个月，眼看快不行了，正准备打发人去开封叫老汪，老汪自己背着铺盖卷从开封回来了。老汪回来不是听说爹病了，而是他在开封被人打了。而且打得不轻，回到延津还鼻青脸肿，拖着半条腿。问谁打了他，为啥打他，他也不说。只说宁肯在家里箍桶，再也不去开封上学了。老汪他爹见老汪这个样子，连病带气，三天就没了。临死时叹了一口气：

“事情从根上起就坏了。”

老汪知道他爹说的不是他挨打的事，而是和熊家、廉家的事，问：

“当初不该打官司？”

老汪他爹看着鼻青脸肿的老汪：

“当初不该让你上学，该让你去当杀人放火的强盗，一来你也不挨打了，二来家里的仇早报了。”

说这话已经晚了。但老汪能在开封上七年学，在延津也算有学问了。在县衙门口写诉状的老曹，也只上过六年学。老汪他爹死后，老汪倒没有箍盆箍桶，开始流落乡间，以教书为生。这一教就是十几年。老汪瘦，留个分头，穿上长衫，像个读书人；但老汪嘴笨，又有些结巴，并不适合教书。也许他肚子里有东西，但像茶壶里煮饺子一样，倒不出来。头几年教私塾，每到一家，教不到三个月，就被人辞退了。人问：

“老汪，你有学问吗？”

老汪红着脸：

“拿纸笔来，我给你作一篇述论。”

人：

“有，咋说不出来呢？”

老汪叹息：

“我跟你说不清楚，躁人之辞多，吉人之辞寡。”

但不管辞之多寡，在学堂上，《论语》中“四海困穷，天禄永终”一句，哪有翻来覆去讲十天还讲不清楚的道理？自己讲不清楚，动不动还跟学生急：

“啥叫朽木不可雕呢？圣人指的就是你们。”

四处流落七八年，老汪终于在镇上东家老范家落下了脚。这时老汪已经娶妻生子，人也发胖了。东家老范请老汪时，人皆说他请错了先生；除了老汪，别的流落乡间的识字人也有，如乐家庄的老乐，陈家庄的老陈，嘴都比老汪利落。但老范不请老乐和老陈，单请老汪。大家认为老范犯了迷糊，其实老范不迷糊，因为他有个小儿子叫范钦臣，脑子有些慢，说傻也不傻，说灵光也不灵光。吃饭时有人说一笑话，别人笑了，他没笑；饭吃完了，他突然笑了。老汪嘴笨，范钦臣脑子慢，脑与嘴恰好能跟上，于是请了老汪。

老汪的私塾，设在东家老范的牛屋。学堂过去是牛屋，放几张桌子进去，就成了学堂。老汪亲题了一块匾，叫“种桃书屋”，挂在牛屋的门楣上。匾很厚，拆了马槽一块槽帮。范钦臣虽然脑子慢，但喜欢热闹，一个学生对一个先生，他觉得寂寞，死活不读这书。老范又想出一个办法，自家设私塾，允许别家的孩子来随听。随听的人不用交束脩，单自带干粮就行了。十里八乡，便有许多孩子来随听。杨家庄卖豆腐的老杨，本不打算让儿子们识字，但听说去范家的私塾不用出学费，只带干粮，觉得是个便宜，便一口气送来两个儿子：二儿子杨百顺，三儿子杨百利。本来想将大儿子杨百业也送来，只是因为他年龄太大了，十五岁了，又要帮着自己磨豆腐，这才作罢。由于老汪讲文讲不清楚，徒儿们十有八个与他作对。何况随听的人，十有八个本也没想听学，只是借此躲开家中活计，图个安逸罢了。如杨百顺和李占奇，身在学堂，整天想着哪里死人，好去听罗长礼喊丧。但老汪是个认真的人。他对《论语》理解之深，与徒儿们对《论语》理解之浅形成对比，使老汪又平添了许多烦恼，往往讲着讲着就不讲了，说：

“我讲你们也不懂。”

如讲到“有朋自远方来，不亦乐乎”，徒儿们以为远道来了朋友，孔子高兴，而老汪说高兴个啥呀，恰恰是圣人伤了心，如果身边有朋友，心里的话都说完了，远道来个人，不是添堵吗？恰恰是身边没朋友，才把这个远道来的人当朋友呢；这个远道来的人，是不是朋友，还两说着呢；只不过借着这话儿，拐着弯骂人罢了。徒儿们都说孔子不是东西，老汪一个人伤心地流下了眼泪。由于双方互不懂，学生们的流失和变换非常频繁，十里八乡，各个村庄都有老汪的学生。或叔侄同窗，或兄弟数人，几年下来，倒显得老汪桃李满天下。

老汪教学之余，有一个癖好，每个月两次，阴历十五和阴历三十，中午时分，爱一个人四处乱走。拽开大步，一路走去，见人也不打招呼。有时顺着大路，有时在野地里。野地里本来没路，也让他走出来一条路。夏天走出一头汗，冬天也走出一头汗。大家一开始觉得他是乱走，但月月如此，年年如此，也就不是乱走了。十五或三十，偶尔刮大风下大雨不能走了，老汪会被憋得满头青筋。东家老范初看他乱走没在意，几年下来就有些在意了。一天中午，老范从各村收租子回来，老汪身披褂子正要出门，两人在门口碰上了；老范从马上跳下来，想起今天是阴历十五，老汪又要乱走，便拦住老汪问：

“老汪，这一年一年的，到底走个啥呢？”

老汪：

“东家，没法给你说，说也说不清。”

没法说老范也就不再问。这年端午节，老范招待老汪吃饭，吃着吃着，旧事重提，又说到走上，老汪喝多了，趴到桌角上哭着说：

“总想一个人。半个月积得憋得慌，走走散散，也就好了。”

这下老范明白了，问：

“活人还是死人？怕不是你爹吧，当年供你上学不容易。”

老汪哭着摇头：

“不会是他。是他我也不走了。”

老范：

“如果是活着的人，想谁，找谁一趟不就完了？”

老汪摇头：

“找不得，找不得，当年就是因为个找，我差点儿丢了命。”

老范心里一惊，不再问了，只是说：

“我只是担心，大中午的，野地里不干净，别碰着无常。”

老汪摇头：

“缘溪行，忘路之远近。”

又说：

“碰到无常我也不怕，他要让我走，我就跟他走了。”

明显是喝醉了，老范摇摇头，不再说话。但老汪走也不是白走，走过的路全记得，还查着步数。如问从镇上到小铺多少里，他答一千八百五十二步；从镇上到胡家庄多少里，他答一万六千三十六步；从镇上到冯班枣多少里，他答十二万四千二十二步……

老汪的老婆叫银瓶。银瓶不识字，但跟老汪一起张罗着私塾，每天查查学生的人头，发发笔墨纸砚。老汪嘴笨，银瓶嘴却能说。但她说的不是学堂的事，尽是些东邻西舍的闲话。她在学堂也存不住身，老汪一上讲堂，她就出去串门，见到人，嘴像刮风似的，想起什么说什么。来镇上两个月，镇上的人被她说了个遍；来镇上三个月，镇上一多半人被她得罪了。人劝老汪：

“老汪，你是个有学问的人，你老婆那个嘴，你也劝劝她。”

老汪一声叹息：

“一个人说正经话，说得不对可以劝他；一个人在胡言乱语，何劝之有？”

倒对银瓶不管不问，任她说去。平日在家里，银瓶说什么，老汪不听，也不答。两人各干各的，倒也相安无事。银瓶除了嘴能说，与人共事，还爱占人便宜。占了便宜正好，不占便宜就觉得吃亏。逛一趟集市，买人几棵葱，非拿人两头蒜；买人二尺布，非搭两绺线。夏秋两季，还爱到地里拾庄稼。拾庄稼应到收过庄稼的地亩，但她碰到谁家还没收的庄稼，也顺手牵羊捋上两把，塞到裤裆里。从学堂出南门离东家老范的地亩最近，所以捋拿老范的庄稼最多。一次老范到后院新盖的牲口棚看牲口，管家老季跟了过来，在驴马之间说：

“东家，把老汪辞了吧。”

老范：

“为啥？”

老季：

“老汪教书，娃儿们都听不懂。”

老范：

“不懂才教，懂还教个啥？”

老季：

“不为老汪。”

老范：

“为啥？”

老季：

“为他老婆，爱偷庄稼，是个贼。”

老范挥挥手：

“娘们儿家，有啥正性。”

又说：

“贼就贼吧，我五十顷地，还养不起一个贼？”

这话被喂牲口的老宋听到了。喂牲口的老宋也有一个娃跟着老汪学《论语》，老宋便把这话又学给了老汪。没想到老汪潸然泪下：

“啥叫有朋自远方来呢？这就叫有朋自远方来。”

选自长江文艺出版社《一句顶一万句》

刘震云一向注重人性的细微神经和生活的内在肌理，而且语言本身就含带了很丰富的意味，幽默风格本身就体现了他的审美。小说何

以是语言的艺术？刘震云的《一句顶一万句》，既是他个人风格的阐释，又是一个典型化的示范。

中国社会科学院研究员、著名评论家　白烨

刘震云（1958—　），生于河南省新乡市延津县，作家、中国人民大学文学院教授。重要作品有《单位》《一地鸡毛》《我叫刘跃进》《一句顶一万句》等。《一句顶一万句》获第八届茅盾文学奖。

王珮瑜：

被誉为“当代孟小冬”，新中国成立后专业戏校培养的第一位女老生，戏剧梅花奖得主。上海京剧院一团副团长。致力于京剧的推广传承工作。

念奴娇·赤壁怀古

〔宋〕苏轼

大江东去，浪淘尽，千古风流人物。故垒西边，人道是，三国周郎赤壁。乱石穿空，惊涛拍岸，卷起千堆雪。江山如画，一时多少豪杰。　遥想公瑾当年，小乔初嫁了，雄姿英发。羽扇纶巾，谈笑间，樯橹灰飞烟灭。故国神游，多情应笑我，早生华发。人间如梦，一尊还酹江月。

苏轼在四十多岁的时候遭过一场大难，就是被朝廷贬谪到湖北的黄州。在这首词里面，苏轼所要表达的既有对历史、江山的无限向往，同时也有对自己处境的不胜悲叹。但总的来讲，这首词传递给我们的情怀，是比较旷达的。

北京师范大学文学院教授　康震

苏轼（1037—1101），字子瞻，号东坡居士，世称苏东坡、苏仙。眉州眉山（今属四川省眉山市）人，北宋著名文学家、书法家、画家。苏轼是宋代文学最高成就的代表，其诗题材广阔，清新豪健，与黄庭坚并称“苏黄”；其词开豪放一派，与辛弃疾并称“苏辛”；其散文与欧阳修并称“欧苏”，为“唐宋八大家”之一。

杨利伟：

新中国第一代航天员，被授予“航天英雄”荣誉称号。

这一刻，突然看见太空奇景

杨利伟

飞船此后的飞行非常顺利。在将近10分钟时，飞船仿佛一下子跳进了轨道。我突然有了失重的感觉。

失重的确是突然来到的。因为一直有火箭推着飞船，一直在加速，加速就有过载，有相对重力作用。近10分钟时，最后一级火箭跟飞船分离，突然一分离，飞船没有推力了，身体感觉猛地往上一提，我意识到已经处在微重力环境了。

这时，我被束缚带固定在座椅上，人肯定飘不起来，但是我突然感觉离开了座椅，不贴着它了。我注意到飞船里的灰尘“噗”的一下，全起来了。

灰尘肯定是有，再洁净也会有灰尘。正好9点多钟的阳光从两个舷窗外边照下来，因为没有大气的原因，没什么遮挡，光线非常明亮，就跟早上把窗帘一打开差不多，细微的灰尘在光线里一下“升”起来。跟我一样，所有的物体在失重时都会“升”起来。好像舱里的万物一下有了生命和翅膀，会自由飞翔了。我的眼睛几乎不够用。

我低头往下看，只见所有的束缚带，在飞船里用来固定物体的绳子，全都竖了起来，微微摇动，挺有韵律感，特别好看。就像湖水中的水草一样，在水中蓬勃生长，舞动着生命的活力。

我太惊奇了，尽管读过关于失重的描述，也曾有过体验，但在地面不可能见过这种现象，也无论如何想不到这种奇特情形。

我明确地知道，自己已经真正进入茫茫太空了！

测控数据显示，飞船正确入轨，此时它的速度接近第一宇宙速度，是每秒7.83

公里；轨道近地点为200公里，远地点是400公里。

入轨之后两分钟，飞船按指令调整姿势。我的工作是操作太阳能帆板，让它像两只翅膀一样展开。之后我按程序向地面报告："飞船工作正常！"我的身体"感觉良好"。

在克服了初到太空的不适之后，除了要做的工作和与地面的配合，我就迫切地想赶快看看太空是什么情形，但这需要等地面的指令。

10时31分，舱内环境监测正常，地面指挥人员下达指令，允许我摘手套、解束缚带。我内心的渴望早就迫不及待了。我以最快的速度摘下手套，解开系在膝盖下方的束缚带，第一时间先往起一飘，然后拽着座椅很轻松地就过去了，飘到了舷窗边上。

哈，太空和地球一下子出现在我的眼前。

在选择先细看太空还是先细看地球这一点上，我内心涌动着对家园深深的眷恋，我贪婪地向下张望。

地球真的太漂亮了，漂亮得无可比拟。

以前不理解文学描写中"美得让人窒息"是什么情形，而此时我真的是屏住呼吸，久久看着眼前的景象，心里激动得不得了。

在太空的黑幕上，地球就像站在宇宙舞台中央那位最美的大明星，浑身散发出夺人心魄的、彩色的、明亮的光芒。她披着浅蓝色的纱裙和白色的飘带，如同天上的仙女缓缓飞行。

我无法形容内心的喜悦和倾慕，啊，养育我们的地球母亲，您太完美了。

我仔细端详这美丽的星球，生怕错过一处风景。我深知这是亿万中华儿女梦寐以求的美景，而唯一的机会幸运地降临到我身上。我一定要替所有的中国人好好看看她。我一边看，一边不停地按动着相机的快门，我要留下所有我见到的奇异景色。

随着飞船的飞行，地球在我面前呈现着不同的景观，我动用了脑海里所有的地理知识观察她。上学时，我们经常看地图，平时我们会转动家里的地球仪给孩子讲述地形地势的概念。而现在，我眼前的地球却以无与伦比的维度伸展着她的壮丽身躯。她的形象使得所有的地图变得苍白简单，也使所有的地球仪呆板无趣。她真实地在宇宙中自如地永不停歇地运转着，以她的宏大、美妙向我阐述着生命之星的往世今生。

仿佛在告诉我，孩子，你一定要知道地球母亲在这广阔无垠的宇宙中是怎样运行生存的，你要仔细看看你赖以生存的这颗星球。她是宇宙的宠儿，而你们人类是她的宠儿。

地理知识告诉我，地球上大部分地区覆盖着海洋，我果然看到了大片蔚蓝色的海水，浩瀚的海洋骄傲地披露着广阔壮观的全貌；我还看到了黄绿相间的陆地，连绵的山脉纵横其间；我看到我们平时所说的天空，大气层中飘浮着片片雪白的云彩，那么轻柔，那么曼妙，在阳光普照下，仿佛贴在地面上一样。海洋、陆地、白云，它们呈现在飞船下面，缓缓驶来，又缓缓离去。

当飞行员的时候，我曾飞到内蒙古或新疆上空，看到下边的草原绿油油的，白羊一群群的。现在我看见云彩就像草原上的羊群，蓝色的海面和多彩的陆地，披着淡淡的白云，美轮美奂。我就随着这美轮美奂的星球一起转，乐此不疲。

在地球蓝色的弧形地平线之外，是深远幽黑的宇宙。

我以敬慕的心情凝望宇宙的远处。在太空看到的宇宙是黑色的，是那种纯净的墨一般的黑。宇宙是真空的，没有空气折射光线，所以它是黑色的，不像我们在地面看到的是蓝色天空。去过西藏的人都看到过透亮的、满天星斗的星空，而此时在太空中观看星空，是更透彻、更明亮的。没有物质的遮拦，没有大气产生的折射，星星眨眼睛的现象看不到，所有的星星就那么远远地耀眼地亮着，一颗一颗，像色调不一的晶莹宝石，悬在黑色天鹅绒的背景上。

我知道自己还是在轨道上飞行，并没有完全脱离地球的怀抱，冲向宇宙的深处，然而这也足以让我震撼了。我并不能看清宇宙中众多的星球，因为实际上它们离我们非常遥远，很多都是以光年计算。正因为如此，我觉得宇宙的广袤真实地摆在我的眼前，即便作为中华民族第一个飞天的人我已经跑到离地球表面 400 公里的空间，可以称为“太空人”了，但是实际上在浩瀚的宇宙面前，我仅像一粒尘埃。

我不是一个很容易对外界事物激动的人，但当看到这些壮美奇丽的景观时，我的心情非常激动。原本非常镇定的我，脑子里一会儿想想这个，一会儿想想那个。

我为人类的伟大感到骄傲，为我们国家的科技发展感到自豪。中国人能把这个八吨重的金属飞船，弄到好几百公里以外的太空飞行，多么不容易。飞行原理虽然我十分清楚，但在太空飞行的过程中，我在神五上围着地球一圈圈绕行时，我仍然觉得不可思议。我惊叹人类的能力，我深深为国家的强盛、民族的伟大而自豪。

虽然独自在太空飞行，但我想到了此刻千万中国人翘首以待。我不是一个人在飞，我是代表所有中国人，甚至人类来到了太空。我看到的一切证明了中国航天技术的成功，我认为我的心情一定要表达一下，就拿出太空笔，在工作日志背面写了一句话："为了人类的和平与进步，中国人来到太空了。"以此来表达一个中国人的骄傲和自豪。

写这句话，事前并没有设计。我因为太激动了，而且是在真空中用特殊的笔写的，字就写得很潦草。写完之后，我立刻拿到摄像镜头前让大家看。我想把自己的骄傲和喜悦表达出来，和全国人民一起分享激动的心情。

返回地面后在香港访问，曾有人问我：你在太空的时候有没有看到上帝？我就说，我看到了——全国人民就是我的上帝。这是我的真实想法。是祖国和人民送我上天，祖国和人民是赋予我使命的"上帝"，也是给我力量和勇气的"上帝"。在太空飞翔最喜悦的时候，最激动的时候，我想到的，就是祖国和全国人民。

我并不是在喊口号，也许只有身临其境才会有这样的感受。在广袤无垠的空间，看看无边无际的星空，看看地球，看看黑色的宇宙，我觉得自己很渺小，太微不足道了，我不过是地球上的高级动物人类中的一个个体。没有国家、民族的合力，我不可能飞到如此高远的天空。我自然而然地理解了人类、祖国、民族意味着什么。

后来我特意就此感受和其他国家的航天员交流，大家都有相似的感受。

在此后的飞行时间里，除了工作，我抓紧一切时机反复观看太空景象，体会奇妙的失重状态。

只有到了太空，才能理解为什么有人不惜支付昂贵的费用，做一次太空旅游，这绝对可以称为"梦幻之旅"。

我乘坐的飞船每 90 分钟左右，就可以目睹一次日出和日落的循环。我的整个飞行是将近一天的时间，飞船一共绕地球飞行了 14 周，我看了 14 次日出与日落。由于飞船的速度比较快，太阳的出现和落下，就如火球一般飞跃而出、飞跃而下。

尤其是日出，气势磅礴、撼人心魄。我曾在新疆的天山上，也曾站在家乡的大海边看到过几次日出，每次都会欢呼雀跃，但那些日出都无法与太空中的日出相比。

因为，在太空中，日出的参照物不是远远的地平线或海岸线，日出也不是在大气散射折射的光线下出现。在太空中，日出前的地球边缘呈现一片亮丽的白色，好像在地球的边缘镶嵌了一条美丽的金边。随着飞船的高速飞行，这条金边逐渐扩散开来，迅速地照亮整个大地，光明的一天就这样来到了。而从白天向黑夜过渡的时候，大地是逐渐变暗的，它一部分、一部分地黑去，直到我看到的这一面地球完全融入宇宙的一片漆黑之中。

月亮也极为有趣，白天看到的月亮呈浅蓝色，很漂亮；夜里看，却只能看到月亮的局部，但是非常明亮。

失重的状态与地面人工制造的失重大有不同，它不是让你在仓促中去体验二十几秒，而真是“一张柔软的床”。我可以真正地飘起来，在飞船的一边，只要手稍微一点舱壁，就会飘向另外一边；所有的东西，即使是比较重的东西，轻触一下就飞了起来，任何东西都可以悬在空中。如果不小心有水珠在饮水时跑出来，它也不会洒落，而是在空中飘浮。你可以把液体做成长条、圆环等各种形状，如果不给它外力，它会在自身张力作用下形成一个个非常圆的球。人可以连续不停地翻跟头，玩各种形状的水。

我更多时间仔细地看着地球。海岸线和高山的轮廓、弯曲的河流都显得非常清晰。

从这样的维度审视我们的家园，思维方式会有所不同。随着身体的失重，许多东西似乎也会随之变轻、变淡，比如名和利。但另一些东西则会在心里变得更加清晰和珍贵，比如祖国和亲人。

每当飞临祖国的上空，不管白天或黑夜，我总是不由自主地往下遥望。太空浩渺无边，却只有地球上的家园最让人牵肠挂肚。

杨利伟（1965—　），辽宁省葫芦岛市人，特级航天员。2003 年 10 月 15 日北京时间九时，乘神舟五号飞船进入太空，成为中国进入太空第一人。

（该文由北京航空航天大学飞行学院的四名大学生王浩楠、贯蕙谦、崔可夫、汪帆与杨利伟在节目中共同朗读。）

眼　泪

Tears

说到眼泪，你会想到什么呢？软弱吗？眼泪，有时候是软弱，有时候是坚强；有时候是忏悔，有时候是宽容；有时候是羞怯，有时候是勇气；有时候是失败，有时候是成功。听到“眼泪”这个词，不管你是谁，不管你在哪里，不管你在做什么，都会产生丰富的生命联想。就如同每一个人都是哭着来到这个世界，而当我们要谢幕的时候，也将会在别人的泪水里告别一样。

张家敏是一位和乳腺癌抗争了二十三年的老太太，她说，她过去到现在所做的一切，就是为了昂起头，不让眼泪流下来；导演陆川是个泪点很低的人，爱流眼泪，所以有时候，他会抗拒眼泪；斯琴高娃，一位一直在别人的故事里流着自己的眼泪的优秀演员，在《朗读者》的现场，她流下的每一滴眼泪，都属于她自己。

人的心灵应如浩渺瀚海，只有不断接纳象征希望、勇气、力量的百川，才可能风华长存。眼泪是无色的，但是它分明又有着最丰富的生命的色彩！

陆川：

著名新生代导演。代表作《可可西里》获得华表奖、东京国际电影节评委会大奖。《我们诞生在中国》是中国首部自然电影。

藏羚羊跪拜

王宗仁

这是听来的一个西藏故事。发生故事的年代距今有好些年了。可是，我每次乘车穿过藏北无人区时，总会不由自主地要想起这个故事的主人公——那只将母爱浓缩于深深一跪的藏羚羊。

那时候，枪杀、乱逮野生动物是不受法律惩罚的。就是在今天，可可西里的枪声仍然带着罪恶的余音低回在自然保护区巡视卫士们的脚印难以到达的角落。当年举目可见的藏羚羊、野马、野驴、雪鸡、黄羊等，眼下已经成为凤毛麟角了。

当时，经常跑藏北的人总能看见一个肩披长发、留着浓密大胡子、脚蹬长筒藏靴的老猎人在青藏公路附近活动。那支磨蹭得油光闪亮的杈子枪斜挂在他身上，身后的两头藏牦牛驮着沉甸甸的各种猎物。他无名无姓，云游四方，朝别藏北雪，夜宿江河源，饿时大火煮黄羊肉，渴时一碗冰雪水。猎获的那些皮张自然会卖来一笔钱，他除了自己消费一部分外，更多地用来救济路遇的朝圣者。那些磕长头去拉萨朝觐的藏家人，心甘情愿地走一条布满艰难和险情的漫漫长路。每次老猎人在救济他们时总是含泪祝愿：上苍保佑，平安无事。

杀生和慈善在老猎人身上共存。促使他放下手中的杈子枪是在发生了这样一件事以后——应该说那天是他很有福气的日子。大清早，他从帐篷里出来，伸伸懒腰，正准备要喝一铜碗酥油茶时，突然瞅见两步之遥对面的草坡上站立着一只肥肥壮壮的藏羚羊。他眼睛一亮，送上门来的美事！沉睡一夜的他浑身立即涌上来一股清爽劲头，丝毫没有犹豫，就转身回到帐篷拿来了杈子枪。他举枪瞄了起来，奇怪的是，那只肥壮的藏羚羊并没有逃走，只是用乞求的眼神望着他，然后冲着他前行两步，两条前腿“扑通”一声跪了下来。与此同时，只见两行长泪就从它眼里流了出来。老猎人的心头一软，扣扳机的手不由得松了一下。藏区流行着一句老幼皆知的俗语："天上飞的鸟，地上跑的鼠，都是通人性的。"此时藏羚羊给他下跪自然是求他饶命了。他是个猎手，不被藏羚羊的怜悯打动是情理之中的事。他双眼一闭，扳机在手指下一动，枪声响起，那只藏羚羊便栽倒在地。它倒地后仍是跪卧的姿势，眼里的两行泪迹也清晰地留着。

那天，老猎人没有像往日那样当即将猎获的藏羚羊开宰、扒皮。他的眼前老是浮现着给他跪拜的那只藏羚羊。他有些蹊跷，藏羚羊为什么要下跪？这是他几十年狩猎生涯中唯一一次见到的情景。夜里躺在地铺上他也久久难以入眠，双手一直颤抖着……

次日，老猎人怀着忐忑不安的心情对那只藏羚羊开膛扒皮，他的手仍在颤抖。腹腔在刀刃下打开了，他吃惊得叫出了声，手中的屠刀"咣当"一声掉在地上……原来在藏羚羊的子宫里，静卧着一只小藏羚羊，它已经成型，但自然是死了。这时候，老猎人才明白为什么那只藏羚羊的身体肥肥壮壮，也才明白它为什么弯下笨重的身子给自己下跪：它是在求猎人留下自己孩子的一命呀！

天下所有慈母的跪拜，包括动物在内，都是神圣的。

老猎人的开膛破腹半途而停。

当天，他没有出猎，在山坡上挖了个坑，将那只藏羚羊连它那没有出世的孩子掩埋了。同时埋掉的还有他的杈子枪……

从此，这个老猎人在藏北草原上消失了。再没人知道他的下落。

《藏羚羊跪拜》篇幅不长，但故事却讲得撼人心魄，某种意义上，它更像一篇寓言。猎人和藏羚羊两个形象，让人过目难忘。简单的故事中，涉及了人与动物、人与自然、人与自我之间割舍不断的爱和两难。藏羚羊母性的眼泪戳中了我们人类的心，老猎人的无心过错也让我们反思。

王宗仁（1939— ），陕西扶风人，笔名柳山，作家、散文家。散文集《藏地兵书》获第五届鲁迅文学奖。代表作品有散文集《情断无人区》《藏羚羊跪拜》等。

斯琴高娃：

蒙古族，著名演员。代表作有《骆驼祥子》《大宅门》等。在四十余年的职业生涯中，获得过多项荣誉。

写给母亲

贾平凹

人活着的时候，只是事情多，不计较白天和黑夜。人一旦死了日子就堆起来：算一算，再有二十天，我妈就三周年了。

三年里，我一直有个奇怪的想法，就是觉得我妈没有死，而且还觉得我妈自己也不以为她就死了。常说人死如睡，可睡的人是知道要睡去，睡在了床上，却并不知道在什么时候睡着的呀。我妈跟我在西安生活了十四年，大病后医生认定她的各个器官已在衰竭，我才送她回棣花老家维持治疗。每日在老家挂上液体了，她也清楚每一瓶液体完了，儿女们会换上另一瓶液体的，所以便放心地闭了眼躺着。到了第三天的晚上，她闭着的眼再没有睁开，但她肯定还是认为她在挂液体，没有意识到从此再不会醒来，因为她躺下时还让我妹把给她擦脸的毛巾洗一洗，梳子放在了枕边，系在裤带上的钥匙没有解，也没有交代任何后事啊。

三年以前我每打喷嚏，总要说一句：这是谁想我呀？我妈爱说笑，就接茬说：谁想哩，妈想哩！这三年里，我的喷嚏尤其多，往往在错过了吃饭时间，熬夜太久的时候，就要打喷嚏，喷嚏一打，便想到我妈了，认定是我妈还在牵挂我哩。

我妈在牵挂着我，她并不以为她已经死了，我更是觉得我妈还在，尤其我一个人静静地待在家里，这种感觉就十分强烈。我常在写作时，突然能听到我妈在叫我，叫得很真切，一听到叫声我便习惯地朝右边扭过头去。从前我妈坐在右边那个房间的床头上，我一伏案写作，她就不再走动，也不出声，却要一眼一眼地看着我，看得时间久了，她要叫我一声，然后说：世上的字你能写完吗，出去转转么。现在，每听到我妈叫我，我就放下笔走进那个房间，心想我妈从棣花来西安了？当然房间里是什么也没有，却要立上半天，自言自语：我妈是来了又出门去街上给我买我爱吃的青辣子和萝卜了。或许，她在逗我，故意藏到挂在墙上的她那张照片里，我便给照片前的香炉里上香，要说上一句：我不累。

整整三年了，我给别人写过了十多篇文章，却始终没给我妈写过一个字，因为所有的母亲，儿女们都认为是伟大又善良的，我不愿意重复这些词语。我妈是一位普通的妇女，缠过脚，没有文化，户籍还在乡下，但我妈对于我是那样的重要。已经很长时间了，虽然再不为她的病而提心吊胆了，可我出远门，再没有人啰啰嗦嗦地叮咛着这样叮咛着那样，我有了好吃的好喝的，也不知道该送给谁去。

在西安的家里，我妈住过的那个房间，我没有动一件家具，一切摆设还原模原样，而我再没有看见过我妈的身影。我一次又一次难受着又给自己说，我妈没有死，她是住回乡下老家了。今年的夏天太湿太热，每晚被湿热醒来，恍惚里还想着该给我妈的房间换个新空调了。待清醒过来，又宽慰着我妈在乡下的新住处里，应该是清凉的吧。

三周年的日子一天天临近，乡下的风俗是要办一场仪式的，我准备着香烛花果，回一趟棣花了。但一回棣花，就要去坟上，现实告诉着我妈是死了，我在地上，她在地下，阴阳两隔，母子再也难以相见，顿时热泪肆流，长声哭泣啊。

著名作家贾平凹不仅在小说创作上成就斐然，在散文、书法上的造诣也是人所共知。尤其是散文的成就，在中国当代作家中数一数二。他的散文大多取材于日常生活，充满情思和妙趣，也闪耀着哲理的火花。他多年担任《美文》主编，提倡“艺术散文”，有多篇作品入选中小学教材。这一篇《写给母亲》，在平实克制的语言中，将母子情深写得痛彻心扉又温暖悠长。世上写母亲的文字何其多，贾平凹的因质朴本真而让人动容。

贾平凹（1952— ），出生于陕西省南部丹凤县棣花镇。主要作品有《浮躁》《废都》《秦腔》《古炉》《带灯》《老生》《极花》等。《秦腔》获得第七届茅盾文学奖。

赖敏、丁一舟：

赖敏患有遗传性疾病，虽行动不便但积极乐观。

与丈夫丁一舟设计了一个“心形路线”，徒步中国。

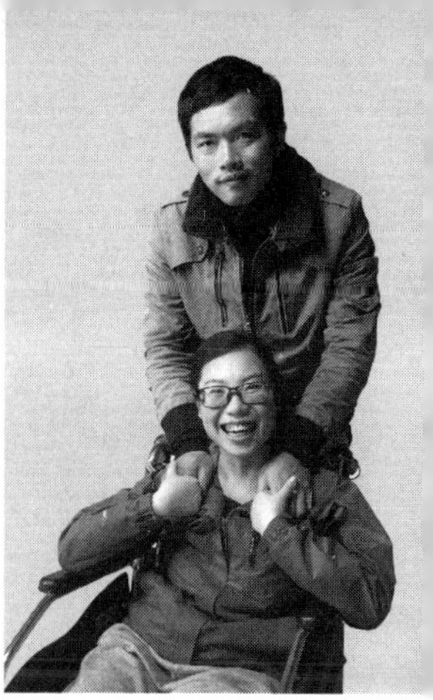

你是我不及的梦（存目）

三毛

在几代读者的心里，三毛的名字跟“浪迹天涯”都是同义词。她的传奇经历，她的浪漫文笔，还有她孤独又坚强的个性，透过一篇篇文字散发出来。《你是我不及的梦》是她写给爱人荷西的文字，也是她“在路上”的又一番感悟。正如跟三毛有过通信联系的作家贾平凹所说：“艺术靠征服而存在。”征服自然、征服自己，更重要的是，用爱征服时间。

三毛（1943—1991），作家，原名陈懋平，后改名为陈平，笔名三毛。1948年随父母迁居台湾。婚后定居西属撒哈拉沙漠加那利岛，并以当地的生活为背景，写出一系列作品。代表作有《梦里花落知多少》《撒哈拉的故事》《滚滚红尘》等。

张家敏：

抗癌二十多年，并用私人电话为乳腺癌病友服务。发起“粉红丝带”志愿服务队，成为乳腺癌康复志愿者。

飞鸟集（节选）

[印度] 泰戈尔

1

夏天的飞鸟，飞到我窗前唱歌，又飞去了。

秋天的黄叶，它们没有什么可唱，只叹息一声，飞落在那里。

10

忧思在我的心里平静下去，正如傍晚的暮色降临在寂静的山林之中。

43

水里的游鱼是沉默的，陆地上的兽类是喧闹的，空中的飞鸟是歌唱着的。

但是人类却兼有了海里的沉默，地上的喧闹，与空中的音乐。

80

我的朋友，你的语声飘荡在我的心里，像那海水的低吟之声，绕缭在静听着的松林之间。

81

这个不可见的黑暗之火焰，以繁星为其火花的，到底是什么呢？

82

使生如夏花之绚烂，死如秋叶之静美。

92

绿叶的生与死乃是旋风的急骤的旋转，它的更广大的旋转的圈子乃是在天上繁星之间徐缓地转动。

101

尘土受到损辱，却以她的花朵来报答。

135

阴雨的黄昏，风不休地吹着。
我看着摇曳的树枝，想念着万物的伟大。

174

云把水倒在河的水杯里，它们自己却藏在远山之中。

321

在这个黄昏的朦胧里，好些东西看来都仿佛是幻象一般——尖塔的底层在黑暗里消失了，树顶像是墨水的模糊的斑点似的。我将等待着黎明，而当我醒来的时候，就会看到在光明里的您的城市。

325

"我相信你的爱"，让这句话做我的最后的话。

（郑振铎 译）

选自人民文学出版社《新月集·飞鸟集》

泰戈尔是亚洲第一个获得诺贝尔文学奖的作家，也是用爱与美的哲思影响了全世界的作家。《飞鸟集》的这个片段的确给我们很宝贵的人生启示，告诉我们究竟应该怎样度过我们的一生，又该怎样面对我们生命终结的那一刻。我想，只有非常旷达、非常自如地面对人生，面对内心还有我们走过的路，才能够深刻地理解泰戈尔，理解他的诗中呈现的美与哲理。

北京师范大学文学院教授　康震

罗宾德拉纳特·泰戈尔（Rabindranath Tagore，1861—1941），印度作家、诗人、社会活动家。一生创作丰富。有长篇小说《小沙子》《沉船》《戈拉》，剧本《摩克多塔拉》，诗集《吉檀迦利》《新月集》《园丁集》等。1913 年凭借《吉檀迦利》成为第一位获得诺贝尔文学奖的亚洲人。

张鲁新：

著名冻土科学家，青藏铁路建设总指挥部唯一的首席专家。可以说，没有他就没有青藏铁路。

钢铁是怎样炼成的（节选）

[苏联] 尼·奥斯特洛夫斯基

青春终于胜利了。保尔没有死于伤寒。这是他第四次死里逃生。在床上整整躺了一个月之后，苍白消瘦的保尔已能够勉强用两条摇摇晃晃的腿站起来，摸着墙壁，在房间里走动了。他的母亲搀着他走到窗口，他向街上望了很久。雪在融化，积成了小水洼，在早春的阳光下闪亮。外面已经是初次解冻的温暖天气了。

一只灰胸脯的麻雀神气十足地站在窗外樱桃树的枝丫上，时时用狡猾的小眼睛偷看保尔。

“怎么样，咱们俩总算熬过冬天了吧？”保尔用指头敲着玻璃窗，低声说。

母亲吃惊地看了看他，问道：

“保尔，你在跟谁说话？”

“我跟麻雀说话……现在它飞走了，这狡猾的小东西。”他无力地笑了笑。

到了盛春时节，保尔开始想回到城里去。现在他已经恢复到能够走路了，不过他体内还潜伏着别的弄不清的病症。有一天，他正在花园里散步，脊椎上的一阵剧痛骤然间使他摔倒在地上。他自己费了好大的力气才挨到房间里。第二天医生给他做了一次详细的诊查，发觉在他的脊骨上有一个深窝。医生惊讶地问他说：

“这是怎样得来的？”

“大夫，这是给公路上的石头崩的。在罗夫纳的战斗中，一颗三寸口径的大炮炮弹在背后的公路上开了花……”

“那么，后来你怎么能走路呢？一向不碍事吗？”

“不碍事。当时我躺了两个钟头，随后又继续骑马。直到现在才第一次发作。”

那医生皱着眉头，仔细看了看那个深窝。

“亲爱的,这可不是小毛病呵。脊骨是不喜欢这样震动的。希望它将来不要发作。穿上衣服吧，柯察金同志。”

大夫怀着同情和不禁流露出来的担心，看着他的病人。

阿尔焦姆住在他老婆斯捷莎家里。他老婆挺年轻，可是很丑。这是一个贫穷的农民家庭。有一天，保尔顺便去看阿尔焦姆。一个邋里邋遢的斜眼的小男孩正在肮脏的小院子里跑。他一看见保尔，就没礼貌地用小眼睛瞪着他，一面聚精会神地用指头抠着鼻子，一面问他：

“你要干什么？你是来偷东西的吧？你顶好还是快走，我妈的脾气是顶凶的。”

接着，破旧的矮木房的小窗户推开了，阿尔焦姆叫道：

“进来吧，保夫鲁沙！”

一个脸黄得像羊皮纸的老妇人，手里拿着火叉在灶旁忙着。她冷冷地瞟了保尔一眼，让他走过去。她把铁锅碰得乱响。

两个留着小辫子的大点的女孩，急忙爬上热炕，用野蛮人的好奇眼光端详着客人。

阿尔焦姆靠桌子坐着，似乎有点儿难为情。他这门亲事，他母亲和保尔两人都不赞成。他本来是个血统工人，但不知道为什么竟和石匠的女儿，认识了三年的美丽的女裁缝加莉娜断绝了关系，和难看的斯捷莎结了婚，入赘到这个没有一个男劳动力的五口之家。

从调车场下班回来，为了整理那小小的家业，他就把所有的力量都花费在庄稼活儿上。

阿尔焦姆知道保尔不赞成他，说他这是退入“小资产阶级自发势力”，因此他担心地观察着保尔对他周围一切事物所抱的态度。

他们两个坐了一会儿，说些平常见面时没意思的寒暄话，保尔就起身告辞。但是阿尔焦姆留住他。

“再坐一会儿，我们一块儿吃饭，斯捷莎马上就拿牛奶来了。怎么，你明天就走吗？保夫卡，你身体还很虚弱呢！”

斯捷莎走进房间来，和保尔握了手。她叫阿尔焦姆到打谷场上去帮她搬什么东西，留下保尔独自一个和那不愿多开口的老太婆在一起。教堂的钟声从窗户送了进来，老太婆就放下火叉，不满意地嘟哝说：

“呵，我主耶稣，我成天忙这些倒霉事情，连祷告都没工夫了！”她把脖子上的围巾拿下来，又斜着眼看了客人一眼，然后走到屋子的一个角落——那里挂着年久发黑、面色忧郁的圣像。她三个瘦削的指头捏在一起，在胸前画了一个十字。

“我们在天上的父，愿人都尊你的名为圣。”她用干瘪的嘴唇小声地念着。

院子里的男孩子突然跳到一只垂着大耳朵的黑猪身上，用一双赤脚拼命踢它，双手紧抓住猪鬃，高声吆喝着那只一面哀叫一面打转的畜生：

“嘟呜，开步走！吁！别胡闹！”

猪驮着男孩子在院子里四处奔跑。它竭力想把男孩子摔下来，但是那斜眼的小流氓却骑得很稳。

于是老太婆停止了祈祷，探头到窗外，吆喝说：

“该死的东西，还不跳下来，要不，会把你给摔死的，你这个小魔鬼！”

最后，那只猪终于把那个骑者摔了下来。老太婆很满意，就又回到圣像跟前，脸上装出虔诚的样子，继续祷告说：

“愿你的国降临……”

那满脸眼泪的男孩站在门口，用袖口揩着擦伤的鼻子，哭着喊：

“妈妈，我要甜馅饺子！”

老太婆转过身来恶狠狠地骂他：

“你这斜眼的魔鬼，你就不让我好好做祷告。好，你这狗崽子，我马上给你吃个够！……”她说着就从凳子上抓起一根皮鞭来。男孩子立刻跑掉了。热炕上面那两个小女孩偷偷地“扑哧”一声笑了。

老太婆又转过身，第三次去祈祷。

保尔没有等他的哥哥回来就起身走了。他临走关栅栏门的时候，看见那老太婆的头又从靠边儿的小窗子里探出来，监视着他。

“究竟是什么妖魔把阿尔焦姆勾引到这儿来的呢？现在他怎么也摆脱不掉了。斯捷莎每年会养一个小孩，阿尔焦姆的负担也就越来越重，像一只钻进牛粪堆里的甲虫。弄不好，他甚至还会把调车场的工作也扔掉，而我呢，原来还想引导他参加政治活动呢！”保尔在小镇荒凉的街上慢慢走着的时候这样想，心里很阴郁。

但是他一想到，明天他就要离开这里，回到那个大城市去，再度和他的朋友们，同志们，所有那些亲爱的人们在一起，他又高兴了。这大城市以及它沸腾的生活，活跃的气氛，加上那川流不息的人群，电车的轰隆声和汽车的喇叭声，都吸引着他。而最最吸引他的，却是那些巨大的石头厂房、煤烟熏黑的车间、机器，以及滑轮的柔和的沙沙声。他的心已经飞到巨大的飞轮疯狂旋转、空气中散播着机油气味的地方，飞到那早已成为他不能分离的整个生活上去了。可是，当保尔在这儿，在这个僻静的小镇的街上漫步的时候，他却感到失望和怅惘……也难怪这个小镇成了一个对他无缘的、可厌的地方。甚至白天出去散步也成为一种折磨。当保尔从两个坐在台阶上的爱饶舌的女人身边走过的时候，他听到她们急促地议论说：

"喂，亲家母，你瞧打哪儿跑出这么一个丑家伙？"

"看样子，一定是个痨病鬼。"

"可是你看他那件阔气的皮上衣，一定是偷来的……"

此外还有许多别的令人讨厌的事情。

他的生活的根早已从这里拔掉了，现在大城市使他感到更亲切了。同志关系和劳动的坚强有力的纽带，把他和大城市紧紧结合在一起。

保尔不知不觉地来到了松林跟前，他在岔路口站了一会儿。在他的右面是阴森森的老监狱，它用高高的尖头木栅栏和松林隔开，而它后面是医院的白色房子。

瓦莉亚和她的同志们就是在这地方，在这空旷的广场上的绞架下被绞死的。他在原来竖绞架的地方默默地站了一会儿，随后就走下陡坡，到了埋葬烈士们的公墓那里。

不知道是哪个有心人，用枞树枝编成的花圈把那一列坟墓装饰了起来，给这小小的墓地围上了一圈绿色的栅栏。笔直的松树在陡坡上面高耸。绿茵似的嫩草铺遍了峡谷的斜坡。

这儿是小镇的近郊，又阴郁，又冷清，只有松树林轻轻的低语和从复苏的大地上散发出来的春天新鲜的气味。……就在这地方，他的同志们英勇就义，为了使那些生于贫贱的、那些一出生就当奴隶的人们能有美好的生活而献出了自己的生命。

保尔缓缓地摘下了帽子。悲愤，极度的悲愤充满了他的心。

人最宝贵的是生命。生命每个人只有一次。人的一生应当这样度过：当回忆往事的时候，他不会因为虚度年华而悔恨，也不会因为碌碌无为而羞愧；在临死的时候，他能够说：“我的整个生命和全部精力，都已经献给了世界上最壮丽的事业——为人类的解放而斗争。”人应当赶紧地、充分地生活，因为意外的疾病或悲惨的事故随时都可以突然结束他的生命。

保尔怀着这样的思想离开了烈士公墓。

悲哀的母亲在家里给儿子料理出门的行装。保尔瞧着她，看见她正在偷偷流泪。

“保尔，亲爱的，你不能留在这儿吗？我这么大年纪了，孤零零地一个人在这儿多难过呵。不管养多少孩子，可是一长大就跑了。你恋着城市干什么？这里也一样可以生活呀！是不是你也在那里看上了一个剪头发的短尾巴鹌鹑？你瞧，你们全是那样，什么话也不肯对我这老太婆说。阿尔焦姆的亲事一点也不对我讲，你呢，那更不用说了。只有在你们生病或者受伤的时候，我才有机会看到你们。”她低声诉说着，一面把她儿子的几件简单的衣物放到一个干净的布袋里去。

保尔抱住母亲的肩膀，把她拉到自己跟前，说：

“妈妈，亲爱的，鹌鹑是没有的！你老人家不是知道吗？鸟儿才寻找它的同类呢！那么，你把我当什么，难道我是雄鹌鹑吗？”

他把他母亲说笑了。

“妈妈，我发过誓，在我们把全世界的资产阶级肃清以前，我是不找姑娘的。你说什么，还要等好久吗？不，妈妈，他们支持不了多久的……很快就会有一个人民大众的共和国。将来把你们这些老年人，年老的劳动者，都送到意大利去养老。那是一个靠海的、气候温暖的国家，那里从来没有冬天。我们要把你们安置在从前资产阶级的宫殿里，让你们在那里，在太阳底下舒舒服服地晒着老骨头。那时我们再到美洲去解决资产阶级。”

“孩子，我活不到你讲的那神话实现的时候了……你也像你那个水手爷爷一样，主意多，脾气坏。他是一个真正的恶棍，愿上帝饶恕我！当年塞瓦斯托波尔战争结束以后，他回家来，一只手和一条腿没了。胸口倒是戴了两个十字勋章和两个挂在丝带上的五十戈比银币，但是老的时候还是穷死了。他的脾气很倔强，有一次他拿了一根弯棒子，打了一个官老爷的头，人家把他关在牢里差不多一年。十字勋章还是不管事，照样给关起来了。我看你呀，就和你爷爷一模一样……”

“呵，妈妈，我们为什么要这么不愉快地分手呢？来，把手风琴拿给我，我已经好久没有拉了。”

他把头斜靠着那一列贝壳做成的琴键，奏出来的新鲜音调引起了母亲的惊奇。

现在他的演奏跟过去不同了，它不再是那种轻飘的音调了，也不再是那种粗犷的调子了，也不再是那种曾经使这青年手风琴手闻名全镇的如醉如狂的奔放的旋律了。他的乐调现在是和谐的，它仍然有力量，但是比过去更深沉了。

保尔独自到了车站。

他劝他母亲不要去送行：他不愿意看她在分别时流泪。

旅客们都硬往火车里挤。保尔占了上铺的一个空位子，因此可以看见下面走道上那些喧嚷的、激动的人们。

他们都拖着许多包裹和口袋，匆匆忙忙塞在座位下面。

列车开动之后，大家静了下来，并且照例狼吞虎咽地吃起东西来。

保尔很快就睡着了。

（梅益 译）

选自人民文学出版社《钢铁是怎样炼成的》

俗话说，猫有九条命。文学作品也应该有几种魂魄。《钢铁是怎样炼成的》至少有三种吧：第一种，革命者的革命信念和革命行动。第二种，情爱，这是永恒的，不会消失的。当年，我不仅抄录了“人最宝贵的是生命……”这一段，同时还抄录了丽达与保尔重逢又匆匆分别后写给保尔信中的那一段：“我对生活的看法并不太拘泥……”丽达对感情问题的处理对今天的人们也仍然有启迪意义。第三种，与苦难和厄运抗争，战胜生命。这点没有过时。

著名作家　梁晓声

尼·奥斯特洛夫斯基（Николай Алексеевич Островский，1904—1936），苏联作家。1920 年在战斗中负伤，不久后全身瘫痪。但是他通过口述和妻子的帮助，于 1933 年完成《钢铁是怎样炼成的》。

青　春

［美］塞缪尔·厄尔曼

青春不是年华，而是心境；青春不是桃面、丹唇、柔膝，而是深沉的意志、恢宏的想象、炽热的感情；青春是生命的深泉在涌流。

青春气贯长虹，勇锐盖过怯弱，进取压倒苟安。如此锐气，二十后生有之，六旬男子则更多见。年岁有加，并非垂老；理想丢弃，方堕暮年。

岁月悠悠，衰微只及肌肤；热忱抛却，颓唐必至灵魂。忧烦、惶恐、丧失自信，定使心灵扭曲，意气如灰。

无论年届花甲，抑或二八芳龄，心中皆有生命之欢乐，奇迹之诱惑，孩童般天真久盛不衰。

人心中皆有一台天线，只要你从天上人间接受美好、希望、欢乐、勇气和力量的信号，你就青春永驻、风华长存。

一旦天线降下，锐气便被冰雪覆盖，玩世不恭、自暴自弃油然而生，即便年方二十，实已垂垂老矣；然则只要竖起天线，捕捉乐观信号，你就有望在八十高龄告别尘寰时仍觉年轻。

（夏海涛 译）

选自新华社《瞭望》周刊副刊《珍珠滩》

这是德裔美籍作家塞缪尔·厄尔曼的名篇，写于 1917 年，因麦克阿瑟将军的喜爱而广为传诵。这首散文诗用优美的语言、丰沛的激

情，诠释了“青春”在时间之外的含义，它是一种“心境”，更是一种生命的激情。或许有了丰富的社会阅历和深沉的人生感悟之后，对这首诗的体会会更深刻：在一往无前的时间面前，“青春”是抵达灵魂和永恒的唯一途径。

塞缪尔·厄尔曼（Samuel Ullman,1840—1924）,美国商人、诗人、作家。生于德国，儿时随家人移居美国，参加过南北战争，后定居伯明翰，致力于教育事业。最著名的作品是散文诗《青春》，因美国著名军事家道格拉斯·麦克阿瑟将军的喜爱而广为人知。

（该文由张鲁新的学生李永强、杨永鹏、蔡汉成、程佳、熊治文朗读。）

告　别

Farewell

海子说：“我们最终都要远行，最终都要与稚嫩的自己告别。”

告别是通向成长的苦行之路。

“山盟虽在，锦书难托。”这是陆游和唐琬之间痛彻心扉的告别。

“我和谁都不争，和谁争我都不屑，我的双手烤着生命之火取暖，火萎了，我也准备走了。”杨绛先生引述这首诗，平静超然地和这个世界告别。

在这期节目中，让我记忆最深刻的是作家曹文轩，他向我们娓娓道来和故乡、和父亲的告别，也让我们仿佛明白了一个道理：这世间所有的文字，千百年间都在作着同一篇文章——生离死别。

告别是结束，也是开始；是苦痛，也是希望。

面对告别，最好的态度就是，好好告别。

姚晨：

著名演员，代表作有《武林外传》《潜伏》等。她还被称为“微博女王”，粉丝超过千万。

阿长与《山海经》

鲁迅

长妈妈，已经说过，是一个一向带领着我的女工，说得阔气一点，就是我的保姆。我的母亲和许多别的人都这样称呼她，似乎略带些客气的意思。只有祖母叫她阿长。我平时叫她“阿妈”，连“长”字也不带；但到憎恶她的时候——例如知道了谋死我那隐鼠的却是她的时候，就叫她阿长。

我们那里没有姓长的；她生得黄胖而矮，“长”也不是形容词。又不是她的名字，记得她自己说过，她的名字是叫作什么姑娘的。什么姑娘，我现在已经忘却了，总之不是长姑娘；也终于不知道她姓什么。记得她也曾告诉过我这个名称的来历：先前的先前，我家有一个女工，身材生得很高大，这就是真阿长。后来她回去了，我那什么姑娘才来补她的缺，然而大家因为叫惯了，没有再改口，于是她从此也就成为长妈妈了。

虽然背地里说人长短不是好事情，但倘使要我说句真心话，我可只得说：我实在不大佩服她。最讨厌的是常喜欢切切察察，向人们低声絮说些什么事，还竖起第二个手指，在空中上下摇动，或者点着对手或自己的鼻尖。我的家里一有些小风波，不知怎的我总疑心和这“切切察察”有些关系。又不许我走动，拔一株草，翻一块石头，就说我顽皮，要告诉我的母亲去了。一到夏天，睡觉时她又伸开两脚两手，在床中间摆成一个“大”字，挤得我没有余地翻身，久睡在一角的席子上，又已经烤得那么热。推她呢，不动；叫她呢，也不闻。

“长妈妈生得那么胖，一定很怕热罢？晚上的睡相，怕不见得很好罢？……”

母亲听到我多回诉苦之后，曾经这样地问过她。我也知道这意思是要她多给我一些空席。她不开口。但到夜里，我热得醒来的时候，却仍然看见满床摆着一个“大”字，一条臂膊还搁在我的颈子上。我想，这实在是无法可想了。

但是她懂得许多规矩；这些规矩，也大概是我所不耐烦的。一年中最高兴的时节，自然要数除夕了。辞岁之后，从长辈得到压岁钱，红纸包着，放在枕边，只要过一宵，便可以随意使用。睡在枕上，看着红包，想到明天买来的小鼓，刀枪，泥人，糖菩萨……然而她进来，又将一个福橘放在床头了。

“哥儿，你牢牢记住！”她极其郑重地说，“明天是正月初一，清早一睁开眼睛，第一句话就得对我说：‘阿妈，恭喜恭喜！’记得么？你要记着，这是一年的运气的事情。不许说别的话！说过之后，还得吃一点福橘。”她又拿起那橘子来在我的眼前摇了两摇，“那么，一年到头，顺顺流流……”

梦里也记得元旦的，第二天醒得特别早，一醒，就要坐起来。她却立刻伸出臂膊，一把将我按住。我惊异地看她时，只见她惶急地看着我。

她又有所要求似的，摇着我的肩。我忽而记得了——

“阿妈，恭喜……”

“恭喜恭喜！大家恭喜！真聪明！恭喜恭喜！”她于是十分喜欢似的，笑将起来，同时将一点冰冷的东西，塞在我的嘴里。我大吃一惊之后，也就忽而记得，这就是所谓福橘，元旦辟头的磨难，总算已经受完，可以下床玩耍去了。

她教给我的道理还很多，例如说人死了，不该说死掉，必须说“老掉了”；死了人，生了孩子的屋子里，不应该走进去；饭粒落在地上，必须拣起来，最好是吃下去；晒裤子用的竹竿底下，是万不可钻过去的……此外，现在大抵忘却了，只有元旦的古怪仪式记得最清楚。总之：都是些烦琐之至，至今想起来还觉得非常麻烦的事情。

然而我有一时也对她发生过空前的敬意。她常常对我讲“长毛”。她之所谓“长毛”者，不但洪秀全军，似乎连后来一切土匪强盗都在内，但除却革命党，因为那时还没有。她说得长毛非常可怕，他们的话就听不懂。她说先前长毛进城的时候，我家全都逃到海边去了，只留一个门房和年老的煮饭老妈子看家。后来长毛果然进门来了，那老妈子便叫他们“大王”——据说对长毛就应该这样叫，——诉说自己的饥饿。长毛笑道：“那么，这东西就给你吃了罢！”将一个圆圆的东西掷了过来，还带着一条小辫子，正是那门房的头。煮饭老妈子从此就骇破了胆，后来一提起，还是立刻面如土色，自己轻轻地拍着胸脯道：“阿呀，骇死我了，骇死我了……”

我那时似乎倒并不怕，因为我觉得这些事和我毫不相干的，我不是一个门房。但她大概也即觉到了，说道：“像你似的小孩子，长毛也要掳的，掳去做小长毛。还有好看的姑娘，也要掳。”

“那么，你是不要紧的。”我以为她一定最安全了，既不做门房，又不是小孩子，也生得不好看，况且颈子上还有许多灸疮疤。

“那里的话？！”她严肃地说，“我们就没有用么？我们也要被掳去。城外有兵来攻的时候，长毛就叫我们脱下裤子，一排一排地站在城墙上，外面的大炮就放不出来；再要放，就炸了！”

这实在是出于我意想之外的，不能不惊异。我一向只以为她满肚子是麻烦的礼节罢了，却不料她还有这样伟大的神力。从此对于她就有了特别的敬意，似乎实在深不可测；夜间的伸开手脚，占领全床，那当然是情有可原的了，倒应该我退让。

这种敬意，虽然也逐渐淡薄起来，但完全消失，大概是在知道她谋害了我的隐鼠之后。那时就极严重地诘问，而且当面叫她阿长。我想我又不真做小长毛，不去攻城，也不放炮，更不怕炮炸，我惧惮她什么呢！

但当我哀悼隐鼠，给它复仇的时候，一面又在渴慕着绘图的《山海经》了。这渴慕是从一个远房的叔祖惹起来的。他是一个胖胖的，和蔼的老人，爱种一点花木，如珠兰，茉莉之类，还有极其少见的，据说从北边带回去的马缨花。他的太太却正相反，什么也莫名其妙，曾将晒衣服的竹竿搁在珠兰的枝条上，枝折了，还要愤愤地咒骂道：“死尸！”这老人是个寂寞者，因为无人可谈，就很爱和孩子们往来，有时简直称我们为“小友”。在我们聚族而居的宅子里，只有他书多，而且特别。制艺和试帖诗，自然也是有的；但我却只在他的书斋里，看见过陆玑的《毛诗草木鸟兽虫鱼疏》，还有许多名目很生的书籍。我那时最爱看的是《花镜》，上面有许多图。他说给我听，曾经有过一部绘图的《山海经》，画着人面的兽，九头的蛇，三脚的鸟，生着翅膀的人，没有头而以两乳当作眼睛的怪物……可惜现在不知道放在那里了。

我很愿意看看这样的图画，但不好意思力逼他去寻找，他是很疏懒的。问别人呢，谁也不肯真实地回答我。压岁钱还有几百文，买罢，又没有好机会。有书买的大街离我家远得很，我一年中只能在正月间去玩一趟，那时候，两家书店都紧紧地关着门。

玩的时候倒是没有什么的，但一坐下，我就记得绘图的《山海经》。

大概是太过于念念不忘了，连阿长也来问《山海经》是怎么一回事。这是我向来没有和她说过的，我知道她并非学者，说了也无益；但既然来问，也就都对她说了。

过了十多天，或者一个月罢，我还很记得，是她告假回家以后的四五天，她穿着新的蓝布衫回来了，一见面，就将一包书递给我，高兴地说道：

“哥儿，有画儿的‘三哼经’，我给你买来了！”

我似乎遇着了一个霹雳，全体都震悚起来；赶紧去接过来，打开纸包，是四本小小的书，略略一翻，人面的兽，九头的蛇……果然都在内。

这又使我发生新的敬意了，别人不肯做，或不能做的事，她却能够做成功。她确有伟大的神力。谋害隐鼠的怨恨，从此完全消灭了。

这四本书，乃是我最初得到，最为心爱的宝书。

书的模样，到现在还在眼前。可是从还在眼前的模样来说，却是一部刻印都十分粗拙的本子。纸张很黄；图像也很坏，甚至于几乎全用直线凑合，连动物的眼睛也都是长方形的。但那是我最为心爱的宝书，看起来，确是人面的兽；九头的蛇；一脚的牛；袋子似的帝江；没有头而“以乳为目，以脐为口”，还要“执干戚而舞”的刑天。

此后我就更其搜集绘图的书，于是有了石印的《尔雅音图》和《毛诗品物图考》，又有了《点石斋丛画》和《诗画舫》。《山海经》也另买了一部石印的，每卷都有图赞，绿色的画，字是红的，比那木刻的精致得多了。这一部直到前年还在，是缩印的郝懿行疏。木刻的却已经记不清是什么时候失掉了。

我的保姆，长妈妈即阿长，辞了这人世，大概也有了三十年了罢。我终于不知道她的姓名，她的经历；仅知道有一个过继的儿子，她大约是青年守寡的孤孀。

仁厚黑暗的地母呵，愿在你怀里永安她的魂灵！

选自人民文学出版社《鲁迅全集》第二卷

1926年，鲁迅在用《朝花夕拾》这部散文集打捞自己童年记忆的时候，还原了保姆长妈妈的形象。这些普通人是鲁迅散文和小说中的重要角色。尤其是跟长妈妈有关的那本《山海经》，它的野性思维和那种奇异的想象给鲁迅带来了巨大的启示。这本书的审美风格也成了他后来艺术创作的一个重要的底色。

中国人民大学文学院院长　孙郁

鲁迅（1881—1936），中国文学家、思想家、革命家和教育家。原名周树人，字豫才，浙江绍兴人。他是“五四”新文化运动的重要参与者，中国现代文学的奠基人。有《鲁迅全集》行世。

程何：

毕业于清华大学生物系，著名音乐剧翻译，翻译作品有《猫》《妈妈咪呀》《狮子王》《音乐之声》《我，堂吉诃德》等。

堂吉诃德（节选）

[西班牙] 塞万提斯

故事说到，堂吉诃德大声喊桑乔给他拿头盔来。桑乔正在牧人那儿买奶酪。他听主人喊得急，慌了手脚，不知拿什么装奶酪好。既然已经付了钱，他舍不得丢掉，匆忙之中想到可以用主人的头盔装奶酪。他抱着这堆东西跑回来，看主人到底要干什么。他刚赶到，堂吉诃德就对他说：

"赶紧把头盔给我，朋友，我看要有事了。或许前面的事非我不能解决呢。快去拿我的甲胄来。"

绿衣人听到此话，举目向四周望去，只见前方有一辆大车迎面向他们走来，车上插着两三面小旗，估计是给皇家送钱的车。他把这意思对堂吉诃德说了，可堂吉诃德不相信，仍以为凡是他遇到的事情都是险情。

"严阵以待，稳操胜券。我已做好准备，不会有任何失误。根据我的经验，我的敌人有的是看得见的，有的是隐身的，不知什么时候、什么地方，他们就会以某种方式向我进攻。"

堂吉诃德转过身去向桑乔要头盔。桑乔来不及把头盔里的奶酪拿出来，只好把头盔连同奶酪一起交给了堂吉诃德。堂吉诃德接过头盔，看也没看，就匆忙扣到了脑袋上。奶酪一经挤压，流出了浆汁，弄得堂吉诃德脸上胡子上都是汁液。堂吉诃德吓了一跳，问桑乔：

"怎么回事，桑乔？是我的脑袋变软了，还是我的脑浆流出来了，或者是我从脚冒到头上来的汗？如果是我的汗，那肯定不是吓出来的汗水。我相信我现在面临的是非常可怕的艰险。你有什么给我擦脸的东西，赶紧递给我。这么多汗水，我都快看不见了。"

桑乔一声不响地递给堂吉诃德一块布，暗自感谢上帝，没有让堂吉诃德把事情看破。堂吉诃德用布擦了擦脸，然后把头盔拿下来，看里面到底是什么东西把他的脑袋弄得凉飕飕的。他一看头盔里是白糊状的东西，就拿到鼻子前闻了闻，说：

“我以托搏索的杜尔西内亚夫人的生命发誓，你在头盔里放了奶酪，你这个叛徒！不要脸的东西！没有教养的侍从！”

桑乔不慌不忙、不露声色地说道：

“如果是奶酪，您就给我，我把它吃了吧……不过，还是让魔鬼吃吧，准是魔鬼放在里面的。我怎么敢弄脏您的头盔呢？您真是找对人了！我敢打赌，大人，上帝告诉我，肯定也有魔法师在跟我捣乱，因为我是您一手栽培起来的。他们故意把那脏东西放在头盔里面，想激起您的怒火，又像过去一样打我一顿。不过，这次他们是枉费心机了。我相信我的主人办事通情达理，已经注意到我这儿既没有奶酪，也没有牛奶和其他类似的东西。即使有的话，我也会吃到肚子里了，而不是放在头盔里。”

“这倒有可能。”堂吉诃德说。

绅士把这一切看在眼里，心里惊讶，特别是看见堂吉诃德把脑袋、脸、胡子和头盔擦干净后，又把头盔扣到了脑袋上，更是愕然。堂吉诃德在马上坐定，让人拿过剑来，又抓起长矛，说道：

“不管是谁，让他现在就来吧！即使魔鬼来了，我也做好了准备！”

这时，那辆插着旗子的车已经来到跟前，只见车夫骑在骡子上，还有一个人坐在车的前部。堂吉诃德拦在车前，问道：

“你们到哪儿去，兄弟们？这是谁的车，车上装的是什么东西，那些旗子又是什么旗？”

车夫答道：

“这是我的车，车上是两只关在笼子里的凶猛的狮子。这是奥兰的总督送给国王陛下的礼物。旗子是我们国王的旗，表示这车上是他的东西。”

“狮子很大吗？”堂吉诃德问。

“太大了，”坐在车前的那个人说，“从非洲运到西班牙的狮子里，没有比它们更大的，连像它们一样大的也没有。我是管狮人。我运送过许多狮子，但是像这两只这样的，还从来没有运送过。这是一雄一雌。雄狮关在前面的笼子里，雌狮关在后面的笼子里。它们今天还没吃东西，饿得很。您让一下路，我们得赶紧走，以便找个能够喂它们的地方。”

堂吉诃德笑了笑，说道：

“想拿小狮子吓唬我？用狮子吓唬我！已经晚了！我向上帝发誓，我要让这两位运送狮子的大人看看，我到底是不是那种怕狮子的人！喂，你下来！你既然是管狮人，就把笼子打开，把狮子放出来。我要让你看看，曼查的堂吉诃德到底是什么人，即使魔法师弄来狮子我也不怕！”

“这下可好了，”绅士心中暗想，“这下我们的骑士可露馅了，肯定是那些奶酪泡软了他的脑袋，让他的脑子化脓了。”

这时桑乔来到绅士身旁，对他说：

“大人，看在上帝分上，想个办法别让我的主人动那些狮子吧。否则，咱们都得被撕成碎片。”

“难道你的主人是疯子吗？”绅士问道，“你竟然如此害怕，相信他会去碰那些凶猛的野兽？”

“他不是疯子，”桑乔说，“他只是太鲁莽了。”

“我能让他不鲁莽。”绅士说。

堂吉诃德正催着管狮人打开笼子。绅士来到堂吉诃德身旁，对他说道：

“骑士大人，游侠骑士应该从事那些有望成功的冒险，而不要从事那些根本不可能成功的事情。勇敢如果到了让人害怕的地步，那就算不上勇敢，而应该说是发疯了。更何况这些狮子并不是冲着您来的，它们根本就没这个意思。它们是被当作礼物送给陛下的，拦着狮子，不让送狮人赶路就不合适了。”

“绅士大人，”堂吉诃德说，“您还是跟您温顺的石鸡和凶猛的白鼬去讲道理吧。每个人管好自己的事就行了。这是我的事，我知道这些狮子是不是冲着我来的。”

堂吉诃德又转过身去对管狮人说：

“我发誓，你这个混蛋，如果你不赶紧打开笼子，我就要用这支长矛把你插在这辆车上。”

赶车人见堂吉诃德这身古怪的盔甲，又见他决心已下，就对他说：

“我的大人，求您行个好，在放出狮子之前先让我把骡子卸下来吧。如果狮子把骡子咬死，我这辈子就完了。除了这几匹骡子和这辆车，我就没什么财产了。”

“你这个人真是胆小！”堂吉诃德说，“那你就下来，把骡子解开吧，随你便。不过，你马上就可以知道，你是白忙活一场，根本不用费这个劲。”

赶车人从骡子背上下来，赶紧把骡子从车上解下来。管狮人高声说道：

“在场的诸位可以做证，我是被迫违心地打开笼子，放出狮子的。而且，我还要向这位大人声明，这两只畜生造成的各种损失都由他负责，而且还得赔偿我的工钱和损失。在我打开笼子之前，请各位先藏好。反正我心里有数，狮子不会咬我。”

绅士再次劝堂吉诃德不要做这种发疯的事，这简直是在冒犯上帝。堂吉诃德说，他知道自己在做什么。绅士让他再好好考虑一下，就会知道他是在自欺欺人。

“大人，”堂吉诃德说，“假如您现在不想做这个您认为是悲剧的观众，就赶快骑上您的母马，躲到安全的地方去吧。”

桑乔听到此话，眼含热泪地劝堂吉诃德放弃这个打算。若与此事相比，风车之战呀，砑布机那儿的可怕遭遇呀，以及他以前的所有惊险奇遇，都是小巫见大巫了。

“您看，大人，”桑乔说，“这里并没有什么魔法之类的东西。我看见笼子的栅栏里伸出了一只真正的狮爪。由此我猜，既然狮子的爪子就有那么大，那只狮子肯定是个庞然大物。”

“你因为害怕，”堂吉诃德说，“所以觉得那只狮子至少有半边天那么大。你靠边儿，桑乔，让我来。如果我死在这儿，你知道咱们以前的约定，你就去杜尔西内亚那儿。别的我就不说了。”

堂吉诃德又说了其他一些话，看来让他放弃这个怪谲的念头是没指望了。绿衣人想阻止他，可又觉得自己实在难以和堂吉诃德的武器匹敌，而且跟一个像堂吉诃德这样十足的疯子交锋，也算不上什么英雄。堂吉诃德又催促送狮人打开笼门，而且还不断地威胁他。绿衣人利用这段时间赶紧催马离开了。桑乔也骑着他的驴，车夫骑着自己的骡子，都想在狮子出笼之前尽可能地离车远一些。桑乔为堂吉诃德这次肯定会丧生于狮子爪下而哭泣。他还咒骂自己运气不佳，说自己真愚蠢，怎么会想到再次为堂吉诃德当侍从呢。不过哭归哭，怨归怨，他并没有因此就停止催驴跑开。管狮人见该离开的人都已经离开了，就把原来已经软硬兼施过的那一套又软硬兼施了一遍。堂吉诃德告诉管狮人，他即使再软硬兼施，也不会有什么效果，还是趁早离开为好。

在管狮人打开笼门的这段时间里，堂吉诃德首先盘算的是与狮子作战时，徒步是否比骑马好。最后他决定步战，怕罗西南多一看见狮子就吓坏了。于是他跳下马，把长矛扔在一旁，拿起盾牌，拔出剑，以非凡的胆量和超常的勇气一步步走到车前，心中诚心诚意地祈求上帝保佑自己，然后又请求他的夫人杜尔西内亚保佑自己。应该说明的是，这个真实故事的作者写到此处，不禁感慨地说道："啊，曼查的孤胆英雄堂吉诃德，你是世界上所有勇士的楷模，你是新的莱昂的堂曼努埃尔①二世，是西班牙所有骑士的骄傲！我用什么语言来形容你这骇人的事迹呢？我如何才能让以后几个世纪的人相信这是真的呢？我即使极尽赞颂之词，对你来说又有什么过分呢？你孤身一人，浑身是胆，豪情满怀，手持单剑，而且不是那种镌刻着小狗的利剑②，拿的也不是锃亮的钢盾，却准备与来自非洲大森林的两只最凶猛的狮子较量！你的行为将会给你带来荣耀，勇敢的曼查人，我已经找不到合适的词语来赞颂你了。"

作者的感叹到此为止。现在言归正传：管狮人见堂吉诃德已摆好了架势，看来再不把狮子放出来是不行了，否则那位已经暴跳如雷的骑士真要不客气了。他只好把第一个笼子的门完全打开。前面说过，这个笼子里关的是一头雄狮，体积庞大，面目狰狞。它本来躺在笼子里，现在它转过身来，抬起爪子，伸个懒腰，张开大嘴，又不慌不忙地打了个呵欠，用它那足有两拃长的舌头舔了舔眼圈。做完这些之后，它把头伸到笼子外面，用它似乎冒着火的眼睛环顾四周。它那副眼神和气势，即使再冒失的人见了也会胆寒。只有这位堂吉诃德认真地盯着狮子，准备等狮子走下车后同它展开一场搏斗，把它撕成碎片。

堂吉诃德的癫狂此时已达到了空前的顶峰。可是宽宏大量的狮子却并不那么不可一世，无论小打小闹或者暴跳如雷，它仿佛都满不在乎。就像前面讲到的那样，它环视四周后又转过身去，把屁股朝向堂吉诃德，慢吞吞、懒洋洋地重新在笼子里躺下了。堂吉诃德见状让管狮人打狮子几棍，激它出来。

"这我可不干，"管狮人说，"如果我去激它，它首先会把我撕成碎片。骑士大

① 据传，一次在观看几只从非洲为国王运来的狮子时，一位夫人不慎将手套掉进了狮笼。堂曼努埃尔走进狮笼，拾回了手套。

② 托莱多著名的剑匠胡利安·德尔雷伊所铸的剑上镌刻有一只小狗作为标志。

人，您该知足了，这就足以表明您的勇气了。您不必再找倒霉了。狮笼的门敞开着，它出来不出来都由它了。不过，它现在还不出来，恐怕今天就不会出来了。您的英雄孤胆已经得到了充分证明。据我了解，任何一位骁勇的斗士都只是向对手挑战，然后在野外等着他。如果对手没有到场，对手就会名誉扫地，而等待交手的那个人就取得了胜利的桂冠。”

“这倒是真的，”堂吉诃德说，“朋友，把笼门关上吧。不过，你得尽可能为你亲眼看到的我的所作所为做证，那就是你如何打开了笼子，我在此等待，可它不出来；我一再等待，可它还是不出来，而且又重新躺下了。我只能如此了。让魔法见鬼去吧，让上帝帮助理性和真理，帮助真正的骑士精神吧。照我说的，把笼门关上吧。我去叫那些逃跑的人回来，让他们从你的嘴里得知我这番壮举吧。”

管狮人把笼门关上了。堂吉诃德把刚才用来擦脸上奶酪的白布系在长矛的铁头上，开始呼唤。那些人在绅士的带领下正马不停蹄地继续逃跑，同时还频频回过头来看。桑乔看见了白布，说道：

“我的主人正叫咱们呢。他肯定把狮子打败了。如果不是这样，就叫我天诛地灭！”

大家都停住了，认出那个晃动白布的人的确是堂吉诃德，这才稍稍定了神，一点一点地往回走，一直走到能够清楚地听到堂吉诃德喊话的地方，最后才来到大车旁边。他们刚到，堂吉诃德就对车夫说：

“重新套上你的骡子，兄弟，继续赶你的路吧。桑乔，你拿两个金盾给他和管狮人，就算我耽误了他们的时间而给他们的补偿吧。”

“我会很高兴地把金盾付给他们。”桑乔说，“不过，狮子现在怎么样了？是死了还是活着呢？”

于是管狮人就断断续续而又十分详细地介绍了那次战斗的结局。他尽可能地夸大堂吉诃德的勇气，说狮子一看见堂吉诃德就害怕了。尽管笼门有很长一段时间都是敞开的，可是狮子却不愿意也没胆量从笼子里走出来。骑士本想把狮子赶出来，但由于他对骑士说，那样就是对上帝的冒犯，骑士才很不情愿地让他把笼门关上了。

“怎么样，桑乔？”堂吉诃德问，“难道还有什么魔法可以斗得过真正的勇气吗？魔法师可以夺走我的运气，但要想夺走我的力量和勇气是不可能的。”

桑乔把金盾交给了车夫和管狮人。车夫套上了骡子。管狮人吻了堂吉诃德的手，感谢他的赏赐，并且答应到王宫见到国王时，一定把这件英勇的事迹禀报给国王。

“假如陛下问这是谁的英雄事迹，你就告诉他是狮子骑士的。从今以后，我要把我以前那个猥獕骑士的称号改成这个称号。我这是沿袭游侠骑士的老规矩，也就是随时根据需要来改变称号。”堂吉诃德说道。

大车继续前行，堂吉诃德、桑乔和绿衣人也继续赶自己的路。

这时，迭戈·德米兰达默不作声地观察堂吉诃德的言谈举止，觉得这个人说他明白吧却又犯病，说他疯傻吧却又挺明白。迭戈·德米兰达还没听说过有关堂吉诃德的第一部小说。如果他读过那部小说，就会对堂吉诃德的疯癫有所了解，不至于对其言谈举止感到惊奇了。正因为他不知道那本小说，所以他觉得堂吉诃德一会儿像疯子，一会儿又像明白人。听其言，侃侃而谈，头头是道；观其行，则荒谬透顶，冒失莽撞。迭戈·德米兰达自言自语道：“他把装着奶酪的头盔扣在脑袋上，竟以为是魔法师把自己的脑袋弄软了，还有什么比这类事更荒唐的吗？还有什么比要同狮子较量更冒失的吗？”迭戈·德米兰达正在独自思索，暗自嘀咕，堂吉诃德对他说道：

“迭戈·德米兰达大人，您一定是把我看成言谈举止都十分荒唐的疯子了吧？这也算不了什么，我的所作所为也的确像个疯子。但即使如此，我还是希望您注意到，我并不是像您想象的那样又疯又笨。一位骑士当着国王的面，在一个巨大的广场中央一枪刺中一头咆哮的公牛，自然体面；骑士披一身闪光的盔甲，在夫人们面前得意洋洋地进入比武竞技场，诚然风光。骑士的所有武术演练都是很露脸的事情，既可以供王宫贵族开心消遣，又可以为他们增光。不过，这些都还是不如游侠骑士体面。游侠骑士游历沙漠荒野，穿过大路小道，翻山岭，越森林，四处征险，就是想完成自己的光荣使命，得以万世流芳。我认为，游侠骑士在某个人烟稀少的地方帮助一位寡妇，比一位宫廷骑士在城市里向某位公主献殷勤要光荣得多。所有的骑士都各负其责。宫廷骑士服侍贵妇人们，身着侍从制服为国王点缀门面，用自己家丰盛的食物供养贫困的骑士，组织比武，参加比赛，表现出伟大豪爽的气魄，尤其要表现出一个虔诚的基督徒的品德，这样才算完成了自己的职责。可是，游侠骑士要到世界最偏远的地方去，闯入最困难的迷津，争取做到常人难以做到的事情，在草木稀少的地方顶着酷夏的炎炎烈日，在冰天雪地的严冬冒着凛冽的寒冷；狮子吓不住他们，在魑魅魍魉面前他们也无所畏惧，而是寻找它们，向它们进攻，战胜它们，这才是游侠骑士真正重要的职责。

“命运使我有幸成为游侠骑士中的一员，我不能放弃我认为属于我的职责范围内的任何一个进攻机会。因此，向狮子发动进攻完全是我应该做的事情，虽然我也知道这显得过分鲁莽了。我知道何谓勇敢，它是介于两种缺陷之间的一种美德，不过，宁可勇敢过头，近于鲁莽，也不要害怕到成为胆小鬼的地步；这就好像挥霍比吝啬更接近慷慨一样，鲁莽也比怯懦更接近真正的勇敢。在这类征服艰险的事情中，迭戈大人，请您相信，即使输牌，也要能争取一张牌就多争取一张，因为听人家说‘这个骑士大胆莽撞’，总要比听人家说‘这个骑士胆小怕事’好得多。”

“堂吉诃德大人，”迭戈说，“您的所有言行合情合理。我估计，即使游侠骑士的规则完全失传了，也可以在您的心中找到。这些规则已经储存在您的心中。天已经晚了，咱们得加紧赶到我家那个村子去。您也该休息了，辛劳半天，即使身体上不感觉累，精神上也该觉得累了。精神上的疲劳同样可以导致身体上的劳累。”

“我十分荣幸地接受您的盛情邀请，迭戈大人。”堂吉诃德说。

两人加速催马向前。大约下午两点时，他们赶到了迭戈家所在的那个村庄。堂吉诃德称迭戈为绿衣骑士。

（刘京胜 译）

读者非常喜欢堂吉诃德的形象，因为他们从他的故事中得到了某种宣泄，产生了共鸣。堂吉诃德也从一个人物形象变成了一个形容词，用来形容那些具有理想主义情结的人。堂吉诃德身上就有一种大战风车的骑士般的勇气，他不仅仅幻想，他付诸行动。因此，堂吉诃德一下子从一个可笑的、矛盾的人物，升华为一个非常伟大的形象。他象征了某种精神。

中国社会科学院外国文学研究所所长　陈众议

塞万提斯（Miguel de Cervantes Saavedra，1547—1616），西班牙伟大的小说家、戏剧家和诗人，欧洲文艺复兴时期杰出的现实主义作家。代表作有长篇小说《伽拉苔亚》《堂吉诃德》《贝雪莱斯和西吉斯蒙达历险记》和短篇小说集《警世典范小说集》。

不会成真的梦

[美] 乔·达里安

追梦，不会成真的梦，
忍受，不能承受的痛，
挑战，不可战胜的敌手，
跋涉，无人敢行的路。

改变，不容撼动的错，
仰慕，纯真高洁的心，
远征，不惧伤痛与疲惫，
去摘，遥不可及的星！

敢以此生，求索那颗星，
管它征途遥远，道路多险峻。
为正义而战，何需踌躇不定，
哪怕烧灼在地狱火中，也自阔步前行！
我若能，为这光辉使命，穷尽一生追寻，
多年后，待到长眠时分，我心亦能安宁。

而人间，定会不同往昔，
纵然我，终将疲倦无力，

仍要用伤痕累累的双手，
去摘，遥不可及的星！

作曲：[美] 米奇·李
1965 年由 Andrew Scott Music 和 Helena Music Company 出版发行
中文歌词译配：程何，2015

关于“疯狂”的独白

[美] 戴尔·瓦瑟曼

如果这世界本身就已经足够荒唐，那到底什么才能算是疯狂？也许太过实际就是疯狂。放弃梦想也许是疯狂。寻找着珍宝，可周围却只有垃圾。太过清醒可能正是疯狂。但最疯狂的，莫过于接受现实，而不去想这个世界到底应该是什么样子！

选自音乐剧《我，堂吉诃德》，1965 年出版
中文翻译：程何，2015

米奇·李（Mitch Leigh，1928—2014），美国音乐剧曲作家和制作人。乔·达里安（Joe Darion，1917—2001），美国音乐剧词作家。戴尔·瓦瑟曼（Dale Wasserman，1914—2008），美国编剧。1965 年，三人合力创作了百老汇知名音乐剧《我，堂吉诃德》，获得了美国剧场界最高荣誉——托尼奖最佳音乐剧和最佳词曲创作。

（以上文本由程何与刘阳共同朗读、演唱。）

曹文轩：

2016 年获国际“安徒生奖”，是中国第一个，也是全世界华人中第一个获此殊荣的作家。

草房子（节选）

曹文轩

桑乔带着桑桑去了镇上医院。几个医生都过来看。看了之后，都说：“桑校长，早点带孩子去城里医院看，一刻也不能拖延。”

桑桑从医生们的脸上，更从父亲的脸上，看出了事情的严重性。

当天，桑乔就带着桑桑去了县城。

桑桑去了三家医院。每一家医院的医生，都是在检查完他脖子上的肿块之后，拍拍他的头说：“你先出去玩玩好吗？”桑乔就对桑桑说：“你到外面玩一会儿，我马上就来。”桑桑就走出了诊室。但桑桑没有走出医院到外面去玩，而是坐在医院走廊里的长椅上。他不想玩，就一动不动地坐在椅子上等父亲。

桑桑能感觉到父亲的表情越来越沉重，尽管父亲做出来的是一副很正常的样子。桑桑自己不知道自己是一种什么感觉。他只知道跟着父亲走进医院，走出医院，走在大街上。他唯一感觉到的是父亲对他很温和。父亲总是在问他：“你想吃些什么？”而桑桑总是摇摇头：“我不想吃什么。”桑桑心里确实没有去想吃什么。

天黑了。父子俩住进一家临河小旅馆。

晚饭吃得有点沉闷。但桑桑还是吃了一些。他发现父亲在吃饭时，一副心不在焉的样子，筷子放在菜盘里，却半天不知道夹菜。当父亲忽然地想到了吃饭时，又总是对桑桑说：“吃饱了饭，我们逛大街。”

这是桑乔带着桑桑第一回夜晚留宿城里。

桑桑跟着父亲在大街上走着。已是秋天，风在街上吹着时，很有了点凉意。街两旁的梧桐树，虽然还没有落叶，但已让人感觉到，再刮几阵秋风，枯叶就会在这夜晚的灯光里飘落。父子俩就这样走在梧桐树下的斑驳的影子里。秋天夜晚的大街，反倒让人觉得比乡村的夜晚还要寂寞。

父亲看到桑桑落在了后面，就停住了，等他走上来时，说：“还想逛吗？”

桑桑不知道自己的内心是想逛，还是不想逛。

父亲说：“天还早，再走走吧。”

桑桑依然跟着父亲。

路过一个卖菱角的小摊，父亲问：“想吃菱角吗？”

桑桑摇摇头。

路过一个卖茶鸡蛋的小摊，父亲问：“想吃茶鸡蛋吗？”

桑桑还是摇摇头。

又路过一个卖焐藕的小摊，父亲问：“吃段焐藕吧？”这回，他不等桑桑回答，就给桑桑买了一大段焐藕。

桑桑吃着焐藕，跟着父亲又回到了小旅馆。

不一会儿，就下起雨来。窗外就是河。桑桑坐在窗口，一边继续吃焐藕，一边朝窗外望着。岸边有根电线杆，电线杆上有盏灯。桑桑看到灯光下的雨丝，斜斜地落到了河里，并看到了被灯光照着的那一小片水面上，让雨水打出来的一个个半明半暗的小水泡泡。他好像在吃藕，但吃了半天，那段藕还是那段藕。

“不好吃，就别吃了。”父亲说完，就从桑桑手中将那段藕接过来，放在床头的金属盘里，“早点睡觉吧。”父亲给桑桑放好被子，并且帮着桑桑脱了衣服，让桑桑先钻进被窝里，然后自己也脱了衣服，进了被窝。这是个小旅馆，父子俩合用一床被子。

桑桑已经没有和父亲合用一床被子睡觉的记忆了，或者说，这种记忆已经很模糊了。桑桑借着灯光，看到了父亲的一双大脚。他觉得父亲的大脚很好看，就想自己长大了，一双脚肯定也会像父亲的大脚一样很好看。但，就在他想到自己长大时，不知为什么鼻头酸了一下，眼泪下来了。

父亲拉灭了灯。

桑桑困了，不一会儿就睡着了。但睡得不深。他隐隐约约地觉得父亲在用手抚摸着他的脚。父亲的手，一会儿在他的脚面上来回地轻抚着，一会儿在轻轻地捏着他的脚指头。到了后来，就一把抓住他的脚，一松一紧地捏着。

桑桑终于睡熟。他醒来时，觉得被窝里就只有他一个人。他微微抬起头来，看见父亲正坐在窗口抽烟。天还未亮。黑暗中，烟蒂一亮一亮地照着父亲的面孔，那是一张愁苦忧郁的面孔。

雨似乎停了，偶尔有几声叮咚的水声，大概是岸边的柳树受了风吹，把积在叶子上的雨珠抖落到河里去了。

第二天，父亲带着桑桑回家了。

路过邱二妈家门口时，邱二妈问："校长，桑桑得的什么病？"

桑乔竟然克制不住地在喉咙里呜咽起来。

邱二妈站在门口，不再言语，默默地看着桑桑。

桑桑还是那样跟着父亲，一直走回家中。

母亲似乎一下子就感觉到了什么，拉过桑桑，给他用热水洗着脸，洗着手。

桑乔坐在椅子上，低着头，一言不发。

老师们都过来了。但谁也没有向桑乔问桑桑究竟得了什么病。

篮球场上传来了阿恕他们的喊声："桑桑，来打篮球！"

蒋一轮说："桑桑，他们叫你打篮球去呢。"

桑桑走出了院子。桑桑本来是想打一会儿篮球的，但走到小桥头，突然地不想打了，就又走了回来。当他快走到院门口时，他听见了母亲的压抑不住的哭声。那哭声让人想到天要塌下来了。

柳柳并不知道母亲为什么那样哭，只觉得母亲的哭总是有道理的，也就跟着哭。

邱二妈以及老师们都在劝着母亲："师娘师娘，别这么哭，别这么哭，别让桑桑听见了……"

桑桑没有进院子。他走到了池塘边，坐在塘边的凳子上，呆呆地看着池塘里几条在水面上游动着的只有寸把长得极其瘦弱的小鱼。他想哭一哭，但心中似乎又没有什么伤感的东西。他隐隐地觉得，他给全家，甚至给所有认识他的人，都带来了紧张、恐慌与悲伤。他知道，事情是十分严重的。然而，在此刻他却就是无法伤心起来。

他觉得有一个人朝他走来了。他用两只细长的胳膊支撑在凳子上，转过头去看。他见到了温幼菊。

温幼菊走到他跟前，把一只薄而柔软的手轻轻放在他的肩上："桑桑，晚上来找我一下好吗？"

桑桑点点头。他去看自己的脚尖，但脚尖渐渐地模糊了起来。

……

桑桑比以往任何时候都显得刚强。

仲夏时节，传来一个消息，有人在江南的一座美丽的小城看到了纸月与慧思和尚。那小城本是慧思的故乡。他已还俗了。

也是在这一时节，油麻地来了一个外地的郎中。当有人向他说起桑桑的病后，他来到了油麻地小学。看了桑桑的病，他说："我是看不了这个病，但我知道有一个人能看。他是看这个病的高手。"于是，留了那个高手的姓名与地址。

桑乔决定再带着桑桑去试一下。

那个地方已出了本省。父子俩日夜兼程，三天后才找到那个地方。那个高手已是八十多岁的老人。他已不能站立，只是瘫坐在椅子上，脑袋稳不住似的直晃悠。他颤颤抖抖地摸了摸桑桑脖子上的肿块，说："不过就是鼠疮。"

桑乔唯恐听错了："您说是鼠疮？"

"鼠疮。"老人口授，让一个年轻姑娘开了处方，"把这药吃下去，一日都不能间断。七天后，这孩子若是尿出棕色的尿来，就说明药已有效应了。带孩子回去吧。"

桑乔凭他的直觉，从老人的风骨、气质和那番泰然处之的样子上，认定这一回真的遇上高手了。他向老人深深鞠了一躬，并让桑桑也深深鞠了一躬。

此后，一连几个月，桑桑有许多时间是在温幼菊的"药寮"里度过的。

温幼菊对桑桑的父母说："我已熬了十多年的药，我知道药该怎么熬。让我来帮你们看着桑桑喝药吧。"她又去买了一只瓦罐，作为桑桑的药罐。

红泥小炉几乎整天燃烧着。

温幼菊轮番熬着桑桑的药和她自己的药，那间小屋整天往外飘着药香。

一张桌子，一头放了一张椅子。在一定的时刻，就会端上两只大碗，碗中装了几乎满满的一下子熬好的中药。温幼菊坐一头，桑桑坐一头。未喝之前十几分钟，他们就各自坐好，守着自己的那一碗药，等它们凉下来好喝。

整个喝药的过程，充满了庄严的仪式感。

桑桑的药奇苦。那苦是常人根本无法想象的。但是，当他在椅子上坐定之后，就再也没有一丝恐怖感。他望着那碗棕色的苦药，耳畔响着的是温幼菊的那首无词歌。此时此刻，他把喝药看成了一件悲壮而优美的事情。

七天后，桑乔亲自跟着桑桑走进厕所。他要亲眼观察桑桑的小便。当他看到一股棕色的尿从桑桑的两腿间细而有力地冲射出来时，他舒出一口在半年多时间里一直压抑于心底的浊气，顿时变得轻松了许多。

桑乔对温幼菊说："拜托了。"

温幼菊说："这将近半年的时间里，你们，包括纸月在内的孩子们，让桑桑看到了许多这世界上最美好的东西，他没有理由不好好吃药。"

一个月后，桑桑的脖子上的肿块开始变软并开始消退。

就在桑桑临近考初中之前，他脖子上的肿块居然奇迹般地消失了。

这天早晨，桑乔手托猎枪，朝天空扣动了扳机。

桑乔在打了七枪之后，把猎枪交给了桑桑："再打七枪！"

桑桑抓起那支发烫的猎枪，在父亲的帮助下，将枪口高高地对着天空。

当十四声枪响之后，桑桑看着天空飘起的那一片淡蓝色的硝烟，放声大哭起来。

桑桑虽然没有死，但桑桑觉得已死过一回了。

桑桑久久地坐在屋脊上。

桑桑已经考上了中学。桑乔因为工作出色，已被任命到县城边上一所中学任校长。桑桑以及桑桑的家，又要随着父亲去另一个陌生的地方。

桑桑去了艾地，向奶奶做了告别。桑桑向蒋一轮、温幼菊、杜小康、细马、秃鹤、阿恕……几乎所有的老师和孩子们，也一一做了告别。

桑桑无法告别的，只有纸月。但桑桑觉得，他无论走到哪儿，纸月都能看到他。

油麻地在桑桑心中是永远的。

桑桑望着这一幢一幢草房子，泪眼蒙眬之中，它们连成了一大片金色。

鸽子们似乎知道它们的主人将于明天一早丢下它们永远地离去，而在空中盘旋不止。最后，它们首尾相衔，仿佛组成了一只巨大的白色花环，围绕着桑桑忽高忽低地旋转着。

桑桑的耳边，是鸽羽划过空气时发出的好听的声响。他的眼前不住地闪现着金属一样的白光。

一九六二年八月的这个上午，油麻地的许多大人和小孩，都看到了空中那只巨大的旋转着的白色花环……

选自天天出版社《草房子》

《草房子》写的是二十世纪五十年代末、六十年代初的生活，是我对一段已经逝去生活的回忆。在中国，那段生活也许是平静的、贫穷的，尤其是在农村。但那段生活却依然是难以忘却的。它成了我写作的丰富资源。

儿童文学作家、国际“安徒生奖”获得者　曹文轩

曹文轩（1954—　），当代儿童文学作家，北京大学中文系教授，生于江苏盐城。主要作品有《草房子》《青铜葵花》等。

李立群：

台湾著名演员。相声、小品、舞台剧、影视都可以看到他的身影。参与创办台湾表演工作坊，代表作《那一夜，我们说相声》。

我的理想家庭

老舍

一个二十多岁的小伙子，讲恋爱，讲革命，讲志愿，似乎天地之间，唯我独尊，简直想不到组织家庭——结婚既是爱的坟墓，家庭根本上是英雄好汉的累赘。及至过了三十，革命成功与否，事情好歹不论，反正领略够了人情世故，壮气就差点事儿了。虽然明知家庭之累，等于投胎为马为牛，可是人生总不过如此，多少也都得经验一番，既不坚持独身，结婚倒也还容易。于是发帖子请客，笑着开驶倒车，苦乐容或相抵，反正至少凑个热闹。到了四十，儿女已有二三，贫也好富也好，自己认头苦曳，对于年轻的朋友已经有好些个事儿说不到一处，而劝告他们老老实实的结婚，好早生儿养女，即是话不投缘的一例。到了这个年纪，设若还有理想，必是理想的家庭。倒退二十年，连这么一想也觉泄气。人生的矛盾可笑即在于此，年轻力壮，力求事事出轨，决不甘为火车；及至中年，心理的，生理的，种种理的什么什么，都使他不但非作火车不可，且作货车焉。把当初与现在一比较，判若两人，足够自己笑半天的！或有例外，实不多见。

明年我就四十了，已具说理想家庭的资格：大不必吹，盖亦自嘲。

我的理想家庭要有七间小平房：一间是客厅，古玩字画全非必要，只要几张很舒服宽松的椅子，一二小桌。一间书房，书籍不少，不管什么头版与古本，而都是我所爱读的。一张书桌，桌面是中国漆的，放上热茶杯不至烫成个圆白印儿。文具不讲究，可是都很好用，桌上老有一两枝鲜花，插在小瓶里。两间卧室，我独据一间，没有臭虫，而有一张极大极软的床。在这个床上，横睡直睡都可以，不论怎睡都一躺下就舒服合适，好像陷在棉花堆里，一点也不硬碰骨头。还有一间，是预备给客人住的。此外是一间厨房，一个厕所，没有下房，因为根本不预备用仆人。家中不要电话，不要播音机，不要留声机，不要麻将牌，不要风扇，不要保险柜。缺乏的东西本来很多，不过这几项是故意不要的，有人白送给我也不要。

院子必须很大。靠墙有几株小果木树。除了一块长方的土地，平坦无草，足够打开太极拳的，其他的地方就都种着花草——没有一种珍贵费事的，只求昌茂多花。屋中至少有一只花猫，院中至少也有一两盆金鱼；小树上悬着小笼，二三绿蝈蝈随意地鸣着。

这就该说到人了。屋子不多，又不要仆人，人口自然不能很多：一妻和一儿一女就正合适。先生管擦地板与玻璃，打扫院子，收拾花木，给鱼换水，给蝈蝈一两块绿王瓜或几个毛豆；并管上街送信买书等事宜。太太管做饭，女儿任助手——顶好是十二三岁，不准小也不准大，老是十二三岁。儿子顶好是三岁，既会讲话，又胖胖的会淘气。母女于做饭之外，就做点针线，看小弟弟。大件衣服拿到外边去洗，小件的随时自己涮一涮。

既然有这么多工作，自然就没有多少工夫去听戏看电影。不过在过生日的时候，全家就出去玩半天；接一位亲或友的老太太给看家。过生日什么的永远不请客受礼，亲友家送来的红白帖子，就一概扔在字纸篓里，除非那真需要帮助的，才送一些干礼去。到过节过年的时候，吃食从丰，而且可以买一通纸牌，大家打打“索儿胡”，赌铁蚕豆或花生米。

男的没有固定的职业；只是每天写点诗或小说，每千字卖上四五十元钱。女的也没事做，除了家务就读些书。儿女永不上学，由父母教给画图，唱歌，跳舞——乱蹦也算一种舞法——和文字，手工之类。等到他们长大，或者也会仗着绘画或写文章卖一点钱吃饭；不过这是后话，顶好暂且不提。

这一家子人，因为吃得简单干净，而一天到晚又不闲着，所以身体都很不坏。因为身体好，所以没有肝火，大家都不爱闹脾气。除了为小猫上房，金鱼甩子等事着急之外，谁也不急叱白脸的。

大家的相貌也都很体面，不令人望而生厌。衣服可并不讲究，都做得很结实朴素；永远不穿又臭又硬的皮鞋。男的很体面，可不露电影明星气；女的很健美，可不红唇卷毛的鼻子朝着天。孩子们都不卷着舌头说话，淘气而不讨厌。

这个家庭顶好是在北平，其次是成都或青岛，至坏也得在苏州。无论怎样吧，反正必须在中国，因为中国是顶文明顶平安的国家；理想的家庭必在理想的国内也。

选自人民文学出版社《老舍全集》第十五卷

《我的理想家庭》可以看成是《婆婆话》的“续篇”，多少也有点“婆婆话”的絮叨，亲切而风趣。年少气盛时，唯我独尊，将结婚看成爱的坟墓，认为家庭是好汉的累赘。及至三十多岁了，“革命”成功与否姑且不论，明知组织家庭可能等同于“为马为牛”，可是如此人生似乎总得经历一番，所以想得更多的就是最好有一个“理想的家庭”了。

兰州大学中文系教授、中国老舍研究会名誉会长　吴小美

维和部队战士：
作为联合国创始国和安理会常任理事国之一，中国从1990年开始派驻军事力量参与联合国的维和行动。此为中国赴马里的维和战士。

等着我吧……
——献给B.C. *

[苏联] 西蒙诺夫

等着我吧——我会回来的。
只是你要苦苦地等待，
等到那愁煞人的阴雨
勾起你的忧伤满怀，
等到那大雪纷飞，
等到那酷暑难挨，
等到别人不再把亲人盼望，
往昔的一切，一股脑儿抛开。
等到那遥远的他乡
不再有家书传来，
等到一起等待的人
心灰意懒——都已倦怠。

等着我吧——我会回来的，
不要祝福那些人平安：
他们喋喋不休地说——
算了吧，等下去也是枉然！

* B.C.是苏联影剧女演员瓦莲京娜·谢罗娃姓名的缩写，她是诗人的妻子。

纵然爱子和慈母认为——
我已不在人间，
纵然朋友们等得厌倦，
在炉火旁围坐，
啜饮苦酒，把亡魂追荐……
你可要等下去啊！千万
别同他们一起
忙着举起酒盏。

等着我吧——我会回来的；
死神一次次被我击败！
就让那些不曾等待我的人
说我侥幸——感到意外！
那没有等下去的人又怎么会理解——
亏了你的苦苦等待，
在炮火连天的战场上，
从死神手中，是你把我救了出来。
我是怎样死里逃生的，
只有你我两个人将会明白——
全因为同别人不一样，
你善于苦苦地等待。

（苏杭 译）

选自外国文学出版社《献给妻子》

《等着我吧》这首诗唱响了当时苏联的整个战争岁月，几乎没有一个战士不会背诵这首诗。当时每一个参战的男人和留守的女人相互激励的最好表达就是这首诗。就这首诗风靡的广度与深度，在世界诗

歌史上大概堪称无双。这首诗将激昂的情怀与纤细的柔情不可思议地糅合在一起，思想内涵与艺术魅力素朴而又奇妙地结合为一体。

北京外国语大学俄语学院教授　王立业

康·西蒙诺夫（Константин Михайлович Симонов，1915—1979），苏联作家、小说家、诗人、剧作家。代表作有《等着我吧》《俄罗斯人》《日日夜夜》《蜡烛》等。

（朗读人：张国强，演员；丁福建，中国人民解放军 65307 部队战士，执行过第一批和第四批赴马里维和任务；卞龙，中国人民解放军 65307 部队司令部作战参谋，执行过第一批和第四批赴马里维和任务；吴培强，中国人民解放军 65307 部队排长，申亮亮生前战友；司崇昶，中国人民解放军 65307 部队战士，执行过第一批和第四批赴马里维和任务；历明哲，中国人民解放军 65307 部队申亮亮所在连队指导员；万鑫，中国人民解放军 65307 部队政治处主任，执行过第二批赴马里维和任务。）

王蒙：

茅盾文学奖获得者。写作长达六十年，作品四十多卷、几千万字。

明年我将衰老（节选）

王蒙

仍然是在蓝天与白云之下，是在风雨阴晴之中，是在浪花拱动下，沐浴着阳光与雾气，沐浴着海洋的潮汐与波涌、洁净与污秽，向往着那边、这边、旁边，忍受着海蜇与蚊虫，接受着为了大业而施予的年益扩大的交通管制，环顾着挺立的松柏、盘错的丁香、不遗余力的街头花卉、鸣蝉的白杨、栖鸟的梧桐、大朵的扶桑、想象中盛开一回的高山天女木兰和一大片无际的荷莲。如果不是横在头上的高压线，那莲湖就是天堂佛国极乐。去年你在那里留了影，仍然丰匀而且健康，沉着中有些微的忧愁与比忧愁更强大的忍耐与平顺。

你和我一起，走到哪里，你的床我的床边，你的枕我的枕旁，你的声音我的耳际，你的温良我的一切方向。你的目光护佑着我游水，我仍然是一条笨鱼，一块木片，一只傻游的鳖。我有这一面，小时候羡慕了游泳，就游它一辈子，走到哪里都带上泳帽、泳裤、泳镜。一米之后就是两米，十米以后是二十米，然后一百米，二百米，仍然有拙笨的与缓慢的一千，我还活着，我还游着，我还想着，我还动着。活着就是生命的满涨，就是举帆，就是划桨，就是热度与挤拥，就是乘风破浪，四肢的配合与梦里的远航，还能拳击，嘭嘭嘭，摇晃了一下，站得仍然笔直。哪怕紧接着是核磁共振的噪音，是叮叮、噗噗、当当、哒哒、咣咣、哧哧、嘚嘚、嘟嘟、嘻嘻、乒乒、乓乓、唰唰唰。是静脉上安装一个龙头，从龙头里不断滴注显像液体。是老与病的困扰，是我所致敬致哀致以沉默无语的医疗药剂科学。是或有的远方。一事无成两鬓白，多事有成两鬓照样不那么黑了，所差几何？必分轩轾。

然而我坚信我还活着，心在跳，只要没走就还活着，好好活着，只要过了地狱就是天国，只要过了分别就是相会。从前在一起，后来在一起，以后还是在一起。我仍然获得了蓬蓬勃勃的夏天，风、阳光、浓荫、暴雨、皮肤、沙、沫、潮与肌肉，胆固醇因曝光向维D演变，与咱们从前一样。而且因为你的不在而得到关心与同情，天地不仁，便更加徒劳哭泣。过去是因为你的善待而得到友好，在与不在，你都在好好对待朋友。对待浅海滨。我去了三次，我喜欢踩上木栈道的感觉，也许光着脚丫子踩沙滩更好。去年与你同去的，沙砾、风、海鸥、傍晚，我期待月出，我期待，更加期待繁星。

然而难得在海滨的夏天见到星月。云与雾，汽与灯光、霓虹、舰船上的照明，可能还有太多的游客与汽车使我一次次失望了。我许诺秋天再来，我没能来，我仍然忙碌着，根本不需要等待高潮的到来。有生活就有我的希望与热烈，就有我尚未履行的对于秋涛星月的约定。在秋与冬春，我与渤海互相想念。

你许诺了那瓶二锅头酒，你病中特意上山赠送给了老人家，我们素不相识。你在山野留下了友谊，你在山峰留下了酒香，你在朋友心里留下了永远的好意。

在我的记忆里已经有许多年没有在中秋夜看到团圆的美丽了。八月十五云遮月，正月十五雪打灯。头一天，月色尚好，我们一起吟唱苏东坡的《水调歌头》，第二天却是遍天的云霾。说的是去年。然后等到清爽到来，月色已经是后半夜的事了。已经许多年，我没有在深夜起床赏月，那时还在山村，深夜的清晖给了我们另一个世界，就像丁香花与紫罗兰给了我们另一种花事。

今年的中秋月明如洗。这样的月夜里你数得清每一株庄稼与草，你看得清每一块坑洼与隆起，你摸得着每一枚豆粒大的石头，你看得清远方的山坡与松峰。你可以约会抱月的仙人与丢落棋子的老者，你可以孤独地走在山脚下，因为孤独而带几分得得，你已经被美女称为得得。我想守在你的碑前，你会悄悄地与我说闲话，不再是团结紧张严肃活泼，而是如诗如梦如歌如微风掠影。这时我听到了六十年前的那首歌曲，从前的从前，少壮的少壮，面对海洋的畅想，我们一起攀登分开了大西洋与印度洋的好望角的灯塔。我们看到了蓝鲸，我们看到了河马，我们看到了飞逐的象群，我们看到了猴子与鸵鸟的密集。河水在地上泛滥，女人生育了许多孩子，她们的皮肤像绸缎一样。她们浑圆，温热却又雄武。菜香蕉与木薯随时随地充饥。

我多次与你说笑，我说我在梦中与一个黑皮肤的浑圆的柔道冠军争夺锦旗，你说我是以歪就歪不说真情。世界上有这样的男子吗？我的初恋是你。我的少年是你。我的颠沛流离是你。我的金婚是你。我的未有实现的钻石婚是你。你的唯一的对手是非洲冠军，是欧洲长跑，是俄罗斯与白俄罗斯网球手，是澳大利亚的鱼。我老了老了迷上了女子举重，期待着世界纪录打破者，举起，旋转，“砰”的一声，接在手里，或者粉碎在大地。

世上有海，有风浪。海上有月和星星。我躺在海上入眠。阳光照得我睁不开眼，重复再重复的运作正好催眠。说海是起源，海是归结，海是摇篮，海是家园，海就是神祇。早春遇海，我们惺惺相惜。我只是怕你孤单。本来你可以不那么孤单。本来你可以与我相伴，就像星与月相伴，草与花相伴，沙与沫相伴，呼唤与回应相和，回忆与追思为伴。来啊！

你可晓得，明年我将衰老？

当我遇到某种冲击的时候，不管是哪一类的事情，我会把一切生活表象暂时放开，只写我的心的最直接的感受，可以是超越生死的感受，超越人物情节、故事和语言的感受，真正把自己的心掏出来的感受。

著名作家　王蒙

王蒙（1934—　），作家，学者，生于北京。1956 年发表《组织部来了个年轻人》，引起极大反响。著有《青春万岁》《活动变人形》等近百部小说。中国作家协会名誉主席，曾任文化部部长。

勇　气

Courage

就像茨威格说的，“勇气是逆境中绽放的光芒”。勇气是一笔财富，拥有了它，就拥有了改变的机会。岳飞的“三十功名尘与土”，文天祥的“留取丹心照汗青”，贝多芬的“扼住命运的咽喉”，海伦·凯勒的“假如给我三天光明”……这些勇气都彪炳在史册上，流传在故事里。

莎士比亚说，“有德必有勇，正直的人不会胆怯”。试想一下，如果历史失去了勇气，那将失去改写的英雄；如果人生失去勇气，那很多日子就会变得苍白无力。

在“勇气”这一章，最让我记忆深刻的是文物史家樊锦诗，一位瘦弱的南方女子，从北大考古系毕业之后，她用了五十四年的时间坚守在大漠深处，而她为敦煌所做的一切，也被季羡林先生誉为“功德无量”。

勇气有时候是一瞬间的闪念，有时候是一辈子的执念。勇气是在你看清了生活的真相之后，依然热爱生活。

江一燕：

著名演员，热爱摄影、写作、公益。从2007年开始，

每年去广西巴马山区小学支教。

晶莹的泪珠

陈忠实

我手里捏着一张休学申请书朝教务处走着。

我要求休学一年。我写了一张要求休学的申请书。我在把书面申请交给班主任的同时，又口头申述了休学的因由，发觉口头申述因为穷而休学的理由比书面申述更加难堪。好在班主任对我口头和书面申述的同一因由表示理解，没有经历太多的询问便在申请书下边空白的地方签写了“同意该生休学一年”的意见，自然也签上了他的名字和时间。他随之让我等一等，就拿着我写的申请书出门去了，回来时那申请书上就增加了校长的一行签字，比班主任的字签得少，自然也更简洁，只有“同意”二字，连姓名也简洁到只有一个姓，名字略去了。班主任对我说：“你现在到教务处去办手续，开一张休学证书。”

我敲响了教务处的门板。获准以后便推开了门，一位年轻的女先生正伏在米黄色的办公桌上，手里提着长杆蘸水笔在一厚本表册上填写着什么，并不抬头。我知道开学报名时教务处最忙，忙就忙在许多要填写的各式表格上。我走到她的办公桌前鞠了一躬：“老师，给我开一张休学证书。”然后就把那张签着班主任和校长姓名和他们意见的申请递放到桌子上。

她抬起头来，诧异地瞅了我一眼，拎起我的申请书来看着，长杆蘸水笔还夹在指缝之间。她很快看完了，又专注地把目光留滞在纸页下端班主任签写的一行意见和校长更为简洁的意见上面，似乎两个人连姓名在内的十来个字的意见批示，看去比我大半页的申请书还要费时更多。她终于抬起头来问：

“就是你写的这些理由吗？”

“就是的。”

“不休学不行吗？”

“不行。”

“亲戚全都帮不上忙吗？”

“亲戚……也都穷。”

“可是……你休学一年，家里的经济状况也不见得能改变，一年后你怎么能保证复学呢？”

于是我就信心十足地告诉她我父亲的精确安排计划：待到明年我哥哥初中毕业，父亲谋划着让他投考师范学校，师范生的学杂费和伙食费全由国家供给，据说还发三块钱零花钱。那时候我就可以复学接着念初中了。我拿父亲的话给她解释，企图消除她对我能否复学的疑虑：“我伯伯说来，他只能供得住一个中学生；俺兄弟俩同时念中学，他供不住。”

我没有做更多的解释。我的爱面子的弱点早在此前已经形成。我不想再向任何人重复叙述我们家庭的困窘。父亲是个纯粹的农民，供着两个同时在中学念书的儿子。哥哥在距家四十多里远的县城中学，我在离家五十多里的西安一所新建的中学就读。在家里，我和哥哥可以合盖一条被子，破点旧点也关系不大。先是哥哥接着是我要离家到县城和省城的寄宿学校去念中学。每人就得有一套被褥行头，学费杂费伙食费和种种花销都空前增加了。实际上轮到我考上初中时已不再是考中秀才般的荣耀和喜庆，反而变成了一团浓厚的愁云忧雾笼罩在家室屋院的上空。我的行装已不能像哥哥那样有一套新被子新褥子和新床单，被简化到只能有一条旧被子卷成小卷儿背进城市里的学校。我的那一绺床板终日裸露着缝隙宽大的木质板面，晚上就把被子铺一半再盖上一半。我也不能像哥哥那样由父亲把一整袋面粉送交给学生灶，而只能是每周六回家来背一袋杂面馍馍到学校去，因为学校灶上的管理制度规定一律交麦子面，而我们家总是短缺麦子而苞谷面还算宽裕。这样的生活我并未意识到有什么不好，因为背馍上学的学生远远超过能搭得起灶的学生人数，每到三顿饭时，背馍的学生便在开水灶的一排供水龙头前排起五六列长队，把掰碎的各色馍块装进各自的大号搪瓷缸子里，用开水浸泡后，便三人一堆五人一伙围在乒乓球台的周围进餐，佐菜大都是花钱买的竹篓咸菜或家制的腌辣椒，说笑和争论的声浪甚至压倒了那些从灶房领取炒菜和热饭的“贵族阶层”。

这样的念书生活终于难以为继。父亲供给两个中学生的经济支柱，一是卖粮，一是卖树，而我印象最深的还是卖树。父亲自青年时就喜欢栽树，我们家四五块滩地地头的灌渠渠沿上，是纯一色的生长最快的小叶杨树，稠密到不足一步就是一棵，粗的可作檩条，细的能当椽子。父亲卖树早已打破了先大后小先粗后细的普通法则，一切都是随买家的需要而定，需要檩条就任其选择粗的，需要椽子就让他们砍伐细的。所得的票子全都经由哥哥和我的手交给了学校，或是换来书籍课本和作业本以及哥哥的菜票我的开水费。树卖掉后，父亲便迫不及待地刨挖树根，指头粗细的毛根也不轻易舍弃，把树根劈成小块晒干，然后装到两只大竹条笼里挑起来去赶集，卖给集镇上那些饭馆药铺或供销社单位。一百斤劈柴的最高时价为一点五元，得来的块把钱也都经由上述的相同渠道花掉了。直到滩地上的小叶杨树在短短的三四年间全部砍伐一空，地下的树根也掏挖干净，渠岸上留下一排新插的白杨枝条或手腕粗细的小树……

我上完初一第一学期，寒假回到家中便预感到要发生重要变故了。新年佳节弥漫在整个村巷里的喜庆气氛与我父亲眉宇间的那种根深蒂固的忧虑形成强烈的反差，直到大年初一刚刚过去的当天晚上，父亲便说出来谋划已久的决策："你得休一年学，一年。"他强调了一年这个时限。我没有感到太大的惊讶。在整个一个学期里，我渴盼星期六回家又惧怕星期六回家。我那年刚交十三岁，从未出过远门，而一旦出门便是五十多里远的陌生的城市，只有星期六才能回家一趟去背馍，且不要说一周里一天三顿开水泡馍所造成的对一碗面条的迫切渴望了。然而每个周六在吃罢一碗香喷喷的面条后便进入感情危机，我必须说出明天返校时要拿的钱数儿，一元班会费或五毛集体买理发工具的款项。我知道一根丈五长的椽子只能卖到一点五元钱，一丈长的椽子只有八角到一块的浮动区。我往往在提出要钱数目之前就折合出来这回要扛走父亲一根或两根椽子，或者是多少斤树根劈柴。我必须在周六晚上提前提出钱数，以便父亲可以从容地去借款。每当这时我就看见父亲顿时阴沉下来的脸色和眼神，同时，夹杂着短促的叹息。我便低了头或扭开脸不看父亲的脸。母亲的脸色同样忧愁，我似乎可以看；而父亲的脸眼一旦成了那种样子，我就不忍对看或者不敢对看。父亲生就的是一脸的豪壮气色，高眉骨大眼睛统直的高鼻梁和鼻翼两边很有力度的两道弯沟，忧愁蒙结在这样一张脸上似乎就不堪一睹……我曾经不止一次地产生过这样的念头，为什么一定要念中学呢？村子里不是有许多同龄伙伴没有考取初中仍然高高兴兴地给牛割草给灶里拾柴吗？我为什么要给父亲那张脸上周期性地制造忧愁呢……父亲接着就讲述了他得让哥哥一年后投考师范的谋略，然后可以供我复学念初中了。他怕影响一家人过年的兴头儿，所以压在心里直到过了初一才说出来。我说："休学。"父亲安慰我说："休学一年不要紧，你年龄小。"我也不以为休学一年有多么严重，因为同班的五十多名男女同学中有不少人都结过婚，既有孩子的爸爸，也有做了妈妈的，这在五十年代初并不奇怪。解放后才获得上学机会的乡村青年不限年龄。我是班里年龄最小个头最矮的一个，座位排在头一张课桌上。我轻松地说："过一年个子长高了，我就不坐头排头一张桌子咧——上课扭得人脖子疼……"父亲依然无奈地说：

"钱的来路断咧！树卖完了——"

她放下夹在指缝间的木质长杆蘸水笔，合上一本很厚很长的登记簿，站起来说："你等等，我就来。"我就坐在一张椅子上等待，总是止不住她出去干什么的猜想。过了一阵儿她回来了，情绪有些亢奋也有点激动，一坐到她的椅子上就说："我去找校长了……"我明白了她的去处，似乎验证了我刚才的几种猜想中的一种，心里也怦然动了一下。她没有谈她找校长说了什么，也没有说校长给她说了什么。她现在双手扶在桌沿上低垂着眼，久久不说一句话。她轻轻舒了一口气，仰起头来时我就发现，亢奋的情绪已经隐退，温柔妩媚的气色渐渐回归到眼角和眉宇里来了，似乎有一缕淡淡的无能为力的无奈。

她又轻轻舒了口气，拉开抽屉取出一本公文本在桌子上翻开，从笔筒里抽出那支木杆蘸水笔，在墨水瓶里蘸上墨水后又停下手，问："你家里就再想不下办法了？"我看着那双滋浮着忧郁气色的眼睛，忽然联想到姐姐的眼神。这种眼神足以使任何被痛苦折磨着的心平静下来，足以使任何被痛苦折磨得心力交瘁的灵魂得到抚慰，足以使人沉静地忍受痛苦和劫难而不至于沉沦。我突然意识到因为我的休学致使她心情不好这个最简单的推理。而在校长班主任和她中间，她恰好是最不应该产生这种心情的。她是教务处的一位年轻职员，平时就是在教务处做些抄抄写写的事，在黑板上写一些诸如打扫卫生的通知之类的事，我和她几乎没有说过话，甚至至今也记不住她的姓名。我便说："老师，没关系。休学一年没啥关系，我年龄小。"她说："白白耽搁一年多可惜！"随之又换了一种口吻说，"我知道你的名字也认得你。每个班前三名的学生我都认识。”我的心情突然灰暗起来而没有再开口。

她终于落笔填写了公文函，取出公章在下方盖了，又在切割线上盖上一枚合缝印章，吱吱吱撕下并不交给我，放在桌子上，然后把我的休学申请书抹上糨糊后贴在公文存根上。她做完这一切才重新拿起休学证书交给我说：“装好。明年复学时拿着来找我。”我把那张硬质纸印制的休学证书折叠了两番装进口袋。她从桌子那边绕过来，又从我的口袋里掏出来塞进我的书包里，说：“明年这阵儿你一定要来复学。”

我向她深深地鞠了躬就走出门去。我听到背后咣当一声闭门的声音，同时也听到一声“等等”。她拢了拢齐肩的整齐的头发朝我走来，和我并排在廊檐下的台阶上走着，两只手插在外套的口袋里。走过一个又一个窗户，走过一个又一个教室的前门和后门，校园里和教室里出出进进着男女同学，有的忙着去注册去交费，有的已经抱着一摞摞新课本新作业本走进教室，还有从校门口刚刚进来的背着被卷馍袋的迟来者。我忽然心情很不好受，在争取得到了休学证后心劲松了吗？我很不愿意看见同班同学的熟悉的脸孔，便低了头匆匆走起来，凭感觉可以知道她也加快了脚步，几乎和我同时走出学校大门。

学校门口又涌来一拨偏远地区的学生，熟悉的同学便连连问我：“你来得早！报过名了吧？”我含糊地笑笑就走过去了，想尽快远离正在迎接新学期的洋溢着欢跃气浪的学校大门。她又喊了一声“等等”。我停住脚步。她走过来拍了拍我的书包：“甭把休学证弄丢了。”我点点头。她这时才有一句安慰我的话：“我同意你的打算，休学一年不要紧，你年龄小。”

我抬头看她，猛然看见那双眼睫毛很长的眼眶里溢出泪水来，像雨雾中正在涨溢的湖水，泪珠在眼里打着旋儿，晶莹透亮。我瞬即垂下头避开目光。要是再在她的眼睛里多驻留一秒，我肯定就会号啕大哭。我低着头咬着嘴唇，脚下盲目地拨弄着一颗碎瓦片来抑制情绪，感觉到有一股热辣辣的酸流从鼻腔倒灌进喉咙里去。我后来的整个生命历程中发生过多少这种酸水倒流的事，而倒流的渠道却是从十四岁刚来到的这个生命年轮上第一次疏通的。第一次疏通的倒流的酸水的渠道肯定狭窄，承受不下那么多的酸水，因而还是有一小股从眼睛里冒出来，模糊了双眼，顺手就用袖头揩掉了。我终于仰起头鼓起劲儿说：“老师……我走咧……”

她的手轻轻搭上我的肩头：“记住，明年的今天来报到复学。”

我看见两滴晶莹的泪珠从眼睫毛上滑落下来，掉在脸鼻之间的谷地上，缓缓流过一段就在鼻翼两边挂住。我再一次虔诚地深深鞠躬，然后就转过身走掉了。

二十五年后，卖树卖树根（劈柴）供我念书的父亲在癌病弥留之际，对坐在他身边的我说：“我有一件事对不住你……”

我惊讶得不知所措。

“我不该让你休那一年学！”

我浑身战栗,久久无言。我像被一吨烈性“梯恩梯”炸成碎块细末儿飞向天空，又似乎跌入千年冰窖而冻僵四肢冻僵躯体也冻僵了心脏。在我高中毕业名落孙山回到乡村的无边无际的彷徨苦闷中，我曾经猴急似的怨天尤人：“全都倒霉在休那一年学……”我一九六二年毕业恰逢中国经济最困难的年月，高校招生任务大大缩小，我们班里剃了光头，四个班也仅仅只考取了一个个位数，而在上一年的毕业生里我们这所不属重点的学校也有百分之五十的学生考取了大学。我如果不是休学一年当是一九六一年毕业……父亲说：“错过一年……让你错过了二十年……而今你还算熬出点名堂了……”

我感觉到炸飞的碎块细末儿又归结成了原来的我，冻僵的四肢自如了冻僵的躯体灵便了冻僵的心又噔噔噔跳起来的时候，猛然想起休学出门时那位女老师溢满眼眶又流挂在鼻翼上的晶莹的泪珠儿。我对已经跨进黄泉路上半步的依然向我忏悔的父亲讲了那一串泪珠的经历，我称呼伯伯的父亲便安然合上了眼睛，喃喃地说：“可你……怎么……不早点给我……说这女先生哩……”

我今天终于把几近四十年前的这一段经历写出来的时候，对自己算是一种虔诚祈祷。当各种欲望膨胀成一股强大的浊流冲击所有大门、窗户和每一个心扉的当今，我便企望自己如女老师那种泪珠的泪泉不致堵塞更不敢枯竭，那是滋养生命灵魂的泉源，也是滋润民族精神的泉源哦……

选自人民文学出版社《陈忠实文集》第五卷

陈忠实是来自陕西的作家，是当代屈指可数的几位重要作家之一。

他因为长篇小说《白鹿原》获得了广泛的声誉,由此而获得茅盾文学奖。今年是陈忠实先生逝世一周年,《晶莹的泪珠》是陈忠实回忆自己学生时代生活一个动人的片段。一个孩子在绝境中遇见了一个可爱的老师,那可以说是绝望中的光亮,久旱的甘霖,足以改变一生的命运。

中国人民大学文学院院长　孙郁

陈忠实（1942—2016），作家，生于西安。长篇小说《白鹿原》获第四届茅盾文学奖。曾任中国作家协会副主席、陕西省作协主席。

汪明荃：

被誉为香港电视台“镇台之宝”，在香港家喻户晓。

罗家英：

出身粤剧世家，是香港著名的粤剧表演艺术家。

老夫老妻

冯骥才

“为我们唱一支暮年的歌儿吧！”

他俩又吵架了。年近七十的老夫老妻，相依为命地共同生活了四十多年，也吵吵打打地一起度过了四十多年。一辈子里，大大小小的架，谁也记不得打了多少次。但是不管打得如何热闹，最多不过两个小时就能和好，好得像从没吵过架一样。他俩仿佛两杯水倒在一起，怎么也分不开。吵架就像在这水面上划道儿，无论划得多深，转眼连条痕迹也不会留下。

可是今天的架打得空前厉害，起因却很平常——就像大多数夫妻日常吵架那样，往往是从不值一提的小事上开始的——不过是老婆儿把晚饭烧好了，老头儿还趴在桌上通烟嘴，弄得纸块呀，碎布条呀，沾着烟油子的纸捻子呀，满桌子都是。老婆儿催他收拾桌子，老头儿偏偏不肯动，老婆儿便像一般老太太们那样叨叨起来。老婆儿们的唠唠叨叨是通向老头儿们肝脏里的导火线，不一会儿就把老头儿的肝火引着了。两人互相顶嘴，翻起对方多年来一系列过失的老账，话愈说愈狠。老婆儿气得上来一把夺去烟嘴塞在自己的衣兜里，惹得老头儿一怒之下，把烟盒扔在地上，还嫌不解气，手一撩，又将烟灰缸子打落地上。老婆儿则更不肯罢休，用那嘶哑、干巴巴的声音说：

“你摔呀！把茶壶也摔了才算有本事呢！”

老头儿听了，竟像海豚那样从座椅上直蹿起来，还真的抓起桌上沏满热茶的大瓷壶，用力“叭”地摔在地上，老婆儿吓得一声尖叫，看着满地碎瓷片和溅在四处的水渍，直气得她那因年老而松垂下来的两颊的肉猛烈抖颤起来，冲着老头儿大叫：

“离婚！马上离婚！”

这是他俩还都年轻时，每次吵架吵到高潮，她必喊出来的一句话。这句话头几次曾把对方的火气压下去，后来由于总不兑现便失效了；但她还是这么喊，不知是一时为了表示自己盛怒已极，还是迷信这句话最具有威胁性。六十岁以后她就不知不觉地不再喊这句话了。今天又喊出来，可见她已到了怒不可遏的地步。

同样的怒火也在老头儿的心里撞着，就像被斗牛士手中的红布刺激得发狂的牛，在看池里胡闯乱撞。只见他嘴里一边像火车喷气那样不断发出呼呼的声音，一边急速而无目的地在屋子中间转着圈。转了两圈，站住，转过身又反方向地转了两圈，然后冲到门口，猛拉开门跑出去，还使劲“啪”的一声带上门。好似从此一去就再不回来。

老婆儿火气未消，站在原处，面对空空的屋子，还在不住地出声骂他。骂了一阵子，她累了，歪在床上，一种伤心和委屈爬上心头。她想，要不是自己年轻时候得了肠结核那场病，她会有孩子的。有了孩子，她可以同孩子住去，何必跟这愈老愈执拗、愈急躁、愈混账的老东西生气？可是现在只得整天和他在一起，侍见他，给他做饭，连饭碗、茶水、烟缸都要送到他跟前，还得看着他对自己耍脾气……她想得心里酸不溜秋，几滴老泪从布满一圈细皱的眼眶里溢出来。

过了很长时间，墙上的挂钟“当当”响起来，已经八点钟了。他们这场架正好打过了两个小时。不知为什么，他们每次打架过后两小时，心情就非常准时地发生变化，好像大自然的节气一进“七九”，封冻河面的冰片就要化开那样。刚刚掀起大波大澜的心情渐渐平息下来，变成浅浅的水纹一般。她耳边又响起刚才打架时自己朝老头儿喊的话：“离婚！马上离婚！”她忽然觉得这话又荒唐又可笑。哪有快七十的老夫老妻还打离婚的？她不禁“扑哧”一下笑出声来。这一笑，她心里一点皱褶也没了，连一点点怒意、埋怨和委屈的心情也都没了。她开始感到屋里空荡荡的，还有一种如同激战过后的战地那样出奇的安静，静得叫人别扭、空虚、没着没落的。于是，悔意便悄悄浸进她的心中。她想，俩人一辈子什么危险急难的事都经受过来了，像刚才那么点儿小事还值得吵闹么？——她每次吵过架冷静下来时都要想到这句话。可是……老头儿总该回来了；他们以前吵架，他也跑出去过，但总是一个小时左右就悄悄回来了。但现在已经两个小时仍没回来。

他又没吃晚饭，会跑到哪儿去呢？外边正下大雪，老头儿没戴帽子、没围围巾就跑了，外边地又滑，瞧他临出门时气冲冲的样子，别不留神滑倒摔坏吧？想到这儿，她竟在屋里待不住了，用手背揉揉泪水干后皱巴巴的眼皮，起身穿上外衣，从门后的挂衣钩儿上摘下老头儿的围巾、棉帽，走出房子去了。

雪下得正紧，积雪没过脚面。她左右看看，便向东边走去。因为每天早上他俩散步就先向东走，绕一圈儿，再从西边慢慢走回家。

夜色并不太暗，雪是夜的对比色，好像有人用一支大笔蘸足了白颜色把所有树枝都复勾一遍，使婆娑的树影在夜幕上白茸茸、远远近近、重重叠叠地显现出来。雪还使路面变厚了，变软了，变美了；在路灯的辉映下，繁密的大片大片的雪花纷纷而落，晶晶莹莹地闪着光，悄无声息地加浓它对世间万物的渲染。它还有种潮湿而又清冽的气息，有种踏上去清晰悦耳的"咯吱咯吱"声；特别是当湿雪蹭过脸颊时，别有一种又痒、又凉、又舒服的感觉。于是这普普通通、早已看惯了的世界，顷刻变得雄浑、静穆、高洁，充满活鲜鲜的生气了。

她一看这雪景，突然想到她和老头儿的一件遥远的往事。

五十年前，她和他都是不到二十岁的欢蹦乱跳的青年，在同一个大学读书。老头儿那时可是个有魅力、精力又充沛的小伙子，喜欢打排球、唱歌、演戏，在学生中属于"新派"，思想很激进。她不知是因为喜欢他、接近他，自己的思想也变得激进起来，还是由于他俩的思想常常发生共鸣才接近他、喜欢他的。他们在一个学生剧团。她的舞跳得十分出众。每次排戏回家晚些，他都顺路送她回家。他俩一向说得来，渐渐却感到在大庭广众中间有说有笑，在两人回家的路上反而没话可说了。两人默默地走，路显得分外长，只有脚步声，那是一种甜蜜的尴尬呀！

她记得那天也是下着大雪，两人踩着雪走，也是晚上八点来钟，她从多少天对他的种种感觉中，已经又担心又期待地预感到他这天要表示些什么了。在沿着河边的那段宁静的路上，他突然仿佛抑制不住地把她拉到怀里去。她猛地推开他，气得大把大把抓起地上的雪朝他扔去。他呢？竟然像傻子一样一动不动，任她用雪打在身上，直打得他浑身上下像一个雪人。她打着打着，忽然停住了，呆呆看了他片刻，忽然扑向他身上。她感到，他有种火烫般的激情透过身上厚厚的雪传到她身上。他们的恋爱就这样开始了——从一场奇特的战斗开始的。

多少年来，这桩事就像一张画儿那样，分外清楚而又分外美丽地收存在她心底。

每逢下雪天，她就不免想起这桩醉心的往事。年轻时，她几乎一见到雪就想到这事；中年之后，她只是偶然想到，并对他提起，他听了都要会意地一笑，随即两人都沉默片刻，好像都在重温旧梦。自从他们步入风烛残年，即使下雪天气也很少再想起这桩事。是不是一生中经历的事太多了，积累起来就过于沉重，把这桩事压在底下拿不出来了？但为什么今天它却一下子又跑到眼前，分外新鲜而又有力地来撞她的心……

现在她老了，与那个时代相隔半个世纪了。时光虽然依旧带着他们往前走，却也把他们的精力消耗得快要枯竭了。她那一双曾经蹦蹦跳跳、多么有劲的腿，如今僵硬而无力；常年的风湿病使她的膝头总往前屈着，雨雪天气里就隐隐发疼；此刻在雪地里，每一步踩下去都是颤巍巍的，每一步抬起来都费力难拔。一不小心，她滑倒了，多亏地上是又厚又软的雪。她把手插进雪里，撑住地面，艰难地爬起来，就在这一瞬间，她又想起另一桩往事——

啊！那时他俩刚刚结婚，一天晚上去平安影院看卓别林的《摩登时代》。他们走进影院时，天空阴沉沉的。散场出来时一片皆白，雪还下着。那时他们正陶醉在新婚的快乐里，内心的幸福使他们把贫穷的日子过得充满诗意。瞧那风里飞舞的雪花，也好像在给他们助兴；满地的白雪如同他们的心境那样纯净明快。他们走着走着，又说又笑，跟着高兴地跑起来。但她脚下一滑，跌在雪地里。他跑过来伸给她一只手，要拉她起来。她却一打他的手：

“去，谁要你来拉！”

她的性格和他一样，有股倔劲儿。

她一跃就站了起来。那时是多么轻快啊，像小鹿一般，而现在她又是多么艰难呀，像衰弱的老马一般。她多么希望身边有一只手，希望老头儿在她身边！虽然老头儿也老而无力了，一只手拉不动她，要用一双手才能把她拉起来。那也好！总比孤孤单单一个人好。她想到楼上邻居李老头，“文化大革命”初期老伴被折腾死了。尽管有个女儿，婚后还同他住在一起，但平时女儿、女婿都上班，家里只剩李老头一人；星期天女儿、女婿带着孩子出去玩，家里依旧剩李老头一人。年轻人和老年人总是有距离的。年轻人应该和年轻人在一起玩，老人得有老人为伴。

真幸运呢！她这么老，还有个老伴。四十多年如同形影，紧紧相随。尽管老头儿爱急躁，又固执，不大讲卫生，心也不细，等等，却不失为一个正派人，一辈子没做过一件亏心的、损人利己的、不光彩的事。在那道德沦丧的岁月里，他也没丢弃过自己奉行的做人的原则。他迷恋自己的电气传动专业，不大顾及家里的事。如今年老退休，还不时跑到原先那研究所去问问、看看、说说，好像那里有什么事与他永远也无法了结。她还喜欢老头儿的性格，真正的男子气派，一副直肠子，不懂得与人记仇记恨；粗心不是缺陷，粗线条才使他更富有男子气……她愈想，老头儿似乎就愈可爱了。两小时前能够一样样指出来、几乎无法忍受的老头儿的可恨之处，也不知都跑到哪儿去了。此刻她只担心老头儿雪夜外出，会遇到什么事情。她找不着老头儿，这担心就渐渐加重。如果她的生活里真丢了老头儿，会变成什么样子？多少年来，尽管老头儿夜里如雷一般的鼾声常常把她吵醒，但只要老头儿出差外地，身边没有鼾声，她反而睡不着觉，仿佛世界空了一大半……想到这里，她就有一种马上把老头儿找到身边的急渴的心情。

她在雪地里走了一个多小时，大概快有十点钟了，街上没什么人了，老头儿仍不见，雪却稀稀落落下小了。她两脚在雪里冻得生疼，膝头更疼，步子都迈不动了，只有先回去了，看看老头儿是否已经回家了。

她往家里走。快到家时，她远远看见自己家的灯亮着，灯光射出，有两块橘黄色窗形的光投落在屋外的雪地上。她心里怦地一跳：

“是不是老头儿回来了？”

她又想，是她刚才临出家门时慌慌张张忘记关灯了，还是老头儿回家后打开的灯？

走到家门口，她发现有一串清晰的脚印从西边而来，一直拐向她楼前的台阶。这是老头儿的吧？跟着她又疑惑这是楼上邻居的脚印。

她走到这脚印前弯下腰仔细地看，这脚印不大不小，留在踏得深深的雪窝里。她却怎么也辨认不出是否老头儿的脚印。

“天呀！”她想，“我真糊涂，跟他生活一辈子，怎么连他的脚印都认不出来呢？”

她摇摇头，走上台阶打开楼门。当将要推开屋门时，心里默默地念叨着：“愿我的老头儿就在屋里！”这心情只有在他们五十年前约会时才有过。初春时曾经撩拨人心的劲儿，深秋里竟又感受到了。

屋门推开了，啊！老头儿正坐在桌前抽烟。地上的瓷片都扫净了。炉火显然给老头儿捅过，呼呼烧得正旺。顿时有股甜美而温暖的气息，把她冻得发僵的身子一下子紧紧地攥住。她还看见，桌上放着两杯茶，一杯放在老头儿跟前，一杯放在桌子另一边，自然是斟给她的……老头儿见她进来，抬起眼看她一下，跟着又温顺地垂下眼皮。在这眼皮一抬一垂之间，闪出一种羞涩的、发窘、歉意的目光。每次他俩闹过一场之后，老头儿眼里都会流露出这目光。在夫妻之间，打过架又言归于好，来得分外快活的时刻里，这目光给她一种说不出的慰安。

她站着，好像忽然想到什么，伸手从衣兜里摸出刚才夺走的烟嘴，走过去，放在老头儿跟前。一时她鼻子一酸，想掉泪，但她给自己的倔劲儿抑制住了。什么话也没说，赶紧去给空着肚子的老头儿热菜热饭，还煎上两个鸡蛋……

人之常情最难写，平淡夫妻最难做。冯骥才先生用平实的笔，写下一对老夫老妻的相濡以沫。岁月沉淀下来相守的勇气，爱为这种勇气做底。读这样的文字，总能让人生出柴米油盐间的浪漫之慨。

冯骥才（1942—　），作家，生于天津。代表作有《高女人和她的矮丈夫》《一百个人的十年》《神灯》《神鞭》《俗世奇人》等。

秋爸爸、秋妈妈：

双胞胎自闭症患者秋歌、秋语的爸爸妈妈。除了照顾自己的孩子，秋爸爸还主导建立了面向自闭症家庭的免费网络平台。

写给女儿的诗（节选）

海桑

一　出生了

1

没想到你竟如此的小
简直是一条软体的虫子
当我伸出偌大的双手
却不知如何抱你

2

你第一次见我
就面似老人，就满脸皱纹
你究竟走了多长的时间多少的路
才从生命的源头
跌进我的手中

3

若将你放在一堆婴儿中间

我几乎认不出你
就像把一只苹果放在一堆苹果中间
都是红扑扑的

4

今天叫你宝宝
明天叫你贝贝
八九十来个名字
你知道自己是谁
但是啊
你不可能合乎每个人的口味

5

你冷不丁发出一个声音
把自己轻轻吓了一跳

6

你原本想笑来着
没有笑好，却哭了

7

你能笑出声了，这是件大事
你的体重增加了二斤
便是咱家的新闻
你的每一点变化都让我心疼
而我只是其中一个爱你的人

8

全乱套了
吃饭和睡觉
白天和黑夜
全乱套了
生活得重新安排
现在几点了

9

一天到晚
你紧握着小拳头
就像春天紧握着小小花骨朵
似乎柔弱，经不起风雨
但我知道其中包含的力量

二　透明娃娃

1

你漫无目的的手和脚和眼神告诉我
说这世界是新鲜的
于是我洗净一个苹果
放进清晨的阳光里

2

满月了

给你剃个光头
留下第一缕头发
用一根红线系好
放进你的相册
等哪一天你也老了
还能看看它

3

不管是什么东西
你都敢放进嘴里
假如你真的消化得了
恐怕就长成个新新人类

4

你还听不懂我说的话呢
我也不明白你的咿呀
但这并不妨碍我俩的交流
要不你笑什么，要不我笑什么

5

三个月大的婴儿
你看见过吗
有鼻子有眼有耳朵
手指头十个，脚指头十个
眼睫毛细细能数得清呢
指甲盖像是一层水皮儿

那叫作清澈
我这是怎么了
这些平淡无奇的事物
突然间变得奇怪

6

我三十岁了，你三个月了
我抱着你，你也抱着我
身后那个偷偷爬上来的孩子
是叫个月亮吧
我仿佛也是第一次看见它

7

就跟恋爱时一样
我又开始说些可笑的话
比如说大高楼很高
比如说大苹果很大
上一回是你妈妈笑了
这一回是我笑了
你只是瞪着两只大眼
仿佛看我

8

婴儿的身体是香甜的
不信你闻闻
婴儿的灵魂是香甜的

不信你闻闻

三　你是我心中最软的地方

1

我对着你说话
我对着你唱歌
我对着你变成一条小狗
欢喜得像是一个傻瓜

2

不哭不闹的时候
你妈妈就关心你的鼻子
你瞧她趴在你的脸上
听它们是否仍在呼吸

3

你姥爷喝多了酒
然后打来电话
说是要你给他哭一个
然后他好去睡觉

4

你妈妈像个小偷
她总是蹑手蹑脚

她溜进你的房间
她溜出你的房间
她偷出来一朵微笑
不等她开口，我知道
你已经睡着

5

你走姥姥家去了
你妈妈抱着你走姥姥家去了
你可真狠心
你一走就走了
一二三四五六天
我跟你说吧
我是忍着才没有去看你
并且告诉自己
每天只想你一次
你知道吗，我的孩子
不管你哪一天回来
那一天就是我的节日

6

你睡着了
你妈妈也似乎睡着了
但我知道她
她睡着的只是眼睛
她的耳朵醒着

7

你叽里咕噜的言语
都是生命的密码吧
你对我说了那么多
我一听，傻了

8

你的两只大眼睛
没有看见我
因为我手里拿着个苹果
我就像一只盛水果的篮子
你就扒开来看吧

9

你病了，等于是天塌了
我们都成了没主意的人
我们对医生微笑
我们对护士微笑
我们不停地点头
恨自己和他们攀不上亲戚

10

突然间有个想法
想自己一夜间变老
这样就能看见

你长大后的样子了

四　你是个两岁的大女孩

1

把整齐的都弄乱了
把站着的都打翻了
把干净的都玩脏了
你便快乐地笑了

2

你总是让我想起我的爹娘
想起他们的那些年月
比如今天，你病了
我抱着你跑呀
仿佛他们在抱着我跑
而他们已经死了
他们死了，就是我死了
而你活着
你活着，就是我活着

3

跌倒了
你趴在地上不起来
左瞧右瞧，你看见了我
于是，你哭了

跌倒了
你趴在地上不起来
左瞧右瞧，你没看见我
于是，你自己爬起来

4

有些时候
我变得和你一样小
另一些时候
你变得和我一样大
当我问你的远大理想
你说长大了要做妈妈

5

……

6

你不是我的希望，不是的
你是你自己的希望
我那些没能实现的梦想还是我的
与你无关，就让它们与你无关吧
你何妨做一个全新的梦
那梦里，不必有我
我是一件正在老去的事物
却仍不准备献给你我的一生

这是我的固执
然而我爱你，我的孩子
我爱你，仅此而已

你不是我的财富，不是的
如果你一定是财富
那你是时间的财富，是未来的财富
你如此的宝贵，我怎能占为己有
一直以来，我都不愿意承认
其实在生命的意义上我们都是奇迹
就像未来不会比现在更重要
你我也只能是对方人生的某个部分
然而我爱你，我的孩子
我爱你，仅此而已

你甚至不是我的孩子，我是说
当神明通过我将一口生气传递给你
我想我愿，我又怎能做你一生的保护神
总有一天，我将成为一种无用的东西
我看着你看着你，却无能为力
然而我爱你，我的孩子
我爱你，仅此而已

我爱你，仅此而已
然而我爱你多些
就像我父亲爱我多些
事情只能如此

选自新世纪出版社《海桑诗集》

在这个人喊马叫、人仰马翻、人困马乏的世界里，海桑是个异类。他从不说大话，但他的心很宽大；他从不谈大事，但他对世事很明了；他写诗从不用大词，但他的诗很豁达。他的悲伤里透着喜悦，他的柔软里藏着坚强，与其说那是诗，不如说那是他的自言自语，对那些被这个世界忽悠晕了的人来说，这样的言语毫无用处，可事实上，这样的言语，才是一个个体生命曾经丰富地、有尊严地存在过的证据。

著名主持人　张越

海桑（1972—　），原名王海桑，生于河南省辉县，诗人。

李宁：

著名体育运动员，先后摘取十四项世界冠军，赢得一百多枚金牌，被称为“体操王子”。退役后经商，创建了以自己名字命名的本土体育用品品牌。

做一个战士

巴金

一个年轻的朋友写信问我：“应该做一个什么样的人？”我回答他：“做一个战士。”

另一个朋友问我：“怎样对付生活？”我仍旧答道：“做一个战士。”

《战士颂》的作者①曾经写过这样的话：

我激荡在这绵绵不息、滂沱四方的生命洪流中，我就应该追逐这洪流，而且追过它，自己去造更广、更深的洪流。

我如果是一盏灯，这灯的用处便是照彻那多量的黑暗。我如果是海潮，便要鼓起波涛去洗涤海边一切陈腐的积物。

这一段话很恰当地写出了战士的心情。

在这个时代，战士是最需要的。但是这样的战士并不一定要持枪上战场。他的武器也不一定是枪弹。他的武器还可以是知识、信仰和坚强的意志。他并不一定要流仇敌的血，却能更有把握地致敌人的死命。

战士是永远追求光明的。他并不躺在晴空下享受阳光，却在暗夜里燃起火炬，给人们照亮道路，使他们走向黎明。驱散黑暗，这是战士的任务。他不躲避黑暗，却要面对黑暗，跟躲藏在阴影里的魑魅、魍魉搏斗。他要消灭它们而取得光明。战士是不知道妥协的。他得不到光明便不会停止战斗。

战士是永远年轻的。他不犹豫，不休息。他深入人丛中，找寻苍蝇、毒蚊等等危害人类的东西。他不断地攻击它们，不肯与它们共同生存在一个天空下面。

① 指亡友陈范予（1901—1941）。

对于战士，生活就是不停地战斗。他不是取得光明而生存，便是带着满身伤疤而死去。在战斗中力量只有增长，信仰只有加强。在战斗中给战士指路的是“未来”，“未来”给人以希望和鼓舞。战士永远不会失去青春的活力。

战士是不知道灰心与绝望的。他甚至在失败的废墟上，还要堆起破碎的砖石重建九级宝塔。任何打击都不能击破战士的意志。只有在死的时候他才闭上眼睛。

战士是不知道畏缩的。他的脚步很坚定。他看定目标，便一直向前走去。他不怕被绊脚石摔倒，没有一种障碍能使他改变心思。假象绝不能迷住战士的眼睛，支配战士的行动的是信仰。他能够忍受一切艰难、痛苦，而达到他所选定的目标。除非他死，人不能使他放弃工作。

这便是我们现在需要的战士。这样的战士并不一定具有超人的能力。他是一个平凡的人。每个人都可以做战士，只要他有决心。所以我用“做一个战士”的话来激励那些在彷徨、苦闷中的年轻朋友。

选自人民文学出版社《巴金全集》第十三卷

1938 年 3 月 27 日，“中华全国文艺界抗敌协会”在武汉成立，巴金被推选为四十五位理事之一。他的当选，是文艺界对他积极投身抗日斗争的行动和在文艺界所具影响的肯定。1938 年 7 月到第二年春天，巴金写了收在《旅途通讯》里的十多篇散文，记叙自己同朋友们一道辗转跋涉的艰苦历程和“在轰炸中过的日子”。此外，他还写了《做一个战士》《“重进罗马”的精神》《黑土》和《南国的梦》等杂文和散文。他用古罗马的传说勉励留在上海的青年“应当感到自己责任的重大而兴奋、振作”；用“做一个战士”来激励那些在彷徨、苦闷中的青年……这篇散文充分表达了巴金对时代战士的理解、崇敬和赞美。

学者、巴金研究专家　李存光

翟墨：

中国单人无动力帆船环球航海第一人。他用了整整两年半的时间，完成了自驾帆船环球航海一周的壮举。

海燕之歌

[苏联] 高尔基

在苍茫的大海上，狂风卷集着乌云。在乌云和大海之间，海燕像黑色的闪电，在高傲地飞翔。

一会儿翅膀碰着波浪，一会儿箭一般地直冲向乌云，它叫喊着，——就在这鸟儿勇敢的叫喊声里，乌云听出了欢乐。

在这叫喊声里——充满着对暴风雨的渴望！在这叫喊声里，乌云听出了愤怒的力量、热情的火焰和胜利的信心。

海鸥在暴风雨来临之前呻吟着，——呻吟着，它们在大海上飞窜，想把自己对暴风雨的恐惧，掩藏到大海深处。

海鸭也在呻吟着，——它们这些海鸭啊，享受不了生活的战斗的欢乐：轰隆隆的雷声就把它们吓坏了。

蠢笨的企鹅，胆怯地把肥胖的身体躲藏到悬崖底下……只有那高傲的海燕，勇敢地，自由自在地，在泛起白沫的大海上飞翔！

乌云越来越暗，越来越低，向海面直压下来，而波浪一边歌唱，一边冲向高空，去迎接那雷声。

雷声轰响。波浪在愤怒的飞沫中呼叫，跟狂风争鸣。看吧，狂风紧紧抱起一层层巨浪，恶狠狠地把它们甩到悬崖上，把这些大块的翡翠摔成尘雾和碎末。

海燕在叫喊着，飞翔着，像黑色的闪电，箭一般地穿过乌云，翅膀掠起波浪的飞沫。

看吧，它飞舞着，像个精灵，——高傲的、黑色的暴风雨的精灵——它在大笑，它又在号叫……它笑那些乌云，它因为欢乐而号叫！

从雷声的震怒里，——这个敏感的精灵，——它早就听出了困乏，它深信，乌云遮不住太阳，——是的，遮不住的！

狂风吼叫……雷声轰隆……

一堆堆乌云，像青色的火焰，在无底的大海上燃烧。大海抓住闪电的箭光，把它们熄灭在自己的深渊里。这些闪电的影子，活像一条条火蛇，在大海里蜿蜒游动，一晃就消失了。

“暴风雨！暴风雨就要来啦！”

这是勇敢的海燕，在怒吼的大海上，在闪电中间，高傲地飞翔；这是胜利的预言家在叫喊：

“让暴风雨来得更猛烈些吧！……”

（戈宝权 译）

选自人民文学出版社《高尔基文集》第五卷

1901 年 3 月 4 日，大学生和工人抗议沙皇政府强迫大学生当兵，遭到残酷镇压。高尔基极为愤慨，写下短篇小说《春天的旋律》，全文禁止发表，但尾声《海燕》幸免，于是立刻成为最受欢迎、最富有宣传性和号召力的诗传单。一位演说者说：“高尔基被放逐了，原因是他说出了真理并揭露我们生活中可怕的事情。他有一件武器——他的笔，一种力量——他那在自由发表意见时所表示的思想……”

除了作为政治诗广为流传，《海燕》也是一篇充满英雄气概的人生赞歌。

马克西姆·高尔基（Алексей Максимович Пешков，1868—1936），苏联作家、诗人、评论家、政论家、学者。代表作有《海燕》《母亲》《童年》《在人间》《我的大学》等。

樊锦诗：

著名考古学者，扎根敦煌五十四年，致力于建立“数字敦煌”，为莫高窟的永续利用、永久保存倾尽全力。

莫高窟（节选）

余秋雨

一

莫高窟对面，是三危山。《山海经》记，“舜逐三苗于三危”。可见它是华夏文明的早期屏障，早得与神话分不清界线。那场战斗怎么个打法，现在已很难想象，但浩浩荡荡的中原大军总该是来过的。当时整个地球还人迹稀少，“哒哒”的马蹄声显得空廓而响亮。让这么一座三危山来做莫高窟的映壁，气概之大，人力莫及，只能是造化的安排。

公元366年，一个和尚来到这里。他叫乐尊，戒行清虚，执心恬静，手持一支锡杖，云游四野。到此已是傍晚时分，他想找个地方栖宿。正在峰头四顾，突然看到奇景：三危山金光灿烂，烈烈扬扬，像有千佛在跃动。是晚霞吗？不对，晚霞就在西边，与三危山的金光遥遥对应。

三危金光之谜，后人解释颇多，在此我不想议论。反正当时的乐尊和尚，刹那间激动万分。他怔怔地站着，眼前是腾燃的金光，背后是五彩的晚霞，他浑身被照得通红，手上的锡杖也变得水晶般透明。他怔怔地站着，天地间没有一点声息，只有光的流溢，色的笼罩。他有所憬悟，把锡杖插在地上，庄重地跪下身来，朗声发愿，从今要广为化缘，在这里筑窟造像，使它真正成为圣地。和尚发愿完毕，两方光焰俱黯，苍然暮色压着茫茫沙原。

不久，乐尊和尚的第一个石窟就开工了。他在化缘之时广为播扬自己的奇遇，远近信士也就纷纷来朝拜胜景。年长日久，新的洞窟也一一挖出来了。上至王公，下至平民，或者独筑，或者合资，把自己的信仰和祝祈，全向这座陡坡凿进。从此，这个山坡的历史，就离不开工匠斧凿的叮当声。

工匠中隐潜着许多真正的艺术家。前代艺术家的遗留，又给后代艺术家以默默的滋养。于是，这个沙漠深处的陡坡，浓浓地吸纳了无量度的才情，空灵灵又胀鼓鼓地站着，变得神秘而又安详。

二

……

莫高窟可以傲视异邦古迹的地方，就在于它是一千多年的层层累聚。看莫高窟，不是看死了一千年的标本，而是看活了一千年的生命。一千年而始终活着，血脉畅通、呼吸匀停，这是一种何等壮阔的生命！一代又一代艺术家前呼后拥向我们走来，每个艺术家又牵连着喧闹的背景，在这里举行着横跨千年的游行。纷杂的衣饰使我们眼花缭乱，呼呼的旌旗使我们满耳轰鸣。在别的地方，你可以蹲下身来细细玩索一块碎石、一条土埂，在这儿完全不行，你也被裹卷着，身不由己，踉踉跄跄，直到被历史的洪流消融。在这儿，一个人的感官很不够用，那干脆就丢弃自己，让无数双艺术巨手把你碎成轻尘。

因此，我不能不在这暮色压顶的时刻，在山脚前来回徘徊，一点点地找回自己，定一定被震撼了的惊魂。晚风起了，夹着细沙，吹得脸颊发疼。沙漠的月亮，也特别清冷。山脚前有一泓泉流，汩汩有声。抬头看看，侧耳听听，总算，我的思路稍见头绪。

白天看了些什么，还是记不大清。只记得开头看到的是青褐浑厚的色流，那应该是北魏的遗存。色泽浓厚沉着得如同立体，笔触奔放豪迈得如同剑戟。那个年代战事频繁，驰骋沙场的又多北方骠壮之士，强悍与苦难汇合，流泻到了石窟的洞壁。当工匠们正在这些洞窟描绘的时候，南方的陶渊明，在残破的家园里喝着闷酒。陶渊明喝的不知是什么酒，这里流荡着的无疑是烈酒，没有什么芬芳的香味，只是一派力，一股劲，能让人疯了一般，拔剑而起。这里有点冷，有点野，甚至有点残忍。

色流开始畅快柔美了，那一定是到了隋文帝统一中国之后。衣服和图案都变得华丽，有了香气，有了暖意，有了笑声。这是自然的，隋炀帝正乐呵呵地坐在御船中南下，新竣的运河碧波荡漾，通向扬州名贵的奇花。隋炀帝太凶狠，工匠们不会去追随他的笑声，但他们已经变得大气、精细，处处预示着，他们手下将会奔泻出一些更惊人的东西。

色流猛地一下涡漩卷涌，当然是到了唐代。人世间能有的色彩都喷射出来，但又喷得一点儿也不野，舒舒展展地纳入细密，流利的线条，幻化为壮丽无比的交响乐章。这里不再仅仅是初春的气温，而已是春风浩荡，万物苏醒，人们的每一缕筋肉都想跳腾。这里连禽鸟都在歌舞，连繁花都裹卷成图案，为这个天地欢呼。这里的雕塑都有脉搏和呼吸，挂着千年不枯的吟笑和娇嗔。这里的每一个场面，都非双眼能够看尽，而每一个角落，都够你留连长久。这里没有重复，真正的欢乐从不重复。这里不存在刻板，刻板容不下真正的人性。这里什么也没有，只有人的生命在蒸腾。一到别的洞窟还能思忖片刻，而这里，一进入就让你燥热，让你失态，让你只想双足腾空。不管它画的是什么内容，一看就让你在心底惊呼，这才是人，这才是生命。人世间最有吸引力的，莫过于一群活得很自在的人发出的生命信号。这种信号是磁，是蜜，是涡卷方圆的魔井。没有一个人能够摆脱这种涡卷，没有一个人能够面对着它们而保持平静。唐代就该这样，这样才算唐代。我们的民族，总算拥有这么一个朝代，总算有过这么一个时刻，驾驭如此瑰丽的色流，而竟能指挥若定。

色流更趋精细，这应是五代。唐代的雄风余威未息，只是由炽热走向温煦，由狂放渐趋沉着。头顶的蓝天好像小了一点儿，野外的清风也不再鼓荡胸襟。

终于有点儿灰黯了，舞蹈者仰首看到变化了的天色，舞姿也开始变得拘谨。仍然不乏雅丽，仍然时见妙笔，但欢快的整体气氛，已难于找寻。洞窟外面，辛弃疾、陆游仍在握剑长歌，美妙的音色已显得孤单，苏东坡则以绝世天才，与陶渊明呼应。大宋的国土，被下坡的颓势，被理学的层云，被重重的僵持，遮得有点阴沉。

色流中很难再找到红色了，那该是到了元代。

……

这些朦胧的印象，稍一梳理，已颇觉劳累，像是赶了一次长途的旅人。据说，把莫高窟的壁画连起来，整整长达六十华里。

我只不信，六十华里的路途对我轻而易举，哪有这般劳累？

夜已深了，莫高窟已经完全沉睡。就像端详一个壮汉的睡姿一般，看它睡着了，也没有什么奇特，低低的、静静的，荒秃秃的，与别处的小山一样。

三

第二天一早，我又一次投入人流，去探寻莫高窟的底蕴，尽管毫无自信。

游客各种各样。有的排着队，在静听讲解员讲述佛教故事；有的捧着画具，在洞窟里临摹；有的不时拿出笔记写上几句，与身旁的伙伴轻声讨论着学术课题。他们就像焦距不一的镜头，对着同一个拍摄对象，选择着自己所需要的清楚和模糊。

莫高窟确实有着层次丰富的景深(depth of field)，让不同的游客摄取。听故事，学艺术，探历史，寻文化，都未尝不可。一切伟大的艺术，都不会只是呈现自己单方面的生命。它们为观看者存在，它们期待着仰望的人群。一堵壁画，加上壁画前的唏嘘和叹息，才是这堵壁画的立体生命。游客们在观看壁画，也在观看自己。于是，我眼前出现了两个长廊：艺术的长廊和观看者的心灵长廊；也出现了两个景深：历史的景深和民族心理的景深。

如果仅仅为了听佛教故事，那么它多姿的神貌和色泽就显得有点浪费。如果仅仅为了学绘画技法，那么它就吸引不了那么多普通的游客。如果仅仅为了历史和文化，那么它至多只能成为厚厚著述中的插图。它似乎还要深得多，复杂得多，也神奇得多。

它是一种聚会，一种感召。它把人性神化，付诸造型，又用造型引发人性，于是，它成了民族心底一种彩色的梦幻，一种圣洁的沉淀，一种永久的向往。

它是一种狂欢，一种释放。在它的怀抱里神人交融、时空飞腾，于是，它让人走进神话，走进寓言，走进宇宙意识的霓虹。在这里，狂欢是天然秩序，释放是天赋人格，艺术的天国是自由的殿堂。

它是一种仪式，一种超越宗教的宗教。佛教理义已被美的火焰蒸馏，剩下了仪式应有的玄秘、洁净和高超。只要是知闻它的人，都会以一生来投奔这种仪式，接受它的洗礼和熏陶。

这个仪式如此宏大，如此广袤。甚至，没有沙漠，也没有莫高窟，没有敦煌。仪式从沙漠的起点已经开始，在沙窝中一串串深深的脚印间，在一个个夜风中的帐篷里，在一具具洁白的遗骨中，在长毛飘飘的骆驼背上。流过太多眼泪的眼睛，已被风沙磨钝，但是不要紧，迎面走来从那里回来的朝拜者，双眼是如此晶亮。我相信，一切为宗教而来的人，一定能带走超越宗教的感受，在一生的潜意识中蕴藏。蕴藏又变作遗传，下一代的苦旅者又浩浩荡荡。为什么甘肃艺术家只是在这里撷取了一个舞姿，就能引起全国性的狂热？为什么张大千举着油灯从这里带走一些线条，就能风靡世界画坛？只是仪式，只是人性，只是深层的蕴藏。过多地捉摸他们的技法没有多大用处，他们的成功只在于全身心地朝拜过敦煌。蔡元培在二十世纪初提出过以美育代宗教，我在这里分明看见，最高的美育也有宗教的风貌。或许，人类的将来，就是要在这颗星球上建立一种有关美的宗教？

四

离开敦煌后，我又到别处旅行。

我到过另一个佛教艺术胜地，那里山清水秀，交通便利。思维机敏的讲解员把佛教故事与今天的社会新闻、行为规范联系起来，讲了一门古怪的道德课程。听讲者会心微笑，时露愧色。我还到过一个山水胜处，奇峰竞秀，美不胜收。一个导游指着几座略似人体的山峰，讲着一个个贞节故事，如画的山水立时成了一座座道德造型。听讲者满怀兴趣，扑于船头，细细指认。

我真怕，怕这块土地到处是善的堆垒，挤走了美的踪影。

为此，我更加思念莫高窟。

什么时候，哪一位大手笔的艺术家，能告诉我莫高窟的真正奥秘？日本井上靖的《敦煌》显然不能令人满意，也许应该有中国的赫尔曼·黑塞，写一部《纳尔齐斯与歌尔德蒙》(Narziss and Goldmund)，把宗教艺术的产生，刻画得如此激动人心，富有现代精神。

不管怎么说，这块土地上应该重新会聚那场人马喧腾、载歌载舞的游行。

我们，是飞天的后人。

余秋雨的《文化苦旅》是一部影响非常大的散文集，其中写到敦

煌的篇目，让许多普通人第一次了解到敦煌的历史。其中的《莫高窟》《道士塔》等让绚烂的文化与屈辱的历史相对照，激发文化怀乡的情绪和反思历史的忧愤。一个民族的文化传承，更多的是传承一种责任感，一种珍视文化的精神。

余秋雨（1946— ），浙江余姚人，散文家、文化学者。著有《文化苦旅》《霜冷长河》等。

在敦煌（节选）

季羡林

刚看过新疆各地的许多千佛洞，在驱车前往敦煌莫高窟千佛洞的路上，我心里就不禁比较起来：在那里，一走出一个村镇或城市，就是戈壁千里，寸草不生；在这里，一离开柳园，也是平野百里，禾稼不长，然而却点缀着一些骆驼刺之类的沙漠植物，在一片黄沙中绿油油地充满了生意，看上去让人不感到那么荒凉、寂寞。

我们就是走过了数百里这样的平野，最终看到一片葱郁的绿树，隐约出现在天际，后面是一列不太高的山岗，像是一幅中国水墨山水画。我暗自猜想：敦煌大概是来到了。

果然是敦煌到了。我对敦煌真可以说是“久仰大名，如雷贯耳”了。我在书里读到过敦煌，我听人谈到过敦煌，我也看过不知多少敦煌的绘画和照片。几十年梦寐以求的东西如今一下子看在眼里，印在心中，“相见翻疑梦”，我似乎有点怀疑，这是否是事实了。

敦煌毕竟是真实的。它的样子同我过去看过的照片差不多，这些我都是很熟悉的。此处并没有崇山峻岭，幽篁修竹，有的只不过是几个人合抱不过来的千岁老榆，高高耸入云天的白杨，金碧辉煌的牌楼，开着黄花、红花的花丛。放在别的地方，这一切也许毫无动人之处，然而放在这里，给人的印象却是沙漠中的一个绿洲，戈壁滩上的一颗明珠，一片淡黄中的一点浓绿，一个不折不扣的世外桃源。

至于千佛洞本身，那真是琳琅满目，美不胜收，五光十色，云蒸霞蔚。无论用多么繁缛华丽的语言文字，不管这样的语言文字有多少，也是无法描绘、无法形容的。这里用得上一句老话了："只能意会，不能言传。"洞子共有四百多个，大的大到像一座宫殿，小的小到像一个佛龛。几乎每一个洞子里都画着千佛的像。洞子不论大小，墙壁不论宽窄，无不满满地画上了壁画。艺术家好像决不吝惜自己的精力和颜料，决不吝惜自己的光阴和生命，把墙壁上的每一点的空间，每一寸的空隙，都填得满满的，多小的地方，他们也决不放过。他们前后共画了一千年，不知流出了多少汗水，不知耗费了多少心血，才给我们留下了这些动人心魄的艺术瑰宝。有的壁画，就暴露在光天化日之下，经过了一千年的风吹、雨打、日晒、沙浸，但彩色却浓郁如新，鲜艳如初。想到我们先人的这些业绩，我们后人感到无比地兴奋、震惊、感激、敬佩，这难道不是很自然的吗？

我们走进了洞子，就仿佛走进了久已逝去的古代世界，甚至古代的异域世界；仿佛走进了神话的世界，童话的世界。尽管洞内洞外一点声音都没有，但是看到那些大大小小的雕塑，特别是看到墙上的壁画——人物是那样繁多，场面是那样富丽，颜色是那样鲜艳，技巧是那样纯熟，我们内心里就不禁感到热闹起来。我们仿佛亲眼看到释迦牟尼从兜率天上骑着六牙白象下降人寰，九龙吐水为他洗浴，一下生就走了七步，口中大声宣称："天上天下，唯我独尊。"我们仿佛看到他读书、习艺。他力大无穷，竟把一只大象抛上天空，坠下时把土地砸了一个大坑。我们仿佛看到他射箭，连穿七个箭靶。我们仿佛看到他结婚，看到他出游，在城门外遇到老人、病人、死人与和尚，看到他夜半乘马逾城逃走，看到他剃发出家。我们仿佛看到他修苦行，不吃东西，修了六年，把眼睛修得深如古井。我们又仿佛看到他幡然改变主意，毅然放弃了苦行，吃了农女献上的粥，又恢复了精力，走向菩提树下，同恶魔波旬搏斗，终于成了佛。成佛后到处游行，归示，度子，年届八旬，在双林涅槃。使我们最感兴趣、给我们印象最深的是那许许多多的涅槃的画。释迦牟尼已经逝世，闭着眼睛，右胁向下躺在那里。他身后站着许多和尚和俗人。前排的人已经得了道，对生死漠然置之，脸上毫无表情地站在那里。后排的人，不管是国王、各族人民，还是和尚、尼姑，因为道行不高，尘欲未去，参不透生死之道，都号啕大哭，有的捶胸，有的打头，有的击掌，有的顿足，有的撕发，有的裂衣，有的甚至昏倒在地。我们真仿佛听到哭声震天，看到泪水流地，内心里不禁感到震动。最有趣的是外道六师，他们看到主要敌手已死，高兴得弹琴、奏乐、手舞、足蹈。在盈尺或盈丈的墙壁上，宛然一幅人生哀乐图。这样的宗教画，实际上是人世社会的真实描绘。把千载前的社会现实，栩栩如生地搬到我们今天的眼前来。

在很多洞子里，我们又仿佛走进了西方的极乐世界，所谓净土。在这个世界里，阿弥陀佛巍然坐在正中。在他的头上、脚下、身躯的周围画着极乐世界里各种生活享受：有伎乐，有舞蹈，有杂技，有饮馔。好像谁都不用担心生活有什么不足，衣来伸手，饭来张口。而且这些饮食和衣服，都用不着人工去制作。到处长着如意神树，树枝子上结满了各种美好的饮食和衣着，要什么，有什么，只需一伸手一张口之劳，所有的愿望就都可以满足了。小孩子们也都兴高采烈，他们快乐得把身躯倒竖起来。到处都是美丽的荷塘和雄伟的殿阁，到处都是快活的游人。这些人同我们这些凡人一样，也过着世俗的生活。他们也结婚。新郎跪在地上，向什么人叩头。新娘却站在那里，羞答答不肯把头抬。许多参加婚礼的客人在大吃大喝。两只鸿雁站在门旁。我早就读过古代结婚时有所谓“奠雁”的礼节，却想不出是什么情景。今天这情景就摆在我眼前，仿佛我也成了婚礼的参加者了。他们也有老死。老人活过四万八千岁以后，自己就走到预先盖好的坟墓里去。家人都跟在他后面，生离死别。虽然也有人磕头涕哭，但是总起来看，脸上的表情却都是平静的、肃穆的，好像认为这是人生规律，无所用其忧戚与哀悼。所有这一切世俗生活的绘画，当然都是用来宣扬一个主题思想：不管在什么样的生活环境中，只要一心念阿弥陀佛，就可以往生净土，享受天福。这当然都是幻想，甚至是欺骗。但是艺术家的态度是认真的，他们的技巧是惊人的。他们仔细地描，小心地画，结果把本是虚无缥缈的东西画得像真实的事物一样，生动活泼地、毫不含糊地展现在我们眼前，让我们对于历史得到感性认识，让我们得到奇特美妙的艺术享受。艺术家可能真正相信这些神话的，但是这对我们是无关重要的，重要的是他们的画。这些画画得充满了热情，而且都取材于现实生活。在世界各国的历史上，所有的神仙和神话，不管是多么离奇荒诞，他们的模特儿总脱离不开人和人生，艺术家通过神仙和神话，让过去的人和人生重现在我们眼前。我们探骊得珠，于愿已足，还有什么可以强求的呢?

最使我吃惊的是一件小事：在这富丽堂皇的极乐世界中，在巍峨雄伟的楼台殿阁里，却忽然出现了一只小小的老鼠，鼓着眼睛，尖着尾巴，用警惕狡诈的目光向四下里搜寻窥视，好像见了人要逃窜的样子。我很不理解，为什么艺术家偏偏在这个庄严神圣的净土里画上一只老鼠。难道他们认为，即使在净土中，四害也是难免的吗？难道他们有意给这万人向往的净土开上一个小小的玩笑吗？难道他们有意表示即使是净土也不是百分之百的纯洁吗？我们大家都不理解，经过推敲与讨论，仍然是不理解。但是我们都很感兴趣，认为这位艺术家很有勇气，决不因循抄袭，决不搞本本主义，他敢于石破天惊地去创造。我们对他都表示敬意。

……

总之，洞子共有四百多个，壁画共有四万多平方米，绘画的时间绵延了一千多年，内容包括了天堂、净土、人间、地狱、华夏、异域、和尚、尼姑、官僚、地主、农民、工人、商人、小贩、学者、术士、妓女、演员，男、女、老、幼，无所不有。在短短的几天之内，我仿佛漫游了天堂、净土，漫游了阴司、地狱，漫游了古代世界，漫游了神话世界，走遍了三千大千世界，攀登神山须弥山，见到了大梵天、因陀罗，同四大天王打过交道，同牛首马面有过会晤，跋涉过迢迢万里的丝绸之路，漂渡烟波浩渺的大海大洋，看过佛爷菩萨的慈悲相，听维摩诘的辩才无碍，我脑海里堆满色彩缤纷的众生相，错综重叠，突兀峥嵘，我一时也清理不出一个头绪来。在短短几天之内，我仿佛生活了几十年。在过去几十年中，对于我来说是非常抽象的东西，现在却变得非常具体了。这包括文学、艺术、风俗、习惯、民族、宗教、语言、历史等领域。我从前看到过唐代大画家阎立本的帝王图、李思训的金碧山水，宋朝米襄阳米点山水，明朝陈老莲的人物画、大涤子的山水画，曾经大大地惊诧于这些作品技巧之完美、意境之深邃，但在敦煌壁画上，这些都似乎是司空见惯，到处可见。而且敦煌壁画还要胜它们一筹：在这里，浪漫主义的气氛是非常浓的。有的画家竟敢画一个乐队，而不画一个人，所有的乐器都系在飘带上，飘带在空中随风飘拂，乐器也就自己奏出声音，汇成一个气象万千的音乐会。这样的画在中国绘画史上，甚至在别的国家的绘画史上能够找得到吗？

不但在洞子里我们好像走进了久已逝去的古代世界，就是在洞子外面，我们倘稍不留意，就恍惚退回到历史中去。我们游览国内的许多名胜古迹时，总会在墙壁上或树干上看到有人写上的或刻上的名字和年月之类的字，什么某某人何年何月到此一游。这种不良习惯我们真正是已经司空见惯，只有摇头苦笑。但要追溯这种行为的历史那恐怕是古已有之了。《西游记》上记载着如来佛显示无比的法力，让孙悟空在自己的手掌中翻筋斗，孙悟空翻了不知多少十万八千里的筋斗，最后翻到天地尽头，看到五根肉红柱子，撑着一股青气。为了取信于如来佛，他拔下一根毫毛，吹口仙气，叫“变！”变作一管浓墨双毫笔。在那中间柱子上写一行大字云：“齐天大圣，到此一游。”还顺便撒了一泡猴尿。因此，我曾想建议这一些唯恐自己的尊姓大名不被人知、不能流传的善男信女，倘若组织一个学会时，一定要尊孙悟空为一世祖。可是在敦煌，我的想法有些变了。在这里，这样的善男信女当然也不会绝迹。在墙壁上题名刻名到处可见，这些题刻都很清晰，仿佛是昨天才弄的。但一读其文，却是康熙某年、雍正某年、乾隆某年，已经是几百年以前的事了。当我第一次看到的时候，我不禁一愣：难道我又回到康熙年间去了吗？如此看来，那个国籍有点问题的孙悟空不能专“美”于前了。

我们就在这样一个仿佛远离尘世的弥漫着古代和异域气氛的沙漠中的绿洲中生活了六天。天天忙于到洞子里去观看。天天脑海里塞满了五光十色丰富多彩的印象，塞得是这样满，似乎连透气的空隙都没有。我虽局处于斗室之中，却神驰于万里之外；虽局限于眼前的时刻之内，却恍若回到千年之前。浮想联翩，幻影沓来，是我生平思想最活跃的几天。我曾想到，当年的艺术家们在这样阴暗的洞子里画画，是要付出多么大的精力啊！我从前读过一部什么书，大概是美术史之类的书，说是有一个意大利画家，在一个大教堂内圆顶天篷上画画，因为眼睛总要往上翻，画了几年之后，眼球总往上翻，再也落不下来了。我们敦煌的千佛洞比意大利大教堂一定要黑暗得多，也要狭小得多，今天打着手电，看洞子里的壁画，特别是天篷上藻井上的画，线条纤细，着色繁复，看起来还感到困难，当年艺术家画的时候，不知道有多少困难要克服。周围是茫茫的沙碛，夏天酷暑，而冬天严寒，除了身边的一点浓绿之外，放眼百里惨黄无垠。一直到今天，饮用的水还要从几十里路外运来，当年的情况更可想而知。在洞子里工作，他们大概只能躺在架在空中的木板上，仰面手执小蜡烛，一笔一笔地细描细画。前不见古人，我无法见到那些艺术家了。我不知道他们的眼睛也是否翻上去再也不能下来。我不知道是一种什么力量在支撑着他们，在那样艰苦的条件下给我们留下了这样优美的杰作、惊人的艺术瑰宝。我们真应该向这些艺术家们致敬啊！

我曾想到，当年中国境内的各个民族在这一带共同劳动、共同生活，有的赶着羊群、牛群、马群，逐水草而居，辗转于千里大漠之中；有的在沙漠中一小块有水的土地上辛勤耕耘，努力劳作。在这里，水就是生命，水就是幸福，水就是希望，水就是一切，有水斯有土，有土斯有禾，有禾斯有人。在这样的环境中，只有互相帮助，才能共同生存。在许多洞子里的壁画上，只要有人群的地方，从人们的面貌和衣着上就可以看到这些人是属于种种不同的民族的。但是他们却站在一起，共同从事什么工作。我认为，连开凿这些洞的窟主，以及画壁画的艺术家都决不会出于一个民族。这些人今天当然都已经不在了。人们的生存是暂时的，民族之间的友爱是长久的。这一个简明朴素的真理，一部中国历史就可以提供证明。我们生活在现代，一旦到了敦煌，就又仿佛回到了古代。民族友爱是人心所向，古今之所同。看了这里的壁画，内心里真不禁涌起一股温暖幸福之感了。

我又曾想到，在这些洞子里的壁画上，我们不但可以看到中国境内各个民族的人民，而且可以看到沿丝绸之路的各国的人民，甚至离开丝绸之路很远的一些国家的人民。比如我在上面讲到如来佛涅槃以后，许多人站在那里悲悼痛苦，这些人有的是深目高鼻，有的是颧骨高而眼睛小，他们的衣着也完全不同。艺术家可能是有意地表现不同的人民的。当年的新疆、甘肃一带，从茫昧的远古起，就是世界各大民族汇合的地方。世界几大文明古国，中国、印度、希腊的文化在这里汇流了。世界几大宗教，佛教、伊斯兰教、基督教在这里汇流了。世界的许多语言，不管是属于印欧语系，还是属于其他语系也在这里汇流了。世界上许多国家的文学、艺术、音乐，也在这里汇流了。至于商品和其他动物植物的汇流更是不在话下。所有这一切都在洞子里留下了不可磨灭的痕迹。遥想当年丝绸之路全盛时代，在绵延数万里的路上，一定是行人不断，驼、马不绝。宗教信徒、外交使节、逐利商人、求知学子，各有所求，往来奔波，绝大漠，越流沙，轻万生以涉葱河，重一言而之奈苑，虽不能达到摩肩接踵的程度，但盛况可以想见。到了今天，情势改变了，大大地改变了。出现在我们眼前的是流沙漫漫，黄尘滚滚，当年的名城——瓜州、玉门、高昌、交河，早已沦为废墟，只留下一些断壁颓垣，孤立于西风残照中，给怀古的人增添无数的诗料。但是丝路虽断，他路代兴，佛光虽减，人光有加，还留下像敦煌莫高窟这样的艺术瑰宝，无数的艺术家用难以想象的辛勤劳动给我们后人留下这么多的壁画、雕塑，供我们流连探讨，使世界各国人民惊叹不置。抚今追昔，我真感到无比的幸福与骄傲，我不禁发思古之幽情，觉今是昨亦是，感光荣于既往，望继承于来者，心潮起伏，感慨万端了。

薄暮时分，带着那些印象，那些幻想，怀着那些感触，一个人走出了招待所去散步。我走在林荫道上，此时薄霭已降，暮色四垂。朱红的大柱子，牌楼顶上碧色的琉璃瓦，都在熠熠地闪着微光。远处沙碛没入一片迷茫中，少时月出于东山之上，清光洒遍了山头、树丛，一片银灰色。我周围是一片寂静。白天里在古榆的下面还零零落落地坐着一些游人，现在却空无一人。只有小溪中潺湲的流水间或把这寂静打破。我的心蓦地静了下来，仿佛宇宙间只有我一个人。我的幻想又在另一个方面活跃起来。我想到洞子里的佛爷，白天在闭着眼睛睡觉，现在大概睁开了眼睛，连涅槃了的如来也会站了起来。那许多商人、官人、菩萨、壮汉，白天一动不动地站在墙壁上，任人指指点点，品头论足。现在大概也走下墙壁，在洞子里活动起来了。那许多奏乐的乐工吹奏起乐器，舞蹈者、演杂技者，也都摆开了场地，表演起来。天上的飞天当然更会翩翩起舞，洞子里乐声悠扬，花雨缤纷。可惜我此时无法走进洞子，参加他们的大合唱。只有站在黑暗中望眼欲穿，倾耳聆听而已。

在寂静中，我又忽然想到在敦煌创业的常书鸿同志和他的爱人李承仙同志，以及其他几十位工作人员。他们在这偏僻的沙漠里，忍饥寒，斗流沙，艰苦奋斗，十几年，几十年，为祖国、为人民立下了功勋，为世界上爱好艺术的人们创造了条件。敦煌学在世界上不是已经成为一门热门学科了吗？我曾到书鸿同志家里去过几趟。那低矮的小房，既是办公室、工作室、图书室，又是卧室、厨房兼餐厅。在解放了三十年后的今天，生活条件尚且如此之不够理想，谁能想象在解放前那样黑暗的时代，这里艰难辛苦会达到何等程度呢？门前那院子里有一棵梨树。承仙同志告诉我，他们在将近四十年前初到的时候，这棵梨树才一点点粗，而今已经长成了一棵粗壮的大树，枝叶茂密，青翠如碧琉璃，枝上果实累累，硕人无比。看来正是青春妙龄，风华正茂。然而看着它长起来的人却垂垂老矣。四十年的日日夜夜在他们身上不可避免地会留下了痕迹。然而，他们却老当益壮，并不服老，仍然是日夜辛勤劳动。这样的人难道不让我们每个人都油然起敬佩之情吗？

我还看到另外一个人的影子，在合抱的老榆树下，在如茵的绿草丛中，在没入暮色的大道上，在潺潺流水的小河旁。它似乎向我招手，向我微笑，“翩若惊鸿，宛如游龙；荣曜秋菊，华茂春松”，这影子真是可爱极了。我是多么急切地想捉住它啊！然而它一转瞬就不见了。一切都只是幻影。剩下的似乎只有宇宙和我自己。

剩下我自己怎么办呢？我真是进退两难，左右拮据。在敦煌，在千佛洞，我就是看一千遍一万遍也不会餍足的。有那样桃源仙境似的风光，有那样奇妙的壁画，有那样可敬的人，又有这样可爱的影子。从我内心深处我真想长期留在这里，永远留在这里。真好像在茫茫的人世间奔波了六十多年才最后找到了一个归宿。然而这样做能行得通吗？事实上却是办不到的。我必须离开这里。在人生中，我的旅途远远不到结束的时候，我还不能停留在一个地方。在我前面，可能还有深林、大泽、崇山、幽谷，有阳关大道，有独木小桥。我必须走上前去，穿越这一切。现在就让我把自己的身躯带走，把心留在敦煌吧。

选自人民文学出版社《季羡林散文新编·在敦煌》

1979 年，著名东方学家季羡林先生造访敦煌，在六天时间里对敦煌壁画进行了考察。他惊诧于敦煌艺术的辉煌雄奇，遥想丝绸之路的全盛时代，感慨万千中写下散文《在敦煌》，向伟大的敦煌文化致敬，向常书鸿先生等敦煌守护者与研究者致敬。同时，也留下了一颗膜拜敦煌艺术的心。此后一生，季先生致力于敦煌学研究，成就斐然，尤其是他说的“敦煌在中国，敦煌学在世界”的理论，推动了敦煌学的世界交流与融合。

季羡林（1911—2009），山东清平（今并入临清市）人，语言学家、文学家。著有散文集《留德十年》《牛棚杂忆》《季羡林论人生》等。

人类的敦煌（节选）

冯骥才

地处中西交流大道咽喉的敦煌石窟，历时千年，拥有的宝藏无法计算。

当今世界上哪里还有更庞大、更丰厚、更浩瀚的文化遗存？

总括算来，壁画四万五千平方米，塑像三千余身，藏经洞出土的绝无仅有的中古时代文物五万余件；数量之巨，匪夷所思。而遗书件件都是罕世奇珍，壁画幅幅都是绝世杰作！若把这些壁画按照两米高连接起来，可以长长地延绵二十五公里！而且在历代不断重修中，有的壁画下面还潜藏着一层、两层，甚至更多。愈在里层的愈古老珍贵。将来的科学技术肯定叫我们看到更加绚丽多彩的奇观；将来的敦煌学者肯定叫我们更深广又切身地受益于敦煌。

然而，任何一个学者都会感觉到整个敦煌文明的浩大无边，也会感到每一个具体学科的深不见底。它像一个世界那样，充满着未知的空白与无穷的神秘；对于它，我们已知的永远是远远小于未知。那些在敦煌把一头黑发熬成白发的学者们，最终才会发觉自己以毕生努力所占有的无非是汪洋大海中的一个小岛或几块礁石，从而深深地发出人生的浩叹！

还有一种文化的敬畏！

这个世界上最古老和最辽阔的文化宫殿，其价值无可比拟，它所给予我们的启示，远远超出了它艺术和文化的本身。它的创造者是千千万万中国各民族的民间画工，贡献给它精神素材和创作激情的却是万里丝路上所有的国家和人民。

每当我们回首人类最初相互往来的丝路历史，总不免深切地受到感动。你站在这道路的任何一个地方，向两端望去，都是无穷无尽。一道穿越欧亚非三洲的无比深长的路呵！即使在今天，也很难徒步穿越那些深山大川，茫茫大漠，万里荒原，然而，人类却是靠着这样坚韧不拔的步履，从远古一步步走入今天的强大。这条路是脚印压着脚印踏出来的，而每一个脚印都重复着同样的精神。如果人类在将来陷入迷失，或对自己有什么困惑，一定能在这条古老的道路中找到答案，并因此心境豁朗，昂首举步向前。

历史是未来最忠实的伴侣。

这条曾经跨洲际的最古老的丝路，不会只躺在这荒漠上被人遗忘，它必定还存在于地球上所有人对未来的祈望与信念中。

它永远是人类的骄傲之本，自信的依据与历史的光荣。

这一切又全都折射和永驻在迷人的敦煌石窟中。

如果你静下心来，一定能从莫高窟五彩缤纷的窟壁上听到历史留下的雄浑凝重的回响。它告诉你：

人类长存的真理，便是永远不放弃交流，并在这不中断的交流中，相互理解，相互给予，相互美好地促动。

羽人与天人。犍陀罗的佛与女性的菩萨。佛本生的故事与经变画。西夏文题记与汉字榜书。各国王子和各族供养人像。丝路上各地各国珍奇而美丽的事物。

能够告诉我们这个真理、并使我们深深感动的地方，才能被称做人类的文化圣地。

它一定是人类的敦煌。

它必定是永远的敦煌。

冯骥才先生是著名作家，也是著名的画家、民间文化学者，为民间文化的传承保护做了大量的工作。他的《人类的敦煌》是电视文学剧本，作者从中古史、西北少数民族史、丝绸之路史、佛教东渐史和敦煌石窟艺术史五条线索来书写敦煌，展现了敦煌作为“人类文化圣地”的伟大艺术成就，为敦煌的文化普及做出了贡献。

（以上文本由樊锦诗院长的同事、好友分别朗读，他们是：敦煌研究院保护研究所所长、研究员苏伯民先生；敦煌学学者中华书局资深编审，中国敦煌吐鲁番学会顾问，今年七十三岁的柴剑虹先生；敦煌研究院接待部副主任宋淑霞女士；中国社会科学院，考古研究所研究员，考古科技实验研究中心原主任袁靖先生。）

家

Family

家，简单一个字，能引起无数人的情感共鸣。因为家是每一个人最初的记忆，也是我们最终的归宿。说小了，它是两个人的结合；说大了，它是乡土中国的基座。

乔治·穆尔说，“走遍天涯觅不到你自己所想，回到家你发现它就在那里。”而中国古人则推崇“欲治其国者，先齐其家”。家是个人通向外界的重要纽带。

在“家”这个主题里，让我最有感触的是作家梁晓声的那句话：“每一个人都有现实的家园，而书本可以构建一个精神家园。”家，真的是一个充满内涵，又充满象征意义的词。

家天然带有一种温度，它不仅是我们身体修行的地方，更是我们心灵停靠的港湾。倦鸟归林、落叶归根，这都是对家的渴望，也是生命在追寻着的一种归宿。它隐藏着一个人的缺点，包容着一个人的失败，同时更生发着无尽的爱，孕育着薪新的希望。

关于家，我们有太多复杂的情感，也有太多值得分享的故事。

王耀庆·

台湾著名演员。综艺主持、电视、电影、舞台剧样样拿手。

少年 Pi 的奇幻漂流（节选）

[加拿大] 扬·马特尔

第二天早上，我身上不那么湿了，也感觉自己强壮了些。考虑到我有多么紧张，过去几天里我吃得多么少，我想这是一件非常了不起的事。

这是个晴天。我决定试试钓鱼，这是我平生第一次。早饭吃了三块饼干，喝了一罐水之后，我读了求生指南中关于这件事是怎么说的。第一个问题出现了：鱼饵。我想了想。船上有死动物，但是从老虎鼻子底下偷食物，这可不是我能做到的事。他不会认识到这是一种投资，会给他带来高额的回报。我决定用自己的皮鞋。我还有一只鞋。另一只在船沉的时候弄丢了。

我爬到救生艇上，从锁柜里拿了一套钓鱼工具和刀，还拿了一只桶，用来装钓到的鱼。理查德·帕克侧身躺着。我到船头时，他的尾巴突然竖了起来，但他没有抬头。我把小筏子放了出去。

我把鱼钩系在金属丝导缆器上，再把导缆器系在鱼线上，然后加上铅坠。我挑了三只有着迷惑力的水雷形状的坠子。我把鞋脱下来，切成片。这很困难，因为皮很硬。我小心翼翼地把鱼钩穿进一块平展的皮里，不是穿过去，而是穿进去，这样钩尖就藏在了皮里面。我把鱼线放进深深的水里。前一天晚上鱼太多了，所以我以为很容易就能钓到。

我一条都没有钓到。整只鞋一点又一点地消失了，鱼线一次又一次地被轻轻拉动，来了一条又一条快乐的吃白食的鱼，鱼钩上一块又一块的饵被吃光了，最后我只剩下了橡胶鞋底和鞋带。当结果证明鞋带不能让鱼相信那是蚯蚓之后，完全出于绝望，我试了鞋底，整只鞋底都用上了。这是个好主意。我感到鱼线被很有希望地轻轻拉了一下，接着变得出乎意料地轻。我拉上来的只有鱼线。整套钓具都丢了。

这次损失并没有给我带来沉重的打击。那套钓鱼工具里还有其他的鱼钩、导缆金属丝和坠子，另外还有一整套钓鱼工具。而且我甚至不是在为自己钓鱼。我的食物储备还有很多。

虽然如此，我大脑的一个部分——说逆耳之言的那部分——却责备了我。“愚蠢是有代价的。下次你应该更小心些，更聪明些。”

那天上午，第二只海龟出现了。它径直游到了小筏子旁边。要是它愿意，它把头伸上来就可以咬我的屁股。它转过身去时，我伸手去抓它的后鳍，但刚一碰到，我就害怕地把手缩了回来，海龟游走了。

责备我钓鱼失败的那部分大脑又批评我了。“你究竟想用什么去喂你那只老虎？你以为他靠吃三只死动物能活多久？我是否需要提醒你，老虎不是腐食动物？就算是，当他濒临死亡的时候，也许他不会挑挑拣拣。但是难道你不认为他在甘愿吃肿胀腐烂的死斑马之前会先尝尝只要游几下就能到口的鲜美多汁的印度小伙子吗？还有，我们怎么解决水的问题呢？你知道老虎渴的时候是多么不耐烦地要喝水。最近你闻了他的口气了吗？相当糟糕。这是个不好的信号。也许你是在希望他会把太平洋的水都舔光，既解了他的渴，又能让你走到美洲去？松达班的老虎有了这种从身体里排出盐分的有限能力，真让人惊奇。我估计这种能力来自它们生活的潮汐林。但它毕竟是有限的。难道他们没有说过喝了太多的海水会让老虎吃人吗？噢，看哪。说到他，他就来了。他在打哈欠。天啊，天啊，一个多么巨大的粉红色岩洞啊。看看那些长长的黄色的钟乳石和石笋。也许今天你就有机会进去参观了。”

理查德·帕克那条大小颜色都和橡胶热水瓶一样的舌头缩了回去，他的嘴合上了。他吞咽了一下。

那天接下来的时间里，我担心得要死。我一直远离救生艇。虽然我自己的预测十分悲惨，但是理查德·帕克却过得相当平静。他还有下雨的时候积的水，而且他似乎并不特别担心饥饿。但是他却发出了老虎会发出的各种声音——咆哮、呜咽以及诸如此类的声音——让我不能安心。这个谜题似乎无法解开：要钓鱼我就需要鱼饵，但是我只有有了鱼才能有鱼饵。我该怎么办呢？用我的一个脚趾？割下我的一只耳朵？

下午，一个解决办法以最出人意料的方式出现了。我扒上了救生艇。不仅如此：我爬到了船上，在锁柜里仔细翻找，发疯般地寻找着能够救命的主意。我把小筏子系在船上，让它离船有六英尺。我设想，只需一跳，或松开一个绳结，我就能把自己从理查德·帕克的口中救出来。绝望驱使我冒了这个险。

我什么也没找到，没有鱼饵也没有新的主意，于是我坐了起来——却发现他正目不转睛地凝视着我。他在救生艇的另一头，斑马原来待的地方，转身对着我，坐在那儿，看上去好像他一直在耐心地等着我注意到他。我怎么会没有听见他动呢？我以为自己比他聪明，这是什么样的错觉啊？突然，我脸上被重重打了一下。我大叫一声，闭上了眼睛。他用猫科动物的速度在救生艇上跃过，袭击了我。我的脸会被抓掉的——我会以这样令人厌恶的方式死去。痛得太厉害了，我什么都感觉不到了。感谢震惊。感谢保护我们、让我们免受太多痛苦悲伤的那个部分。生命的中心是一只保险丝盒。我抽泣着说："来吧，理查德·帕克，杀死我吧。但是我求你，无论你必须做什么，都请快一些。一根烧坏的保险丝不该被考验太多次。"

他不慌不忙。他就在我脚边，发出叫声。毫无疑问，他发现了锁柜和里面的宝物。我害怕地睁开一只眼睛。

是一条鱼。锁柜里有一条鱼。它像所有离开水的鱼一样拍打着身体。它大约有十五英寸长，长着翅膀一样的胸鳍。一条飞鱼。它的身体细长，颜色是深灰蓝色，没长羽毛的翅膀是干的，一双圆圆的发黄的眼睛一眨不眨。打在我脸上的是这条飞鱼，不是理查德·帕克。他离我还有十五英尺，肯定正在想我在干什么呢。但是他看见了那条鱼。我能在他脸上看见极度的好奇。他似乎要准备开始调查了。

我弯下腰，把鱼捡起来，朝他扔过去。这就是驯服他的方法！老鼠去的地方，飞鱼可以跟着去。不幸的是，飞鱼会飞。就在理查德·帕克张开的嘴面前，飞鱼在半空中突然转弯，掉进了水里。这一切就像闪电一样迅速发生了。理查德·帕克转过头，猛地咬过去，颈部垂肉晃荡着，但是鱼的速度太快了，他根本咬不到。他看上去很吃惊，很不高兴。他又转向我。"你请我吃的东西呢？"他脸上的表情似乎在问。恐惧和悲伤紧紧攫住了我。我半心半意地转过身去，心里半是希望在他跳起来扑向我之前我能跳到小筏子上去。

就在那一刻，空气一阵震动，我们遭到了一大群飞鱼的袭击。它们就像一群蝗虫一样拥来。说它们像蝗虫，不仅因为它们数量很多，而且因为它们的胸鳍发出像昆虫一样喀嚓喀嚓、嗡嗡嗡嗡的声音。它们猛地从水里冲出来，每次有几十条，其中有几条嗖嗖地迅速在空中飞出一百多码远。许多鱼就在船面前潜进了水里。不少鱼从船上飞了过去。有些鱼撞上了船舷，发出像燃放鞭炮一样的声音。有几条幸运的在油布上弹了一下，又回到了水里。另一些不那么幸运的直接落在了船上，开始拍打着舞动着身体，扑通扑通地蹦跳着，喧嚷不已。还有一些鱼就直接撞到了我们身上。我站在那儿，没有任何保护，感到自己像圣塞巴斯蒂安一样在乱棍下殉难。每一条鱼撞上我，都像一枝箭射进我的身体。我一边抓起一条毯子保护自己，一边试图抓住一条鱼。我浑身都是伤口和青肿。

这场猛攻的原因很快就清楚了：很多鲯鳅正跃出水面，追赶它们。体型大得多的鲯鳅飞起来无法和它们相比，但却比它们游得快得多，而且近距离猛扑的动作十分有力。如果鲯鳅紧跟在飞鱼后面，与飞鱼同时从水里冲出来，朝同一方向冲过去，就能追上飞鱼。还有鲨鱼，它们也从水里跳出来，虽然跳得不高，但却给一些鲯鳅带来了灾难性的后果。水上的这种极端混乱的状态没有持续多长时间；但是在这期间，海水冒着泡泡翻滚着，鱼在跳，嘴在用力地咬。

理查德·帕克在这群鱼面前比我强硬得多，效率也高得多。他站立起来，开始阻挡、猛击、狠咬所有他能够到的鱼。许多鱼被活生生地整条吃了下去，胸鳍还在他嘴里挣扎着拍打着。这是力量和速度的表现，令人惊叹不已。实际上，给人深刻印象的不是速度，而是纯粹的动物所具有的信心，是那一刻的全神贯注。这种既轻松自在，又专心致志的状态，这种禅定[①]的状态，就连最高超的瑜伽大师也要羡慕。

……

我们到达陆地的时候，具体地说，是到达墨西哥的时候，我太虚弱了，简直连高兴的力气都没有了。靠岸非常困难。救生艇差点儿被海浪掀翻。我让海锚——剩下的那些——完全张开，让我们与海浪保持垂直，一开始往浪峰上冲，我就起锚。我们就这样不断地下锚和起锚，冲浪来到岸边。这很危险。但是我们正巧抓住了一个浪头，这个浪头将我们带了很远一段距离，带过了高高的、墙一般坍塌的海水。我最后一次起锚，剩下的路程我们是被海浪推着前进的。小船发出嘶嘶声，冲着

① 禅定，瑜伽三个内助阶段之一，指不间断地默想自己沉思的对象，超越任何自我的回忆。

海滩停了下来。

我从船舷爬了下来。我害怕松手，害怕在就要被解救的时候，自己会淹死在两英尺深的水里。我向前看看自己得走多远。那一瞥在我心里留下了对理查德·帕克的最后几个印象之一，因为就在那一刻他朝我扑了过来。我看见他的身体，充满了无限活力，在我身体上方的空中伸展开来，仿佛一道飞逝的毛茸茸的彩虹。他落进了水里，后腿展开，尾巴翘得高高的，只跳了几下，他就从那儿跳到了海滩上。他向左走去，爪子挖开了潮湿的沙滩，但是又改变了主意，转过身来。他向右走去时径直从我面前走过。他没有看我。他沿着海岸跑了大约一百码远，然后才掉转过来。他步态笨拙又不协调。他摔倒了好几次。在丛林边上,他停了下来。我肯定他会转身对着我。他会看我。他会耷拉下耳朵。他会咆哮。他会以某种诸如此类的方式为我们之间的关系做一个总结。他没有这么做。他只是目不转睛地看着丛林。然后，理查德·帕克，我忍受折磨时的伴侣，激起我求生意志的可怕猛兽，向前走去，永远从我的生活中消失了。

我挣扎着向岸边走去，倒在了海滩上。我四处张望。我真的是孤独一人，不仅被家人遗弃，并且现在被理查德·帕克遗弃，而且，我想，也被上帝遗弃了。当然，我并没有被遗弃。这座海滩如此柔软，坚实，广阔，就像上帝的胸膛，而且，在某个地方，有两只眼睛正闪着快乐的光，有一张嘴正因为有我在那儿而微笑着。

几个小时以后，我的一个同类发现了我。他离开了，又带了一群人回来。大约有六七个人。他们用手捂着鼻子和嘴朝我走过来。我不知道他们怎么了。他们用一种奇怪的语言对我说话。他们把救生艇拖到了沙滩上。他们把我抬走了。我手里抓着一块从船上带下来的海龟肉，他们把肉抠出来扔了。

我像个孩子一样哭起来。不是因为我对自己历尽磨难却生存下来而感到激动，虽然我的确感到激动。也不是因为我的兄弟姐妹就在我面前，虽然这也令我非常感动。我哭是因为理查德·帕克如此随便地离开了我。不能好好地告别是件多么可怕的事啊。我是一个相信形式、相信秩序和谐的人。只要可能，我们就应该赋予事物一个有意义的形式。比如说——我想知道——你能一章不多、一章不少，用正好一百章把我的杂乱的故事说出来吗？我告诉你，我讨厌自己外号的原因之一就是，那个数字会一直循环下去。事物应当恰当地结束，这在生活中很重要。只有在这时你才能放手。否则你的心里就会装满应该说却从不曾说的话，你的心就会因悔恨而沉重。那个没有说出的再见直到今天都让我伤心。我真希望自己在救生艇里看了他最后一眼，希望我稍稍激怒了他，这样他就会牵挂我。我希望自己当时对他说——是的，我知道，对一只老虎，但我还是要说——我希望自己说："理查德·帕克，一切都过去了。我们活了下来。你能相信吗？我对你的感谢无法用语言表达。如果没有你，我做不到这一点。我要正式地对你说：理查德·帕克，谢谢你。谢谢你救了我的命。现在到你要去的地方去吧。这大半辈子你已经了解了什么是动物园里有限的自由；现在你将会了解什么是丛林里有限的自由。我祝你好运。当心人类。他们不是你的朋友。但我希望你记住我是一个朋友。我不会忘记你的，这是肯定的。你会永远和我在一起，在我心里。那嘶嘶声是什么？啊，我们的小船触到沙滩了。那么，再见了，理查德·帕克，再见。上帝与你同在。"

发现我的人把我带到了他们村里，在那里，几个女人给我洗了个澡。她们擦洗得太用力了，我不知道她们是否意识到我是天生的棕色皮肤，而不是个非常脏的白人小伙子。我试图解释。她们点点头，笑了笑，然后继续擦洗，仿佛我是船甲板。我以为她们要把我活剥了。但是她们给了我食物。可口的食物。我一开始吃，就没办法停下来了。我想我永远也不会停止感到饥饿。

第二天，来了一辆警车，把我送进了医院。我的故事到此结束了。

救我的人慷慨大方，让我深受感动。穷人送给我衣服和食物。医生和护士照顾我，仿佛我是个早产的婴儿。墨西哥和加拿大官员为我敞开了所有大门，因此从墨西哥海滩到我养母家再到多伦多大学的课堂，我只需走过一道长长的通行方便的走廊。我要对所有这些人表示衷心的感谢。

（姚媛 译）

选自译林出版社《少年 Pi 的奇幻漂流》

扬·马特尔是一个非常有意思的作者，他去过很多国家，做过很多职业，从中他获得了可贵的创作资源，所以他写出的小说能够轰动世界。《少年 Pi 的奇幻漂流》讲的是一个少年在救生船上跟老虎共度了 227 天的故事。过程非常惊心动魄，但更加惊心动魄的是，少年历

经劫难后把这个故事讲给日本调查者听，他们不相信；于是他讲了另外一个更加惊悚的版本。小说的含义非常丰富：人如何面对困境和逆境、怎么战胜自我；真相的相对性；人与自然的关系等等。但最重要的一点，它揭示了信仰的危机，这种危机甚至会渗透在家庭中。书被李安改编成电影之后，影响力更大了，尤其是电影结尾那决绝而去的虎的背影，深深地留在了观众的心里。

北京大学世界传记研究中心主任　赵白生

扬·马特尔(Yann Martel,1963—　),加拿大作家。幼时曾旅居哥斯达黎加、法国、墨西哥、加拿大，成年后客居伊朗、土耳其及印度。从事过各种稀奇古怪的行业，包括植树工、洗碗工、保安等。凭《少年 Pi 的奇幻漂流》获 2002 年布克奖。

梁晓声：

被称为中国文坛的常青树。以“知青文学”闻名，以关注底层百姓的命运著称。

母亲（节选）

梁晓声

我的家搬到光仁街，已经是 1963 年了。那地方，一条条小胡同仿佛烟鬼的黑牙缝。一片片低矮的破房子仿佛是一片片疥疮。饥饿对于普通的人们的严重威胁毕竟开始缓解。我是小学五年级的学生了。我已经有三十多本小人书。

“妈，剩的钱给你。”

“多少？”

“五毛二。”

“你留着吧。”

买粮、煤、劈柴回来，我总能得到几毛钱。母亲给我，因为知道我不会乱花，只会买小人书。每个月都要买粮买煤买劈柴，加上母亲平日给我的一些钢镚儿，渐渐积攒起来就很可观。积攒到一元多，就去买小人书。当年小人书便宜。厚的三毛几一本。薄的才一毛几一本。母亲从不反对我买小人书。

我还经常去租小人书。在电影院门口、公园里、火车站。有一次火车站派出所一位年轻的警察，没收了我全部的小人书。说我影响了站内秩序。

我一回到家就号啕大哭。我用头撞墙。我的小人书是我巨大的财富。我觉得我破产了。从绰绰富翁变成了一贫如洗的穷光蛋。我绝望得不想活。想死。我那种可怜的样子，使母亲为之动容。于是她带我去讨还我的小人书。

“不给！出去出去！”

车站派出所年轻的警察，大檐帽微微歪戴着，上唇留两撇小胡子，一副葛列高利那种桀骜不驯的样子。母亲代我向他承认错误，代我向他保证以后绝不再到火车站租小人书，话说了许多，他烦了，粗鲁地将母亲和我从派出所推出来。

母亲对他说："不给，我就坐台阶上不走。"

他说："谁管你！"砰的将门关上了。

"妈，咱们走吧，我不要了……"

我仰起脸望着母亲，心里一阵难过。亲眼见母亲因自己而被人呵斥，还有什么事比这更令一个儿子内疚的？

"不走。妈一定给你要回来！"

母亲说着，母亲就在台阶上坐了下去，并且扯我坐在她身旁，一条手臂搂着我。另外几位警察出出进进，连看也不看我们。

"葛列高利"也出来了一次。

"还坐这儿？"

母亲不说话，不瞧他。

"嘿，静坐示威……"

他冷笑着又进去了……

天渐黑了。派出所门外的红灯亮了，像一只充血的独眼，自上而下虎视眈眈地瞪着我们。我和母亲相依相偎的身影被台阶斜折为三折，怪诞地延长到水泥方砖广场，淹在一汪红晕里。我和母亲坐在那儿已经近四个小时。母亲始终用一手臂搂着我。我觉得母亲似乎一动也没动过，仿佛被一种持久的意念定在那儿了。

我想我不能再对母亲说——"妈，我们回家吧！"

那意味着我失去的是三十几本小人书，而母亲失去的是被极端轻蔑了的尊严。一个自尊的女人的尊严。

我不能够那样说……

几位警察走出来了。依然并不注意我们，纷纷骑上自行车回家去了。

终于"葛列高利"又走出来了。

"嗨，我说你们想睡在这儿呀？"

母亲不看他。不回答。望着远处的什么。

"给你们吧！……"

"葛列高利"将我的小人书连同书包扔在我怀里。

母亲低声对我说："数数。"语调很平静。

我数了一遍，告诉母亲："缺三本《水浒》。"

母亲这才抬起头来。仰望着“葛列高利”，清清楚楚地说：“缺三本《水浒》。”

他笑了，从衣兜里掏出三本小人书扔给我，嘟哝道：“哟哈，还跟我来这一套……”

母亲终于拉着我起身，昂然走下台阶。

“站住！”

“葛列高利”跑下了台阶，向我们走来。他走到母亲跟前，用一根手指将大檐帽往上捅了一下，接着抹他的一撇小胡子。

我不由得将我的“精神食粮”紧抱在怀中。

母亲则将我扯近她身旁，像刚才坐在台阶上一样，又用一条手臂搂着我。

“葛列高利”以将军命令两个士兵那种不容违抗的语气说：“等在这儿，没有我的允许不准离开！”

我惴惴地仰起脸望着母亲。

“葛列高利”转身就走。

他却是去拦截了一辆小汽车，对司机大声说：“把那个女人和孩子送回家去。要一直送到家门口！”

……

我买的第一本长篇小说是《青年近卫军》。一元多钱。母亲还从来没有一次给过我这么多钱。

我还从来没有向母亲一次要过这么多钱。

我的同代人们，当你们也像我一样，还是一个小学五年级学生的时候，如果你们也像我一样，生活在一个穷困的普通劳动者家庭的话，你们为我做证，有谁曾在决定开口向母亲要一元多钱的时候，内心里不缺少勇气？

当年的我们，视父母一天的工资是多么非同小可呵！

但我想有一本《青年近卫军》想得整天失魂落魄，无精打采。

我从同学家的收音机里听到过几次《青年近卫军》长篇小说连续广播。那时我家的破收音机已经卖了，被我和弟弟妹妹们吃进肚子里了。

直接吃进肚子里的东西当然不能取代“精神食粮”。

我那时还不知道什么叫“维他命”，更没从谁口中听说过“卡路里”，但头脑却喜欢吞“革命英雄主义”。一如今天的女孩子们喜欢嚼泡泡糖。

在自己对自己的怂恿之下，我去到母亲的工厂向母亲要钱。母亲那一年被铁路工厂辞退了，为了每月二十七元的收入，又在一个街道小厂上班。一个加工棉胶鞋帮的中世纪奴隶作坊式的街道小厂。

一排破窗，至少有三分之一埋在地下了。门也是。所以只能朝里开。窗玻璃脏得失去了透明度，乌玻璃一样。我不是迈进门而是跃进门去的。我没想到门里的地面比门外的地面低半米。一张踏脚的小条凳权作门里台阶。我踏翻了它，跌进门的情形如同掉进一个深坑。

那是我第一次到母亲为我们挣钱的那个地方。

空间非常低矮。低矮得使人感到心理压抑。不足二百平米的厂房，四壁潮湿颓败。七八十台破缝纫机一行行排列着，七八十个都不算年轻的女人忙碌在自己的缝纫机后。因为光线阴暗，每个女人头上方都吊着一只灯泡。正是酷暑炎夏，窗不能开，七八十个女人的身体和七八十只灯泡所散发的热量，使我感到犹如身在蒸笼。那些女人们热得只穿背心。有的背心肥大，有的背心瘦小，有的穿的还是男人的背心，暴露出相当一部分丰厚或者干瘪的胸脯。千奇百怪。毡絮如同褐色的重雾，如同漫漫的雪花，在女人们在母亲们之间纷纷扬扬地飘荡。而她们不得不一个个戴着口罩。女人们母亲们的口罩上，都有三个实心的褐色的圆。那是因为她们的鼻孔和嘴的呼吸将口罩濡湿了，毡絮附着在上面。女人们母亲们的头发、臂膀和背心也差不多都变成了褐色的。毛茸茸的褐色。我觉得自己恍如置身在山顶洞人时期的女人们母亲们之间。

我呆呆地将那些女人们母亲们扫视一遍，却发现不了我的母亲。

七八十台破缝纫机发出的噪声震耳欲聋。

“你找谁？”

一个用竹篾子拍打毡絮的老头对我大声嚷，却没停止拍打。

毛茸茸的褐色的那老头像一只老雄猿。

“找我妈！”

“你妈是谁？”

我大声说出了母亲的名字。

“那儿！”

老头朝最里边的一个角落一指。

我穿过一排排缝纫机，走到那个角落，看见一个极其瘦弱的毛茸茸的褐色的脊背弯曲着，头凑近在缝纫机板上。周围几只灯泡的电热烤我的脸。

“妈……”

“……”

“妈！……”

背直起来了，我的母亲。转过身来了，我的母亲。肮脏的毛茸茸的褐色的口罩上方，眼神儿疲竭的我熟悉的一双眼睛吃惊地望着我，我的母亲的眼睛……

母亲大声问：“你来干什么？”

“我……”

“有事快说，别耽误妈干活！”

“我……要钱……”

我本已不想说出“要钱”两字，可是竟说出来了！

“要钱干什么？”

“买书……”

“多少钱？”

“一元五角就行……”

“……”

母亲掏衣兜。掏出一卷毛票，用指尖龟裂的手指点着。

旁边一个女人停止踏缝纫机，向母亲探过身，喊：“大姐，别给！没你这么当妈的！供他们吃，供他们穿，供他们上学，还供他们看闲书哇！……”又对我喊：“你看你妈这是在怎么挣钱？你忍心朝你妈要钱买书哇？……”

母亲却已将钱塞在我手心里了，大声回答那个女人：“谁叫我们是当妈的啊！我挺高兴他爱看书的！”

母亲说完，立刻又坐了下去，立刻又弯曲了背，立刻又将头俯在缝纫机板上了，立刻又陷入手脚并用的机械忙碌状态……

那一天我第一次发现，我的母亲原来是那么瘦小，竟快是一个老女人了！那时刻我努力要回忆起一个年轻的母亲的形象，竟回忆不起母亲她何时年轻过。

那一天我第一次觉得我长大了，应该是一个大人了。并因自己十五岁了才意识到自己应该是一个大人了而感到羞愧难当，无地自容。

我鼻子一酸，攥着钱跑了出去……

那天我用那一元五毛钱给母亲买了一听水果罐头。

“你这孩子，谁叫你给我买水果罐头的?！不是你说买书，妈才舍得给你钱的么?！……”

那一天母亲数落了我一顿。数落完了我，又给我凑足了够买《青年近卫军》的钱……

我想我没有权利用那钱再买任何别的东西，无论为我自己还是为母亲。

从此我有了第一本长篇小说……

提起知青文学，梁晓声是一个绕不过去的名字。他以自己的亲身经历为蓝本，既写出了青春无悔，也写出了时代弄人。他的散文也是，真实的经历和苦难的生活都是这些文字的底色，由此他塑造出平凡的人物、抒发出质朴的情感。《母亲》是作家回忆母亲的长篇叙事散文，同时也记录了个人成长史和时代发展变迁。被节选收入课本之后，改名为《慈母情深》。梁晓声常被称为“平民的文学代言人”，他关注普通人的悲欢离合、弘扬小人物身上“活着”的坚韧和刚毅，因而他的作品也打动着无数的普通人。

梁晓声（1949— ），山东荣成人，作家。曾在黑龙江生产建设兵团度过七年知青生活，现为北京语言大学教授。代表作有《雪城》《一个红卫兵的自白》《这是一片神奇的土地》《父亲》《今夜有暴风雪》等。

邹市明：

三次参加奥运会，夺得两金一铜，是中国历史上首位卫冕轻蝇量级奥运会冠军的拳手。

冉莹颖、轩轩、皓皓：

邹市明的妻子、孩子。

猜猜我有多爱你

[爱尔兰] 山姆·麦克布雷尼

小栗色兔子该上床睡觉了，可是他紧紧地抓住大栗色兔子的长耳朵不放。他要大兔子好好听他说。

“猜猜我有多爱你。”他说。

大兔子说：“喔，这我可猜不出来。”

“这么多。”小兔子说。他把手臂张开，开得不能再开。

大兔子的手臂要长得多，“我爱你有这么多。”他说。

嗯，这真是很多。小兔子想。

“我的手举得有多高我就有多爱你。”小兔子说。

“我的手举得有多高我就有多爱你。”大兔子说。

这可真高。小兔子想，我要是有那么长的手臂就好了。

小兔子又有了一个好主意。他倒立起来，把脚撑在树干上。

“我爱你一直到我的脚趾头。”他说。

大兔子把小兔子抱起来，甩过自己的头顶：“我爱你一直到你的脚趾头。”

“我跳得多高就有多爱你！”小兔子笑着跳上跳下。

“我跳得多高就有多爱你。”大兔子也笑着跳起来，他跳得这么高，耳朵都碰到树枝了。

这真是跳得太棒了。小兔子想，我要是能跳得这么高就好了。

“我爱你，像这条小路伸到小河那么远。”小兔子喊起来。

“我爱你，远到跨过小河，再翻过山丘。”大兔子说。

这可真远，小兔子想。

他太困了，想不出更多的东西来了。

他望着灌木丛那边的夜空，没有什么比黑沉沉的天空更远了。

“我爱你一直到月亮那里。”说完，小兔子闭上了眼睛。

“哦，这真是很远，”大兔子说，“非常非常的远。”

大兔子把小兔子放到用叶子铺成的床上。

他低下头来，亲了亲小兔子，对他说晚安。

然后他躺在小兔子的身边，微笑着轻声地说：“我爱你一直到月亮那里，再从月亮上回到这里来。”

（梅子涵 译）

选自明天出版社《猜猜我有多爱你》

在这部经典绘本里，大兔子和小兔子的猜谜游戏，不知道让多少父母和孩子过目不忘；那些经典的、让人耳目一新的比较，不知道曾让多少父母和孩子心领神会。也许，世界上最幸福的“比较”和“不服气”就是这种了。同时，整个文本的意象也非常美，随着小兔子沉沉睡去，以大兔子对着月亮的喃喃自语结束。我到底有多爱你，不可计数，不可评估。

山姆·麦克布雷尼（Sam McBratney，1943—　），生于爱尔兰的贝尔法斯特。他创作了数十本童书，包括《你笑起来可爱极了》《猜猜我有多爱你》《你们都是我的最爱》等。

毕飞宇：

曾获茅盾文学奖、鲁迅文学奖、英仕曼亚洲文学奖等。作品被译为英、法、德、西、韩等十多个语种在海外发行。

推拿（节选）

毕飞宇

小马还小，也就是二十出头。如果没有九岁时的那一场车祸，小马现在会在干什么呢？小马现在又是一副什么样子呢？这是一个假设。一个无聊、无用却又是缭绕不去的假设。闲来无事的时候，小马就喜欢这样假设，时间久了，他就陷进去了，一个人恍惚在自己的梦里。从表面上看，车祸并没有在小马的躯体上留下过多的痕迹，没有断肢，没有恐怖的、大面积的伤痕。车祸却摧毁了他的视觉神经。小马彻底瞎了，连最基本的光感都没有。

小马的眼睛却又是好好的，看上去和一般的健全人并没有任何的区别。如果一定要找到一些区别，其实也有。眼珠子更活络一些。在他静思或动怒的时候，他的眼珠子习惯于移动，在左和右之间飘忽不定。一般的人是看不出来的。正因为看不出来，小马比一般的盲人又多出一分麻烦。举一个例子，坐公共汽车——盲人乘坐公共汽车向来可以免票，小马当然也可以免票。然而，没有一个司机相信他有残疾。这一来尴尬了。小马遇上过一次，刚刚上车，司机就不停地用小喇叭呼吁：乘客们注意了，请自觉补票。小马一听到“自觉”两个字就明白了，司机的话有所指。盯上他了。小马站在过道里，死死地拽着扶手，不想说什么。哪一个盲人愿意把“我是盲人”挂在嘴边？吃饱了撑的？小马不开口，不动。司机有意思了，偏偏就是个执着的人。他端起茶杯，开始喝水，十分悠闲地在那里等。引擎在空转，怠速匀和，也在那里等。等过来等过去，车厢里怪异了，有了令人冷齿的肃静。僵持了几十秒，小马到底没能扛住。补票是不可能的，他丢不起那个脸；那就只有下车了。小马最终还是下了车。引擎轰的一声，公共汽车把它温暖的尾气喷在小马的脚面上，像看不见的安慰，又像看不见的讥讽。小马在大庭广众之下受到了侮辱，极度地愤怒。他却笑了。他的微笑像一幅刺绣，挂在了脸上，针针线线都连着他脸上的皮。——我这个瞎子还做不成了，大众不答应。笑归笑，小马再也没有踏上过公共汽车。他学会了拒绝，他拒绝——其实是恐惧——一切与“公共”有关的事物。待在屋子里挺好。小马可不想向全世界庄严地宣布：先生们女士们，我是瞎子，我是一个真正的瞎子啊！

不过小马帅。所有见过小马的人都有一个共同的看法，他是个标准的小帅哥。一开始小马并不相信，生气了。认定了别人是在挖苦他。可是，这样说的人越来越多，小马于是平静下来了，第一次认可了别人的看法，他是帅的。小马的眼睛在九岁的那一年就瞎掉了，那时候自己是什么模样呢？小马真的想不起来了。像一个梦。是遥不可及的样子。小马其实已经把自己的脸给忘了。很遗憾。现在好了，小马自己也确认了，他帅。Sh—u— ɑi – Shuɑi。一共有三个音节，整个发音的过程是复杂的，却紧凑，干脆。去声。很好听。

很帅的小马有一点帅中不足，在脖子上。他的脖子上有一块面积惊人的疤痕。那不是车祸的纪念，是他自己留下来的。车祸之后小马很快就能站立了，眼前却失去了应有的光明。小马很急。父亲向他保证，没事，很快就会好的。小马就此陷入了等待，其实是漫长的治疗历程。父亲带着小马，可以说马不停蹄。他们辗转于北京、上海、广州、西安、哈尔滨、成都，最远的一次甚至去了拉萨。他们在城市与城市之间辗转，在医院与医院之间辗转，年少的小马一直在路上，他抵达的从来就不是目的地，而是失望。可是，父亲却是热情洋溢的，他的热情是至死不渝的。他一次又一次向他的宝贝儿子保证，不要急，会好的，爸爸一定能够让你重见光明。小马尾随着父亲，希望，再希望。心里头却越来越急。他要“看”。他想“看”。该死的眼睛却怎么也睁不开。其实是睁开的。他的手就开始撕，他要把眼前的黑暗全撕了。可是，再怎么努力，他的双手也不能撕毁眼前的黑暗。他就抓住父亲，暴怒了，开始咬。他咬住了父亲的手，不松。这是发生在拉萨的事情。可父亲突然接到了一个天大的喜讯——在南京，他们漫长旅程的起点，一位眼科医生从德国回来了，就在南京市第一人民医院。小马知道德国，那是一个更加遥远的地方。小马的父亲把小马抱起来，大声地说：“孩子，咱们回南京，这一次一定会好的，我向你保证，会好的！”

“从德国回来的”医生不再遥远，他的手已经能够抚摸小马的脸庞了。九岁的小马顿时就有了极其不好的预感。他相信远方。他从来都不相信“身边”的人，他从来也不相信“身边”的事。既然“从德国回来的”手都能够抚摸他的脸庞，那么，这只手就不再遥远。后来的事实证明了小马的预感，令人震惊的事情到底发生了，父亲把医生摁在了地上，他动用了他的拳头。事情就发生在过道的那一头，离小马很远。照理说小马是不可能听见的，可是，小马就是听见了。他的耳朵创造了一个不可企及的奇迹，小马全听见了。父亲和那个医生一直鬼鬼祟祟的，在说着什么，父亲后来就下跪了。跪下去的父亲并没有打动“从德国回来的”医生，他扑了上去，一下就把医生摁在了地上。父亲在命令医生，让医生对他的儿子保证，再有一年他的眼睛就好了。医生拒绝了。小马听见医生清清楚楚地说：“这不可能。”父亲就动了拳头。

九岁的小马就是在这个时候爆炸的。小马的爆炸与任何爆炸都不相同，他的爆炸惊人的冷静。没有人相信那是一个九岁的孩子所完成的爆炸。他躺在病床上，耳朵的注意力已经挪移出去了。他听到了隔壁病房里有人在吃东西，有人在用勺子，有人在用碗。他听到了勺子与碗清脆的撞击声。多么的悦耳，多么的悠扬。

小马扶着墙，过去了。他扶着门框，笑着说：“阿姨，能不能给我吃一口？”

小马把脸让过去，小声地说：“不要你喂，我自己吃。”

阿姨把碗送到了小马的右手，勺子则塞在了小马的左手上。小马接过碗，接过勺，没有吃。咣当一声，他把碗砸在了门框上，手里却捏着一块瓷片。小马拿起瓷片就往脖子上捅，还割。没有人能够想到一个九岁的孩子会有如此骇人的举动。阿姨吓傻了，想喊，她的嘴巴张得太大了，反而失去了声音。小马的血像弹片，飞出来了。他成功地引爆了，心情无比的轻快。血真烫啊，飞飞扬扬。可小马毕竟只有九岁，他忘了，这不是大街，也不是公园。这里是医院。医院在第一时间就把小马救活了，他的脖子上就此留下了一块骇人的大疤。疤还和小马一起长，小马越长越高，疤痕则越长越宽，越长越长。

也许是太过惊心触目的缘故，不少散客一躺下来就能看到小马脖子上的疤。他们很好奇。想问。不方便，就绕着弯子做语言上的铺垫。小马是一个很闷的人，几乎不说话。碰到这样的时候小马反而把话挑明了，不挑明了反而要说更多的话。“你想知道这块疤吧？”小马说。客人只好惭愧地说：“是。”小马就拖声拖气地解释说：“眼睛看不见了嘛，看不见就着急了嘛，急到后来就不想活了嘛。我自己弄的。”

“噢——”客人不放心了，“现在呢？”

“现在？现在不着急了。现在还着什么急呢？”小马的这句话是微笑着说的。他的语气是安宁的，平和的。说完了，小马就再也不说什么了。

既然小马不喜欢开口，王大夫在推拿中心就尽可能避免和他说话。不过，回到宿舍，王大夫对小马还是保持了足够的礼貌。睡觉之前一般要和小马说上几句。话不多，都是短句，有时候只有几个字。也就是三四个回合。每一次都是王大夫首先把话题挑起来。不能小看了这几句话，要想融洽上下铺的关系，这些就都是必需的。从年龄上说，王大夫比小马大很多，他犯不着的。但是，王大夫坚持下来了。他这样做有他的理由。王大夫是盲人，先天的，小马也是盲人，却是后天的。同样是盲人，先天的和后天的有区别，这里头的区别也许是天和地的区别。不把这里头的区别弄清楚，你在江湖上肯定就没法混。

就说沉默。在公众面前，盲人大多都沉默。可沉默有多种多样。在先天的盲人这一头，他们的沉默与生俱来，如此这般罢了。后天的盲人不一样了，他们经历过两个世界。这两个世界的链接处有一个特殊的区域，也就是炼狱。并不是每一个后天的盲人都可以从炼狱当中穿越过去的。在炼狱的入口处，后天的盲人必须经历一次内心的大混乱、大崩溃。它是狂躁的、暴戾的、摧枯拉朽的和翻江倒海的，直至一片废墟。在记忆的深处，他并没有失去他原先的世界，他失去的只是他与这个世界的关系。因为关系的缺失，世界一下子变深了，变硬了，变远了，关键是，变得诡秘莫测，也许还变得防不胜防。为了应付，后天性的盲人必须要做一件事，杀人。他必须把自己杀死。这杀人不是用刀，不是用枪，是用火。必须在熊熊烈火中翻腾。他必须闻到自身烤肉的气味。什么叫凤凰涅槃？凤凰涅槃就是你得先用火把自己烧死。

光烧死是不够的。这里头有一个更大的考验，那就是重塑自我。他需要钢铁一样的坚韧和石头一样的耐心。他需要时间。他是雕塑家。他不是艺术大师。他的工序是混乱的，这里一凿，那里一斧。当他再生的时候，很少有人知道自己是谁。他是一尊陌生的雕塑。通常，这尊雕塑离他最初的愿望会相距十万八千里。他不爱他自己。他就沉默了。

后天盲人的沉默才更像沉默。仿佛没有内容，其实容纳了太多的呼天抢地和艰苦卓绝。他的沉默是矫枉过正的。他的寂静是矫枉过正的。他的淡定也是矫枉过正的。他必须矫枉过正，并使矫枉过正上升到信仰的高度。在信仰的指引下，现在的“我”成了上帝，而过去的“我”只能是魔鬼。可魔鬼依然在体内，他只能时刻保持着高度的警觉与警惕：过去的“我”是三千年前的业障，是一条微笑并含英咀华的蛇。蛇是多么的生动啊，它妖娆，通身洋溢着蛊惑的力量，稍有不慎就可以让你万劫不复。在两个“我”之间，后天的盲人极不稳定。他易怒。他要克制他的易怒。

从这个意义上说，后天的盲人没有童年、少年、青年、中年和老年。在涅槃之后，他直接抵达了沧桑。他稚气未脱的表情全是炎凉的内容，那是活着的全部隐秘。他透彻，怀揣着没有来路的世故。他的肉体上没有瞳孔，因为他的肉体本身就是一直漆黑的瞳孔——装满了所有的人，唯独没有他自己。这瞳孔时而虎视眈眈，时而又温和缠绵。它懂得隔岸观火、将信将疑和若即若离。离地三尺有神灵。

小马的沉默里有雕塑一般的肃穆。那不是本色，也不是本能，那是一种炉火纯青的技能。只要没有特殊的情况，他可以几个小时、几个星期、几个月甚至几年保持这种肃穆。对他来说，生活就是控制并延续一种重复。

但生活究竟不可能重复。它不是流水线。任何人也无法使生活变成一座压模机，像生产肥皂或拖鞋那样，生产出一个又一个等边的、等质的、等重的日子。生活自有生活的加减法，今天多一点，明天少一点，后天又多一点。这加上的一点点和减去的一点点才是生活的本来面目，它让生活变得有趣、可爱，也让生活变得不可捉摸。

小马的生活里有了加法。日子过得好好的，王大夫加进来了，小孔也加进来了。

选自人民文学出版社《推拿》

《推拿》不是第一部以盲人为主角的小说。史铁生的《命若琴弦》，东西的《没有语言的生活》都是名篇。在黑暗的世界中，作家寻找这个群体内心的光亮，寻找他们命运的支点，更寻找他们面对日常的勇

气和耐力。毕飞宇说："我跟我的盲人朋友交往的时候，没觉得他们苦兮兮的，所以我写这本书的目的是呈现他们的乐观、快乐、自食其力。"也许因为身体的障碍，他们的爱和生活反而显得更为卖力，更为执著。

毕飞宇（1964— ），作家，生于江苏兴化，现为南京大学教授。代表作有《青衣》《推拿》等。

赵文瑄：

台湾著名演员，在演艺界以“儒雅”闻名，热爱阅读、书写、美食、宠物。

老　猫

季羡林

老猫虎子蜷曲在玻璃窗外窗台上一个角落里，缩着脖子，眯着眼睛，浑身一片寂寞、凄清、孤独、无助的神情。

外面正下着小雨，雨丝一缕一缕地向下飘落，像是珍珠帘子。时令虽已是初秋，但是隔着雨帘，还能看到紧靠窗子的小土山上丛草依然碧绿，毫无要变黄的样子。在万绿丛中赫然露出一朵鲜艳的红花。古诗“万绿丛中一点红”，大概就是这般光景吧。这一朵小花如火似燃，照亮了浑茫的雨天。

我从小就喜爱小动物。同小动物在一起，别有一番滋味。它们天真无邪，率性而行；有吃抢吃，有喝抢喝；不会说谎，不会推诿；受到惩罚，忍痛挨打；一转眼间，照偷不误。同它们在一起，我心里感到怡然，坦然，安然，欣然。不像同人在一起那样，应对进退、谨小慎微、斟酌词句、保持距离，感到异常别扭。

十四年前，我养的第一只猫，就是这个虎子。刚到我家来的时候，比老鼠大不了多少。蜷曲在窄狭的窗内窗台上，活动的空间好像富富有余。它并没有什么特点，仅只是一只最平常的狸猫，身上有虎皮斑纹，颜色不黑不黄，并不美观。但是异于常猫的地方也有，它有两只炯炯有神的眼睛，两眼一睁，还真虎虎有虎气，因此起名叫虎子。它脾气也确实暴烈如虎。它从来不怕任何人。谁要想打它，不管是用鸡毛掸子，还是用竹竿，它从不回避，而是向前进攻，声色俱厉。得罪过它的人，它永世不忘。我的外孙打过它一次，从此结仇。只要他到我家来，隔着玻璃窗子，一见人影，它就做好准备，向前进攻，爪牙并举，吼声震耳。他没有办法，在家中走动，都要手持竹竿，以防万一，否则寸步难行。有一次，一位老同志来看我，他显然是非常喜欢猫的。一见虎子，嘴里连声说着：“我身上有猫味，猫不会咬我的。”他伸手想去抚摩它，可万万没有想到，我们虎子不懂什么猫味，回头就是一口。这位老同志大惊失色。总之，到了后来，虎子无人不咬，只有我们家三个主人除外，它的“咬声”颇能耸人听闻了。

但是，要说这就是虎子的全面，那也是不正确的。除了暴烈咬人以外，它还有另外一面，这就是温柔敦厚的一面。我举一个小例子。虎子来我们家以后的第三年，我又要了一只小猫。这是一只混种的波斯猫，浑身雪白，毛很长，但在额头上有一小片黑黄相间的花纹。我们家人管这只猫叫洋猫，起名咪咪；虎子则被尊为土猫。这只猫的脾气同虎子完全相反：胆小、怕人，从来没有咬过人。只有在外面跑的时候，才露出一点野性。它只要有机会溜出大门，但见它长毛尾巴一摆，像一溜烟似的立即窜入小山的树丛中，半天不回家。这两只猫并没有血缘关系。但是，不知道是由于什么原因，一进门，虎子就把咪咪看作是自己的亲生女儿。它自己本来没有什么奶，却坚决要给咪咪喂奶，把咪咪搂在怀里，让它咂自己的干奶头，它眯着眼睛，仿佛在享着天福。我在吃饭的时候，有时丢点鸡骨头、鱼刺，这等于猫们的燕窝、鱼翅。但是，虎子却只蹲在旁边，瞅着咪咪一只猫吃，从来不同它争食。有时还“咪噢”上两声，好像是在说：“吃吧，孩子！安安静静地吃吧！”有时候，不管是春夏还是秋冬，虎子会从西边的小山上逮一些小动物，麻雀、蚱蜢、蝉、蛐蛐之类，用嘴叼着，蹲在家门口，嘴里发出一种怪声。这是猫语，屋里的咪咪，不管是睡还是醒，耸耳一听，立即跑到门后，馋涎欲滴，等着吃母亲带来的佳肴，大快朵颐。我们家人看到这样母子亲爱的情景，都由衷地感动，一致把虎子称作“义猫”。有一年，小咪咪生了两个小猫。大概是初做母亲，没有经验，正如我们圣人所说的那样“未有学养子而后嫁者也”，人们能很快学会，而猫们则不行。咪咪丢下小猫不管，虎子却大忙特忙起来，觉不睡，饭不吃，日日夜夜把小猫搂在怀里。但小猫是要吃奶的，而奶正是虎子所缺的。于是小猫暴躁不安，虎子眉头一皱，计上心来，叼起小猫，到处追着咪咪，要它给小猫喂奶。还真像一个姥姥样子，但是小咪咪并不领情，依旧不给小猫喂奶。有几天的时间，虎子不吃不喝，瞪着两只闪闪发光的眼睛，嘴里叼着小猫，从这屋赶到那屋；一转眼又赶了回来。小猫大概真是受不了啦，便辞别了这个世界。

我看了这一出猫家庭里的悲剧又是喜剧，实在是爱莫能助，惋惜了很久。

我同虎子和咪咪都有深厚的感情。每天晚上，它们俩抢着到我床上去睡觉。

在冬天，我在棉被上面特别铺上了一块布，供它们躺卧。我有时候半夜里醒来，神志一清醒，觉得有什么东西重重地压在我身上，一股暖气仿佛透过了两层棉被，扑到我的双腿上。我知道，小猫睡得正香，即使我的双腿由于僵卧时间过久，又酸又痛，但我总是强忍着，决不动一动双腿，免得惊了小猫的轻梦。它此时也许正梦着捉住了一只耗子。只要我的腿一动，它这耗子就吃不成了，岂非大煞风景吗？

这样过了几年，小咪咪大概有八九岁了。虎子比它大三岁，十一二岁的光景。依然威风凛凛，脾气暴烈如故，见人就咬，大有死不改悔的神气。而小咪咪则出我意料地露出了下世的光景。常常到处小便，桌子上，椅子上，沙发上，无处不便。如果到医院里去检查的话，大夫在列举的病情中一定会有一条的：小便失禁。最让我心烦的是，它偏偏看上了我桌子上的稿纸。我正写着什么文章，然而它却根本不管这一套，跳上去，屁股往下一蹲，一泡猫尿流在上面，还闪着微弱的光。说我不急，那不是真的。我心里真急，但是，我谨遵我的一条戒律：决不打小猫一掌，在任何情况之下，也不打它。此时，我赶快把稿纸拿起来，抖掉了上面的猫尿，等它自己干。心里又好气，又好笑，真是哭笑不得。家人对我的嘲笑，我置若罔闻，“全等秋风过耳边”。

我不信任何宗教，也不皈依任何神灵。但是，此时我却有点想迷信一下。我期望会有奇迹出现，让咪咪的病情好转。可世界上是没有什么奇迹的，咪咪的病一天一天地严重起来。它不想回家，喜欢在房外荷塘边上石头缝里待着，或者藏在小山的树木丛里。它再也不在夜里睡在我的被子上了。每当我半夜里醒来，觉得棉被上轻飘飘的，我惘然若有所失，甚至有点悲伤了。我每天凌晨起来，第一件事情就是拿着手电到房外塘边山上去找咪咪。它浑身雪白，是很容易找到的。在薄暗中，我眼前白白地一闪，我就知道是咪咪。见了我，“咪噢”一声，起身向我走来。我把它抱回家，给它东西吃，它似乎根本没有胃口。我看了直想流泪。有一次，我拖着疲惫的身子，走几里路，到海淀的肉店里去买猪肝和牛肉。拿回来，喂给咪咪，它一闻，似乎有点想吃的样子；但肉一沾唇，它立即又把头缩回去，闭上眼睛，不闻不问了。

有一天傍晚，我看咪咪神情很不妙，我预感要发生什么事情。我唤它，它不肯进屋。我把它抱到篱笆以内，窗台下面。我端来两只碗，一只盛吃的，一只盛水。我拍了拍它的脑袋，它偎依着我，“咪噢”叫了两声，便闭上了眼睛。我放心进屋睡觉。

第二天凌晨，我一睁眼，三步并作一步，手里拿着手电，到外面去看。哎呀不好！两碗全在，猫影顿杳。我心里非常难过，说不出是什么滋味。我手持手电找遍了塘边，山上，树后，草丛，深沟，石缝。有时候，眼前白光一闪。“是咪咪！”我狂喜。走近一看，是一张白纸。我嗒然若丧，心头仿佛被挖掉了点什么。“屋前屋后搜之遍，几处茫茫皆不见。”从此我就失掉了咪咪，它从我的生命中消逝了，永远永远地消逝了。我简直像是失掉了一个好友，一个亲人。至今回想起来，我内心里还颤抖不止。

在我心情最沉重的时候，有一些通达世事的好心人告诉我，猫们有一种特殊的本领，能知道自己什么时候寿终。到了此时此刻，它们决不待在主人家里，让主人看到死猫，感到心烦，或感到悲伤。它们总是逃了出去，到一个最僻静、最难找的角落里，地沟里，山洞里，树丛里，等候最后时刻的到来。因此，养猫的人大都在家里看不见死猫的尸体。只要自己的猫老了，病了，出去几天不回来，他们就知道，它已经离开了人世，不让举行遗体告别的仪式，永远永远不再回来了。

我听了以后，憬然若有所悟。我不是哲学家，也不是宗教家，但却读过不少哲学家和宗教家谈论生死大事的文章。这些文章多半有非常精辟的见解，闪耀着智慧的光芒，我也想努力从中学习一些有关生死的真理。结果却是毫无所得。那些文章中，除了说教以外，几乎没有什么有用的东西。大半都是老生常谈，不能解决什么实际问题，没能给我留下深刻的印象。现在看来，倒是猫们临终时的所作所为，即使仅仅是出于本能吧，却给了我很大的启发。人们难道就不应该向猫们学习这一点经验吗？有生必有死，这是自然规律，谁都逃不过。中国历史上的赫赫有名的人物，秦皇、汉武，还有唐宗，想方设法，千方百计，想求得长生不老。到头来仍然是竹篮子打水一场空，只落得黄土一抔，“西风残照，汉家陵阙。”我辈平民百姓又何必煞费苦心呢？一个人早死几个小时，或者晚死几个小时，甚至几天，实在是无所谓的小事，绝影响不了地球的转动，社会的前进。再退一步想，现在有些思想开明的人士，不想长生不死，不想在大地上再留黄土一抔；甚至开明到不要遗体告别，不要开追悼会。但是仍会给后人留下一些麻烦：登报，发讣告，还要打电话四处通知，总得忙上一阵。何不学一学猫们呢？它们这样处理生死大事，何等干净利索呀！一点痕迹也不留，走了，走了，永远地走了，让这花花世界的人们不见猫尸，用不着落泪，照旧做着花花世界的梦。

我忽然联想到我多次看过的敦煌壁画上的西方净土变。所谓“净土”，指的就是我们常说的天堂、乐园。是许多宗教信徒烧香念佛，查经祷告，甚至实行苦行，折磨自己，梦寐以求想到达的地方。据说在那里可以享受天福，得到人世间万万得不到的快乐。我看了壁画上画的房子、街道、树木、花草，以及大人、小孩，林林总总，觉得十分热闹。可我觉得没有什么出奇之处。只有一件事给我留下了永不磨灭的印象，那就是，那里的人们都是笑口常开，没有一个人愁眉苦脸，他们的日子大概过得都很惬意。不像在我们人间有这样许多不如意的事情，有时候办点事，还要找后门，钻空子。在他们的商店里——净土里面还实行市场经济吗？他们还用得着商店吗？——售货员大概都很和气，不给人白眼，不训斥“上帝”，不扎堆闲侃，不给人钉子碰。这样的天堂乐园，我也真是心向往之的。但是给我印象最深，使我最为吃惊或者羡慕的还是他们对待要死的人的态度。那里的人，大概同人世间的猫们差不多，能预先知道自己寿终的时刻。到了此时，要死的老嬷嬷或者老头，健步如飞地走在前面，身后簇拥着自己的子子孙孙、至亲好友，个个喜笑颜开，全无悲戚的神态，仿佛是去参加什么喜事一般，一直把老人送进坟墓。后事如何，壁画不是电影，是不能动的。然而画到这个程序，以后的事尽在不言中。如果一定要画上填土封坟，反而似乎是多此一举了。我觉得，净土中的人们给我们人类争了光。他们这一手比猫们又漂亮多了。知道必死，而又兴高采烈，多么豁达！多么聪明！猫们能做得到吗？这证明，净土里的人们真正参透了人生奥秘，真正参透了自然规律。人为万物之灵，他们为我们人类在同猫们对比之下真真增了光！真不愧是净土！

上面我胡思乱想得太远了，还是回到我们人世间来吧。我坦白承认，我对人生的奥秘参透得还不够，我对自然规律参透得也还不够。我仍然十分怀念我的咪咪。我心里仿佛有一个空白，非填起来不行。我一定要找一只同咪咪一模一样的白色波斯猫。后来果然朋友又送来了一只，浑身长毛，洁白如雪，两只眼睛全是绿的，亮晶晶像两块绿宝石。为了纪念死去的咪咪，我仍然为它命名“咪咪”，见了它，就像见到老咪咪一样。过了大约又有一年的光景，友人又送了我一只据说是纯种的波斯猫，两只眼睛颜色不同，一黄一蓝。在太阳光下，黄的特别黄，蓝的特别蓝，像两颗黄蓝宝石，闪闪发光，竞妍争艳。这只猫特别调皮，简直是胆大无边，然而也因此就更加可爱。这一下子又忙坏了虎子，它认为这两只小猫都是自己的亲生女儿，硬逼着它们吮吸自己那干瘪的奶头。只要它走出去，不知在什么地方弄到了小鸟、蚱蜢之类，就带回家来，给两只小猫吃。好久没有听到的“咪噢”唤小猫的声音，现在又听到了。我心里漾起了一丝丝甜意。这大大地减轻了我对老咪咪的怀念。

可是岁月不饶人，也不会饶猫的。这一只“土猫”虎子已经活到十四岁。据通达世情的人们说，猫的十四岁，就等于人的八九十岁。这样一来，我自己不是成了虎子的同龄“人”了吗？这个虎子却也真怪。有时候，颇现出一些老相。两只炯炯有神的眼睛里忽然被一层薄膜蒙了起来。嘴里流出了哈喇子，胡子上都沾得亮晶晶的。不大想往屋里来，日日夜夜趴在阳台上蜂窝煤堆上，不吃，不喝。我有了老咪咪的经验，知道它快不行了。我也跑到海淀，去买来牛肉和猪肝，想让它不要饿着肚子离开这个世界。我随时准备着：第二天早晨一睁眼，虎子不见了。结果虎子并没有这样干。我天天凌晨第一件事就是来看虎子，隔着窗子，依然黑糊糊的一团，卧在那里。我心里感到安慰。有时候，它也起来走动了。我在本文开头时写的就是去年深秋一个下雨天我隔窗看到的虎子的情况。

到了今天，半年又过去了。虎子不但没有走，而且顽健胜昔，仍然是天天出去。有时候在晚上，窗外的布帘子的一角蓦地被掀了起来，一个丑角似的三花脸一闪。我便知道，这是虎子回来了，连忙开门，放它进来。大概同某一些老年人一样——不是所有的老年人——到了暮年就改恶向善，虎子的脾气大大地改变了。几乎再也不咬人了。我早晨摸黑起床，写作看书累了，常常到门外湖边山下去走一走。此时，我冷不防脚下忽然踢着了一团软乎乎的东西。这是虎子。它在夜里不知道在什么地方待了一夜，现在看到了我，一下子蹿了出来，用身子蹭我的腿，在我身前和身后转悠。它跟着我，亦步亦趋，我走到哪里，它就跟到哪里，寸步不离。我有时故意爬上小山，以为它不会跟来了，然而一回头，虎子正跟在身后。猫是从来不跟人散步的，只有狗才这样干。有时候碰到过路的人，他们见了这情景，都大为吃惊。“你看猫跟着主人散步哩！”他们说，露出满脸惊奇的神色。最近一个时期，虎子似乎更精力旺盛了，它返老还童了。有时候竟带一个它重孙辈的小公猫到我们家阳台上来。“今夜我们相识。”虎子用不着介绍就相识了。看样子，虎子一去不复返的日子遥遥无期了。我成了拥有三只猫的家庭的主人。

我养了十几年猫，前后共有四只。猫们向人们学习什么，我不通猫语，无法询问。我作为一个人却确实向猫学习了一些有用的东西。上面讲过的对处理死亡的办法，就是一个例子。我自己毕竟年纪已经很大了，常常想到死的问题。鲁迅五十多岁就想到了，我真是瞠乎后矣。人生必有死，这是无法抗御的。而且我还认为，死也是好事情。如果世界上的人都不死，连我们的轩辕老祖和孔老夫子今天依然峨冠博带，坐着奔驰车，到天安门去遛弯，你想人类世界会成一个什么样子！人是百代的过客，总是要走过去的，这决不会影响地球的转动和人类社会的进步。每一代人都只是一场没有终点的长途接力赛的一环。前不见古人，后不见来者，是宇宙常规。人老了要死，像在净土里那样，应该算是一件喜事。老人跑完了自己的一棒，把棒交给后人，自己要休息了，这是正常的。不管快慢，他们总算跑完了一棒，总算对人类的进步做出了贡献，总算尽了自己的天职。年老了要退休，这是身体精神状况所决定的，不是哪个人能改变的。老人们会不会感到寂寞呢？我认为，会的。但是我却觉得，这寂寞是顺乎自然的，从伦理的高度来看，甚至是应该的。我始终主张，老年人应该为青年人活着，而不是相反。青年人有接力棒在手，世界是他们的，未来是他们的，希望是他们的。吾辈老年人的天职是尽自己仅存的精力，帮助他们前进，必要时要躺在地上，让他们踏着自己的躯体前进，前进。如果由于害怕寂寞而学习《红楼梦》里的贾母，让一家人都围着自己转，这不但是办不到的，而且从人类前途利益来看是犯罪的行为。我说这些话，也许有人怀疑，我是不是碰到了什么不如意的事，才说出这样令某些人骇怪的话来。不，不，决不。我现在身体顽健，家庭和睦，在社会上广有朋友，每天照样读书、写作、会客、开会不辍。我没有不如意的事情，也没有感到寂寞。不过自己毕竟已逾耄耋之年，面前的路有限了。不免有时候胡思乱想。而且，我同猫们相处久了，觉得它们有些东西确实值得我们学习，我们这些万物之灵应该屈尊一下，学习学习。即使只学到猫们处理死亡大事这一手，我们社会上会减少多少麻烦呀！

“那么，你是不是准备学习呢？”我仿佛听到有人这样质问了。是的，我心里是想学习的。不过也还有些困难。我没有猫的本能，我不知道自己的大限何时来到。而且我还有点担心。如果我真正学习了猫，有一天忽然偷偷地溜出了家门，到一个旮旯里、树丛里、山洞里、河沟里，一头钻进去，藏了起来，这样一来，我们人类社会可不像猫社会那样平静，有些人必然认为这是特大新闻，指手画脚，嘁嘁喳喳。如果是在旧社会里或者在今天的香港等地的话，这必将成为头版头条的爆炸性新闻，不亚于当年的杨乃武和小白菜。我的亲属和朋友也必将派人出去寻找，派的人也许比寻找彭加木的人还要多。这是多么可怕的事呀！因此我就迟疑起来。至于最后究竟何去何从？我正在考虑、推敲、研究。

选自人民文学出版社《季羡林散文新编·睁一只眼闭一只眼》

从徐悲鸿到徐志摩，从梁实秋到夏衍，从杨绛到季羡林，现代画家、作家、文人学者爱猫养猫者甚众。作为与人类关系最为亲近的动物，猫频频出现在现代文人的笔下。

当人遇上猫会发生什么呢？围绕猫与人的关系会生发出很多隽永的故事。胡适曾经养过一只名叫“狮子”的猫。1931 年 11 月 19 日，著名诗人徐志摩飞机失事遇难；同年 12 月 14 日，胡适在天津大公报上发表了一首诗悼念挚友，名字就叫《狮子》，而这首诗最后有一个注，“狮子是志摩住在我家时最喜欢的猫”。

夏衍先生非常喜欢猫，“文革”当中他被隔离审查，他养的一只老黄猫也不知去向。“文革”后期夏衍出狱回到家里，这只猫突然出现了，像心有灵犀一样，不知道从哪里冒出来了。此时这只猫已经非常衰老。夏衍抱着它，相对无言，第二天这只老猫就去世了。

对于文人来说，养猫也常常成为他们反省自身的契机，比如季羡林先生的这篇《老猫》，就将猫喜欢寻找隐秘处安静地死去升华到哲学层面。从猫身上，他们思考人与动物的关系，人与自然的关系。文人笔下的猫，和其他的象征物一样，成为了历史中某个瞬间的折射。

华东师范大学教授　陈子善

潘际銮：

毕业于西南联大，著名焊接技术专家，是我国第一条高铁、第一座自行建设的核电站的焊接顾问。参与创办清华大学、哈尔滨工业大学的焊接专业。

清华大学救国会告全国民众书

蒋南翔

亲爱的全国同胞：

华北自古是中原之地，现在，眼见华北的主权，也要继东三省热河之后而断送了！

这是明明白白的事实，目前我们友邦所要求于我们的，更要比二十一条厉害百倍；而举国上下，对此却不见动静。回看一下十六年前伟大的五四运动，我们真惭愧：在危机日见严重的关头，不能为时代负起应负的使命，轻信了领导着现社会的一些名流、学者、要人们的甜言蜜语，误认为学生的本分仅在死读书，迷信着当国者的“自有办法”，几年以来，只被安排在“读经”、“尊孔”、“礼义廉耻”的空气下摸索，痴待着“民族复兴”的“奇迹”！现在，一切幻想，都给铁的事实粉碎了！“安心读书”吗？华北之大，已经安放不得一张平静的书桌了！

亲爱的全国同胞父老，急迫的华北丧钟声响，惊醒了若干名流学者的迷梦，也更坚决地使我们认清了我们唯一的出路。最近胡适之先生曾慨然说，他过去为“九一八”的不抵抗辩护，为“一·二八”的上海协定辩护，为热河失陷后的塘沽协定辩护，现在却再不能为华北的自治政府辩护了。他已觉悟了过去主张“委曲求全”的完全错误，相信唯一的道路，只有抵抗。因此胡先生是希望负有守土之责的华北长官能尽力抵抗不要屈服妥洽。亲爱的同胞，我们却还要比胡先生更进一步说：武力抵抗，不但是依赖负有守土之责的长官，尤其希望全体民众，也都能一致奋起，统一步伐，组织起来，实行武装自卫。事实告诉我们：在目前反帝自卫的斗争中，民众的地位是更为重要，民众的力量是更为伟大，也只有民众自己，更为忠诚而可靠。看吧，曾煊赫一时的民族英雄，抗日将军，都可化为“神龙”了；

唯有山海关外，英勇的民众自己组成的义勇军，始终不屈不挠，在用鲜血写着中国民族的光荣斗争史。

亲爱的全国同胞，中国民族的危机，已到最后五分钟。我们，窒息在古文化城里上着“最后一课”的青年，实已切身感受到难堪的亡国惨痛。惨痛的经验教训了我们：在目前，“安心读书”只是一帖安眠药，我们决再不盲然地服下这剂毒药；为了民族，我们愿意暂时丢开书本，尽力之所及，为国家民族做一点实际工作。我们要高振血喉，向全国民众大声疾呼：中国是全国民众的中国，全国民众，人人都应负起保卫中华民族的责任！起来吧，水深火热中的关东同胞和登俎就割的华北大众，我们已是被遗弃了的无依无靠的难民，只有抗争是我们死里逃生的唯一出路，我们的目标是同一的：自己起来保卫自己的民族。我们的胸怀是光明的：要以血肉头颅换取我们的自由。起来吧，亡国奴前夕的全国同胞！中国没有几个华北和东北，是经不起几回“退让”和“屈服”的！唇亡齿寒，亡国的惨痛，不久又要临头了！挣扎在死亡线上的全国大众，大家赶快联合起来！我们的目标是同一的：自己起来保卫自己的民族！我们的胸怀是光明的：要以血肉头颅换取我们的自由！

清华大学救国会

廿四年十二月九日

1935年，“一二·九运动”前夕，清华、燕京两校响应北平学联号召，准备组织大规模游行请愿。蒋南翔躲进清华学堂地下室的印刷车间，花了两三个晚上，写出了《清华大学救国会告全国民众书》。这篇文章在12月9日的游行队伍中变成了传单，贴满了北平的大街小巷。“华北之大，已经安放不得一张平静的书桌了”，这句话后来传遍大江南北，点燃了全国学生的爱国热情。而很多文学作品都曾涉及这段历史，最为著名的当属杨沫的《青春之歌》和韦君宜的《思痛录》。

蒋南翔(1913—1988)，江苏宜兴人，马克思主义教育家、中国青年运动的著名领导者。1932 年 9 月入国立清华大学中文系学习，翌年参加中国共产党，曾任清华地下党支部书记，是“一二·九”运动的重要领导人之一。新中国成立后曾任清华大学校长、中共中央党校第一副校长。

〔此文由潘际銮及其他清华大学、西南联大老一辈校友共同朗读。朗读者包括茅沅（91 岁），1946 年考入清华大学土木工程系；胡邦定（95 岁），1942 年考入西南联大历史学系；郑敏（97 岁），1939 年考入西南联大哲学心理学系；林宗棠（91 岁），1945 年考入西南联大航空工程学系；钱易（81 岁），1957 年考入清华大学土木与环境工程系；傅珏（90 岁），1946 年考入清华大学外国语文学系；方堃（95 岁），1944 年考入西南联大电机工程学系；彭珮云（88 岁），1945 年考入西南联大社会学系；王希季（95 岁），1938 年考入西南联大机械工程学系；郭世康（100 岁），1936 年考入清华大学机械工程学系；王继明（101 岁），1936 年考入清华大学土木工程学系；吴大昌（99 岁），1936 年考入清华大学机械工程学系。十三位老人的年龄加在一起超过 1200 岁。〕

味 道

T a s t e

味道，当然不仅仅是指舌尖上能够感受到的那些味道。我们常说“人生百味”，随着年龄的增长，我们所听到、看到、遇到、想到的，慢慢都会积累成一种特殊的味道。气质是一种味道，“腹有诗书气自华”；品格也是一种味道，“出淤泥而不染，濯清涟而不妖”；心情有时候也是一种味道，“此情可待成追忆，只是当时已惘然”。

如果有人问，最有味道的一部文学作品是什么？我们可能会想到《红楼梦》。因为在《红楼梦》里既有让刘姥姥百思不得其解的，要用十来只鸡配着烧的茄鲞；也有元春省亲的时候，派专人赏了宝玉的糖蒸酥酪。这些都是能够在饭桌边尝到的味道。

但是《红楼梦》里最触动人心的还是字里行间的人生况味。《好了歌》的“好便是了，了便是好”，那是一份心酸和无奈。“世事洞明皆学问，人情练达即文章”，这是为人处世的一份智慧。“一个枉自嗟呀，一个空劳牵挂”，这是贾宝玉和林黛玉命中注定的爱断情殇。

味道落到笔上就成了风格，吃进胃里就成了乡愁，刻在心上就成了一辈子都解不开的一个结。就像法国作家法朗士曾经说的：“让我们尽情地去享受生活的滋味吧！我们感受到的越多，我们便生活得越长久。”

张小娴：

香港著名爱情小说家，已出版四十多部小说和散文集。

爱情的餐桌

张小娴

爱情从餐桌开始，也在餐桌上消逝。

第一次约会，总是离不开餐桌。也许是两个人一起吃的一顿晚饭，也许是一杯咖啡，也许是喧闹酒吧里的一杯鸡尾酒。

这样的第一次，我们总是努力展现自己最美好的一面。

从此以后，我们在餐桌上共度无数时光。

当然并不是每一次都快乐，有时我们会吵嘴，然后鼓着气，一句话也不说。

我记得我在餐桌边流过不少眼泪。但是，明天的明天，我们还是会一起吃饭；忘了流过的眼泪，忘了上一次为什么吵架。

直到一天，我们不再相爱了，一起吃的最后一顿饭变成了最后晚餐。

要是我们无可避免要吃最后的晚餐，喝最后一瓶酒，我们会吃什么？又会在什么地方吃？

每个人总是一点一点地死去。

有人说，只要把活着的每一天都当成最后一天来活，便会快乐许多。可是，当你爱着一个人的时候，根本就不可能把和他一起吃的每一顿饭都当成是最后晚餐。

我们总是希望永远没有最后晚餐。

要是可以，我要一直跟你吃到永远，看着我们彼此在餐桌上渐渐凋零。眼睛老了，看不到账单上的小字；胃口小了，只能吃那么一点点；牙齿终于也掉光光了。

我爱的人终究会跟我一样，在餐桌边一点一点地老去。到了那一天，我但愿我是首先倒下去的那一个。就像认识你以后我们一起吃的每顿饭那样，我喝不完的酒，这一天，你也替我干了吧。

如果爱情离开文学，恐怕再难找到最合适的载体；如果文学离开爱情，也不知道会丧失多少丰富的味道。一个时代有一个时代的爱情文学，因而一个时代就会有一个时代的爱情畅销书作家。琼瑶、亦舒、三毛、张小娴，这些港台作家用自己的如花妙笔，捕捉爱情感觉，触碰爱情激发的心理律动，抚慰爱情创伤。或许，《爱情的餐桌》上，最不能被忽略的是人生的底色和生命的质感，否则就会变得轻飘飘的。

张小娴（1967— ），作家，生于香港。代表作品有《面包树上的女人》《荷包里的单人床》《那年的梦想》等。

胡忠英·

杭帮菜“大师”级厨师，从业五十余年。2016年G20杭州峰会上，他为来自世界各地的几十位政要献上了令人惊艳的中国味道。

吃胆与口福

古龙

一　吃得是福

我从小就听人说“吃得是福”，长大后也常常在一些酒楼饭馆里看到这四个字，现在我真的长大了，才真的明白这四个字的意思。

吃得真是福气。

唯一令人不愉快的是，现在能有这种福气的人已经越来越少了。

社会越进步，医学越发达，人类的寿命越来越长，对于吃的顾虑也越来越多，心脏、血压、肥胖、胆固醇，这些我们的祖先以前连听都没有听到过的名词，现在都已经变成了吃客的死敌。

在这种情况下，要做一个真正的吃客，实在很不容易。

吃得是福。能吃的人不但自己有了口福，别人看着他开怀大嚼，吃得痛快淋漓，也会觉得过瘾之至。

可是能吃还不行，还得要好吃、会吃、敢吃，才算具备了一个吃客的条件。

一听到什么地方有好吃的东西可吃，立刻食兴大发，眉飞色舞，恨不得插翅飞去吃个痛快，就是吃得塌在椅子上动弹不得，也在所不惜。别的事都不妨暂时放到一边去。

这种人实在值得大家羡慕。

有些人虽然在美食当前时，也打不起精神来，不管吃多好吃的东西，也好像有毒药一样，让别人的食欲也受到影响，这种人当然是不够资格做吃客的。

够资格做吃客的人并不多，我的老师高逸鸿先生，我的挚友倪匡都够资格。

一看到他们坐在桌子上，拿起筷子，我就感觉得精神一振，觉得人生毕竟还是美好的，能活着毕竟还不错。

他们虽然也有些不能吃不敢吃的顾忌，可是好友在座，美食在案，他们也从来不甘后人。

二 吃的学问

“会吃”无疑是种很大的学问，“三代为官，才懂得穿衣吃饭”，这不是夸张，袁子才的《随园食谱》有时都不免被人讥为纸上谈兵的书生之见。

大千居士的吃和他的画一样名满天下，那是倪匡所说：“用复杂的方法做出来的菜。”

做菜是种艺术。从古人茹毛饮血进化到现在，有很多佳肴名菜都已经成为了艺术的结晶，一位像大千居士这样的艺术家，对于做一样菜的选料配料刀法火功的挑剔之严，当然是可以想象得到的。

可是倪匡说得也很妙。

菜肴之中，的确也有不少是要用最简单的做法才能保持它的原色与真味。所以白煮肉、白切鸡、生鱼片、满台飞的活虾，也依旧可以保存它们在吃客心目中的价值。

可是要做谭厨的“畏公豆腐”，大风堂的“干烧鳇翅”这一类的菜，学问就大了。

据说大风堂发鲍翅的法子，就像是武侠小说中的某一门某一派的家传武功绝技一样，传媳不传女，以免落入外姓之手。

名厨们在治理拿手绝活时，也是门禁森严，不许外人越雷池一步，就像是江湖上帮派练武一样，谨防外人与后生小子们偷学。

奇怪的是，真正会做菜而且常做菜的人自己却不一定讲究吃。

“谭派”名厨彭老爹就是一例。他在台北时，我去跟他吃饭，如果喝多了酒，他几乎从不动筷子，平时也只不过用些清汤泡碗白饭，再胡乱吃些泡菜豆豉辣椒而已，我看他吃饭，常常觉得他是在虐待自己。

三 吃 胆

会吃已经很不容易，敢吃更难。

有的人硬是有吃胆，不管是蜗牛也好，老鼠也好，壁虎也好，蝗虫也好，一律照吃不误，而且，吃得津津有味。

我有个朋友是武侠电影的明星，非常有名气的明星，温文儒雅，英俊潇洒，也不知道是多少少女心目中的白马王子。一剑在手时，虽千万人，亦无惧色。

他也真有吃胆。

我就看见过他把一条活生生的大蟒蛇用两只手一抓，一口就咬了下去，从从容容，面不改色，就把这条蛇的血吸了个干干净净。

他甚至还曾经把一只活生生的老鼠吞到肚子里。

唐人话本中还有段记载，说是深州有位诸葛大侠，名动天下，渤海的另一位大豪高瓒乃闻而访之，两人互斗豪侈的结果，诸葛昂居然将一个侍酒失态的女妾“蒸之坐银盘，于奶房间撮肥嫩食之”，连高瓒都不禁看得面无人色，要落荒而逃了。

这种吃法，不吓得人落荒而逃才怪。

四 吃的情趣

当代的名人中，有很精于饮馔的前辈都是我仰慕已久的，高师逸鸿、陈公定山、大风堂主、陈子和先生、唐鲁孙先生、梁实秋先生、夏元瑜先生，他们谈的吃，我非但见所未见，而且闻所未闻，只要一看到经由他们那些生动的文字所介绍出来的吃，我就会觉得饥肠辘辘，食欲大振，半夜里都要到厨房里去找点残菜余肉来打打馋虫。

后生小子如我，在诸君子先辈面前，怎么敢谈吃，怎么配谈？

我最多也不过能领略到一点吃的情趣而已。

有高朋满座，吃一桌由陈子和先生提调的乳猪席，固然是一种不可多得的享受。

在夜雨潇潇，夜半无人，和三五好友，提一瓶大家都喜欢喝的酒，找一个还没有打烊的小馆子，吃两样也不知道是什么滋味的小菜，大家大南地北地一聊，就算是胡说八道，也没有人生气，然后大家扶醉而归，明天早上也许连自己说过什么话都忘了，但是那种酒后的豪情和快乐，却是永远忘不了的。

这岂非也是一种情趣?

我总觉得，在所有做菜的作料中，情趣是最好的一种，而且不像别的作料一样，要把分量拿捏得恰到好处，因为这种作料总是越多越好的。

在有情趣的时候，和一些有情趣的人在一起，不管吃什么都好吃。

有一天晚上，一个薄醉微醒后的晚上，我陪两个都很有意思的朋友，一个男朋友，一个女朋友，我问他们：

“现在你最想吃什么？”

他们两个人的两种回答都很绝。

一个人说：“我最想吃江南的春泥。”另外一个人说：

“我想吃你。”

古龙写吃，与他的武侠一样，点到即止，豪气多于细腻，奇招妙式胜于食物本身。古往今来，有太多关于“吃”的名篇，但每一篇又都是“吃如其人”。或许我们不会忘记梁实秋雅舍谈吃的细致精雅，不会忘记汪曾祺谈吃的宽容杂博，不会忘记陆文夫谈吃谈出时代变幻。无论如何，“吃”中都自有中国味道和中国气韵，至于因吃而结的缘、生的情、得的趣，则更是不可尽述了。无怪乎博大精深的中国文化中，“饮食文化”是如此不可忽略的一部分。

古龙（1938—1985），武侠小说作家。原名熊耀华，生于香港，后经香港赴台。代表作有《小李飞刀》《楚留香传奇》《陆小凤传奇》《绝代双骄》《英雄无泪》等。

张艾嘉：

著名艺人，从影四十余年，以演员、电影制作人、导演、编剧等多重身份活跃于华语电影圈。

走出非洲（节选）

［丹麦］卡伦·布里克森

祸不单行。这一年蝗虫又飞临庄园。据说它们是从阿比西尼亚[①]飞来的。那里一连两年大旱，蝗群便开始南迁，将途中的庄稼一扫而尽。蝗虫还未见到，那些遭灾的地方便开始流传种种奇异的传说——在北方，蝗虫一过，玉米地、小麦田、菜园子都一下变成大荒漠。移民们派出信使向南方的邻居们通报蝗虫来了。可是，即使得到了预报，你对蝗虫也无可奈何。所有的庄园，人们都准备好一堆堆高高的木柴垛、玉米秆垛，蝗虫一到，立即点火。庄园里所有的工人都被派往田间，拿着空油桶、空罐头，一边敲打，一边哄叫着，不让蝗虫降落。但这仅仅能暂缓一阵，不管农民怎样惊吓，蝗虫不可能永远在空中停留。每个农民唯一的希望就是把蝗虫往南轰赶到下一个庄园。蝗虫飞越的庄园越多，落下的时候就越饥饿、越疯狂。我在马赛依保护区的北侧有一大片草原，我寄希望于蝗虫越过草原，越过河岸，向马赛依那儿飞去。

从邻近的移民那里，我得到三四次关于蝗虫的通报，但没有更多的情况发生，我便自信一切都是子虚乌有的。一天下午，我骑马到庄园杂货店去——此店由法拉赫的弟弟阿卜杜拉经营，专为庄园工人、佃农供应日用品。小店设在路边，一个印度人正在店铺外摆弄骡车车套，抬头见我，忙从车套中站起来，跟我打招呼。

“蝗虫来了，太太，请小心，别让它飞到你的田里。”我到他跟前时，他说。

“蝗虫来了，蝗虫来了，我听到多少回了，可一个影子也没见到。也许事情并不像你们传说的那么严重。”我说。

① 阿比西尼亚，东非埃塞俄比亚旧称。

“太太，请你往四周看看。”印度人说。

我四下里打量，只见北方的地平线上，天空中有一片阴影，犹如一道长长的烟雾，俨若一座城市在着火。百万人口的城市在明亮的空气中喷烟吐雾，我心想。

“那是什么？”我止不住问。

“蝗虫！”印度人回答。

我策马返回庄园，在草原小道上，我发现二十来只蝗虫。我经过庄园经理的房子。吩咐他做好一切准备，对付蝗虫。我们俩一起北望，空中的那道黑色烟雾升得更高了。我们眺望的当儿，空中偶尔有一两只蝗虫从我们面前掠过，飞落到地上爬行。

翌晨，我推开房门向外望去，旷野里一片低沉、单调的褐黄色。树木、草坪、车道，我所见到的一切都覆盖着褐黄色，仿佛夜间土地上落了一层厚厚的褐黄色的大雪。蝗虫麇集旷野。我伫立着、凝望着，那景观开始振荡、破碎，蝗虫活动起来，向上飞腾，没几分钟，周围全是扇动的蝗翅，它们飞离了。

这一回，它们对庄园的破坏不算厉害，它们只是与我们一起度过一夜。我们见到了蝗虫的模样，长约一英寸半，灰褐色中带点粉红，摸上去有点黏手。它们仅仅是停落在树上，就把车道上的几棵大树压断了。你打量着这些树木，想起每只蝗虫不过十分之一盎司，就不难想象它们有多少万只了。

蝗虫去而复归。在两三个月里，我们的庄园连续遭到它们的袭击。我们很快放弃了恫吓、轰赶它们的尝试，那纯粹于事无补，是悲剧般的举动。有时，一小群蝗虫飞来，那是脱离大队人马的自由小分队，匆匆掠过。但有时，蝗虫铺天盖地而来，整天持续不断地在空中横冲直撞，足足折腾几天才飞去。当蝗灾达到最高潮时，恰似北欧的暴风雪，呼啸着，打着呼哨。你的四周、你的头上，都是那小小的坚硬的蝗翅在扇动着翅膀。在阳光下，蝗翅犹如薄薄的钢片闪着光亮，但太阳终于被它们遮掩，变得暗淡昏黄。蝗虫的队列保持常态，从地面到树顶，蝗虫带的后面，天色明净。它们呼呼地迎面向你飞来，钻进你的衣领、袖口和鞋子。它们在你周身上下乱舞，你眼花缭乱，胸中奔涌着一股特殊的病态的狂热与绝望，你充满对蝗虫的恐惧。它们当中的一只两只无足轻重，打死了也无关大局。蝗群越过庄园，飞向遥远的地平线，就像一道细长的烟雾。它们飞走了，可你的脸，你的手，那被它们爬过的恶心感，将久久缠扰着你。

紧随着蝗虫袭击的，是大群飞禽。它们在蝗虫上空盘旋，一旦蝗虫停留在田里，它们也随之降落，大模大样地漫步其间。它们是鹳与鹤——高贵自负。

蝗虫有时栖息在庄园里，对咖啡树危害不大。咖啡叶如同桂树叶，很坚韧，蝗虫咬不动。它们只是把田间各处的咖啡树压断。

可是蝗虫洗劫过的玉米田却是另一番悲惨景象。折断了的玉米秆上挂着几片干枯的叶子。我河畔的花园，原先一直精心浇灌，常年青翠，而今却像一堆灰土——鲜花、蔬菜和草药都被席卷一空。佃农的“夏姆巴”——农田就像燃烧过的荒凉的旷野，那高高低低的垄沟，已被爬行的蝗虫填平。尘土中，随处可见到几只死蝗虫。佃农们伫立着，注视着蝗虫。亲手翻耕、播种“夏姆巴”的老妇人，踩着蝗虫的脑袋，朝着天空中最后一道正在消逝的淡淡的阴影挥舞着她们的拳头。

蝗虫大队人马过后，死蝗虫触目皆是。在公路上，它们曾经栖息的地方，牛车、马车碾着蝗虫而过。此时，蝗群已远去，车辙明显可见，就像跑火车的轨道，铺满死蝗虫的小小尸体。

蝗虫在土里产卵。第二年大雨季过后，小小的黑褐色生灵就出现了——这是蝗虫生命的第一阶段，虽然还不会飞，但四处乱爬，见什么吃什么，一路扫荡。

我一没有更多的资金，二赚不来钱，便只好变卖庄园。内罗毕的一家大公司买下了我的庄园。他们认为那地方太高，不宜种植咖啡，就不打算再搞农业。但他们决意把所有的咖啡树都作为抵押品收受，将土地重新规划，并修筑道路。待到内罗毕向西部扩展时，他们就出售地产。变卖庄园的事宜忙完，已近年尾。

即使在那时，要不是为了一件大事，我并不认为我内心深处已放弃了这个庄园。庄园的咖啡树属于它的旧主人，或者说产权归了银行——它是庄园第一受押的。要到来年五月后，咖啡才能采摘、加工、出售。在此期间，我将留下照管庄园，一切一如既往，不管他人如何认为。我想，在这段时间，可能会发生变化，局面或许全然改观也未可知，因为世界毕竟不是一个有规则的或可以预料的舞台。

在这样的情况下，我进入了庄园生活的奇异时代。从根本上讲，各方面的事实都表明，庄园不再属于我。但尽管如此，无力认识真理的人，仍可以忽视真理，这对于日常事务来说是无足轻重的。这期间的每一个小时我都是在学习生活的艺术——现实生活或永恒的艺术，至于现实生活中所发生的事情，只能产生极小的影响。

说来真稀奇，在那时候，连我自己都不相信我会放弃庄园或离开非洲。我周围的人们对我说，我必须这么办。他们都是一些有理智的人。从丹麦来的信，都在证实这一点，日常生活中的一切事实，都在指明这一点。然而，我的思想毫不动摇，我始终相信自己必须葬身于非洲。基于这一坚定的信念，我没有其他理由或原则去想象此外的任何事情。

在这几个月里，我心中筹划着我的计划或战略来对抗命运，对抗我周围的人们——命运的同盟者。我思忖，自今往后，事无巨细，我都将认真对待，避免一切不必要的麻烦。我要让我的对手无论书面上，还是口头上，日复一日地陷于他们的事务，因为最终我仍将胜利而出，保有我的庄园及庄园里的人们。失去这一切，我想，我不能。连想象都不可能的事，怎么会发生呢？

就这样，我成了最后一个意识到自己不得不离开庄园的人。当我回首在非洲的最后岁月，我依稀感到那些没有生命的东西都远远先于我感知到我的离别。那一座座山峦，那一片片森林，那一处处草原，那一道道河流，以及旷野里的风，都知道我们即将分手。当我开始与命运达成协议，当变卖庄园的谈判拉开序幕，大地的景观对我的态度也开始变化了。在那之前，我一直是其中一部分：大地干旱，我就感到自己发烧；草原鲜花怒放，我就感到自己披上了新的盛装。而这会儿，大地从我这里分开，往后退着，以便我能看得更清晰，看到它的全貌。

山峦在下雨前的一周里，会做出同样的表示。在一个傍晚，你凝望着它们时，它们会突然剧烈运动，卸去一切遮盖，变得豁然开朗，无论造型还是色彩，都格外清晰，格外生动，仿佛它们决心将蕴含的一切都向你和盘托出，仿佛你能从你坐着的地方一直步行到绿油油的山坡上。你会想：如果一头野猪从空旷地冒了出来，我可以在它转动脑袋时，看见它的眼睛，看到它耳朵在动；如果一只小鸟停落在树杈上，我能听到它婉转歌唱。在三月，山峦间这种惜别的景象意味着雨水将至，而现在，对我却意味着分离。

我以前也曾在其他地方有过类似的经历。当即将离别之际，大地的一切向你袒露，但其中含义，我已淡忘了。我只是想，我从来没有见到过如此可爱的国土，似乎仅仅凝视着它，就足以使你终生欢乐。光与影将大地交织，彩虹耸立于天际。

……

庄园里的人们中，对我的离别最伤感的，我想，莫过于那些老太太们了。吉库尤老妇们的生平都是坎坷艰难的，在生活的重压下，她们变得十分倔强，就像老骡子，惹急了会咬你一口。在给她们治病的实践中，我体会到，她们要比男人更能抵抗病魔的纠缠。她们比男人更为犷放，更不崇拜他人。她们生儿育女，眼睁睁看到许多儿女夭亡。她们无所畏惧。她们头顶沉沉的木柴——前额盘有一圈绳索，用以固定木柴——在三百多磅木柴的重负下，她们摇摇晃晃，却从不退却，她们在自己“夏姆巴”的硬地上埋首劳作，从清早到夜晚。“此后，她寻求猎物，她的双目远眺。她的心坚如磐石，硬似磨盘。她嘲笑胆小。她升入空中，傲视马匹及其驭手。她难道会向你哀怜乞求么？难道会对你喁喁细语么？”庄园老妇精神充沛，活力横溢。庄园里发生的每一件事，她们都有浓厚的兴趣。她们会步行十英里，去观赏年轻人的恩戈马。一个笑话，一杯土酒，能令她们皱纹纵横的脸和牙齿脱落的嘴都舒展于开怀的笑声之中。这种生气，这种对生活的热爱，在我看来，不仅令人肃然起敬，而且是一种荣耀、一种魅力。

我与庄园里的老妇一直是很好的朋友。她们亲昵地叫我叶丽埃，男人与孩子们——除了年纪很小的以外，从不如此称呼我。叶丽埃是吉库尤妇女的名字，具有特殊的内涵——在吉库尤家庭里，最小的女孩，且与其哥哥姐姐的年龄差一大截的，才取这个名字。我估计，这名字里蕴含着丰富的情感。

老妇们此时都舍不得我离开。在临行前夕，我的脑海里仍然闪现出一位吉库尤妇女的形象，我不知道她的名字，我跟她不熟。我想，她大概是卡赛戈村的，是卡赛戈的一个儿媳妇或正在守寡。在草原的一条小路上，她朝我走来，背着一大捆长长的细竿子——吉库尤人用来搭屋顶的——这是妇女的活计。这些竿子可能有十五英尺长，背之前，将一端绑住，人就背着这种圆锥体的重物，行走在野外，整个背影恰似史前动物或一只长颈鹿。这位妇女背的竿子都是又黑又焦，那是被茅屋里多年的柴火烟熏的。看来她拆除了旧屋，正将这些材料运往新的屋址。我们相遇时，她愣在那里，堵住我的去路，目不转睛地看着我。那神情宛若你在旷野里见到的长颈鹿，其生活、饮食、思维的方式都不得而知。过了一会儿，她突然哭泣起来，泪水从脸上淌下来，就像草原上的一头母牛伫立在你的面前。我与她相对无言。几分钟后，她让开路，我们分手，各奔东西。我庆幸她总算有材料可以开始营造新屋，我想象着她怎样开工，怎样捆扎竿子，自己搭屋顶。

庄园里的小牧童，在他们的生活中，还没有过我不住在这幢房子里的时候，一想到我要远行了，他们就情绪波动，坐立不安的。也许，对于他们来说，要想象没有我的世界是十分困难、极需勇气的，似乎唯有天意才令人退位。当我在草原上经过时，他们会突然从草丛里冒出来，叫喊着问我："姆沙布，你什么时候离开我们？还有几天？"

这一天终于来了——离别庄园。我学到了一种奇异的经验，事情总会发生的，而我们自己不可能想象到，无论在事情发生前、发生中，还是在发生后我们回顾的时候。环境具有一种动力，凭借这一动力，它们造成事件，无须借助人类的想象或明悟。在这些情形中，你自己时时刻刻与正在进行的一切保持接触，恰似盲人被别人引着，一只脚跨到另一只脚前面，小心翼翼，却又心中无数。事情在你面前发生了，你感觉到它的发生，但除此之外，你与事情没有什么联系，你也没有钥匙来解开其根因与内涵。马戏团里做表演的野兽，我认为也是以同样的方式完成它们的动作的。那些经历过这类事件的人，在某种程度上可以说，他们经历了死亡——想象力范围以外的渠道，但仍在人的经验范围之内。

古斯塔夫·莫尔一大早便驱车来庄园，陪我去车站。这是一个清冷的早晨，天空、大地只有淡淡的一层色彩。莫尔心猿意马，显得脸色苍白。我想起在南非德班的一位挪威捕鲸船老船长告诉我的，挪威人在任何风暴中都镇定自若，可他们的神经系统就是忍受不了平静。我与莫尔一起在磨盘石桌上喝茶，以前我们经常在这里喝茶。西面，山峦耸立，一小片灰色的雾浮动在狭狭的山道上。千百年来青山巍巍，风采依旧。我感到很冷，仿佛自己刚刚从山巅下来。

我的仆人们都在空空的房子里，不过，他们的生存空间已移往别处，他们的家庭、财物都迁往新居。法拉赫家的妇女们，连同莎乌菲在前一天已坐卡车到内罗毕的索马里村去了，法拉赫本人一直陪我到蒙巴萨。朱玛的小儿子杜姆波也送我到那里，这是他最向往的，作为临别的馈赠，我让他选择：要一头牛还是到蒙巴萨送我。他选择了后者。

我向每一个仆人道别。我谆谆叮嘱他们把所有的门都关上，可当我走出屋子时，他们在后面却大门洞开。这是典型的土著作风，仿佛预示我将重返庄园，或者，他们这么做是想强调，房子里已空空如也，再不必紧闭门户，敞开天门，迎接八面来风。法拉赫为我开车，车走得慢极了，就像骑骆驼似的，缓缓地沿着车道绕行。

渐渐地，我的屋舍从视野里消失了。

车到池塘近旁时，我问莫尔有没有时间稍稍停留一会儿。我们下了车，在岸边点支香烟，水中游鱼往来，啊，这些鱼将要被那些不认识老克努森的人们捕捞、吃掉了。在池边，我见到了佃农卡尼努的小孙子西龙加——患有癫痫病，他向我最后道别。在我临行的那几天里，他老是在我房子周围转悠。我们上车继续赶路，他紧随车后，竭尽全力地飞跑，俨若被风卷进尘土中。他的个头太小了，恍如从我的火堆中飞溅出的最后一点火星。他一直跑着，跑到了庄园便道与公路的交接处。我担心他还会在公路上追着我们奔跑，仿佛整个庄园已被旋风刮得七零八落，犹如玉米那一层层外皮一般。可是，西龙加在拐弯处停了下来，不管怎么样，他依旧属于庄园。他呆立在那里，目送着我们，一直到便道上的那个拐弯处从我们眼中消失。

赴内罗毕途中，我们在草丛、路旁见到一群蝗虫。有几次被风兜进车内，蝗虫好像要再一次光临这个国家。

许多朋友来车站为我送行。修斯·马丁来了，体态臃肿，神情淡漠。他上前与我话别时，我又见到了“邦葛罗斯博士”，他是一个孤独者，一个英雄人物。他倾家荡产，换来的只是孤独。他简直成了非洲的象征。我们友好地分手，谈笑风生，话锋充满智慧。迪莱米亚勋爵，比起战争爆发之初，我带着运输队进入马赛依保护区，与他一起喝茶那个时候，显然更老、更白，头发理得更短，但依旧是那么彬彬有礼、和蔼可亲。内罗毕大部分的索马里人也来站台送行。牲口商老阿卜达拉赶来，送我一枚银戒指，上嵌绿松石，祝愿我交好运。贝里亚——戴尼斯的仆人，很认真地请我转达他对在英国的戴尼斯兄弟的问候。他以前曾在戴尼斯家里住过。法拉赫在上火车时告诉我，索马里妇女们乘着人力车赶到车站，可一见到站台上那么多的索马里男人，又失去了勇气，快快地回去了。

我从车厢里伸出手，与古斯塔夫·莫尔握别。现在火车即将启动，已经往前挪动了，他的心灵才恢复平衡。他多么希望我鼓起勇气，直面人生。他激动得满脸通红，仿佛在燃烧，那双明亮的眸子冲着我闪光。

在中途的沙布鲁车站，机车加水时，我下了火车，与法拉赫在站台上徜徉。

从站台向西南方遥望，我又见到了恩戈山。巍巍的山峰，像波涛起伏在平展展的大地环抱之中，一切都呈现出天蓝色。它们是那么遥远。四座峰巅显得那么渺茫，令人难以分辨。这景象与我从庄园里见到的迥然不一。迢迢旅途，犹如一只神手，将恩戈山的线条磨圆了，磨平了。

（周国勇　张鹤 译）

选自华东师范大学出版社《走出非洲》

1914 年，二十九岁的卡伦 · 布里克森旅居肯尼亚，在恩戈山下的农场经营咖啡种植园。十七年后，卡伦离开非洲返回丹麦，写下了这段奇妙的经历。很快，这本书成为全世界读者着迷的小说。非洲大陆迷人的风光、疾病与贫穷交织的现状，以及“我”经营种植园的失败等交织在一起，共同构成了非洲大地庞杂茂盛又宽广浩茫的底色，在这底色中，人不能被致命的悲观打败，而只能昂扬自我更新的精神力量。卡伦用充满哲理的文笔，用磅礴的格局，为人类留下了一部歌咏永恒的大地和永恒的生命力的文学经典。1954 年 10 月，当美国著名作家海明威上台接受诺贝尔文学奖时，他说：如果《走出非洲》的作者，美丽的卡伦 · 布里克森得过此奖，我今天会更高兴。

卡伦 · 布里克森（Karen Blixen，1885—1962），丹麦女作家。曾旅居肯尼亚经营咖啡种植园。1931 年返回丹麦，从事文学创作。代表作品有《走出非洲》《冬天的故事》《命运女神轶事》等。

吴纯：

目前国内唯一一位有三个博士学位的青年钢琴家。

他出身贫寒，累计获十九项国际钢琴演奏大奖，

被誉为“闪耀在欧洲的中国钢琴之星”。

贝多芬传（节选）

[法] 罗曼·罗兰

然而死终于来了。一八二六年十一月，他得着肋膜炎性的感冒；为侄子奔走前程而旅行回来，他在维也纳病倒了①。朋友都在远方。他打发侄儿去找医生。据说这麻木不仁的家伙竟忘记了使命，两天之后才重新想起来。医生来得太迟，而且治疗得很恶劣。三个月内，他以运动家般的体格和病魔挣扎着。一八二七年一月三日，他把至爱的侄儿立为正式的承继人。他想到莱茵河畔的亲爱的友人，写信给韦格勒说：“我多想和你谈谈！但我身体太弱了，除了在心里拥抱你和你的洛亨以外，我什么都无能为力了。”②要不是几个豪侠的英国朋友，贫穷的苦难几乎笼罩到他生命的最后一刻。他变得非常柔和，非常忍耐③。一八二七年二月十七日，躺在弥留的床上，经过了三次手术以后，等待着第四次，他在等待期间还安详地说：“我耐着性子，想道：一切灾难都带来几分善。”④

① 贝多芬的病有两个阶段：（一）肺部的感染，那是六天就结束的。“第七天上，他觉得好了一些，从床上起来，走路，看书，写作。”（二）消化器病，外加循环系病。医生说：“第八天，我发现他脱了衣服，身体发黄色。剧烈地泄泻，外加呕吐，几乎使他那天晚上送命。”从那时起，水肿病开始加剧。这一次的复病还有我们迄今不甚清楚的精神上的原因。华洛赫医生说：“一件使他愤慨的事，使他大发雷霆，非常苦恼，这就促成了病的爆发。打着寒噤，浑身颤抖，因内脏的痛楚而起拘挛。”关于贝多芬最后一次的病情，从一八四二年起就有医生详细的叙述公开发表。

② 译者按：洛亨即韦格勒夫人埃莱奥诺雷的亲密的称呼。

③ 一个名叫路德维希·克拉莫利尼的歌唱家，说他看见最后一次病中的贝多芬，觉得他心地宁静，慈祥恺恻，达于极点。

④ 据格哈得·冯·布罗伊宁的信，说他在弥留时，在床上受着臭虫的骚扰。——他的四次手术是一八二六年十二月二十日，一八二七年正月八日、二月二日和二月二十七日。

这个善，是解脱，是像他临终时所说的“喜剧的终场”——我们却说是他一生悲剧的终场。

他在大风雨中，大风雪中，一声响雷中，咽了最后一口气。一只陌生的手替他阖上了眼睛（一八二七年三月二十六日）。[①]

亲爱的贝多芬！多少人已颂赞过他艺术上的伟大。但他远不止是音乐家中的第一人，而是近代艺术的最英勇的力。对于一般受苦而奋斗的人，他是最大而最好的朋友。当我们对着世界的劫难感到忧伤时，他会到我们身旁来，好似坐在一个穿着丧服的母亲旁边，一言不发，在琴上唱着他隐忍的悲歌，安慰那哭泣的人。当我们对德与善的庸俗，斗争到疲惫的辰光，到此意志与信仰的海洋中浸润一下，将获得无可言喻的裨益。他分赠我们的是一股勇气，一种奋斗的欢乐[②]，一种感到与神同在的醉意。仿佛在他和大自然不息的沟通之下，他竟感染了自然的深邃的力[③]。格里尔巴策对贝多芬是钦佩之中含有惧意的，在提及他时说：“他所到达的那种境界，艺术竟和犷野与古怪的原素混合为一。”舒曼提到《第五交响曲》时也说：“尽管你时常听到它，它对你始终有一股不变的威力，有如自然界的现象，虽然时时发生，总教人充满着恐惧与惊异。”他的密友申德勒说：“他抓住了大自然的精神。”——这是不错的：贝多芬是自然界的一股力；一种原始的力和大自然其余的部分接战之下，便产生了《荷马史诗》般的壮观。

他的一生宛如一天雷雨的日子——先是一个明净如水的早晨。仅仅有几阵懒懒的微风。但在静止的空气中，已经有隐隐的威胁，沉重的预感。然后，突然之间巨大的阴影卷过，悲壮的雷吼，充满着声响的可怖的静默，一阵复一阵的狂风，《英雄交响曲》与《第五交响曲》。然而白日的清纯之气尚未受到损害。欢乐依然是欢乐，悲哀永远保存着一缕希望。但自一八一〇年后，心灵的均衡丧失了。日光变得异样。最清楚的思想，也看来似乎水汽一般在升华：忽而四散，忽而凝聚，它们的又凄

① 这陌生人是青年音乐家安塞尔姆·许滕布伦纳。布罗伊宁写道：“感谢上帝！感谢他结束了这长时期悲惨的苦难。”贝多芬的手稿、书籍、家具，全部拍卖掉，代价不过一百七十五弗洛令。拍卖目录上登记着二五二件音乐手稿和音乐书籍，共售九八二弗洛令。谈话手册只售一弗洛令二十。

② 他致“不朽的爱人”信中有言：“当我有所克服的时候，我总是快乐的。”一八〇一年十一月十六日致韦格勒信中又言：“我愿把生命活上千百次……我非生来过恬静的日子的。”

③ 申德勒有言：“贝多芬教了我大自然的学问，在这方面的研究，他给我的指导和在音乐方面没有分别。使他陶醉的并非自然的律令，而是自然的基本威力。”

凉又古怪的骚动，罩住了心；往往乐思在薄雾之中浮沉了一二次以后，完全消失了、淹没了，直到曲终才在一阵狂飙中重新出现。快乐本身也蒙上苦涩与犷野的性质。所有的情操里都混合着一种热病，一种毒素①。黄昏将临，雷雨也随着酝酿。随后是沉重的云，饱蓄着闪电，给黑夜染成乌黑，挟带着大风雨，那是《第九交响曲》的开始——突然当风狂雨骤之际，黑暗裂了缝，夜在天空给赶走，由于意志之力，白日的清明重又还给了我们。

什么胜利可和这场胜利相比？波拿巴的哪一场战争，奥斯特利茨②哪一天的阳光，曾经达到这种超人的努力的光荣？曾经获得这种心灵从未获得的凯旋？一个不幸的人，贫穷，残废，孤独，由痛苦造成的人，世界不给他欢乐，他却创造了欢乐来给予世界！他用他的苦难来铸成欢乐，好似他用那句豪语来说明的——那是可以总结他一生，可以成为一切英勇心灵的箴言的：

“用痛苦换来欢乐。”③

（傅雷 译）

罗曼·罗兰是享誉世界的作家，也是著名的社会活动家，他用戏剧写法国大革命，用名人传记写英雄主义，用小说张扬理想主义。他反对战争和暴力，倡导个人精神独立。“五四”运动以后，中国曾经出现过崇拜罗曼·罗兰的狂热期，鲁迅、茅盾、郑振铎都曾向中国读者介绍过他；而他去世之后，宋庆龄、郭沫若、萧军、艾青、焦菊隐等都曾写过悼念文章。他的《约翰·克利斯朵夫》《贝多芬传》因傅雷充满激情的译笔影响了几代中国人。那“扼住命运咽喉”的诗意表达，至今都是强人意志和理想主义的代名词。1915 年，诺贝尔文学奖的颁奖词这么评价罗曼·罗兰：“我们颂扬他文学作品中高尚的理想主义，以及他在描述不同类型的人们中表达出的怜悯心和真理之爱。”

---

① 贝多芬一八一〇年五月二日致韦格勒书中有言：“噢，人生多美，但我的是永远受着毒害……”

② 译者按：系拿破仑一八〇五年十二月大获胜利之地。

③ 一八一五年十月十日贝多芬致埃尔德迪夫人书。

叶锦添：

目前获奥斯卡最佳艺术指导奖的唯一一位华人。

最早在全世界推行“新东方主义”美学理念，让世界了解到东方文化艺术之美。

红楼梦（节选）

〔清〕曹雪芹

且说黛玉自那日弃舟登岸时，便有荣国府打发了轿子并拉行李的车辆久候了。这林黛玉常听得母亲说过，他外祖母家与别家不同。他近日所见的这几个三等仆妇，吃穿用度，已是不凡了，何况今至其家。因此步步留心，时时在意，不肯轻易多说一句话，多行一步路，惟恐被人耻笑了他去。

自上了轿，进入城中，从纱窗向外瞧了一瞧，其街市之繁华，人烟之阜盛，自与别处不同。又行了半日，忽见街北蹲着两个大石狮子，三间兽头大门，门前列坐着十来个华冠丽服之人。正门却不开，只有东西两角门有人出入。正门之上有一匾，匾上大书“敕造宁国府”五个大字。黛玉想道：“这必是外祖之长房了。”想着，又往西行，不多远，照样也是三间大门，方是荣国府了。却不进正门，只进了西边角门。那轿夫抬进去，走了一射之地，将转弯时，便歇下退出去了。后面的婆子们已都下了轿，赶上前来。另换了三四个衣帽周全十七八岁的小厮上来，复抬起轿子。众婆子步下围随至一垂花门前落下。众小厮退出，众婆子上来打起轿帘，扶黛玉下轿。林黛玉扶着婆子的手，进了垂花门，两边是抄手游廊，当中是穿堂，当地放着一个紫檀架子大理石的大插屏。转过插屏，小小的三间厅，厅后就是后面的正房大院。正面五间上房，皆雕梁画栋，两边穿山游廊厢房，挂着各色鹦鹉、画眉等鸟雀。台矶之上，坐着几个穿红着绿的丫头，一见他们来了，便忙都笑迎上来，说：“刚才老太太还念呢，可巧就来了。”于是三四人争着打起帘笼，一面听得人回话：“林姑娘到了。”

黛玉方进入房时，只见两个人搀着一位鬓发如银的老母迎上来，黛玉便知是他外祖母。方欲拜见时，早被他外祖母一把搂入怀中，心肝儿肉叫着大哭起来。

当下地下侍立之人，无不掩面涕泣，黛玉也哭个不住。一时众人慢慢解劝住了，黛玉方拜见了外祖母。——此即冷子兴所云之史氏太君，贾赦贾政之母也。当下贾母一一指与黛玉："这是你大舅母；这是你二舅母；这是你先珠大哥的媳妇珠大嫂子。"黛玉一一拜见过。贾母又说："请姑娘们来。今日远客才来，可以不必上学去了。"众人答应了一声，便去了两个。

不一时，只见三个奶嬷嬷并五六个丫鬟，簇拥着三个姊妹来了。第一个肌肤微丰，合中身材，腮凝新荔，鼻腻鹅脂，温柔沉默，观之可亲。第二个削肩细腰，长挑身材，鸭蛋脸面，俊眼修眉，顾盼神飞，文彩精华，见之忘俗。第三个身量未足，形容尚小。其钗环裙袄，三人皆是一样的妆饰。黛玉忙起身迎上来见礼，互相厮认过，大家归了坐。丫鬟们斟上茶来。不过说些黛玉之母如何得病，如何请医服药，如何送死发丧。不免贾母又伤感起来，因说："我这些儿女，所疼者独有你母，今日一旦先舍我而去，连面也不能一见，今见了你，我怎不伤心！"说着，搂了黛玉在怀，又呜咽起来。众人忙都宽慰解释，方略略止住。

众人见黛玉年貌虽小，其举止言谈不俗，身体面庞虽怯弱不胜，却有一段自然的风流态度，便知他有不足之症。因问："常服何药，如何不急为疗治？"黛玉道："我自来是如此，从会吃饮食时便吃药，到今日未断，请了多少名医修方配药，皆不见效。那一年我三岁时，听得说来了一个癞头和尚，说要化我去出家，我父母固是不从。他又说：'既舍不得他，只怕他的病一生也不能好的了。若要好时，除非从此以后总不许见哭声；除父母之外，凡有外姓亲友之人，一概不见，方可平安了此一世。'疯疯癫癫，说了这些不经之谈，也没人理他。如今还是吃人参养荣丸。"贾母道："正好，我这里正配丸药呢。叫他们多配一料就是了。"

一语未了，只听后院中有人笑声，说："我来迟了，不曾迎接远客！"黛玉纳罕道："这些人个个皆敛声屏气，恭肃严整如此，这来者系谁，这样放诞无礼？"心下想时，只见一群媳妇丫鬟围拥着一个人从后房门进来。这个人打扮与众姑娘不同：彩绣辉煌，恍若神妃仙子。头上戴着金丝八宝攒珠髻，绾着朝阳五凤挂珠钗；项上带着赤金盘螭璎珞圈；裙边系着豆绿宫绦，双衡比目玫瑰珮；身上穿着缕金百蝶穿花大红洋缎窄裉袄，外罩五彩刻丝石青银鼠褂；下着翡翠撒花洋绉裙。一双丹凤三角眼，两弯柳叶吊梢眉，身量苗条，体格风骚。粉面含春威不露，丹唇未启笑先闻。黛玉连忙起身接见。贾母笑道："你不认得他，他是我们这里有名的一个泼皮破落户儿，南省俗谓作‘辣子’，你只叫他‘凤辣子’就是了。”

黛玉正不知以何称呼，只见众姊妹都忙告诉他道：“这是琏嫂子。”黛玉虽不识，也曾听见母亲说过，大舅贾赦之子贾琏，娶的就是二舅母王氏之内侄女，自幼假充男儿教养的，学名王熙凤。黛玉忙陪笑见礼，以“嫂”呼之。

这熙凤携着黛玉的手，上下细细打谅了一回，仍送至贾母身边坐下，因笑道：“天下真有这样标致的人物，我今儿才算见了！况且这通身的气派，竟不像老祖宗的外孙女儿，竟是个嫡亲的孙女，怨不得老祖宗天天口头心头一时不忘。只可怜我这妹妹这样命苦，怎么姑妈偏就去世了！”说着，便用帕拭泪。贾母笑道：“我才好了，你倒来招我。你妹妹远路才来，身子又弱，也才劝住了，快再休提前话。”这熙凤听了，忙转悲为喜道：“正是呢！我一见了妹妹，一心都在他身上了，又是喜欢，又是伤心，竟忘记了老祖宗。该打，该打！”又忙携黛玉之手，问：“妹妹几岁了？可也上过学？现吃什么药？在这里不要想家，想要什么吃的、什么玩的，只管告诉我；丫头老婆们不好了，也只管告诉我。”一面又问婆子们：“林姑娘的行李东西可搬进来了？带了几个人来？你们赶早打扫两间下房，让他们去歇歇。”

说话时，已摆了茶果上来。熙凤亲为捧茶捧果。又见二舅母问他：“月钱放过了不曾？”熙凤道：“月钱已放完了。才刚带着人到后楼上找缎子，找了这半日，也并没有见昨日太太说的那样的，想是太太记错了？”王夫人道：“有没有，什么要紧。”因又说道：“该随手拿出两个来给你这妹妹去裁衣裳的，等晚上想着叫人再去拿罢，可别忘了。”熙凤道：“这倒是我先料着了，知道妹妹不过这两日到的，我已预备下了，等太太回去过了目好送来。”王夫人一笑，点头不语。

当下茶果已撤，贾母命两个老嬷嬷带了黛玉去见两个母舅。时贾赦之妻邢氏忙亦起身，笑回道：“我带了外甥女过去，倒也便宜。”贾母笑道：“正是呢，你也去罢，不必过来了。”邢夫人答应了一声“是”字，遂带了黛玉与王夫人作辞。大家送至穿堂前。

出了垂花门，早有众小厮们拉过一辆翠幄青绸车，邢夫人携了黛玉，坐在上面，众婆子们放下车帘，方命小厮们抬起，拉至宽处，方驾上驯骡，亦出了西角门，往东过荣府正门，便入一黑油大门中，至仪门前方下来。众小厮退出，方打起车帘，邢夫人搀着黛玉的手，进入院中。黛玉度其房屋院宇，必是荣府中花园隔断过来的。进入三层仪门，果见正房厢庑游廊，悉皆小巧别致，不似方才那边轩峻壮丽；

且院中随处之树木山石皆在。一时进入正室，早有许多盛妆丽服之姬妾丫鬟迎着，邢夫人让黛玉坐了，一面命人到外面书房去请贾赦。一时人来回话说："老爷说了：'连日身上不好，见了姑娘彼此倒伤心，暂且不忍相见。劝姑娘不要伤心想家，跟着老太太和舅母，即同家里一样。姊妹们虽拙，大家一处伴着，亦可以解些烦闷。或有委屈之处，只管说得，不要外道才是。'" 黛玉忙站起来，一一听了。再坐一刻，便告辞。

邢夫人苦留吃过晚饭去，黛玉笑回道："舅母爱惜赐饭，原不应辞，只是还要过去拜见二舅舅，恐领了赐迟去不恭，异日再领，未为不可。望舅母容谅。"邢夫人听说，笑道："这倒是了。"遂令两三个嬷嬷用方才的车好生送了姑娘过去。于是黛玉告辞。邢夫人送至仪门前，又嘱咐了众人几句，眼看着车去了方回来。

一时黛玉进了荣府，下了车。众嬷嬷引着，便往东转弯，穿过一个东西的穿堂，向南大厅之后，仪门内大院落，上面五间大正房，两边厢房鹿顶耳房钻山，四通八达，轩昂壮丽，比贾母处不同。黛玉便知这方是正经正内室，一条大甬路，直接出大门的。进入堂屋中，抬头迎面先看见一个赤金九龙青地大匾，匾上写着斗大的三个大字，是"荣禧堂"，后有一行小字："某年月日，书赐荣国公贾源"，又有"万几宸翰之宝"。大紫檀雕螭案上，设着三尺来高青绿古铜鼎，悬着待漏随朝墨龙大画，一边是金蜼彝，一边是玻璃盒。地下两溜十六张楠木交椅，又有一副对联，乃乌木联牌，镶着錾银的字迹，道是：

座上珠玑昭日月，堂前黼黻焕烟霞。

下面一行小字，道是："同乡世教弟勋袭东安郡王穆莳拜手书"。

原来王夫人时常居坐宴息，亦不在这正室，只在这正室东边的三间耳房内。于是老嬷嬷引黛玉进东房门来。临窗大炕上铺着猩红洋罽，正面设着大红金钱蟒靠背，石青金钱蟒引枕，秋香色金钱蟒大条褥。两边设一对梅花式洋漆小几。左边几上文王鼎匙箸香盒；右边几上汝窑美人觚——觚内插着时鲜花卉，并茗碗痰盒等物。地下面西一溜四张椅上，都搭着银红撒花椅搭，底下四副脚踏。椅之两边，也有一对高几，几上茗碗瓶花俱备。其馀陈设，自不必细说。

老嬷嬷们让黛玉炕上坐，炕沿上却有两个锦褥对设，黛玉度其位次，便不上炕，只向东边椅子上坐了。本房内的丫鬟忙捧上茶来。黛玉一面吃茶，一面打谅这些丫鬟们，妆饰衣裙，举止行动，果亦与别家不同。茶未吃了，只见一个穿红绫袄青缎掐牙背心的丫鬟走来笑说道："太太说，请林姑娘到那边坐罢。"老嬷嬷听了，于是又引黛玉出来，到了东廊三间小正房内。

正面炕上横设一张炕桌，桌上磊着书籍茶具，靠东壁面西设着半旧的青缎靠背引枕。王夫人却坐在西边下首，亦是半旧的青缎靠背坐褥。见黛玉来了，便往东让。黛玉心中料定这是贾政之位。因见挨炕一溜三张椅子上，也搭着半旧的弹墨椅袱，黛玉便向椅上坐了。王夫人再四携他上炕，他方挨王夫人坐了。王夫人因说："你舅舅今日斋戒去了，再见罢。只是有一句话嘱咐你：你三个姊妹倒都极好，以后一处念书认字学针线，或是偶一顽笑，都有尽让的。但我不放心的最是一件：我有一个孽根祸胎，是家里的'混世魔王'，今日因庙里还愿去了，尚未回来，晚间你看见便知了。你只以后不要睬他，你这些姊妹都不敢沾惹他的。"

黛玉亦常听得母亲说过，二舅母生的有个表兄，乃衔玉而诞，顽劣异常，极恶读书，最喜在内帏厮混；外祖母又极溺爱，无人敢管。今见王夫人如此说，便知说的是这表兄了。因陪笑道："舅母说的，可是衔玉所生的这位哥哥？在家时亦曾听见母亲常说，这位哥哥比我大一岁，小名就唤宝玉，虽极憨顽，说在姊妹情中极好的。况我来了，自然只和姊妹同处，兄弟们自是别院另室的，岂得去沾惹之理？"王夫人笑道："你不知道原故：他与别人不同，自幼因老太太疼爱，原系同姊妹们一处娇养惯了的。若姊妹们有日不理他，他倒还安静些，纵然他没趣，不过出了二门，背地里拿着他两个小幺儿出气，咕唧一会子就完了。若这一日姊妹们和他多说一句话，他心里一乐，便生出多少事来。所以嘱咐你别睬他。他嘴里一时甜言蜜语，一时有天无日，一时又疯疯傻傻，只休信他。"

黛玉一一的都答应着。只见一个丫鬟来回："老太太那里传晚饭了。"王夫人忙携黛玉从后房门由后廊往西，出了角门，是一条南北宽夹道。南边是倒座三间小小的抱厦厅，北边立着一个粉油大影壁，后有一半大门，小小一所房室。王夫人笑指向黛玉道："这是你凤姐姐的屋子，回来你好往这里找他来，少什么东西，你只管和他说就是了。"这院门上也有四五个才总角的小厮，都垂手侍立。王夫人遂携黛玉穿过一个东西穿堂，便是贾母的后院了。

于是，进入后房门，已有多人在此伺候，见王夫人来了，方安设桌椅。贾珠之妻李氏捧饭，熙凤安箸，王夫人进羹。贾母正面榻上独坐，两边四张空椅，熙凤忙拉了黛玉在左边第一张椅上坐了，黛玉十分推让。贾母笑道："你舅母你嫂子们不在这里吃饭。你是客，原应如此坐的。"黛玉方告了座，坐了。贾母命王夫人坐了。迎春姊妹三个告了座方上来。迎春便坐右手第一，探春坐左第二，惜春坐右第二。旁边丫鬟执着拂尘、漱盂、巾帕。李、凤二人立于案旁布让。外间伺候之媳妇丫鬟虽多，却连一声咳嗽不闻。

寂然饭毕，各有丫鬟用小茶盘捧上茶来。当日林如海教女以惜福养身，云饭后务待饭粒咽尽，过一时再吃茶，方不伤脾胃。今黛玉见了这里许多事情不合家中之式，不得不随的，少不得一一改过来，因而接了茶。早见人又捧过漱盂来，黛玉也照样漱了口。盥手毕，又捧上茶来，这方是吃的茶。贾母便说："你们去罢，让我们自在说话儿。"王夫人听了，忙起身，又说了两句闲话，方引凤、李二人去了。贾母因问黛玉念何书。黛玉道："只刚念了《四书》。"黛玉又问姊妹们读何书。贾母道："读的是什么书，不过是认得两个字，不是睁眼的瞎子罢了！"

一语未了，只听外面一阵脚步响，丫鬟进来笑道："宝玉来了！"黛玉心中正疑惑着："这个宝玉，不知是怎生个惫懒人物，懵懂顽童？——倒不见那蠢物也罢了。"心中想着，忽见丫鬟话未报完，已进来了一位年轻的公子：

> 头上戴着束发嵌宝紫金冠，齐眉勒着二龙抢珠金抹额；穿一件二色金百蝶穿花大红箭袖，束着五彩丝攒花结长穗宫绦，外罩石青起花八团倭缎排穗褂；登着青缎粉底小朝靴。面若中秋之月，色如春晓之花，鬓若刀裁，眉如墨画，面如桃瓣，目若秋波。虽怒时而若笑，即瞋视而有情。项上金螭璎珞，又有一根五色丝绦，系着一块美玉。

黛玉一见，便吃一大惊，心下想道："好生奇怪，倒像在那里见过一般，何等眼熟到如此！"只见这宝玉向贾母请了安，贾母便命："去见你娘来。"宝玉即转身去了。一时回来，再看，已换了冠带：头上周围一转的短发，都结成小辫，红丝结束，共攒至顶中胎发，总编一根大辫，黑亮如漆，从顶至梢，一串四颗大珠，用金八宝坠角；身上穿着银红撒花半旧大袄，仍旧带着项圈、宝玉、寄名锁、护身符等物；下面半露松花撒花绫裤腿，锦边弹墨袜，厚底大红鞋。越显得面如敷粉，唇若施脂；

转盼多情，语言常笑。天然一段风骚，全在眉梢；平生万种情思，悉堆眼角。看其外貌最是极好，却难知其底细。后人有《西江月》二词，批宝玉极恰，其词曰：

无故寻愁觅恨，有时似傻如狂。纵然生得好皮囊，腹内原来草莽。　潦倒不通世务，愚顽怕读文章。行为偏僻性乖张，那管世人诽谤！

富贵不知乐业，贫穷难耐凄凉。可怜辜负好韶光，于国于家无望。　天下无能第一，古今不肖无双。寄言纨袴与膏粱：莫效此儿形状！

贾母因笑道：“外客未见，就脱了衣裳，还不去见你妹妹！”宝玉早已看见多了一个姊妹，便料定是林姑妈之女，忙来作揖。厮见毕归坐，细看形容，与众各别：

两弯似蹙非蹙罥烟眉，一双似泣非泣含露目。态生两靥之愁，娇袭一身之病。泪光点点，娇喘微微。闲静时如姣花照水，行动处似弱柳扶风。心较比干多一窍，病如西子胜三分。

宝玉看罢，因笑道：“这个妹妹我曾见过的。”贾母笑道：“可又是胡说，你又何曾见过他？”宝玉笑道：“虽然未曾见过他，然我看着面善，心里就算是旧相识，今日只作远别重逢，亦未为不可。”贾母笑道：“更好，更好，若如此，更相和睦了。”宝玉便走近黛玉身边坐下，又细细打量一番，因问：“妹妹可曾读书？”黛玉道：“不曾读，只上了一年学，些须认得几个字。”宝玉又道：“妹妹尊名是那两个字？”黛玉便说了名。宝玉又问表字。黛玉道：“无字。”宝玉笑道：“我送妹妹一妙字，莫若‘颦颦’二字极妙。”探春便问何出。宝玉道：“《古今人物通考》上说：‘西方有石名黛，可代画眉之墨。’况这林妹妹眉尖若蹙，用取这两个字，岂不两妙！”探春笑道：“只恐又是你的杜撰。”宝玉笑道：“除《四书》外，杜撰的太多，偏只我是杜撰不成？”又问黛玉：“可也有玉没有？”众人不解其语，黛玉便忖度着因他有玉，故问我有也无，因答道：“我没有那个。想来那玉是一件罕物，岂能人人有的。”

宝玉听了，登时发作起痴狂病来，摘下那玉，就狠命摔去，骂道：“什么罕物，连人之高低不择，还说‘通灵’不‘通灵’呢！我也不要这劳什子了！”吓的众人一拥争去拾玉。贾母急的搂了宝玉道：“孽障！你生气，要打骂人容易，何苦摔那命根子！”宝玉满面泪痕泣道：“家里姐姐妹妹都没有，单我有，我说没趣；如今来了这们一个神仙似的妹妹也没有，可知这不是个好东西。”贾母忙哄他道：“你这妹妹原有这个来的，因你姑妈去世时，舍不得你妹妹，无法处，遂将他的玉带了去了：一则全殉葬之礼，尽你妹妹之孝心；二则你姑妈之灵，亦可权作见了女儿之意。因此他只说没有这个，不便自己夸张之意。你如今怎比得他？还不好生慎重带上，仔细你娘知道了。”说着，便向丫鬟手中接来，亲与他带上。宝玉听如此说，想一想大有情理，也就不生别论了。

……

将已到了花冢，犹未转过山坡，只听山坡那边有呜咽之声，一行数落着，哭的好不伤感。宝玉心下想道：“这不知是那房里的丫头，受了委曲，跑到这个地方来哭。”一面想，一面煞住脚步，听他哭道是：

花谢花飞花满天，红消香断有谁怜？
游丝软系飘春榭，落絮轻沾扑绣帘。
闺中女儿惜春暮，愁绪满怀无释处，
手把花锄出绣闺，忍踏落花来复去。
柳丝榆荚自芳菲，不管桃飘与李飞。
桃李明年能再发，明年闺中知有谁？
三月香巢已垒成，梁间燕子太无情！
明年花发虽可啄，却不道人去梁空巢也倾。
一年三百六十日，风刀霜剑严相逼，
明媚鲜妍能几时，一朝飘泊难寻觅。
花开易见落难寻，阶前闷杀葬花人，
独倚花锄泪暗洒，洒上空枝见血痕。
杜鹃无语正黄昏，荷锄归去掩重门。
青灯照壁人初睡，冷雨敲窗被未温。
怪奴底事倍伤神，半为怜春半恼春：
怜春忽至恼忽去，至又无言去不闻。

昨宵庭外悲歌发，知是花魂与鸟魂？
花魂鸟魂总难留，鸟自无言花自羞。
愿奴胁下生双翼，随花飞到天尽头。
天尽头，何处有香丘？
未若锦囊收艳骨，一抔净土掩风流。
质本洁来还洁去，强于污淖陷渠沟。
尔今死去侬收葬，未卜侬身何日丧？
侬今葬花人笑痴，他年葬侬知是谁？
试看春残花渐落，便是红颜老死时。
一朝春尽红颜老，花落人亡两不知！

选自人民文学出版社《红楼梦》

《葬花吟》是《红楼梦》中非常经典的诗。林黛玉的敏感、多情，对天地万物充满的爱，对宝玉的珍惜，对个人命运的慨叹，对孤独、病痛乃至死亡的体悟，都体现在这首诗中。而林黛玉整个人物形象中所表达的一切，又成为我们民族的精神世界和审美经验中非常独特、非常美好的代表。林黛玉荷锄葬花早已成为民族文化记忆的一部分，不同的人从中能够体会出五味杂陈的人生况味。

中国作家协会副主席、著名评论家　李敬泽

曹雪芹（约 1715—约 1763），清代小说家。名霑，字梦阮，号雪芹，又号芹溪、芹圃，籍贯沈阳（一说辽阳）。据专家考证，出身清代内务府正白旗包衣世家，是江宁织造曹寅之孙。

叶嘉莹·

曾在海外教授中国诗歌多年，将传承弘扬古典诗词当作晚年的志向。

春晓

〔唐〕孟浩然

春眠不觉晓，处处闻啼鸟。
夜来风雨声，花落知多少。

这首抒情小诗，大概是诗人孟浩然流传最广的一首。诗人没有直接描写春景，而是通过一个春晨梦醒时刻自己的听觉感受和联想，捕捉春天的气息。诗句明白晓畅，音节朗朗上口，却把对明媚春晓的爱惜，对春光流逝的哀愁表达得隽永悠长，令人回味。

孟浩然（689—740），襄州襄阳（现湖北襄阳）人，唐代著名山水田园派诗人。与王维并称为“王孟”。有《孟浩然集》。

（本诗由孙天宇小朋友吟诵。）

静夜思

〔唐〕李白

床前明月光，疑是地上霜。
举头望明月，低头思故乡。

作为李白的思乡名篇，这首诗曾经广受解读，而且，正是这首诗，让思乡情绪和月光意象从此紧密相连。这首诗语言极为平淡，仿佛一切都在不经意中，不带任何语词上的修饰，但一片干干净净的赤子之心却因此流传甚广，妇孺皆知。

李白（701—762），字太白，号青莲居士，又号“谪仙人”，是唐代伟大的浪漫主义诗人，被誉为“诗仙”，与杜甫并称“李杜”。代表作有《望庐山瀑布》《蜀道难》《将进酒》等。有《李太白集》。

（本诗由高瑞小朋友吟诵。）

绝　句

〔唐〕杜甫

迟日江山丽，春风花草香。
泥融飞燕子，沙暖睡鸳鸯。

这是一首清丽可人的小诗。动中有静，静中有动，再加上令人心旷神怡的颜色和味道，共同构成一幅春意盎然的优美图画。

杜甫（712—770），字子美，襄阳人，后徙河南巩县。自号少陵野老，唐代伟大的现实主义诗人，与李白并称“李杜”。杜甫在中国古典诗歌中的影响非常深远，被后人称为“诗圣”，他的诗被称为“诗史”。后世称其杜拾遗、杜工部、杜少陵、杜草堂等。有《杜工部集》。

（本诗由李思路小朋友吟诵。）

出　塞

〔唐〕王昌龄

秦时明月汉时关，万里长征人未还。
但使龙城飞将在，不教胡马度阴山。

这是一首边塞诗，曾被称为“唐朝七绝之首”。诗歌的第一句，就颇具气势，引人进入历史之深思。明月映照着这寂寞的边关，显示出极为苍凉寂寥之感。万里长征，何其艰辛，而又有多少男儿死于边塞沙场，白骨不得还乡。这首诗洋溢着反战、爱民的豪情，以及将来出现良将的希望，其雄浑的格调和豪壮的气势，感人肺腑。

王昌龄（698—757），字少伯，河东晋阳（今山西太原）人，又一说京兆长安人（今西安）人。盛唐著名边塞诗人，人称“七绝圣手”“诗家夫子王江宁”。代表作有《从军行》七首、《出塞》、《闺怨》等。

（本诗由李奕兴小朋友吟诵。）

咏 莲

叶嘉莹

植本出蓬瀛，淤泥不染清。
如来原是幻，何以渡苍生。

这是叶先生少女时期的作品。她曾自述因出生于阴历六月，小字为“荷”，因而对与荷花、莲花有关的事物特别感兴趣，对荷之出泥不染、中通外直的美质尤为爱赏。后来她读到李商隐的诗，注意到佛教中往往以莲花为超度苦难的象征，于是借莲花感叹“七七”事变前后的生民多艰。她的诗词崇尚“弱德之美”，即在苦难中，人还是应有所持守，有所完成。

叶嘉莹（1924— ），号迦陵。生于北京，中国古典文学专家，曾任台湾大学教授、美国哈佛大学、密歇根大学及哥伦比亚大学客座教授、加拿大不列颠哥伦比亚大学终身教授，现任南开大学中华古典文化研究所所长、中央文史研究馆馆员。

（本诗由田佳煜小朋友吟诵。）

那一天

The Other Day

人这辈子，不是活过了多少日子，而是记住了多少日子。每一个被你记住的日子，都将成为生命里不可复制的那一天。就像“多年以后，面对行刑队，奥雷里亚诺·布恩迪亚上校将会回想起父亲带他去见识冰块的那个遥远的下午。”这是《百年孤独》里，奥雷里亚诺上校的回忆。“我实在再也没有吃到那夜似的好豆，——也不再看到那夜似的好戏了。”这是《社戏》里，鲁迅独特的记忆。

在这个主题当中，最让人感动的是安文彬。作为中英香港主权交接仪式的总指挥，说起那一天，他热泪纵横。1997 年 7 月 1 日零点零分零秒，五星红旗在香港上空冉冉升起，为了那一天，一个民族等待了一百五十年。

我们很容易记住那些波澜壮阔的、力挽狂澜的、全新蜕变的“那一天”。但其实无论伟大还是平凡，都会有生命中的某一天，因为它的独特，被标注在日历上，它注定了我们是谁。

如果说，时光的藤蔓攀爬着光阴的故事，“那一天”，一定是千回百转的一枝。你的“那一天”，究竟发生了什么样的故事？

刘慈欣.

著名科幻文学作家。代表作《三体》系列第一部获得了世界科幻文学的最高奖项——雨果奖。他是中国乃至亚洲第一个获此殊荣的人。

时间简史（普及版）（节选）

[英] 史蒂芬·霍金　[英] 列纳德·蒙洛迪诺

我们生存在一个奇妙无比的宇宙中。只有凭借非凡的想象力才能鉴赏其年龄、尺度、狂暴甚至美丽。在这个极其广袤的宇宙中，我们人类所处的地位似乎微不足道。因此我们试图理解这一切的含义，并且了解我们在宇宙中的角色。几十年前，一位著名的科学家（有人认为是伯特兰·罗素）做了一次天文学讲演。他描述地球如何围绕太阳公转，而太阳又如何围绕着一个巨大的恒星集团的中心公转，我们把这个集团称作银河系。讲演结束之际，坐在屋子后排的一位小个子老妇人站起来说道："你讲的是一派胡言，实际上，世界是驮在一只巨大乌龟背上的平板。"这位科学家露出高傲的微笑，然后答道："那么这只乌龟站在什么上面呢？""你很聪明，年轻人，的确很聪明，"老妇人说，"不过，这是一只驮着一只，一直驮下去的乌龟塔啊！"

当今大多数人会觉得，把我们的宇宙喻为一个无限乌龟塔的图像相当荒谬。但是我们凭什么就自认为了解得更好呢？暂时忘却你所知道的——或者认为你所知道的有关空间的知识。然后抬头凝视夜空。你对所有那些光点做何解释呢？它们是微小的火焰吗？它们究竟是什么？真是难以想象，因为这远远地超出了我们的日常经验。如果你是一位定期的观星者，你也许见到过，在晨昏时刻徘徊于地平线附近的闪烁光点。它是一颗行星，即水星，但是它和我们自己所在的这颗行星毫不相像。水星的一天相当于该行星年的2/3。太阳出来时，水星表面温度高达400摄氏度，而在深夜它几乎降到－200摄氏度。尽管水星和我们地球的差别如此之大，但更不可思议的是一个典型的恒星，恒星是一个每秒燃尽几十亿磅（1磅＝454克）物质的巨大火炉，而它的核心温度达到几千万摄氏度。

行星和恒星究竟离我们多么遥远？这是另一桩难以想象的事。古代中国人建筑石塔以便更近地观测星空。以为恒星和行星比它们在实际上离我们近得多是很自然的事——在日常生活中，我们毕竟没有和巨大空间距离打交道的经验。它们离我们的距离是如此之遥远，用我们测量大多数长度的办法，即用英尺或者英里去度量，是没有什么意义的。取而代之，我们使用光年，那是光在一年中行进的距离。一束光在一秒钟内行进 186000 英里（1 英里 = 1.6093 千米），这样，一光年便是一个非常长的距离。除了我们的太阳，最近的恒星叫作比邻星（也叫半人马座 α 星），大约在 4 光年之外。这是那么遥远，甚至利用当今正在设计的最高速的宇宙飞船，也需要花费大约 10000 年才能到达那里。

古人曾努力尝试理解宇宙，但是他们还没有发展出我们所知道的数学和科学。今天我们拥有强有力的工具：诸如数学和科学方法的智力工具，以及电脑和望远镜等技术工具。科学家借助这些工具把大量关于空间的知识拼凑在一起。但是关于宇宙，我们究竟知道什么，并且我们何以得到这些知识呢？宇宙从何处来？它又向何处去？宇宙有一个开端吗？如果有的话，在此之前发生了什么？时间的本质是什么？它会到达一个终点吗？我们能在时间中返回到过去吗？物理学中最新的突破，使我们有可能为其中一些悬而未决的问题提供答案，而新技术是实现这些突破的部分原因。对我们而言，这些答案有朝一日会变得和地球围绕太阳公转那么显而易见——或许变得和乌龟塔一样荒谬，只有时间（不管其含义如何）才能裁决。

（吴忠超 译）

选自湖南科学技术出版社《时间简史》（普及版）

《时间简史》是一部现象级的畅销书，被翻译成了四十多种语言，全球销量超过一千万。除了是一部科普著作，它真正的价值在于，超越了普通人的价值观、人生观和世界观，给我们增加了一个新的维

度——宇宙观。作者的超人之处，除了他身体局限和想象力之间的反差之外，他还打通了专家和普通人之间的壁垒。他为什么能做到这一点，可能源自他大学期间的两大爱好：古典音乐和科幻小说。

北京大学世界传记研究中心主任　赵白生

史蒂芬·霍金(Stephen William Hawking，1942—　)，英国著名物理学家。生于英国牛津。任职于剑桥大学。因患卢伽雷氏症等疾病，只有三根手指可以活动，通过语音合成器说话。他的主要研究领域是宇宙论和黑洞。1988年出版的《时间简史》，成为全球畅销科普著作。

姚建中：
中国照相馆摄影师。父亲姚经才是新中国成立后，中国照相馆的第一代摄影师，曾为多位国家领导人和社会各界著名人士拍照。

失去的岁月

周国平

一

上大学时，常常当我在灯下聚精会神读书时，灯突然灭了。这是全宿舍同学针对我一致做出的决议：遵守校规，按时熄灯。我多么恨那只拉开关的手，咔嚓一声，又从我的生命线上割走了一天。怔怔地坐在黑暗里，凝望着月色朦胧的窗外，我委屈得泪眼汪汪。

年龄愈大，光阴流逝愈快，但我好像愈麻木了。一天又一天，日子无声无息地消失，就像水滴消失于大海。蓦然回首，我在世上活了一万多个昼夜，它们都已经不知去向。

“子在川上曰：逝者如斯夫，不舍昼夜。”其实，光阴何尝是这样一条河，可以让我们伫立其上，河水从身边流过，而我却依然故我？时间不是某种从我身边流过的东西，而就是我的生命。弃我而去的不是日历上的一个个日子，而是我生命中的岁月；甚至也不仅仅是我的岁月，而就是我自己。我不但找不回逝去的年华，而且也找不回从前的我了。

当我回想很久以前的我，譬如说，回想大学宿舍里那个泪眼汪汪的我的时候，在我眼前出现的总是一个孤儿的影子，他被无情地遗弃在过去的岁月里了。他孑然一身，举目无亲，徒劳地盼望回到活人的世界上来，而事实上却不可阻挡地被过去的岁月带往更远的远方。我伸出手去，但是我无法触及他并把他领回。我大声呼唤，但是我的声音到达不了他的耳中。我不得不承认这是一种死亡，从前的我已经成为一个死者，我对他的怀念与对一个死者的怀念有着相同的性质。

二

自古以来，不知多少人问过：时间是什么？它在哪里？人们在时间中追问和苦思，得不到回答，又被时间永远地带走了。

时间在哪里？被时间带走的人在哪里？

为了度量时间，我们的祖先发明了日历，于是人类有历史，个人有年龄。年龄代表一个人从出生到现在所拥有的时间。真的拥有吗？它们在哪里？

总是这样：因为失去童年，我们才知道自己长大；因为失去岁月，我们才知道自己活着；因为失去，我们才知道时间。

我们把已经失去的称作过去，尚未得到的称作未来，停留在手上的称作现在。但时间何尝停留，现在转瞬成为过去，我们究竟有什么？

多少个深夜，我守在灯下，不甘心一天就此结束。然而，即使我通宵不眠，一天还是结束了。我们没有任何办法能留住时间。

我们永远不能占有时间，时间却掌握着我们的命运。在它宽大无边的手掌里，我们短暂的一生同时呈现，无所谓过去、现在、未来，我们的生和死、幸福和灾祸早已记录在案。

可是，既然过去不复存在，现在稍纵即逝，未来尚不存在，世上真有时间吗？这个操世间一切生灵生杀之权的隐身者究竟是谁？

我想象自己是草地上的一座雕像，目睹一代又一代孩子嬉闹着从远处走来，渐渐长大，在我身旁谈情说爱，寻欢作乐，又慢慢衰老，蹒跚着向远处走去。我在他们中间认出了我自己的身影，他走着和大家一样的路程。我焦急地朝他瞪眼，示意他停下来，但他毫不理会。现在他已经越过我，继续向前走去了。我悲哀地看着他无可挽救地走向衰老和死亡。

三

许多年以后，我回到我出生的那个城市，一位小学时的老同学陪伴我穿越面貌依旧的老街。他突然指着坐在街沿屋门口的一个丑女人悄悄告诉我，她就是我们的同班同学某某。我赶紧转过脸去，不敢相信我昔日心目中的偶像竟是这般模样。

我的心中保存着许多美丽的面影，然而一旦邂逅重逢，没有不立即破灭的。

我们总是觉得儿时尝过的某样点心最香甜，儿时听过的某支曲子最美妙，儿时见过的某片风景最秀丽。“幸福的岁月是那失去的岁月。”你可以找回那点心、曲子、风景，可是找不回岁月。所以，同一样点心不再那么香甜，同一支曲子不再那么美妙，同一片风景不再那么秀丽。

当我坐在电影院里看电影时，我明明知道，人类的彩色摄影技术已经有了非凡的长进，但我还是找不回像幼时看的幻灯片那么鲜亮的色彩了。失去的岁月便如同那些幻灯片一样，在记忆中闪烁着永远不可企及的幸福的光华。

每次回母校，我都要久久徘徊在我过去住的那间宿舍的窗外。窗前仍是那株木槿，隔了这么些年居然既没有死去，也没有长大。我很想进屋去，看看从前那个我是否还在那里。从那时到现在，我到过许多地方，有过许多遭遇，可是这一切会不会是幻觉呢？也许，我仍然是那个我，只不过走了一会儿神？也许，根本没有时间，只有许多个我同时存在，说不定会在哪里突然相遇？但我终于没有进屋，因为我知道我的宿舍已被陌生人占据，他们会把我看作入侵者，尽管在我眼中，他们才是我的神圣的青春岁月的入侵者。

在回忆的引导下，我们寻访旧友、重游故地，企图找回当年的感觉，然而徒劳。我们终于怅然发现，与时光一起消逝的不仅是我们的童年和青春，而且是由当年的人、树木、房屋、街道、天空组成的一个完整的世界，其中也包括我们当年的爱和忧愁、感觉和心情，我们当年的整个心灵世界。

四

可是，我仍然不相信时间带走了一切。逝去的年华，我们最珍贵的童年和青春岁月，我们必定以某种方式把它们保存在一个安全的地方了。我们遗忘了藏宝的地点，但必定有这么一个地方，否则我们不会这样苦苦地追寻。或者说，有一间心灵的密室，其中藏着我们过去的全部珍宝，只是我们竭尽全力也回想不起开锁的密码了。然而，可能会有一次纯属偶然，我们漫不经心地碰对了这密码，于是密室开启，我们重新置身于从前的岁月。当普鲁斯特的主人公口含一块泡过茶水的玛德莱娜小点心，突然感觉到一种奇特的快感和震颤的时候，便是碰对了密码。一种当下的感觉，也许是一种滋味，一阵气息，一个旋律，石板上的一片阳光，与早已遗忘的那个感觉巧合，因而混合进了和这感觉联结在一起的昔日的心境，于是昔日的生活情景便从这心境中涌现出来。其实，每个人的生活中都不乏这种普鲁斯特式幸福的机缘，在此机缘触发下，我们会产生一种对某样东西似曾相识又若有所失的感觉。但是，很少有人像普鲁斯特那样抓住这种机缘，促使韶光重现。我们总是生活在眼前，忙碌着外在的事务。我们的日子是断裂的，缺乏内在的连续性。逝去的岁月如同一张张未经显影的底片，杂乱堆积在暗室里。它们仍在那里，但和我们永远失去了它们又有什么区别？

五

诗人之为诗人，就在于他对时光的流逝比一般人更加敏感，诗便是他为逃脱这流逝自筑的避难所。摆脱时间有三种方式：活在回忆中，把过去永恒化；活在当下的激情中，把现在永恒化；活在期待中，把未来永恒化。然而，想象中的永恒并不能阻止事实上的时光流逝。所以，回忆是忧伤的，期待是迷惘的，当下的激情混合着狂喜和绝望。难怪一个最乐观的诗人也如此喊道：

“时针指示着瞬息，但什么能指示永恒呢？”

诗人承担着悲壮的使命：把瞬间变成永恒，在时间之中摆脱时间。

谁能生活在时间之外真正拥有永恒呢？

孩子和上帝。

孩子不在乎时光流逝。在孩子眼里，岁月是无穷无尽的。童年之所以令人怀念，是因为我们在童年曾经一度拥有永恒。可是，孩子会长大，我们终将失去童年。我们的童年是在我们明白自己必将死去的那一天结束的。自从失去了童年，我们也就失去了永恒。从那以后，我所知道的唯一的永恒便是我死后时间的无限绵延，我的永恒的不存在。

还有上帝呢？我多么愿意和圣奥古斯丁一起歌颂上帝：“你的岁月无往无来，永是现在，我们的昨天和明天都在你的今天之中过去和到来。”我多么希望世上真有一面永恒的镜子，其中映照着被时间劫走的我的一切珍宝，包括我的生命。可是，我知道，上帝也只是诗人的一个避难所！

在很小的时候，我就自己偷偷写起了日记。一开始的日记极幼稚，只是写些今天吃了什么好东西之类。我仿佛本能地意识到那好滋味容易消逝，于是想用文字把它留住。年岁渐大，我用文字留住了许多好滋味：爱，友谊，孤独，欢乐，痛苦……在青年时代的一次劫难中，我烧掉了全部日记。后来我才知道此举的严重性，为我的过去岁月的真正死亡痛哭不止。但是，写作的习惯延续下来了。我不断把自己最好的部分转移到我的文字中去，到最后，罗马不在罗马了，我借此逃脱了时光的流逝。

仍是想象中的？可是，在一个已经失去童年而又不相信上帝的人，此外还能怎样呢？

选自人民文学出版社《周国平散文》

逝者如斯，不舍昼夜。古往今来，人类与时间的关系一直是文学永恒的命题，或歌咏或诅咒、或笑忘、或追忆，时间让人面对命运的谜题，时间让人寻找爱的真谛，时间让人思考“我从哪里来”“我到哪里去”。在《失去的岁月》中，学者周国平以冲淡平和的笔触，以沉静哀婉的哲思，书写记忆与时间，青春和童年。散文的结尾表达了这样的观念：上帝或许格外眷顾写作者，让他们用文字实现永生。

周国平（1945— ），作家、学者。生于上海，1967 年毕业于北京大学哲学系，现为中国社会科学院哲学研究所研究员。代表作有学术专著《尼采：在世纪的转折点上》《尼采与形而上学》，随感集《人与永恒》，诗集《忧伤的情欲》，散文集《守望的距离》《各自的朝圣路》《安静》，纪实作品《妞妞：一个父亲的札记》等。

安文彬：

著名外交官，从事外交工作三十八年。中英香港政权交接仪式筹备组组长。

可爱的中国（节选）

方志敏

朋友！中国是生育我们的母亲。你们觉得这位母亲可爱吗？我想你们是和我一样的见解，都觉得这位母亲是蛮可爱蛮可爱的。以言气候，中国处于温带不十分热，也不十分冷，好像我们母亲的体温，不高不低，最适宜于孩儿们的偎依。以言国土，中国土地广大，纵横万数千里，好像我们的母亲是一个身体魁大、胸宽背阔的妇人，不像日本姑娘那样苗条瘦小。中国许多有名的崇山大岭，长江巨河，以及大小湖泊，岂不象征着我们母亲丰满坚实的肥肤上之健美的肉纹和肉窝？中国土地的生产力是无限的；地底蕴藏着未开发的宝藏也是无限的；废置而未曾利用起来的天然力，更是无限的，这又岂不象征着我们的母亲，保有着无穷的乳汁，无穷的力量，以养育她四万万的孩儿？我想世界上再没有比她养得更多的孩子的母亲吧。至于说到中国天然风景的美丽，我可以说，不但是雄巍的峨眉，妩媚的西湖，幽雅的雁荡，与夫“秀丽甲天下”的桂林山水，可以傲睨一世，令人称羡；其实中国是无地不美，到处皆景，自城市以至乡村，一山一水，一丘一壑，只要稍加修饰和培植，都可以成流连难舍的胜景；这好像我们的母亲，她是一个天姿玉质的美人，她的身体的每一部分，都有令人爱慕之美。中国海岸线之长而且弯曲，照现代艺术家说来，这象征我们母亲富有曲线美吧。咳！母亲！美丽的母亲，可爱的母亲，只因你受着人家的压榨和剥削，弄成贫穷已极；不但不能买一件新的好看的衣服，把你自己装饰起来；甚至不能买块香皂将你全身洗擦洗擦，以致现出怪难看的一种憔悴褴褛和污秽不洁的形容来！啊！我们的母亲太可怜了，一个天生的丽人，现在却变成叫化的婆子！站在欧洲、美洲各位华贵的太太面前，固然是深愧不如，就是站在那日本小姑娘面前，也自惭形秽得很呢！

听着！朋友！母亲躲到一边去哭泣了，哭得伤心得很呀！她似乎在骂着："难道我四万万的孩子，都是白生了吗？难道他们真像着了魔的狮子，一天到晚的睡着不醒吗？难道他们不知道自己伟大的团结力量，去与残害母亲、剥削母亲的敌人斗争吗？难道他们不想将母亲从敌人手里救出来，把母亲也装饰起来，成为世界上一个最出色、最美丽、最令人尊敬的母亲吗？"朋友，听到没有母亲哀痛的哭骂？是的，是的，母亲骂得对，十分对！我们不能怪母亲好哭，只怪得我们之中出了败类，自己压制自己，眼睁睁的望着我们这位挺慈祥美丽的母亲，受着许多无谓的屈辱，和残暴的蹂躏！这真是我们做孩子们的不是了，简直连一位母亲都爱护不住了！

……

不错，目前的中国，固然是江山破碎，国敝民穷，但谁能断言，中国没有一个光明的前途呢？不，决不会的，我们相信，中国一定有个可赞美的光明前途。中国民族在很早以前，就造起了一座万里长城和开凿了几千里的运河，这就证明中国民族伟大无比的创造力！中国在战斗之中一旦斩去了帝国主义的锁链，肃清自己阵线内的汉奸卖国贼，得到了自由与解放，这种创造力，将会无限地发挥出来。到那时，中国的面貌将会被我们改造一新。所有贫穷和灾荒，混乱和仇杀，饥饿和寒冷，疾病和瘟疫，迷信和愚昧，以及那慢性的杀灭中国民族的鸦片毒物，这些等等都是帝国主义带给我们可憎的赠品，将来也要随着帝国主义的赶走而离去中国了。朋友，我相信，到那时，到处都是活跃跃的创造，到处都是日新月异的进步，欢歌将代替了悲叹，笑脸将代替了哭脸，富裕将代替了贫穷，康健将代替了疾苦，智慧将代替了愚昧，友爱将代替了仇杀，生之快乐将代替了死之悲哀，明媚的花园，将代替了凄凉的荒地！这时，我们民族就可以无愧色地立在人类的面前，而生育我们的母亲，也会最美丽地装饰起来，与世界上各位母亲平等地携手了。

这么光荣的一天，决不在辽远的将来，而在很近的将来，我们可以这样相信的，朋友！

选自人民文学出版社《可爱的中国》

《可爱的中国》是方志敏的著名散文，写于1935年方志敏就义前夕。曾由鲁迅先生代为保存，新中国成立后公开发表。他以亲身经历记录下中国从“五四”运动到第二次国内革命战争的历史，呼吁所有人起来斗争，维护“可爱的中国”，这“生育我们的母亲”。当时的方志敏身在囚室，但一颗赤子之心中饱含的家国热忱辉耀天地，慷慨激昂之心志堪与文天祥的《正气歌》相比肩。八十多年过去了，方志敏的呼喊仍振聋发聩：“把个人所有的智慧才能，都提供于民族的拯救吧！”

方志敏（1899—1935），中国共产党革命家、政治家、军事家、杰出的农民运动领袖。原名远镇，江西省上饶市弋阳县人。1935年被捕牺牲。

金士杰：

台湾著名艺人。既是演员，也是编剧和导演，涉足影视、舞台剧等多个领域。曾以编导的作品《荷珠新配》掀起台湾小剧场运动的新浪潮。

相约星期二（存目）

[美] 米奇·阿尔博姆

年逾七旬的社会心理学教授莫里1994年罹患肌萎缩性侧索硬化(ALS)，已来日无多。作为莫里早年的得意门生，米奇每周二都上门与教授相伴，聆听老人最后的教诲，并在他死后将他的醒世箴言缀珠成链，冠名《相约星期二》。如何面对家庭、婚姻、金钱，如何面对疾病和恐惧，如何面对他人、面对爱，是他们逐一探讨的话题。而死亡既作为该作品的主题，又作为该小说的线索，传递了作者对于人生的思考，这种思考也让整部作品散发出浓郁的哲学意蕴和深沉的热爱生命的情感。作品出版以来，传遍了全世界，而米奇·阿尔博姆之后又写出了另一部著名的生命之书《你在天堂里遇见的五个人》。

米奇·阿尔博姆（Mitch Albom，1958—　），美国作家、电台主持、电视评论员、慈善活动家。生于美国新泽西州。代表作品有《相约星期二》《你在天堂里遇见的五个人》《一日重生》等。米奇·阿尔博姆目前与妻子简宁居住在美国密歇根州。

江疏影：

著名演员，曾出国学习传媒经济。因出演电影《致我们终将逝去的青春》走红。

飘（节选）

［美］玛格丽特·米切尔

“那么——那么你的意思是我已经彻底把它毁了——你再也不爱我了？”

“是这样。”

“可是——可是我爱你呢。”她执拗地说，好像是个孩子，她仍然觉得只要说出自己的希望就能实现那个希望似的。

“那就是你的不幸了。”

她连忙抬起头来，看看这句话背后有没有玩笑的意味，但是没有。他是在简单地说明一个事实。不过这个事实她还是不愿意相信——不能相信。她用那双翘翘的眼睛望着他，眼里燃烧着绝望而固执的神情，同时她那柔润的脸颊忽然板起来，使得一个像杰拉尔德那样顽强的下颚格外突出了。

“别犯傻了，瑞德！我能使——”

他扬起一只手装出惊吓的样子，两道黑眉也耸成新月形，完全是过去那个讽刺人的模样。

“别显得这样坚决吧，思嘉！你把我吓坏了。我看你是在盘算着把你对艾希礼的狂热感情转移到我身上来，可是我害怕丧失我的意志自由和平静呢。不，思嘉，我不愿意像倒霉的艾希礼那样被人追捕。况且，我马上就要走了。”

她的下颚在颤抖了，她赶忙咬紧牙关让它镇定下来。要走？不，无论如何不能走！没有他生活怎么过呢？除了瑞德，所有对她关系重大的人都离开她了。他不能走。可是，怎样才能把他拦住呢？她无法改变他那颗冰凉的心，也驳不回那些冷漠无情的话呀！

“我就要走了。你从马里塔回来的时候我就打算告诉你的。”

“你要遗弃我？”

“用不着装扮成一副弃妇的模样嘛，思嘉。这角色对你很不合适。那么我看，你是不想离婚甚至分居了？好吧，那我就尽可能多回来走走，省得别人说闲话。”

“什么闲话不闲话！”她恶狠狠地说，“我要的是你。要走就带我一起走！”

“不行。”他说，口气十分坚决，好像毫无商量的余地。霎时间她几乎要像个孩子似的号啕大哭了。她几乎要倒在地上，蹬着脚跟叫骂起来了。好在她毕竟还有一点自尊心和常识，才把自己克制住。她想：“如果我那样做，他只会嘲笑，或者干脆袖手旁观。我决不能哭闹；我也决不乞求。我决不做任何叫他轻视的事，他得尊重我，即使——即使他不爱我也罢。”

她抬起下巴，强作镇静地问：“你要到哪里去？”

他回答时眼中隐隐流露出赞许的光彩。

“也许去英国——或者巴黎。但也可能先到查尔斯顿，想办法同我家里的人和解一下。”

“可是你恨他们呢！我听你时常嘲笑他们，并且——”

他耸耸肩膀。

“我还在嘲笑——不过我已经流浪得够了，思嘉。我都四十五岁了——一个人到了这个年龄，应当开始珍惜他年轻时轻易抛弃的那些东西。如家庭的团结，名誉和安定，扎得很深的根基，等等——啊，不！我并不是在改悔，我对于自己做过的事从不悔恨。我已经好好享受过一阵子——那么美好的日子，现在已开始有点腻烦，想改变一下了。不，我从没打算要改变自己身上的瑕疵以外的东西。不过，我也想学学我见惯了的某些外表的东西，那些很使人厌烦但在社会上却很受尊敬的东西——不过我的宝贝儿，这些都是别人所有的，而不是我自己的——那就是绅士们生活中那种安逸尊严的风度，以及旧时代温文尔雅的美德。我以前过日子的时候，并不懂得这些东西中潜在的魅力呢——”

思嘉再一次回想塔拉农场果园里的情景，那天艾希礼眼中的神色跟现在瑞德眼中的完全一样。艾希礼说的那些话如今清清楚楚就在她耳边，仿佛仍是他而不是瑞德在说似的。她记起了艾希礼话中的只言片语，便像鹦鹉学舌一般引用道：“它富有魅力——像古希腊艺术那样，是圆满的、完整的和匀称的。”

瑞德尖利地问她：“你怎么说这个？这正是我的意思呢。”

“这是——这是艾希礼从前谈到旧时代的时候说过的。”

他耸了耸肩，眼睛里的光辉消失了。

“总是艾希礼。”他说完沉默了片刻，然后才接下去。

“思嘉，等到你四十五岁的时候，你也许会懂得我这些话的意思，那时你可能也对这种假装的文雅、虚伪的礼貌和廉价的感情感到腻烦了。不过我还有点怀疑。我想你是会永远只注意外表不重视实质的。反正我活不到那个时候，看不见你究竟怎样了。而且，我也不想等那么久呢。我对这一点就是不感兴趣。我要到旧的城镇和乡村里去寻找，那里一定还残留着旧时代的某些风貌。我现在颇有这种怀旧的伤感情绪。亚特兰大对我来说实在太生涩太新颖了。”

“你别说了！”思嘉突然喊道。他说的那些话她几乎没有听见。她心里当然一点也没有接受。可是她明白，无论她有多大的耐性，也实在忍受不了他那毫无情意的单调声音了。

他只好打住，困惑不解地望着她。

“那么，你懂得我的意思了，是吗？”他边问边站起身来。

她把两只手伸到他面前，手心朝上，这是一个古老的祈求姿势，同时她的满腔感情也完全流露在她脸上了。

“不，”她喊道，“我唯一懂得的是你不爱我，并且你要走！唔，亲爱的，你要是走了，我怎么办呢？”

他犹豫了一会儿，仿佛在琢磨究竟一个善意的谎言是不是终究比说实话更合乎人情。然后他耸了耸肩膀。

“思嘉，我从来不是那样的人，不能耐心地拾起一些碎片，把它们黏合在一起，然后对自己说这个修补好了的东西跟新的完全一样。一样东西破碎了就是破碎了——我宁愿记住它最好时的模样，而不想把它修补好，然后终生看着那些破碎了的地方。也许，假使我还年轻一点——”他叹了一口气，“可是我已经这么大年纪了，不能相信那种纯属感情的说法，说是一切可以从头开始。我这么大年纪了，不能终生背着谎言的负担在貌似体面的幻灭中过日子。我不能跟你生活在一起同时又对你撒谎，而且我决不能欺骗自己。就是现在，我也不能对你说假话啊！我是很想关心你今后的情况的，可是我不能那样做。”

他暗暗抽了一口气，然后轻快而温柔地说：“亲爱的，我一切都不管了。”

她默默地望着他上楼，感到喉咙里痛得厉害，仿佛要窒息死了。随着楼上穿堂里他的脚步声渐渐消失，她觉得这世界上对她关系重大的最后一个人也不复存在了。她现在才明白，任何情感或理智上的力量都已无法使那个冷酷的头脑改变它的判决。她现在才明白，他的每一句话都是认真的，尽管有的说得那么轻松。她明白这些，是因为她感觉到了他身上那种坚强不屈、毫不妥协的品质——所有这些品质她都从艾希礼身上寻找过，可是从没找到。

她对她所爱过的两个男人哪一个都不理解，因此到头来两个都失掉了。现在她才恍惚认识到，如果她当初了解艾希礼，她是决不会爱他的；而如果她了解了瑞德，她就无论如何不会失掉他了。于是她陷入了绝望的迷惘之中，不知这世界上究竟有没有一个人是她真正了解的。

如今她心里是一片恍恍惚惚的麻木，她根据长期的经验懂得，这种麻木会很快变为剧痛，就像肌肉被外科医生的手术刀突然切开时，最初一瞬间是没有感觉的，接着才开始剧痛起来。

"我现在不去想它，"她暗自思忖，准备使用那个老法宝，"我要是现在来想失掉他的事，那就会伤心得发疯呢。还是明天再想吧。"

"可是，"她的心在喊叫，它丢开那个法宝，开始痛起来了，"我不能让他走！一定会有办法的！"

"我现在不去想它。"她又说，说得很响，试着把痛苦推往脑后，或找个什么东西来把它挡住，"我要——怎么，我要回塔拉去，明天就走。"这样，她的精神又稍稍振作起来了。

她曾经怀着恐惧和失败的心情回到塔拉去过，后来在它的庇护下恢复了，又坚强地武装起来，重新投入战斗。凡是她以前做过的，不管怎样——请上帝保佑，她能够再来一次！至于怎么做，她还不清楚。她现在不准备考虑这些。她唯一需要的是有个歇息的空间来熬受痛苦，有个安静的地方来舔她的伤口，有个避难所来计划下一个战役。她一想起塔拉就仿佛有一只轻柔而冷静的手在悄悄抚摩她的心似的。她看得见那幢雪白发亮的房子在秋天转红的树叶掩映中向她招手欢迎，她感觉得到乡下黄昏时的宁静气氛像祝祷时的幸福感一样笼罩在她周围，感觉得到落在广袤的绿白相映的棉花田里的露水，看得见蜿蜒起伏的丘陵上那些赤裸的红土地和郁郁苍苍的松林。

她从这幅图景中受到了鼓舞，内心隐隐地感到宽慰，因此心头的伤痛和悔恨也减轻了一些。她站了一会儿，回忆着一些细小的东西，如通向塔拉的那条翠松夹道的林荫路，那一排排与白粉墙相衬映的茉莉花丛，以及在窗口飘拂着的帘帷。嬷嬷一定在那里。她突然急切地想见嬷嬷了，就像她小时候需要她那样，需要她那宽阔的胸膛，让她好把自己的头伏在上面，需要她那粗糙的大手来抚摩她的头发。嬷嬷，这个与旧时代相连的最后一个链环啊！

她具有她的家族那种不承认失败的精神，哪怕失败就摆在面前。如今就凭这种精神，她把下巴高高翘起。她能够让瑞德回来。她知道她能够。世界上没有哪个男人她无法得到，只要她下定决心就是了。

“我明天回到塔拉再去想吧。那时我就经受得住了。明天，我会想出一个办法把他弄回来。毕竟，明天又是另外的一天呢。”

（李野光　戴侃 译）

选自人民文学出版社《飘》

《飘》是举世闻名的爱情小说，也是描写美国南北战争的代表性作品。克拉克·盖博和费雯·丽主演的电影《乱世佳人》成功之后，更是在全世界广为传播。女主人公郝思嘉那敢爱敢恨、自强不息的形象，非常惹人注目。小说虚写战争，实写战争对人心灵的影响，对人物命运的改变。同时，有关那一时期美国的种族问题、南北矛盾问题等，都有不同程度的体现。

中国社会科学院外国文学研究所所长　陈众议

玛格丽特·米切尔（Margaret Mitchell，1900—1949），美国女作家。生于佐治亚州的亚特兰大。1937 年她因长篇小说《飘》获得普利策小说奖。

王姬：

著名演员。因《北京人在纽约》扬名海内外，也因儿子患有自闭症而成为坚强的母亲。

秋天的怀念

史铁生

双腿瘫痪后，我的脾气变得暴怒无常。望着望着天上北归的雁阵，我会突然把面前的玻璃砸碎；听着听着李谷一甜美的歌声，我会猛地把手边的东西摔向四周的墙壁。母亲就悄悄地躲出去，在我看不见的地方偷偷地听着我的动静。当一切恢复沉寂，她又悄悄地进来，眼边红红的，看着我。“听说北海的花儿都开了，我推着你去走走。”她总是这么说。母亲喜欢花，可自从我的腿瘫痪后，她侍弄的那些花都死了。“不，我不去！”我狠命地捶打这两条可恨的腿，喊着：“我可活什么劲！”母亲扑过来抓住我的手，忍住哭声说：“咱娘儿俩在一块儿，好好儿活，好好儿活……”

可我却一直都不知道，她的病已经到了那步田地。后来妹妹告诉我，她常常肝疼得整宿整宿翻来覆去地睡不了觉。

那天我又独自坐在屋里，看着窗外的树叶“唰唰啦啦”地飘落。母亲进来了，挡在窗前：“北海的菊花开了，我推着你去看看吧。”她憔悴的脸上现出央求般的神色。“什么时候？”“你要是愿意，就明天？”她说。我的回答已经让她喜出望外了。“好吧，就明天。”我说。她高兴得一会儿坐下，一会儿站起：“那就赶紧准备准备。”“唉呀，烦不烦？几步路，有什么好准备的！”她也笑了，坐在我身边，絮絮叨叨地说着：“看完菊花，咱们就去‘仿膳’，你小时候最爱吃那儿的豌豆黄儿。还记得那回我带你去北海吗？你偏说那杨树花是毛毛虫，跑着，一脚踩扁一个……”她忽然不说了。对于“跑”和“踩”一类的字眼儿，她比我还敏感。她又悄悄地出去了。

她出去了，就再也没回来。

邻居们把她抬上车时，她还在大口大口地吐着鲜血。我没想到她已经病成那样。看着三轮车远去，也绝没有想到那竟是永远的诀别。

邻居的小伙子背着我去看她的时候，她正艰难地呼吸着，像她那一生艰难的生活。别人告诉我，她昏迷前的最后一句话是："我那个有病的儿子和我那个还未成年的女儿……"

又是秋天，妹妹推我去北海看了菊花。黄色的花淡雅，白色的花高洁，紫红色的花热烈而深沉，泼泼洒洒，秋风中正开得烂漫。我懂得母亲没有说完的话。妹妹也懂。我俩在一块儿，要好好儿活……

选自人民文学出版社《史铁生散文》

世界上写母爱的文字浩如烟海，但能浓缩凝练、平静克制地写母爱的却不多。史铁生这篇《秋天的怀念》，短短的篇幅中却浸透了最深沉的情感。突然残疾的儿子把对命运不公的愤怒发泄到母亲身上，于是她对他只能试探着关心、小心地呵护，最后又带着无尽的牵挂离去。病、花、血、懂、活，这些生活中最常见的词携带着母爱的温度走进了所有读者的心里。

郭琨：

我国南极科考工作的奠基人之一。目前我国已经建成的四座南极科考站中，两座都是由郭琨亲自率队指挥建设而成。

献给我的同代人

舒婷

他们在天上
愿为一颗星
他们在地上
愿为一盏灯
不怕显得多么渺小
只要尽其可能

唯因不被承认
才格外勇敢真诚
即使像眼泪一样跌碎
敏感的大地
处处仍有
持久而悠远的回声

为开拓心灵的处女地
走入禁区，也许——
就在那里牺牲
留下歪歪斜斜的脚印
给后来者
签署通行证

选自人民文学出版社《舒婷的诗》

舒婷写于1980年的《献给我的同代人》是一首朦胧诗，旨在歌咏精神拓荒者、心灵启蒙者。多年之后，南极的“拓荒者”们来朗读这首诗，又产生了不同的意味，所有新时代的到来、历史新篇章的开启，都有一批先行者为后来者签署“通行证”，而这种历史使命又从来都是时代选择和个人责任感的完美结合。同一代人共同完成同一种使命，这本身就是值得历史记住的“那一天”。

舒婷（1952— ），原名龚佩瑜，生于福建石码镇，朦胧诗派的代表人物。代表作有《致橡树》《祖国啊，我亲爱的祖国》《这也是一切》等。

（这首诗的朗读者为：中国第三十三次南极科学考察队长城站站长陈波、机械师王荣辉、气象预报员陈剑桥和柴晓峰、站长助理兼管理员于津洲、临时党支部书记兼哺乳动物观察员戴宇飞，以及越冬考察队成员。）

船

白桦

我有过多次这样的奇遇，
从天堂到地狱只在瞬息之间；
每一朵可爱、温柔的浪花，
都成了突然崛起、随即倾倒的高山。

每一滴海水都变脸变色，
刚刚还是那样美丽、蔚蓝；
漩涡纠缠着漩涡，

我被抛向高空又投进深渊……

当时我甚至想到过轻生，
眼前一片苦海无边；
放弃了希望就像放弃了舵柄，
在暴力之下只能沉默和哀叹。

今天我才有资格嘲笑昨天的自己，
为昨天落叶似的惶恐感到羞惭；
虚度了多少年华，
船身多次被礁石撞穿……

千万次在大洋里撒网，
才捕获到一点点生活的经验，
才恍然大悟，
啊！道理原是如此浅显：

你要航行吗？
必然会有千妖百怪出来阻拦；
暴虐的欺凌是它们的游戏，
制造灭亡是它们唯一的才干。

命中注定我要常常和它们相逢，
因为我的名字叫作船；
面对强大于自身千万倍的对手，
能援救自己的只有清醒和勇敢。

恐惧只能使自己盲目，
盲目只能夸大魔鬼的狰狞嘴脸；

也许我的样子比它们更可怕，
当我以命相拼，一往无前！

只要我还有一根完整的龙骨，
绝不驶进避风的港湾；
把生命放在征途上，
让勇敢来决定道路的宽窄、长短。

我完完全全地自由了，
船头成为埋葬它们的铁铲；
我在波浪中有节奏地跳跃，
就像荡着一个巨大的秋千。

即使它们终于把我撕碎，
变成一些残破的木片；
我不会沉沦，决不！
我还会在浪尖上飞旋。

后来者还会在残片上认出我，
未来的诗人会喟然长叹：
“这里有一个幸福的灵魂，
它曾经是一艘前进着的航船……”

选自人民文学出版社《白桦的诗》

这首诗写于1980年11月，堪称作者的人生自况。白桦1947年参加中原野战军，任宣传员。新中国成立后在昆明军区和总政治部创作室任创作员。1958年被错划为“右派”，1979年才得以平反。作者

借船在风浪中的前行，寓意特殊年代的遭遇；借船与风暴的搏击，寓意对恐惧、暴虐的蔑视，那一句“把生命放在征途上，让勇敢来决定道路的宽窄、长短”几乎可以看作“幸福的灵魂”的宣言。即使时过境迁，这些昂扬着理想主义的诗句触动人心的力量依然不减当年。

白桦（1930— ），原名陈佑华。诗人、剧作家、小说家。生于河南信阳。作品有诗集《白桦的诗》，电影剧本《山间铃响马帮来》《今夜星光灿烂》《苦恋》等。

（本诗由和郭老一起参与南极科学考察站长城站和中山站建设的几位老队友共同朗读，他们是：刘小汉、高登义、蔡世贵、李辉、杨雨斌。）

青　春

Y o u t h

人生有一首诗，当我们拥有它的时候，往往并没有读懂它；而当我们能读懂它的时候，它却早已远去。这首诗的名字就叫“青春”。

青春是那么美好，在这段不可复制的旅途当中，我们拥有独一无二的记忆。不管它是迷茫的、孤独的、不安的，还是欢腾的、炽热的、理想的，它都是最闪亮的日子。

青春仿佛是一种宣言，它昭示着“自古英雄出少年”的激情；青春也是一种姿态，“心有猛虎，细嗅蔷薇”；青春更是一种勇气，带着加速度在奔跑，渴望找到未来的答案。

雨果曾经说过：“谁虚度了年华，青春就将褪色。”是的，青春是用来奋斗的，不是用来挥霍的。只有这样，当有一天我们回首来时路，和那个站在最绚烂的骄阳下、曾经青春的自己告别的时候，我们才可能说：谢谢你，再见！

老狼：

著名“校园民谣”歌手。代表作《同桌的你》《睡在我上铺的兄弟》《青春无悔》等，成为一代人的青春记忆。

晃晃悠悠（节选）

石康

250

后来又跟阿莱见过几次面，都是些无关痛痒的见面，每一次见过之后都让我觉得还是不见更好。最后一次是 1995 年 4 月 8 日晚 11 点 48 分，我偶然碰见她，她告诉我第二天要去马来西亚了，并说，以后很难再见面了，记得她有点紧张，还有点激动，最后终于告诉我，从此以后，也许我们再也见不着了，她这回是移民，本来不想跟我说的。

后来，她真的走了。

这就是关于阿莱的一切。

251

阿莱，我承认我爱你，尽管我们在一起时我很少提及它。

阿莱，并不是我爱你这件事本身叫我痛苦，而是另外一件事，即你仍旧存在着这件事，想到你我共同生活在世间我就如坐针毡——真讨厌，你有自己单独的心，单独的呼吸，单独的行动，这一切叫我痛苦，叫我为你叹气，叫我伤感。

甜蜜的名字，痛苦的名字，我叫你离去。美丽的眼睛，忧伤的眼睛，我叫你过来——你神奇地出现，带着你全部的矛盾和叹息。你为我带来狂喜和战栗，你叫我充满无法言喻的柔情，也为我带来无可解脱的绝望。

你是我黄缎子一样抖动的阳光，你是我的清凉泉水，你是我无法捕捉的影子，你是花的碎片，你是云的碎片，你是天空的碎片，你是旷野里消散的烟雾，你是最美丽的白色泡沫，你叫我狂喜，同时，也叫我悲恸欲绝。

我的冰凉牛奶，我的寂寞夜晚，我的纤细琴弦，你在哪里？你是否像我想你一样在想我？你是否像我一样，满怀激情地迎接尖锐的分离？你是否在深夜默念着我的名字入睡？当你想到我时，你是否感到欣喜和甜蜜？你是否日日夜夜地惦记着和我见面？你驾车穿过街道时，会不会为一个像是我的背影而惊悸，而泪流满面？在我们分离的时候，你会不会为记忆中的柔情而望眼欲穿？当你吃饭的时候，会不会想起我们在一起吃的盛在小碗里的可怜的汤面？当你聊天的时候，是否以为我就坐在床角聆听？你梦见过我吗？在梦中，我是一副什么模样？你的柔声细语会换来像我一样的热情和温存吗？你的漂亮的花床单上，还留着我们融合在一起的体温，你能感觉到吗？你有一双漂亮的缎子鞋吗？那天放过的磁带还插在录音机的带仓里，你还记得是哪首歌吗？我漂亮的长睫毛，你现在能够知道我是多么爱你吗？你知道我是多么无尽无休地需要你而永不厌倦？我的黑眼睛，你离开我后笑了几次？在你笑的时候，你真的感到快乐吗？我可爱的小嘴巴，当你再次想起那些由接吻而引起的柔软的接触时，你还会再去寻求别的温存吗？还记得雷声吗？我告诉你，天上打雷了，你问我，是真的吗？你后来注意到窗外的疾风暴雨了吗？每次接到我的电话时，你抓话机的手是不是在颤抖？听到我的声音后，你的心是不是像听到的声音一样疯狂？我亲爱的眼泪，我亲爱的夜晚，我亲爱的寂静，我亲爱的秋天，我亲爱的嗓音，我亲爱的脚踝，我亲爱的手指，我亲爱的腰肢，我亲爱的短头发的阿莱，你听到我的声音了吗？透过夜色，你能否看到我的疯狂的眼睛，在黑暗里焦灼地张望着你无处不在的身影？在梦里，你能否感到我干裂的嘴唇，饥渴地吸吮着你散发出来的绝望的爱情？你的面颊能否在我破烂的翅膀扇动的火焰中感到温暖？你还能爱吗？你是有灵魂的夜风还是没灵魂的欲望的肉体？你听得懂我只为你讲出的语言吗？

我黑色的长头发，我细细的长头发，我会哭的长头发，我的粗辫子，我的细辫子，我忧郁的短头发，我颤动的短头发，我随风披拂的无数的短头发，我的橘黄色，我的青绿色，我的天蓝色，我的黄金色，我的银白色，我的呻吟，我的小船，我的波浪，我的枯萎菊花，我的凋零菊花，我的折断的藤萝，我的冷漠的蝴蝶，我的伤心的露水，我的苦涩的海水，我的不会说话的鱼，我的明媚的秋光，我咬在嘴里的长头发，我唯一的长头发……阿莱，我将叫着你的名字游荡在北京大街小巷，我将叫你跟我一起走，我将带着你穿过漫长的时间，我将叫你闭上眼睛，叫你忘记害怕，叫你得到平静，叫你感到幸福。

252

在我难过的时候，不管那是什么时候，我都不喜欢被别人察觉到，其实也没有什么特别的原因，只是不喜欢而已。

我知道，一切都是过眼云烟。

我很喜欢阿莱，阿莱就老对我这么说，别告诉别人你今天难受过，什么也别对别人说，因为说了也没有用。

我相信阿莱说的一切。

《晃晃悠悠》是石康的“青春三部曲”之一，书名也体现了某种青春的状态。改革开放后，曾出现过一批描写北京式青春的作品。最典型的就是王朔的《动物凶猛》《玩的就是心跳》（后来被叶京改编为电视剧《与青春有关的日子》），写的是部队大院里的青春。石康更年轻些，写的是胡同里的青春、大学里的青春，又纯情又迷茫，又忧伤又洒脱。青春总是“在路上”，而一些作品有时候只是一段路途的风景而已。

石康（1968—　），作家、编剧。生于北京。作品有小说《晃晃悠悠》《支离破碎》等。

余秀华：

著名诗人，因脑瘫导致身体残疾，但她说，诗歌在她摇摇晃晃地在人间走动的时候，充当了一根拐杖。

给　你

余秀华

一家朴素的茶馆，面前目光朴素的你皆为我喜欢
你的胡子，昨夜辗转的面色让我忧伤
我想带给你的，一路已经丢失得差不多
除了窗外凋谢的春色

遇见你以后，你不停地爱别人，一个接一个
我没有资格吃醋，只能一次次逃亡
所以一直活着，是为等你年暮
等人群散尽，等你灵魂的火焰变为灰烬

我爱你。我想抱着你
抱你在人世里被销蚀的肉体
我原谅你为了她们一次次伤害我
因为我爱你
我也有过欲望的盛年，有过身心俱裂的许多夜晚
但是我从未放逐过自己
我要我的身体和心一样干净
尽管这样，并不是为了见到你

选自新星出版社《我们爱过又忘记》

余秀华说：“诗歌是什么呢？我不知道，也说不出来，不过是情绪在跳跃，或沉潜；不过是当心灵发出呼唤的时候，它以赤子的姿势到来；不过是一个人摇摇晃晃地在摇摇晃晃的人间走动的时候，它充当了一根拐杖。”当余秀华的“拐杖”猛然散发出耀眼之光，变身为敲击人心灵的“魔杖”的时候，她灵魂的质地也随之显现——蓬勃，质朴，充满了爱的生命力。或许，她带给诗歌和世界的，恰恰是“从未放逐自己”的爱的能力。

余秀华（1976— ），生于湖北钟祥石牌镇横店村。代表作有诗集《月光落在左手上》《我们爱过又忘记》等。

冯小刚：

年轻时他是才华横溢的美工、编剧；中年时他是著名导演、内地的"贺岁片之父"；如今他是中国商业电影的一面旗帜。

当我真正开始爱自己

佚名

当我真正开始爱自己，
我才认识到，
所有的痛苦和情感的折磨，
都只是提醒我：
活着，不要违背自己的本心。
今天我明白了，这叫作
"真实"。

当我真正开始爱自己，
我才懂得，
把自己的愿望强加于人，
是多么的无礼，
就算我知道，时机并不成熟，
那人也还没有做好准备，
就算那个人就是我自己。
今天我明白了，这叫作
"尊重"。

当我开始爱自己，
我不再渴求不同的人生，

我知道任何发生在我身边的事情，
都是对我成长的邀请。
如今，我称之为
“成熟”。

当我开始真正爱自己，
我才明白，我其实一直都在正确的时间，
正确的地方，发生的一切都恰如其分。
由此我得以平静。
今天我明白了，这叫作
“自信”。

当我真正开始爱自己，
我不再牺牲自己的自由时间，
不再去勾画什么宏伟的明天。
今天我只做有趣和快乐的事，
做自己热爱，让心欢喜的事，
用我的方式，以我的韵律。
今天我明白了，这叫作
“单纯”。

当我开始真正爱自己，
我开始远离一切不健康的东西。
不论是饮食和人物，还是事情和环境，
我远离一切让我远离本真的东西。
从前我把这叫作“追求健康的自私自利”，
但今天我明白了，这是
“自爱”。

（佚名 译）

当我开始真正爱自己，
我不再总想着要永远正确，不犯错误。
我今天明白了，这叫作
“谦逊”。

当我开始真正爱自己，
我不再继续沉溺于过去，
也不再为明天而忧虑，
现在我只活在一切正在发生的当下，
今天，我活在此时此地，
如此日复一日。这就叫
“完美”。

当我开始真正爱自己，
我明白，我的思虑让我变得贫乏和病态，
但当我唤起了心灵的力量，
理智就变成了一个重要的伙伴，
这种组合我称之为，
“心的智慧”。

我们无须再害怕自己和他人的分歧，
矛盾和问题，
因为即使星星有时也会碰在一起，
形成新的世界，
今天我明白，
这就是“生命”！

（佚名 译）

有种流传甚广的说法，认为《当我真正开始爱自己》是卓别林在自己七十岁生日当天写的。但经查证，这首诗应是由一位美国女诗人的作品辗转改编而来。这首诗用几个关键词浓缩了人生的感慨和自我认知的过程，描画心灵的日益成熟和灵魂的日渐丰盈。时间无情，生活坚硬，但它们也会给人最丰富的馈赠，让人获得智慧，体会爱。每个人真正开始爱自己的时候，其实正是认清了生活的真相，却依然热爱生活的时候。

徐和谊：

北汽集团董事长。代表北汽集团为赖敏和丁一舟提供了实际的帮助。

时　代

艾青

我站立在低矮的屋檐下
出神地望着蛮野的山岗
和高远空阔的天空，
很久很久心里像感受了什么奇迹，
我看见一个闪光的东西
它像太阳一样鼓舞我的心，
在天边带着沉重的轰响，
带着暴风雨似的狂啸，
隆隆滚碾而来……

我向它神往而又欢呼！
当我听见从阴云压着的雪山的那面
传来了不平的道路上巨轮颠簸的轧响
我的心追赶着它，激烈地跳动着
像那些奔赴婚礼的新郎
——纵然我知道由它所带给我的
并不是节日的狂欢
和什么杂耍场上的哄笑，
却是比一千个屠场更残酷的景象，
而我却依然奔向它

带着一个生命所能发挥的热情。

我不是弱者——我不会沾沾自喜，
我不是自己能安慰或欺骗自己的人
我不满足那世界曾经给过我的
——无论是荣誉，无论是耻辱
也无论是阴沉的注视和黑夜似的仇恨
以及人们的目光因它而闪耀的幸福
我在你们不知道的地方感到空虚
我要求更多些，更多些呵
给我生活的世界
我永远伸张着两臂
我要求攀登高山
我要求横跨大海
我要迎接更高的赞扬，更大的毁谤
更不可解的怨恨，和更致命的打击——
都为了我想从时间的深沟里升腾起来……

没有一个人的痛苦会比我更甚的——
我忠实于时代，献身于时代，而我却沉默着
不甘心地，像一个被俘虏的囚徒
在押送到刑场之前沉默着
我沉默着，为了没有足够响亮的语言
像初夏的雷霆滚过阴云密布的天空
抒发我的激情于我的狂暴的呼喊
奉献给那使我如此兴奋，如此惊喜的东西
我爱它胜过我曾经爱过的一切
为了它的到来，我愿意交付出我的生命
交付给它从我的肉体直到我的灵魂

我在它的前面显得如此卑微
甚至想仰卧在地面上
让它的脚像马蹄一样踩过我的胸膛

选自人民文学出版社《艾青诗全编》

著名诗人艾青有很多诗句都是中国人耳熟能详的，最让人难忘的莫过于“为什么我的眼里常含泪水，因为我对这土地爱得深沉”。在这首《时代》里，一如既往地昂扬着艾青式的理想主义风格，对太阳所象征的未来的热烈期待，对广阔大地的深沉的情感，都化作了讴歌时代的兴奋和克服现实焦虑和黑暗笼罩的勇气。“忠实于时代，献身于时代”，是英雄主义的情怀；而“我不是弱者”却是生命的个性宣言，这宣言拥有穿透永恒的力量。

艾青（1910—1996），原名蒋海澄，现代文学家、诗人。生于浙江金华，代表作有诗集《大堰河》《黎明的通知》等。

郎平：

被称为“铁榔头”，从主力运动员，到女排总教练，

她的名字跟中国女排的辉煌紧密联系在一起。

理　想

流沙河

理想是石，敲出星星之火；
理想是火，点燃熄灭的灯；
理想是灯，照亮夜行的路；
理想是路，引你走到黎明。

饥寒的年代里，理想是温饱；
温饱的年代里，理想是文明。
离乱的年代里，理想是安定；
安定的年代里，理想是繁荣。

理想如珍珠，一颗缀连着一颗，
贯古今，串未来，莹莹光无尽。
美丽的珍珠链，历史的脊梁骨，
古照今，今照来，先辈照子孙。

理想是罗盘，给船舶导引方向；
理想是船舶，载着你出海远行。
但理想有时候又是海天相吻的弧线，
可望不可即，折磨着你那进取的心。

理想使你微笑地观察着生活；
理想使你倔强地反抗着命运。
理想使你忘记鬓发早白；
理想使你头白仍然天真。

理想是闹钟，敲碎你的黄金梦；
理想是肥皂，洗濯你的自私心。
理想既是一种获得，
理想又是一种牺牲。

理想如果给你带来荣誉，
那只不过是它的副产品，
而更多的是带来被误解的寂寥，
寂寥里的欢笑，欢笑里的酸辛。

理想使忠厚者常遭不幸；
理想使不幸者绝处逢生。
平凡的人因有理想而伟大；
有理想者就是一个“大写的人”。

世界上总有人抛弃了理想，
理想却从来不抛弃任何人。
给罪人新生，理想是还魂的仙草；
唤浪子回头，理想是慈爱的母亲。

理想被玷污了，不必怨恨，
那是妖魔在考验你的坚贞；
理想被扒窃了，不必哭泣，
快去找回来，以后要当心！

英雄失去理想，蜕作庸人，
可厌地夸耀着当年的功勋；
庸人失去理想，碌碌终生，
可笑地诅咒着眼前的环境。

理想开花，桃李要结甜果；
理想抽芽，榆杨会有浓荫。
请乘理想之马，挥鞭从此起程，
路上春色正好，天上太阳正晴。

读过流沙河《理想》的人总会被这首诗的哲理所吸引，陷入遐想与沉思。然而今天的年轻人大约很少有人知道，诗人为自己的理想曾经付出了怎样的代价。1957年，流沙河因为参加《星星》诗刊的编辑工作和发表散文诗《草木篇》，遭到了铺天盖地的批判。他被打成“右派”，开除团籍和公职，被监督劳动。“四人帮”倒台，他才被平反。《理想》就是在这种背景下写出来的。好的诗歌总是忧愤或者曲折命运的产物，唯其如此，人的生命才会更加焕发出精神的力量。

北京大学中文系教授　赵祖谟

流沙河（1931—　），诗人，编辑，学者。原名余勋坦，四川金堂人。曾任《星星》诗刊编辑。

（本诗由女排队员袁心玥、惠若琪、魏秋月、徐云丽共同朗读。）

人 生

[丹麦] 勃兰兑斯

这里有一座高塔，是所有的人都必须去攀登的。它至多不过有一百级。这座高塔是中空的。如果一个人一旦达到它的顶端，就会掉下来摔得粉身碎骨。但是任何人都很难从那样的高度摔下来。这是每一个人的命运：如果他达到注定的某一级，预先他并不知道是哪一级，阶梯就从他的脚下消失，好像它是陷阱的盖板，而他也就消失了。只是他并不知道那是第二十级或是第六十三级，或是哪一级；他所确实知道的是，阶梯中的某一级一定会从他的脚下消失。

最初的攀登是容易的，不过很慢。攀登本身没有任何困难，而在每一级上从塔上的瞭望孔望见的景致都足够赏心悦目的。每一件事物都是新的。无论近处或远处的事物都会使你目光依恋流连，而且瞻望前景还有那么多的事物。越往上走，攀登越困难了，目光不大能区别事物，它们看起来都是相同的。同时，在每一级上似乎难以有任何值得留恋的东西。也许应该走得更快一些，或者一次连续登上几级，然而这是不可能做到的。

通常是一个人一年登上一级，他的旅伴祝愿他快乐，因为他还没有摔下去。当他走完十级登上一个新的平台后，对他的祝贺也就更热烈些。每一次人们都希望他能长久地攀登下去，这希望也就显露出更多的矛盾。这个攀登的人一般是深受感动，但却忘记了留在他身后的很少有值得自满的东西，并且忘记了什么样的灾难正隐藏在前面。

这样，大多数被称作正常的人的一生就如此过去了，从精神上来说，他们是停留在同一个地方。

然而这里还有一个地洞，那些走进去的人都渴望自己挖掘坑道，以便深入到地下。而且，还有一些人的渴望是去探索许多世纪以来前人所挖掘的坑道。年复一年，这些人越来越深入地下，走到那些埋藏金属和矿物的地方。他们使自己熟悉那地下的世界，在迷宫般的坑道中探索道路，指导或是了解或是参与到达地下深处的工作，并乐此不疲，甚至忘记了岁月是怎样逝去的。

这就是他们的一生，他们从事向思想深处发掘的劳动和探索，忘记了现时的各种事件。他们为他们所选择的安静的职业而忙碌，经受着岁月带来的损失和忧伤，和岁月悄悄带走欢愉。当死神临近时，他们会像阿基米德在临死前那样提出请求：“不要弄乱我画的圆圈。”

在人们眼前，还有一个无穷无尽地延伸开去的广阔领域，就像撒旦在高山上向救世主显示的所有那些世上的王国。对于那些在一生中永远感到饥渴的人，渴望着征服的人，人生就是这样：专注于攫取更多的领地，得到更宽阔的视野、更充分的经验，更多地控制人和事物。军事远征诱惑着他们，而权力就是他们的乐趣。他们永恒的愿望就是使他们能更多地占据男人的头脑和女人的心。他们是不知足的，不可测的，强有力的。他们利用岁月，因而岁月并不使他们厌倦。他们保持着青年的全部特征：爱冒险，爱生活，爱争斗，精力充沛，头脑活跃，无论他们多么年老，到死也是年轻的。好像鲑鱼迎着激流，他们天赋的本性就是迎向岁月之激流。

然而还有这样一种工场——劳动者在这个工场中是如此自在，终其一生，他们就在那里工作，每天都能得到增益，在不知不觉中他们变得年老了。的确，对于他们，只需要不多的知识和经验就够了。然而还是有许多他们做得最好的事情，是他们了解最深，见得最多的。在这个工场里生活变了形，变得美好，过得舒适。因而那开始工作的人知道他们是否能成为熟练的大师只能依靠自己。一个大师知道，经过若干年之后，在钻研和精通技艺上停滞不前是最愚蠢的。他们告诉自己：一种经验（无论那可能是多么痛苦的经验），一个微不足道的观察，一次彻底的调查，欢乐和忧伤，失败和胜利，以及梦想、臆测、幻想、人类的兴致，无不以这种或另一种方式给他们的工作带来益处。因而随着年事渐长，他们的工作也更必须更丰富。他们依靠天赋的才能，用冷静的头脑信任自己的才能，相信它会使他们走上正路，因为天赋的才能是属于他们自己的。他们相信在工场中，他们能够做出有益的事情。在岁月的流逝中，他们不希望获得幸福，因为幸福可能不会到来。他们不害怕邪恶，而邪恶可能就潜伏在他们自身之内。他们也不害怕失去力量。

也许他们的工场不大，但对他们来说已够大了。它的空间已足以使他们在其中创造形象和表达思想。他们是够忙碌的，因而没有时间去察看放在角落里的计时沙漏，沙子总是在那儿漏着。当一些亲切的思想给他以馈赠，他是知道的，那像是一只可爱的手在转动沙漏，从而延缓了它的停止。

（罗洛 译）

选自江苏文艺出版社《世界散文精华·欧洲卷》

勃兰兑斯是丹麦的文学史家，他的文学史名著《十九世纪文学主潮》已是举世公认的权威教本。同时，他也著有一系列的名人传记，《莎士比亚》《歌德》《伏尔泰》等等。他的文字层次清晰、意象鲜明、视野开阔、美学格调高雅。入选课本的《人生》这一篇，用高塔、地洞、工场等来寓意人生的不同阶段，书写每一个阶段可能遇到的问题，可能获得的收获。尤其是对青年作为一种人生状态，而不仅仅是年龄特征的概括——爱冒险，爱生活，爱争斗，精力充沛，头脑活跃……赢得了无数的共鸣。

格奥尔格·勃兰兑斯（Georg Brandes，1842—1927），丹麦文学批评家、学者。代表作《十九世纪文学主流》。

王源．

王源是少年偶像组合 TFBOYS 的成员之一。曾受邀出席联合国经社理事会 2017 年青年论坛，呼吁关注贫困地区孩子的教育问题。

牧羊少年奇幻之旅（节选）

[巴西] 保罗·科尔贺

男孩不免觉得很失望；他决定再也不要相信梦了。他想起来还有一大堆事该做呢：去市场吃点东西、换一本比较厚的书。做完这些事以后他在广场的一张板凳上坐下来，试饮新买的酒。这天天气很热，而酒让人精神振奋。他把羊群寄放在城门口一位朋友的牛舍里。他在这城里认识不少朋友。这是旅行吸引他的一点——既可以认识很多新朋友，又不需要花太多时间在这些人身上。当你每天和同一群人打交道时，他们也会变成你生命当中的一部分了，就像当年他在神学院的情形一样。他们会要求你改变自己来迁就他们，如果你不是他们所期望的样子，他们就会不高兴。绝大多数人似乎都很清楚别人该怎么过活，却对自己的一无所知。

他决定等太阳落山后，再赶牲口上路，穿过草原。三天后，他就能和那个商人的女儿见面了。

他开始读起那本新换来的书。第一页是描述一场丧礼，书中角色的名字都非常难念。如果有一天他写一本书，一定每次只介绍一个角色出场，这样读者才不会忙着记名字，他想道。

等他好不容易专注心神的时候，开始觉得这本书还不错；那场丧礼是在一个下雪的日子，嗯，他喜欢因下雪而带来的冰冷氛围。他继续读着，一个老人在他身旁坐下来，和他搭讪。

“那些人在做什么？”老人指指广场上的一群人。

“工作。”男孩冷淡地回答，极力表现出他正专心看书。

事实上，他脑中正幻想着在商人女儿面前剃羊毛的情形，这样她就会认为他很有本事，能完成一些困难的事。他已经想像这一幕想了好多遍了，每一次那个女孩都用着迷的眼神，听他解释羊毛必须从背后往前剃。他同时还想好了，在解释剃羊毛技术的同时，还要不经意地提起几家有趣的商店。这些商店都是他从书里读来的，不过，他会把它们说得像是他的亲身经历。她绝不会发觉真相的，因为她不识字。

耳际，老人还在努力和他攀谈。老人说自己又累又渴，不知道可不可以喝一口男孩的酒。男孩把酒瓶递过去，暗自希望老人别再打扰他了。

可是老人依旧聒噪个不停，他问男孩正读着什么书。男孩真想用粗鲁的行动来吓走他，好比说移到另一张凳子去坐。不过，男孩的父亲一向教导他要尊敬长辈。所以他就拿起书让老人自己看。他这么做有两个用意，一来他自己也不太确定书名该怎么念；二来，如果老人不会念，说不定就会因此羞愧得自行移到别张凳子去坐了。

“嗯……”老人把书拿过去，左看右看，好像那是个奇怪的东西，然后说：“这本书很重要，不过读起来会令人厌烦。”

男孩吓了一跳。没想到老人识字，而且他早就读过这本书了。如果这本书真像老人说的令人厌烦，也许他该趁还来得及的时候，赶快去换另一本书。

“这本书了无新意，就跟世界上其他大多数的书一样，”老人继续说着，“光只会描述人们对自己命运的不由自主，甚至还以世界上最大的谎话来作结尾。”

“什么是世界上最大的谎言？”在全然的惊讶下，男孩脱口问。

“在生命的重要时刻，我们却对发生在自己身上的事物无能为力，只能听天由命——这就是世界上最大的谎言。”

“我就不会这样。”男孩说，“别人希望我当一个神父，我却决定做个牧羊人。”

“那好多了！”老人说，“因为你真的很喜欢旅行。”

“他知道我在想什么！”男孩忖道。在这同时，老人翻阅着书页，似乎无意把书还给他。男孩注意到老人的衣服很奇怪，有点像阿拉伯人。在这一带地方来说，穿着阿拉伯服装的人并不稀奇。非洲距离台里发很近，只要乘船渡过窄窄的海峡，几个小时就到了非洲。这座城里常可以看见阿拉伯人，或者正在做买卖、或者正在进行一天数次的奇怪礼拜。“你打哪儿来的？”男孩问。

“从好几个地方来的。”

“没有人会从好几个地方来。”男孩说。“就以我来说，我是个牧羊人，去过许多地方，但我只来自一个地方——一个靠近某个古老城堡的城市，那是我出生的地方。”

“好吧，那我们不妨说我出生在撒冷。”

男孩不清楚撒冷在哪里，不过他也不想追问，以免显得自己太无知。他盯着广场上的人群看了好一会儿，那些人来来去去的，每个人看起来都很忙。“撒冷最近还好吗？”他问，试图找到一些线索。

“还不就是那样。”

仍无线索。不过他知道撒冷不是位于安达鲁西亚地区，否则他一定会听过这个地方。

“你在撒冷是做什么的？”他继续。

“我在撒冷是做什么的？”老人大笑。“我是撒冷之王。”

人类就爱说些奇怪的事，男孩心想。有时候羊群远比人类好相处，因为它们不会说话。更好的是与书独处。书只会在你愿意听的时候，才会说些奇幻的故事。可是，当你和人交谈的时候，他们就会说些让你不知道该怎么接下去的话题。“我叫麦基洗德。”老人说，“你有几只羊？”

“够多了，”男孩说，看得出老人想了解他的背景。

“喔，那我就没办法帮你忙，如果你觉得你已经有了够多的羊。”

男孩心头升起一股怒火。他可没要人帮忙！是那个老人自己跑来讨一口酒喝，也是老人先开口聊起来的。

“把书还给我。”男孩说。“我必须走了，去带我的羊上路。”

“给我十分之一的羊，”老人说，“我就告诉你该怎么找到宝藏。”

男孩想起他的梦，霎时这一切再明白不过了。那个女人虽然没跟他收钱，可是这个老人——大概是她丈夫吧——却用另一种方式想叫他拿出更多钱来交换情报，去找一处根本不存在的宝藏。这老人大概也是个吉卜赛人吧！

但男孩还来不及说什么，老人就靠过来，拿起一根木条，在广场的沙地上开始写字。有个东西从他的胸部射出来，带着强烈炫目的光芒，使得男孩有一瞬间看不见任何东西。然后，老人迅速用斗篷盖住了他刚刚写的东西，动作敏捷得不像他那年纪该有的。当视觉恢复正常时，男孩却能清楚地读出老人刚才在沙地上写下的字。

就在这个小城市的广场沙地上，男孩看见了他父母的名字、那间他就读了一段时日的神学院名称。他还看见了那个商人女儿的名字——他本来根本不知道的；他甚至还看见了他从未告诉过别人的事。

“我是撒冷之王。”那老人曾这么说。

“为什么一位国王会来跟一个牧羊人说话？”男孩问，带着敬畏和羞惭。

“有几个原因。不过，最重要的是因为你已经发现了你的天命。”

男孩不懂什么是“天命”。

“那就是你一直想去做的事。每个人，在他们年轻的时候，都知道自己的天命。

“在那时候，每件事都清晰不昧，每件事都有可能。他们不会害怕做梦，也不畏惧去渴望生命中任何会发生的事物。然而，随着岁月流逝，一股神秘的力量将会说服人们，让他们相信，根本就不可能完成自己的天命。”

男孩受到强烈的震撼。不过他还是想知道那股“神秘的力量”是什么。当他告诉商人女儿这件事时，她将会多么感兴趣呵！

“这股力量看似负面，实则引导你去完成你的天命。它能淬炼你的精神、砥砺你的愿力，因为这是这个星球上最伟大的真理：不管你是谁，也不论那是什么，只要你真心渴望一样东西，就放手去做，因为渴望是源自天地之心；因为那就是你来到这世间的任务。”

“即使你所渴望的只不过是去旅行？或者是和一位布料商人的女儿结婚？”

“甚至是去寻宝。天地之心依赖着人们的幸福，或者不幸、嫉妒、猜忌而滋长。完成自己的天命，是每个人一生唯一的职责。万物都为一。”

“而当你真心渴望某样东西时，整个宇宙都会联合起来帮助你完成。”

两人接着沉默了好一会儿，观看着广场上的人群移动。最后老人先开口。

“你为什么会想要当个牧羊人？”

“因为我想要旅行。”

老人指着广场一角，那里有一位面包师傅正站在自家商店橱窗边，老人说：“在他年幼时，他也渴望去旅行，但他决定先买间面包店，攒些钱在身边。这样，等到他年老时，就有能力到埃及去生活一个月。他从来不明白，人类在生命的任何一个阶段其实都有能力去完成他们的梦想。”

“他实在应该去当牧羊人的。”男孩说。

“他曾经想过，”老人说，“不过，面包师傅的地位比牧羊人要来得高。面包师傅有自己的房屋，而牧羊人却只能睡在野外。每个父母都比较希望看到自己的孩子嫁给面包师傅，而不是牧羊人。”

男孩感觉心咚地跳了一下，想起商人的女儿。在她镇上也一定有个面包师傅。

老人继续说道：“到头来，别人怎么想就会变得比自己的天命重要。”

老人再度翻着书页，并似乎打算要从翻到的那一页读起。过了好半晌后，男孩突然问老人：“你为什么要告诉我这些？”

“因为你想要完成自己的天命，也因为你正好处在一个想要放弃它的时刻。”

“而你总是会在这个时刻出现吗？”

“不一定是像这种方式，但我总是会出现，也许是以这种面貌，也许是另一种。有时我甚至是以解答或者灵感的形式，出现在人们面前；而在另外一些重要时刻，我则扮演着促使事情更顺利进行的触媒。我还做过许多其他的事，不过多半人们并不知道那些事情是我做的。”

（周惠玲 译）

选自台北时报出版公司《牧羊少年奇幻之旅》

巴西当代著名作家保罗·科尔贺被誉为在读者数量上“唯一能与马尔克斯比肩的拉美作家”。他发表于1988年的《牧羊少年奇幻之旅》，不仅在国内反响热烈，也是全球级的畅销书。小说从西班牙牧羊少年梦到金字塔的宝藏写起，写他为寻梦跨海到非洲，穿越撒哈拉大沙漠，最终虽然没有找到财富，却悟出了人生真正的财富之所在。小说更像一部寓言，也带有些许的宗教色彩。西方评论家把本书誉为影响读者心灵的现代经典，其中的很多句子都被奉为人生箴言。

保罗·科尔贺（Paulo Coelho，1947— ），巴西著名作家。1988年出版著名寓言小说《牧羊少年奇幻之旅》，全球销量达六千五百万册，被翻译成六十八种语言，成为二十世纪最重要的文学现象之一。他的著作全球销量已经超过一亿册，是迄今为止作品最畅销的葡萄牙语作家。

当一切入睡

[法] 雨果

当一切入睡，我常兴奋地独醒，
仰望繁星密布熠熠燃烧的穹顶，
　我静坐着倾听夜声的和谐；
时辰的鼓翼没打断我的凝思，
我激动地注视这永恒的节日——
　光辉灿烂的天空把夜赠给世界。

我总相信，在沉睡的世界中，
只有我的心为这千万颗太阳激动，
　命中注定，只有我能对它们理解；
我，这个空幻、幽暗、无言的影像，
在夜之盛典中充当神秘之王，
　天空专为我一人而张灯结彩！

（飞白 译）

维克多·雨果被称为“法兰西的莎士比亚”，他一生的创作时间长达六十年，是多产的作家，作品包括小说、诗歌、政论等等。《当

一切入睡》是他的一首短诗，描绘的是独自仰望星空时候的心绪。迷人的星空，大写的人，共同构成一个优雅、精美的画面，彰显的是享受天空为“神秘之王”张灯结彩的豪放和自信，很符合青春的气质。

维克多·雨果（Victor Hugo，1802—1885），法国作家，十九世纪前期浪漫主义文学代表，人道主义者，被称为“法兰西的莎士比亚”。一生写过多部诗歌、小说、剧本、散文、文艺评论及政论文章，在法国及世界有着广泛的影响力。其创作历程超过六十年。代表作有长篇小说《巴黎圣母院》《九三年》和《悲惨世界》。

（本诗由施则威朗读。）

成为你自己

周国平

童年和少年是充满理想的美好时期。如果我问你们，你们将来想成为怎样的人，你们一定会给我许多漂亮的回答。譬如说，想成为拿破仑那样的伟人，爱因斯坦那样的大科学家，曹雪芹那样的文豪，等等。这些回答都不坏，不过，我认为比这一切都更重要的是：首先要成为你自己。

姑且假定你特别崇拜拿破仑，成为像他那样的盖世英雄是你最大的愿望。好吧，我问你：就让你成为拿破仑，生长在他那个时代，有他那些经历，你愿意吗？你很可能会激动得喊起来：太愿意啦！我再问你：让你从身体到灵魂整个儿都变成他，你也愿意吗？这下你或许有些犹豫了，会这么想：整个儿变成了他，不就是没有我自己了吗？对了，我的朋友，正是这样。那么，你不愿意了？当然喽，因为这意味着世界上曾经有过拿破仑，这个事实没有改变，唯一的变化是你压根儿不存在了。

由此可见，对于每一个人来说，最宝贵的还是他自己。无论他多么羡慕别的什么人，如果让他彻头彻尾成为这个别人而不再是自己，谁都不肯了。

也许你会反驳我：你说的真是废话，每个人都已经是他自己了，怎么会彻头彻尾成为别人呢？不错，我只是在假设一种情形，这种情形不可能完全按照我所说的方式发生。不过，在实际生活中，类似情形却常常在以稍微不同的方式发生着。世上有许多人，你可以说他是随便什么东西，一种职业、一种身份、一个角色，或别的什么，唯独不是他自己。如果一个人总是按照别人的意见生活，没有自己的独立思考，总是为外在的事务忙碌，没有自己的内在生活，那么，说他不是他自己就一点没有冤枉他。因为确确实实，从他的头脑到他的心灵，你在其中已经找不到丝毫真正属于他自己的东西了，他只是别人的一个影子或事务的一架机器罢了。

那么，怎样才能成为自己呢？这是真正的难题，我承认我给不出答案。我还相信，不存在一个适用于一切人的答案。我只能说，最重要的是每个人都要真切地意识到他的“自我的宝贵”，有了这个觉悟，他就会自己去寻找属于他的答案。在茫茫宇宙间，每个人都只有一次生存的机会，都是一个独一无二、不可重复的存在。正像卢梭所说的，上帝把你造出来后，就把那个属于你的特定的模子打碎了。名声、财产、知识等等都是身外之物，人人都可求而得之，但你对人生的独特感受是别人的感受不能够替代的。你死之后，没有人能够代替你再活一次。如果你真正意识到这一点，你就会明白，活在世上，最重要的就是活出你自己的特色和滋味来。你的人生是否有意义，衡量的标准不是外在的成功，而是你对积极人生的独特领悟和坚守。坚持这一标准，你的自我才能闪放出个性的光华。

在历史上，每当世风腐败之时，人们就会盼望救世主出现。其实，救世主就在每个人的心中。

周国平是中国当代非常有名的哲学家、散文家。他的散文常能从日常生活或习惯心理切入，生发出别开生面的人生哲理和情感内涵。《成为你自己》很像一堂短小的人生课，让人拨开纷繁复杂的表象，找到真正成为自己的心理根基。青春，需要阅读这样的篇什，也需要这一番四两拨千斤的智慧点拨。

（本文由杨心怡朗读。）

我所知道的康桥（节选）

徐志摩

伺候着河上的风光，这春来一天有一天的消息。关心石上的苔痕，关心败草里的花鲜，关心这水流的缓急，关心水草的滋长，关心天上的云霞，关心新来的鸟语。怯怜怜的小雪球是探春信的小使。铃兰与香草是欢喜的初声。窈窕的莲馨，玲珑的石水仙，爱热闹的克罗克斯，耐辛苦的蒲公英与雏菊——这时候春光已是缦烂在人间，更不须殷勤问讯。

瑰丽的春放。这是你野游的时期。可爱的路政，这里不比中国，那一处不是坦荡荡的大道？徒步是一个愉快，但骑自转车是一个更大的愉快。在康桥骑车是普遍的技术；妇人，稚子，老翁，一致享受这双轮舞的快乐。（在康桥听说自转车是不怕人偷的，就为人人都自己有车，没人要偷。）任你选一个方向，任你上一条通道，顺着这带草味的和风，放轮远去，保管你这半天的逍遥是你性灵的补剂。这道上有的是清荫与美草，随地都可以供你休憩。你如爱花，这里多的是锦绣似的草原。你如爱鸟，这里多的是巧啭的鸣禽。你如爱儿童，这乡间到处是可亲的稚子。你如爱人情，这里多的是不嫌远客的乡人，你到处可以“挂单”借宿，有酪浆与嫩薯供你饱餐，有夺目的果鲜恣你尝新。你如爱酒，这乡间每“望”都为你储有上好的新酿，黑啤如太浓，苹果酒姜酒都是供你解渴润肺的。……带一卷书，走十里路，选一块清静地，看天，听鸟，读书，倦了时，和身在草绵绵处寻梦去——你能想象更适情更适性的消遣吗？

陆放翁有一联诗句：“传呼快马迎新月，却上轻舆趁晚凉。”这是做地方官的风流。我在康桥时虽没马骑，没轿子坐，却也有我的风流：我常常在夕阳西晒时骑了车迎着天边扁大的日头直追。日头是追不到的，我没有夸父的荒诞，但晚景的温存却被我这样偷尝了不少。有三两幅画图似的经验至今还是栩栩的留着。只说看夕阳，我们平常只知道登山或是临海，但实际只须辽阔的天际，平地上的晚霞有时也是一样的神奇。有一次我赶到一个地方，手把着一家村庄的篱笆，隔着一大田的麦浪，看西天的变幻。有一次是正冲着一条宽广的大道，过来一大群羊，放草归来的，偌大的太阳在它们后背放射着万缕的金辉，天上却是乌青青的，只剩这不可逼视的威光中的一条大路，一群生物！我心头顿时感着神异性的压迫，我真的跪下了，对着这冉冉渐翳的金光。再有一次是更不可忘的奇景，那是临着一大片望不到头的草原，满开着艳红的罂粟，在青草里亭亭的像是万盏的金灯，阳光从褐色云里斜着过来，幻成一种异样的紫色，透明似的不可逼视，刹那间在我迷眩了的视觉中，这草田变成了……不说也罢，说来你们也是不信的！

一别二年多了，康桥，谁知我这思乡的隐忧？也不想别的，我只要那晚钟撼动的黄昏，没遮拦的田野，独自斜倚在软草里，看第一个大星在天边出现！

选自人民文学出版社《徐志摩散文》

徐志摩先生《我所知道的康桥》是记叙景物的文章。记叙景物，手法不止一种。有的作者自己不露脸，只用文字代替风景画片，一张一张揭示出来给读者看。有的作者自己担任篇中的主人公，他东奔西跑，左顾右盼，一切由他出发，把看见的感到的告诉读者。一望而知，本篇所用的是后一种手法。他告诉读者的不单是呆板的景物，而是景物怎样招邀他，引诱他，他怎样为景物所颠倒，所陶醉。换一句说，他告诉读者的是他和康桥的一番永不能忘的交情。这就规定了他所采用的笔调。他不得不采用一种热情的活泼的笔调，像对着一个极熟的朋友，无所不谈，没有一点儿拘束，谈到眉飞色舞的时候，无妨指手画脚，来几声传神的愉快的叫唤。

著名作家、教育家　叶圣陶

徐志摩（1897—1931），现代诗人、散文家。浙江海宁人，新月派代表诗人。代表作有《再别康桥》《翡冷翠的一夜》等。

（本文由单伯瑄朗读。）

《青春万岁》序诗

王蒙

所有的日子，所有的日子都来吧，
让我编织你们，用青春的金线，
和幸福的璎珞，编织你们。

有那小船上的歌笑，月下校园的欢舞，
细雨蒙蒙里踏青，初雪的早晨行军，
还有热烈的争论，跃动的、温暖的心……

是转眼过去了的日子，也是充满遐想的日子，
纷纷的心愿迷离，像春天的雨，
我们有时间，有力量，有燃烧的信念，
我们渴望生活，渴望在天上飞。

是单纯的日子，也是多变的日子，
浩大的世界，样样叫我们好惊奇，
从来都兴高采烈，从来不淡漠，
眼泪，欢笑，深思，全是第一次。

所有的日子都去吧，都去吧，
在生活中我快乐地向前，
多沉重的担子，我不会发软，
多严峻的战斗，我不会丢脸；
有一天，擦完了枪，擦完了机器，擦完了汗，
我想念你们，招呼你们，
并且怀着骄傲，注视你们。

选自人民文学出版社《青春万岁》

长篇小说《青春万岁》是著名作家王蒙的代表作。通过一个带有自叙传性质的故事，王蒙讲述了一个少年布尔什维克的青春。而小说的这首序诗，曾经让很多经历过那个时代的人口耳相传。序诗就像整部作品的“眼”，昂扬着青春的激情，镌刻着时代的印记。直到现在，仍然散发着青春的热力和理想主义的光芒。

（本诗由王源、施则威、杨心怡、单伯瑄四人共同朗读。）